W0281725

L'INNOCENCE ET LA LOI

Né en 1956, Michael Connelly commence sa carrière comme journaliste en Floride, ses articles sur les survivants d'un crash d'avion en 1986 lui valant d'être sélectionné pour le prix Pulitzer. Il travaille au *Los Angeles Times* quand il décide de se lancer dans l'écriture avec *Les Égouts de Los Angeles*, pour lequel il reçoit l'Edgar du premier roman. Il y campe le célèbre personnage du policier Harry Bosch, que l'on retrouvera notamment dans *Volte-face* et *Ceux qui tombent*. Auteur du *Poète*, il est considéré comme l'un des maîtres du roman policier américain. Deux de ses livres ont déjà été adaptés au cinéma, et l'ensemble de son œuvre constitue le cœur de la série télévisée *Bosch*. Les romans de Michael Connelly se sont vendus à plus de quatre-vingts millions d'exemplaires dans le monde et ont été traduits en plus de quarante langues.

*Paru au Livre de Poche :*

LA BLONDE EN BÉTON
LE CADAVRE DANS LA ROLLS
CEUX QUI TOMBENT
LE CINQUIÈME TÉMOIN
CRÉANCE DE SANG
DANS LA VILLE EN FEU
LA DÉFENSE LINCOLN
LE DERNIER COYOTE
DEUIL INTERDIT
LES DIEUX DU VERDICT
LES ÉGOUTS DE LOS ANGELES
EN ATTENDANT LE JOUR
L'ENVOL DES ANGES
LA GLACE NOIRE
INCENDIE NOCTURNE
JUSQU'À L'IMPENSABLE
LA LUNE ÉTAIT NOIRE
MARIACHI PLAZA
NUIT SOMBRE ET SACRÉE
L'OISEAU DES TÉNÈBRES
LE POÈTE
SÉQUENCES MORTELLES
SUR UN MAUVAIS ADIEU
UNE VÉRITÉ À DEUX VISAGES
VOLTE-FACE

MICHAEL CONNELLY

# *L'Innocence et la Loi*

ROMAN TRADUIT DE L'ANGLAIS (ÉTATS-UNIS) PAR ROBERT PÉPIN

CALMANN-LÉVY

*Titre original :*
THE LAW OF INNOCENCE
Publié avec l'accord de Little, Brown and Company, Inc., New York, New York, U.S.A., 2020.

© Hieronymus, Inc., 2020.
© Calmann-Lévy, 2021, pour la traduction française.
ISBN : 978-2-253-10422-3 – 1re publication LGF

*Pour le Dr Michael Hallisey,*
*les membres du club de lecture*
*de l'hôpital de Hartford,*
*et tous ceux, dont l'infirmière*
*Kacey Rose Gajeski, qui sont*
*en première ligne et ont risqué*
*leur vie pour tant d'autres.*

Un procès pour meurtre a tout d'un arbre. Un très grand arbre. Un chêne. Il a été planté et soigné avec attention par l'État. Arrosé et émondé quand il en a besoin, examiné pour y détecter maladies et parasites de toutes sortes. Son système racinaire est constamment surveillé tandis qu'il s'épanouit dans le sol et s'accroche fort à la terre. On ne mégote pas sur l'argent pour le sauvegarder. Ceux qui prennent soin de lui se voient accorder d'immenses pouvoirs pour le protéger et le servir.

Les branches de l'arbre finissent par grandir et s'étendre en toute splendeur. Elles donnent de la belle ombre à ceux qui cherchent justice.

C'est d'un tronc épais et solide que partent ses branches. Preuves directes et indirectes, médecine légale, mobiles et occasion, l'arbre doit pouvoir résister aux vents qui le défient.

Et c'est là que j'interviens. Je suis l'homme à la hache. Mon boulot consiste à l'abattre et à faire cendres de son bois.

# PREMIÈRE PARTIE

# Les Twin Towers

# Chapitre 1

*Lundi 28 octobre*

La journée avait été bonne pour la défense. Grâce à moi, un homme était sorti libre de la salle d'audience. J'avais transformé une accusation de voie de fait en légitime défense devant le jury. La prétendue victime avait son propre passé de violences que les témoins de l'accusation et de la défense, dont une ex, s'étaient empressés de détailler lors de l'examen en contre. J'avais donné le coup de poing qui envoie au tapis en rappelant le bonhomme à la barre et en le soumettant à une série de questions qui avaient fini par le pousser à bout. Perdant son calme, il m'avait menacé et déclaré qu'il aurait bien aimé me retrouver dehors, où il n'y aurait eu que lui et moi.

— Prétendriez-vous alors que je vous ai agressé comme vous l'avez fait dans cette affaire ? lui avais-je demandé.

Le procureur avait élevé une objection et le juge l'avait retenue. Mais il n'en avait pas fallu plus. Le juge le savait. Le procureur aussi. Tout le monde dans la salle le savait. J'avais accroché un verdict non coupable à ma ceinture après moins d'une heure de délibération des jurés. Ce n'était pas mon acquittement le plus rapide, mais pas loin.

Au bar du centre-ville où ils se réunissent, les avocats de la défense ont le devoir sacré de fêter ce verdict comme le font les golfeurs au club-house après un trou en un. Soit : tournée générale. Ma petite fête eut lieu au Redwood de la 2e Rue, à quelques rues à peine du centre administratif municipal, où il y a pas moins de trois tribunaux pour en fournir des officiants. Le Redwood n'avait rien d'un country-club, mais était pratique. La soirée – open bar, évidemment – avait commencé tôt et s'était terminée tard, et lorsque Moira, la barmaid lourdement tatouée qui tenait les comptes, m'annonça l'étendue des dégâts, disons simplement que je dépensai plus d'argent que je n'en tirerais jamais du client que je venais de libérer.

Je m'étais garé dans un parking de Broadway. Je m'installai au volant, pris à gauche en sortant, puis encore à gauche pour retrouver la 2e Rue. Les feux étaient avec moi et je suivis la rue jusqu'au tunnel qui passe sous Bunker Hill. J'en avais parcouru la moitié lorsque je vis des reflets de lumière bleue sur les carreaux verts salis par la fumée des pots d'échappement du tunnel. Je vérifiai dans le rétroviseur et vis une voiture de patrouille du LAPD derrière moi. J'allumai mon clignotant et me glissai sur la voie lente pour la laisser passer. Mais le véhicule m'y suivit et se colla deux mètres derrière moi. Alors je compris. J'allais être contrôlé.

J'attendis d'être sorti du tunnel et pris à droite dans Figueroa Street. Je me rangeai, coupai le moteur et abaissai ma vitre. Dans le rétro latéral de la Lincoln, je vis un officier de police s'approcher de ma portière. Il n'y avait personne d'autre dans sa voiture de patrouille. Il travaillait seul.

— Permis de conduire, certificat d'immatriculation et assurance, s'il vous plaît, monsieur, dit-il.

Je me tournai vers lui. Son badge disait « Milton ».

— Bien sûr, officier Milton. Mais puis-je vous demander pourquoi vous m'arrêtez ? Je sais que je n'étais pas en excès de vitesse et tous les feux étaient verts.

— Permis de conduire, répéta Milton. Certificat d'immatriculation. Assurance.

— Bah, faut croire que vous finirez par me le dire. Mon permis de conduire est dans la poche intérieure de ma veste et les autres papiers dans la boîte à gants. Que voulez-vous que je vous présente d'abord ?

— Commençons par votre permis.

— Parfait.

En sortant mon portefeuille et en extrayant mon permis d'un de ses compartiments, je pensai à ma situation et me demandai s'il n'avait pas surveillé les avocats qui sortaient de ma soirée au Redwood et étaient peut-être un peu trop éméchés pour conduire. Certaines rumeurs affirmaient que les flics le faisaient les soirs où l'on fêtait des acquittements, des avocats de la défense pouvant alors être arrêtés pour toutes sortes d'infractions au Code de la route.

Je lui tendis mon permis et avançai la main vers la boîte à gants. Assez rapidement, il eut tout ce qu'il m'avait demandé.

— Et maintenant, vous allez me dire de quoi il s'agit ? lui demandai-je. Je sais que je n'ai…

— Descendez du véhicule, monsieur.

— Oh, allons ! Vraiment ?

— S'il vous plaît, descendez du véhicule.

— Comme vous voudrez.

J'ouvris ma portière d'une violente poussée qui le força à reculer, et m'exécutai.

— Juste pour que vous le sachiez, repris-je, je viens de passer quatre heures au Redwood, mais je n'ai pas bu une goutte d'alcool. Je n'ai pas pris un seul verre depuis plus de cinq ans.

— Un bon point pour vous. Placez-vous à l'arrière du véhicule, s'il vous plaît.

— Assurez-vous que votre caméra est allumée parce que ça va devenir gênant pour vous.

Je passai devant lui pour rejoindre le coffre de la Lincoln et arrivai dans la lumière des phares de la voiture de patrouille.

— Vous voulez que je marche en ligne droite ? repris-je. Que je compte à l'envers, que je me touche le nez du bout du doigt, quoi ? Je suis avocat. Je connais tous les trucs et ça, c'est des conneries.

Milton me rejoignit. Il était grand et mince et avait les cheveux blancs, coupés haut sur le front. Je vis le badge de la Metropolitan Division sur son épaule et quatre barrettes sur ses manches longues. Je savais que la première était délivrée après cinq années de service. Une brute de la Metro de bout en bout, et depuis longtemps.

— Voyez-vous pourquoi je vous arrête, monsieur ? reprit-il. Vous n'avez pas de plaque.

Je baissai les yeux sur le pare-chocs arrière de ma Lincoln. Il n'y avait pas de plaque d'immatriculation.

— Ben merde alors ! m'exclamai-je. Euh... c'est sûrement une blague. Nous étions en train de fêter... J'ai gagné un procès aujourd'hui et mon client est sorti libre. Ma plaque dit IWALKEM[1] et un de ces gars a dû trouver rigolo de me la piquer.

J'essayai de me rappeler qui avait quitté le Redwood avant moi et aurait pu trouver amusant de me faire ce coup-là. Daly, Mills, Bernardo... Ç'aurait pu être n'importe qui.

— Vérifiez dans le coffre, enchaîna Milton. Peut-être qu'elle est dedans.

— Non, ils auraient eu besoin d'une clé pour l'y mettre. Je vais passer un appel, pour voir si j'arrive à...

— Monsieur, vous ne passez aucun appel avant que nous en ayons fini.

— Du flan. Je connais la loi. Je ne suis pas incarcéré... J'ai le droit de passer un coup de fil.

Je marquai une pause pour voir si Milton allait me défier à nouveau. Je remarquai la caméra sur sa poitrine.

— Mon téléphone est dans la voiture, dis-je.

Je fis quelques pas vers la portière ouverte.

— Monsieur, on ne bouge plus ! lança Milton derrière moi.

1. « Avec moi, ils sortent. »

Je me retournai.

— Quoi ?

Il alluma une lampe torche et en pointa le faisceau par terre, derrière la Lincoln.

— C'est du sang ? demanda-t-il.

Je reculai et regardai l'asphalte fissuré. Il avait braqué sa torche sur quelque chose de liquide sous le pare-chocs. Marron foncé au milieu et presque translucide sur les bords.

— Je ne sais pas, répondis-je. Mais quoi que ce soit, c'était déjà là. Je…

Juste au moment où je le disais, nous vîmes tous les deux une autre goutte tomber du pare-chocs et frapper l'asphalte.

— Monsieur, ouvrez le coffre, s'il vous plaît, m'ordonna Milton en remettant sa torche dans un holster de ceinture.

Toute une série de questions me passèrent par la tête, la première sur ce qu'il y avait dans le coffre et la dernière, celle de savoir si Milton avait un motif raisonnable[1] de l'ouvrir si, moi, je refusais de le faire.

Une autre goutte de ce que je pensais maintenant être un liquide corporel tomba sur l'asphalte.

— Donnez-moi une contredanse pour la plaque, officier Milton, lui dis-je. Mais moi, je n'ouvre pas ce coffre.

---

1. Terme de droit américain, la « *probable cause* » interdit aux forces de l'ordre de procéder à une arrestation, une fouille ou une saisie de bien sans motif raisonnable.

— Alors, vous êtes en état d'arrestation, monsieur. Posez les mains sur la voiture.

— En état d'arrestation ? Et pour quel motif? Je ne suis pas…

Il s'avança vers moi, m'attrapa et me fit pivoter. Puis, en y mettant tout son poids, il me plia en deux sur le coffre.

— Hé ! Vous n'avez pas le…

L'un après l'autre, il me ramena brutalement les bras dans le dos et me menotta. Il me saisit ensuite par le col de ma chemise et de ma veste et m'arracha à la voiture d'un coup sec.

— Vous êtes en état d'arrestation, dit-il.

— Mais pour quel motif? répétai-je. Vous ne pouvez tout simplement pas…

— Pour votre sécurité et pour la mienne, je vais vous mettre à l'arrière de la voiture de patrouille.

Il me prit le coude pour me retourner encore une fois et me fit avancer jusqu'à la portière arrière de son véhicule. Il posa la main sur ma tête et me poussa à l'arrière, sur la banquette en plastique. Puis il se pencha et boucla ma ceinture de sécurité.

— Vous savez que vous n'avez pas le droit d'ouvrir mon coffre, lui rappelai-je. Vous n'avez aucun motif raisonnable de le faire. Vous ne savez pas si c'est du sang et vous ne savez pas non plus s'il vient de l'intérieur de ma voiture. J'aurais pu rouler dans quelque chose.

Milton ressortit la tête du véhicule et me regarda.

— Situation d'urgence, dit-il. Quelqu'un pourrait avoir besoin d'aide à l'intérieur.

Il claqua la portière. Je le suivis des yeux alors qu'il regagnait ma Lincoln et cherchait un mécanisme d'ouverture du coffre. N'en trouvant pas, il rejoignit le côté conducteur et tendit la main pour prendre la clé.

Puis il ouvrit le coffre avec la télécommande, en se tenant de côté au cas où quelqu'un en sortirait en tirant. Le capot se souleva et une veilleuse s'alluma à l'intérieur. Milton y ajouta la lumière de sa lampe-torche. Il la passa de gauche à droite, toujours prudemment et en gardant les yeux sur le contenu du coffre. De l'arrière de la voiture de patrouille, je n'en voyais pas l'intérieur, mais à la façon dont il se déplaça et se pencha pour voir de plus près, je compris qu'il y avait quelque chose dedans.

Il pencha la tête pour parler dans le micro de sa radio d'épaule et passa un appel. Probablement pour demander des renforts. Probablement d'une unité des Homicides. Je n'eus pas à voir l'intérieur du coffre pour comprendre qu'il avait trouvé un cadavre.

## Chapitre 2

*Dimanche 1er décembre*

Edgar Quesada s'assit à côté de moi à une table de la salle de jour tandis que je lisais les dernières pages des minutes de son procès. Il m'avait demandé de lui rendre le service d'étudier son dossier, son espoir étant que j'y trouve quelque chose pour l'aider. Nous étions au pavillon de haute sécurité du Twin Towers Correctional Institute du centre-ville de Los Angeles. C'était là qu'on gardait les détenus en attente de procès ou, comme dans le cas de Quesada, d'une incarcération dans un pénitencier d'État. C'était le premier dimanche soir de décembre et il faisait froid dans la prison. Quesada portait un caleçon long de couleur blanche sous sa combinaison et avait descendu ses manches jusqu'aux poignets.

Il était en terrain connu. Il avait déjà suivi cette mauvaise pente et avait les tatouages pour le prouver. Membre troisième génération de la White Fence de Boyle Heights, son allégeance à ce gang et à la mafia mexicaine, soit la plus grande et la plus puissante organisation dans toutes les prisons de Californie, était gravée à l'encre sur sa peau.

D'après les documents que j'avais sous les yeux, il conduisait une voiture à bord de laquelle deux autres membres de la White Fence avaient tiré à l'automatique dans les baies vitrées d'une bodega d'East First Street, dont le propriétaire avait deux semaines de retard dans le paiement de l'impôt que lui extorquait l'organisation depuis presque vingt-cinq ans. Ils avaient visé haut, l'attaque n'ayant pour but que de l'avertir. Mais une balle avait ricoché et atteint le haut du crâne de sa petite fille qui s'était accroupie derrière le comptoir. Elle s'appelait Marisol Serrano et, d'après le témoignage du coroner adjoint que je lisais, elle était morte sur le coup.

Aucun témoin du crime n'avait identifié les tireurs : ç'aurait été un acte de bravoure absolument fatal. Mais une caméra de la circulation avait enregistré la plaque d'immatriculation du véhicule en fuite. La police avait alors remonté la trace de la voiture volée jusque dans le parking longue durée de la gare voisine d'Union Station. Et des caméras installées à cet endroit avaient filmé le voleur : Edgar Quesada. Son procès n'avait duré que quatre jours et il avait été reconnu coupable d'association de malfaiteurs en vue de commettre un crime. L'énoncé de sa sentence allait intervenir dans une semaine et il devait s'attendre à un minimum de quinze ans de prison, probablement plus. Tout cela parce qu'il était au volant d'une voiture d'où des coups de feu de semonce s'étaient soldés en meurtre.

— Alors ? me demanda-t-il lorsque je tournai la dernière page du dossier.

— Eh bien, pour moi, Edgar, t'es baisé… en gros.

— Ah, non, mec, me dis pas ça. Y a rien ? Rien du tout ?

— Y a toujours des trucs qu'on peut faire. Mais c'est pas gagné, Edgar. Je dirais que t'en as plus qu'assez pour une requête en RIC, mais…

— C'est quoi ?

— « Représentation inefficace du conseil ». Ton avocat n'a rien foutu pendant tout le procès. Il a laissé passer objection sur objection et s'est contenté de laisser le procureur… Tiens, là, tu vois ?

Je rouvris le dossier à une page que j'avais cornée.

— Ici, le juge dit même : « Allez-vous élever une objection, maître Seguin, ou faut-il que je continue à le faire à votre place ? » Ce n'est pas du bon boulot en audience, ça, Edgar, et tu as peut-être une chance de le prouver, mais le problème, c'est celui-là : au mieux, tu as ta motion et tu as droit à un nouveau procès, mais ça ne change rien aux preuves. Elles restent identiques et avec le jury suivant tu replonges, même si tu as un autre avocat qui, lui, sait maintenir le procureur dans les clous.

Quesada hocha la tête. Ce n'était pas un de mes clients et je ne connaissais donc pas tous les détails de sa vie, mais il avait trente-cinq ans et une longue peine devant lui.

— T'as combien de condamnations ? lui demandai-je.

— Deux.

— Pour crimes ?

Il acquiesça d'un signe de tête et je n'eus rien d'autre à dire. Ma première estimation tenait toujours. Il était baisé. Il allait probablement être incarcéré à vie. À moins que…

— Tu sais pourquoi on t'a mis ici au pavillon de haute sécurité au lieu de celui réservé aux gangs, non ? repris-je. Un jour ou l'autre, les flics vont te sortir d'ici, te coller dans une salle et te poser la question qui fâche : qui était dans la voiture avec toi ce jour-là ?

Je lui montrai l'épais dossier et ajoutai :

— Et rien de ce qu'il y a là-dedans ne t'aidera. La seule chose que tu pourras faire sera de marchander la durée de la peine en donnant des noms.

J'avais prononcé cette dernière phrase dans un murmure. Mais il ne répondit pas aussi calmement.

— Des conneries, oui ! hurla-t-il.

Je jetai un coup d'œil à la vitre sans tain de la salle de contrôle au-dessus de nous alors même que je savais que je ne pourrais rien voir derrière. Puis je baissai les yeux sur Quesada et vis les veines de son cou se mettre à battre… même sous le collier de tatouages en forme de dalles de cimetière qui en faisait le tour.

— Calme-toi, Edgar, lui dis-je. Tu m'as demandé de regarder ton dossier et c'est tout ce que je ferai. Je ne suis pas ton avocat. Tu devrais vraiment aller parler au tien…

— Je peux pas faire ça. Tu sais que dalle, Haller !

Je le dévisageai et finis par comprendre. Son avocat était sous la coupe même des individus qu'il aurait à dénoncer, soit les types de la White Fence. Aller le voir se terminerait à peu près sûrement par l'assassinat d'une balance organisé par la mafia mexicaine, qu'il soit au pavillon de haute sécurité ou pas. On disait que la « eMe », comme on l'appelait plus familièrement, pouvait atteindre n'importe qui dans les prisons de Californie.

Je fus littéralement sauvé par la cloche. La corne annonçant les cinq dernières minutes avant l'extinction des feux venait de retentir. Quesada tendit la main par-dessus la table et empoigna brutalement ses documents. Il en avait fini avec moi. Il se leva et réorganisa toutes les pages volantes en un joli tas. Sans un « merci » ou « va te faire enculer », il partit vers sa cellule.

Et je regagnai la mienne.

## Chapitre 3

À vingt heures, la porte en acier de ma cellule se mettait à coulisser automatiquement et se fermait avec un *bang* métallique qui me secouait de la tête aux pieds. Soir après soir, il me traversait de part en part. J'étais maintenant enfermé depuis cinq semaines, une situation à laquelle je ne pouvais ni ne voulais m'habituer. Je m'assis sur mon matelas de quinze centimètres d'épaisseur et fermai les yeux. Je savais que le plafonnier resterait allumé encore une heure et j'avais besoin de profiter au mieux de ce moment, mais c'était devenu un rituel : essayer d'annihiler toutes les peurs et tous les bruits discordants. Me rappeler qui j'étais : un père, un avocat… et pas un assassin.

— Tu l'as sacrément foutu en colère, le Quesada.

Je rouvris les yeux. C'était Bishop, dans la cellule d'à côté. Il y avait une prise d'air grillagée tout en haut du mur qui nous séparait.

— Pas fait exprès, lui répondis-je. La prochaine fois qu'un type aura besoin d'un avocat ici, je passe.

— Bonne idée, dit-il.

— Et t'étais où, d'ailleurs ? Ça allait se transformer en c'est-le-moment-de-tuer-le-messager, mais j'ai eu beau chercher, pas de Bishop.

— T'inquiète pas, mon pote, je couvrais tes arrières. Je regardais d'en haut à la balustrade.

Je le payais 400 dollars par semaine pour qu'il me protège, règlement effectué en liquide à sa petite amie et mère de son enfant d'Inglewood. Sa protection s'étendait à toute l'aile de l'octogone de haute sécurité où nous étions enfermés, soit deux étages, vingt-quatre cellules à une place, abritant en plus de moi vingt-deux détenus présentant divers niveaux de menaces inconnues.

Le premier soir, Bishop m'avait proposé sa protection ou une bonne correction. Je n'avais pas négocié. Il restait en général près de moi quand j'étais dans la salle de jour, mais je ne l'avais pas vu dans l'allée du deuxième niveau quand j'avais annoncé la mauvaise nouvelle à Quesada. Je ne savais pas grand-chose de Bishop parce qu'on ne pose pas de questions en prison. Sa peau d'un noir foncé dissimulait tellement ses tatouages que je m'étais demandé pourquoi il s'était donné la peine de s'en faire faire. Mais j'avais réussi à lire les mots *Crip Life* en travers des phalanges de ses deux mains.

Je passai une des miennes sous le lit pour attraper la boîte en carton contenant les éléments de mon dossier. Je commençai par vérifier les élastiques. J'avais entouré chacune de mes quatre piles de documents de deux élastiques, un à l'horizontale, l'autre à la verticale et se croisant à des endroits distincts de la première page. Cela me dirait si Bishop ou un autre s'était glissé dans ma cellule et avait fouillé dans mes affaires. Un jour, j'avais eu un client qui était presque tombé pour meurtre avec préméditation parce qu'un mouton avait réussi à avoir ses dossiers et à en lire assez pour concocter une confession convaincante mais fausse et, qu'à l'entendre, mon client lui avait faite. Leçon retenue. Maintenant, je préparais des pièges à élastiques pour savoir si quelqu'un avait mis le nez dans ma paperasse.

J'étais confronté à une accusation de meurtre avec préméditation et j'allais plaider *pro se*... soit me défendre moi-même. Je sais ce que Lincoln et probablement bien d'autres sages avant et après lui en ont dit. Peut-être avais-je effectivement un fou pour client, mais je ne me voyais pas mettre mon avenir entre des mains autres que les miennes. Dans l'affaire État de Californie contre J. Michael Haller, la salle de crise de la défense se trouvait donc à la cellule 13, niveau K-10 du Twin Towers Correctional Institute.

Je sortis mon paquet de motions de la boîte et en ôtai les élastiques après m'être assuré que mes documents n'avaient pas été trafiqués. Une audience était prévue pour le lendemain matin et je voulais me préparer. J'avais trois requêtes à soumettre, la première pour réduire ma caution. Elle avait été fixée à 5 millions de dollars lors de ma mise en accusation, le procureur ayant réussi à faire admettre que non seulement je pouvais tenter de m'échapper, mais qu'en plus je présentais un risque pour les témoins parce que je connaissais le système judiciaire local comme ma poche. Il ne m'avait pas aidé que le juge des mises en accusation, soit un certain Richard Rollins Hagan, dont les arrêts dans des affaires précédentes jugées avec moi en défense avaient été deux fois annulés en appel. Il me l'avait fait payer en partie en acceptant la demande de l'accusation de plus que doubler les 2 millions de caution prévus pour mon accusation de meurtre avec préméditation.

À ce moment-là, la différence entre ces 2 et 5 millions n'avait pas d'importance. Je devais décider s'il fallait mettre tout ce que j'avais dans ma libération ou ma défense. J'avais opté pour cette dernière, élu domicile aux Twin Towers, et obtenu le statut de prisonnier en cellule isolée en ma qualité d'officier de la cour ayant des ennemis potentiels dans tous les dortoirs ordinaires.

Mais, le lendemain, c'était devant un juge différent que j'allais me tenir – quelqu'un dont je pensais n'avoir jamais croisé le chemin – pour lui demander une réduction de ma caution. J'avais aussi deux autres requêtes et je relus mes notes de façon à plaider et à argumenter debout devant ce juge au lieu de les lui lire.

Plus importante que cette requête était celle de l'échange des pièces entre les parties où j'accuserais l'accusation de garder des informations et des éléments de preuve auxquels j'avais droit, et ma contestation du motif raisonnable de l'interpellation qui avait conduit à mon arrestation.

Je devais penser que le juge Violet Warfield, qui avait hérité de l'affaire par rotation, imposerait une limite de temps pour argumenter pour ou contre toutes ces requêtes. J'avais besoin d'être prêt, succinct et précis.

— Hé ! Bishop ! lançai-je. Toujours réveillé ?

— Toujours, répondit-il. Qu'est-ce qu'il y a ?

— Je veux répéter avec toi.

— Répéter quoi ?

— Mes arguments.

— Ça fait pas partie du deal, mec.

— Je sais, mais les lumières vont s'éteindre et je ne suis pas prêt. Je veux que tu écoutes et que tu me dises ce que tu en penses.

Le premier étage fut plongé dans le noir.

— OK, dit-il. Je t'écoute. Mais faudra une rallonge.

# Chapitre 4

*Lundi 2 décembre*

Le matin venu, je fus dans le premier car en partance pour le tribunal, après avoir avalé un sandwich au bologne et une pomme rouge abîmée en guise de petit déjeuner. Le menu était le même tous les jours, et pour faire bonne mesure il était resservi au déjeuner. Pendant les cinq semaines que j'avais passées aux Twin Towers, nous n'y avions échappé qu'à Thanksgiving, le bologne étant alors remplacé par une tranche de dinde reconstituée servie aux trois repas. Il y avait longtemps que j'avais dépassé mon dégoût pour la nourriture du lieu. C'était la routine et, maintenant, je descendais tout ça vite et facilement à chaque petit déjeuner, et déjeuner. Il n'empêche, j'estimais avoir déjà perdu entre cinq et dix kilos depuis mon incarcération et y voyais la perte de poids du boxeur en pleine forme pour affronter ce qui serait sûrement le combat de ma vie.

Dans le car, je me retrouvai avec trente-neuf autres détenus, la plupart d'entre eux se rendant à la séance des mises en accusation du matin. J'avais déjà vu les regards effarés de peur de certains clients lorsque je les retrouvais pour ma première consultation à ces audiences. Mais cela se passait toujours au tribunal et toujours avec moi qui les calmais et les préparais à ce qui les attendait. Cette fois, j'étais parmi eux, alors qu'ils affrontaient leur première expérience d'incarcération. Ils avaient déjà été enfermés bien des fois auparavant, mais, bleus ou récidivistes, tous ressentaient le désespoir.

Pour moi, ces allers-retours au tribunal en car étaient les moments les plus effrayants. On y montait de manière aléatoire et je n'avais alors ni Bishop ni garde du corps pour me protéger. Qu'il m'arrive quoi que ce soit et les gardes – le chauffeur et le prétendu officier de sécurité – resteraient de l'autre côté de la grille en fer à l'avant du véhicule. Leur rôle se limiterait à dénombrer les morts et les mourants à la fin de l'incident, quel qu'il soit. Ils n'étaient pas là pour « protéger et servir », seulement pour faire avancer les gens dans la sous-ventrière de la justice.

Cette fois, c'était un de ces cars modernes avec places assises compartimentées qui, rien qu'à les voir, me remplissaient d'inquiétude. Cette nouvelle flotte de véhicules avait été conçue après que les émeutes grandeur nature qui s'étaient déclarées dans ceux d'avant avaient fait rage et dégénéré hors de tout contrôle. Les services du shérif étant responsables de la sécurité des détenus, cela leur avait valu des dizaines de procès pour ne pas avoir su protéger ceux qui avaient été blessés ou tués. J'avais moi-même lancé deux ou trois de ces procédures et avais donc parfaitement conscience des faiblesses de ces cars, nouveaux et anciens.

Les nouveaux étaient divisés en compartiments de huit détenus assis, une cloison d'acier séparant ces compartiments. De cette façon, si une bagarre éclatait, elle ne pouvait opposer qu'un maximum de huit combattants. Et ces cars à cinq compartiments étaient chargés de l'arrière à l'avant, l'occupation des sièges commençant par le premier installé au fond. Les prisonniers étaient menottés par quatre à une chaîne, un groupe se trouvant d'un côté et de l'autre de l'allée centrale de chaque compartiment.

Cette configuration présentait donc elle aussi un gros problème. Que le véhicule soit en mouvement et qu'il y éclate une bagarre dans le compartiment du fond et l'officier de sécurité sans arme devait déverrouiller et franchir cinq portes et traverser quatre compartiments – soit quatre espaces restreints remplis de détenus accusés, pour certains, de crimes violents – avant de pouvoir y mettre fin. L'idée était grotesque et, pour moi, cette solution n'avait fait que renforcer le problème. Les bagarres dans les compartiments du fond pouvaient donc se dérouler tranquillement jusqu'à ce que le car arrive à destination. Les détenus qui pouvaient sortir le faisaient et ceux qui ne le pouvaient pas étaient soignés.

Le véhicule se rangea enfin dans l'immense garage sous le Clara Shortridge Foltz Criminal Justice Center et nous en fûmes débarqués, puis escortés jusqu'au labyrinthe vertical de cellules qui desservent ses vingt-quatre chambres.

En tant qu'avocat *pro se*, j'avais droit à certaines faveurs non accessibles à la plupart des hommes et des femmes qui descendaient des cars. Je fus conduit dans une cellule de détention privée, où je pus conférer avec mon enquêteur et mon avocate remplaçante – à savoir celle qu'on m'avait affectée comme renfort pour gérer l'impression, le dépôt et, dans certains cas, la mise au point des requêtes et autres documents de mon dossier à produire à l'audience. Mon enquêteur était « Cisco » Wojciechowski et ma remplaçante, mon associée Jennifer Aronson.

En incarcération, tout avance lentement. Avoir été réveillé à 4 heures du matin aux Twin Towers eut pour résultat de me faire entrer dans ma salle de consultation privée à 8 h 40 – distance totale de l'expédition : quatre rues. J'avais pris un tas de documents sous élastiques avec moi – ceux de mes requêtes –, et les étalais sur la table en métal lorsqu'un garde introduisit mon équipe dans la pièce à 9 heures pile.

Cisco et Jennifer furent obligés de s'asseoir en face de moi, de l'autre côté de la table. Ni accolades ni poignées de main. La réunion tombait sous le coup de la relation privilégiée avocat-client et devait être privée. Mais il y avait une caméra dans un coin du plafond. Nous serions surveillés, l'appareil n'envoyant aucun son à l'officier qui la manipulait – du moins le prétendait-on. Je ne le croyais pas totalement et, lors de réunions précédentes avec mon équipe, j'avais émis de temps à autre une remarque ou donné un ordre destiné à lancer l'accusation dans des recherches insensées si jamais elle nous écoutait de manière illégale. J'usais ainsi du mot codé « Baja » dans chaque déclaration pour avertir mon équipe que je rusais.

Je portais la combinaison bleu foncé marquée de l'inscription *L.A.C. DETENTION*[1] derrière et devant. Comme Edgar Quesada la veille au soir, j'avais enfilé un caleçon long. J'avais vite appris depuis mon entrée à la prison du comté que les cars qui vous emmenaient aux cellules du tribunal le matin n'étaient pas chauffés, et je m'étais vêtu en conséquence.

Tailleur anthracite et chemisier crème, Jennifer, elle, s'était mise en tenue de tribunal. Jean noir, bottes et T-shirt, Cisco était, comme à son habitude, prêt à aller se balader le long de la Pacific Coast Highway au coucher du soleil avec sa Harley panhead et Cody Jinks hurlant dans son casque stéréo. Il semblait avoir la peau insensible à l'air froid et humide de la cellule. Qu'il soit originaire du Wisconsin avait peut-être quelque chose à y voir.

— Comment se porte mon équipe en cette belle matinée ? lançai-je avec entrain.

Bien que je sois celui qu'on avait incarcéré et que je porte l'uniforme des prisonniers, je savais qu'il était important de tenir mon équipe prête à y aller et pas du tout inquiète pour ma situation. « Conduis-toi en gagnant et tu en seras un », comme disait souvent David Legal Siegel, celui-là même qui, en plus d'être l'associé de mon père, m'avait initié au droit.

— Tout va bien, patron, répondit Cisco.

— Comment te sens-tu ? me demanda Jennifer.

— Mieux ici qu'en prison. Quel costume Lorna m'a-t-elle choisi ?

1. Soit « Los Angeles County Detention ».

En plus de gérer mes dossiers, Lorna Taylor était ma conseillère vestimentaire. Cette dernière tâche remontait à l'époque où elle était mon épouse – ma seconde, cette union n'ayant duré qu'un an. Bien que je ne doive pas paraître devant un jury ce jour-là, j'avais déjà obtenu l'accord du juge Warfield pour être toujours en tenue professionnelle lors des audiences. Mon affaire avait suscité une attention considérable dans les médias et je n'avais pas envie qu'une photo de moi en tenue de prisonnier s'y répande comme un virus. Le monde extérieur à ce tribunal était un réservoir de jurés d'où je finirais par extraire douze individus pour me juger et je ne voulais pas que, quels qu'ils soient, ils m'aient déjà vu en combinaison bleue. Mon choix très travaillé de costumes européens ajoutait à ma confiance lorsque je me levais devant la cour pour argumenter.

— Le Hugo Boss bleu avec une chemise rose et une cravate grise, répondit Jennifer. C'est l'huissier qui l'a.

— Parfait.

Cisco leva les yeux au ciel devant tant de vanité. Je l'ignorai.

— Bon, et pour le temps ? Tu as pu parler au greffier ?

— Oui, Warfield te donne une heure, répondit Jennifer. Ça suffira.

— Probablement pas avec Dana contre moi. Je pourrais devoir laisser tomber quelque chose si Warfield s'en tient à son emploi du temps.

Dana, soit Dana Berg, le procureur star de la Major Crimes Unit nommé pour me condamner et m'expédier en prison pour le restant de mes jours. Au bar des avocats de la défense du centre-ville, elle avait droit au titre de Dana « Couloir-de-la-mort » en raison de sa propension à demander la peine maximale ou à celui de « Ice Berg » à cause de son comportement lorsqu'il fallait en venir à négocier. Effectivement, sa résolution ne pouvait être fléchie et, plutôt deux fois qu'une, on lui donnait des affaires conduisant inévitablement au procès.

Et c'était mon cas. Le lendemain de mon arrestation, j'avais, par l'intermédiaire de Jennifer, fait une déclaration aux médias pour nier les allégations proférées à mon encontre et promettre de me justifier au tribunal. C'était très probablement cela qui avait valu à Dana Berg d'être affectée à mon affaire.

— Bon alors, qu'est-ce qu'on laisse tomber ? me demanda Jennifer.

— Mettons ma caution en veilleuse, lui répondis-je.

— Non, attends ! s'écria Cisco.

— Quoi ? lança Jennifer. C'était ça que je voulais plaider dès ton arrivée dans l'arène. Il faut qu'on te sorte de là et qu'on puisse réfléchir à une stratégie dans un bureau, pas dans une cellule.

Elle leva la main pour me montrer le tout petit espace dans lequel nous étions assis. Je savais qu'ils protesteraient tous les deux contre ma décision d'oublier la caution. Mais j'avais l'intention de faire meilleur usage de mon temps devant le juge aujourd'hui.

— Écoutez, c'est pas comme si je me payais du bon temps aux Twin Towers, leur dis-je. Ce n'est pas le Ritz. Mais il y a des choses plus importantes à accomplir. Je veux une audience pleine et entière pour m'opposer au motif prétendument raisonnable de mon arrestation. Et après, je veux parler de l'échange des pièces entre les parties. Y es-tu prête, Bullocks ?

Cela faisait longtemps que je n'avais pas appelé Jennifer par son surnom de fraîche émoulue de la fac de droit. Je l'avais embauchée pile à sa sortie de la Southwestern Law School, installée dans un ancien grand magasin Bullock's. Je cherchais quelqu'un qui ne sortait pas d'une fac de droit huppée et avait un allant et une férocité d'opprimé. Les années suivantes l'avaient vue prouver que j'étais un génie en la faisant passer d'assistante à laquelle je donnais des affaires rapportant peu d'argent à associée à part entière à qui je pouvais faire confiance et capable de l'emporter toute seule dans n'importe quelle cour du comté. Me servir d'elle pour présenter des documents ne m'intéressait pas. Je voulais qu'elle y aille pied à pied contre Dana Berg pour les retards qu'avait pris l'accusation dans l'échange des pièces à conviction. Cette affaire était la plus importante de ma carrière et je voulais que Jennifer soit à côté de moi à la table de la défense.

— Je suis prête, répondit-elle. Mais je suis aussi prête pour argumenter la réduction de ta caution. Il faut que tu sortes de prison pour pouvoir te préparer pour le procès sans avoir besoin d'un garde du corps qui te couvre pendant que tu bouffes des sandwichs au bologne, bordel !

Je ris. Je devais m'être plaint un peu trop souvent du menu des Twin Towers.

— Écoute, je comprends, répondis-je. Et je suis sérieux, j'ai besoin de payer mes employés et je n'ai pas l'intention de sortir de cette histoire complètement ruiné et sans pouvoir rien laisser à ma fille. Il faut bien que quelqu'un lui paie ses études de droit et ce ne sera pas Maggie McFierce[1].

Ma première épouse et mère de mon enfant était procureur au bureau du district attorney. Nom véritable : Maggie McPherson. Elle gagnait bien sa vie et avait élevé notre fille Hayley dans un quartier sûr de Sherman Oaks – sans parler d'un passage de deux ans dans le comté de Ventura où elle avait travaillé pour le district attorney en attendant qu'un incendie politique finisse par s'y éteindre. J'avais payé du début à la fin les études de Hayley dans des écoles privées et celle-ci était maintenant en première année de droit à USC après sa licence à Chapman. La note était salée et c'était à moi seul de la payer. Je m'y étais préparé et mes économies y suffiraient, mais pas si j'en tirais du liquide et le mettais dans une caution non remboursable rien que pour me libérer afin de mieux me préparer pour mon procès.

J'avais fait les calculs et ça ne valait pas le coup. Même si j'arrivais à convaincre le juge Warfield de couper ma caution en deux, j'en serais toujours à avoir besoin de 250 000 dollars pour régler une caution qui ne me vaudrait que trois mois de liberté. Après tout, j'avais refusé de renoncer au droit d'avoir un procès sans délai et la pendule tournait contre l'accusation – elle n'avait que soixante jours ouvrables pour me faire passer en jugement. Cela signifiait que je n'étais plus qu'à deux mois de mon procès en février et qu'alors le verdict ou bien me rendrait ma liberté, ou bien me la suspendrait de

1. Soit « Maggie McFéroce ».

manière permanente. Bien des fois auparavant, j'avais conseillé à mes clients d'économiser le fric de la caution et de travailler à la solution de leur problème aux Twin Towers.

D'habitude, c'était pour m'assurer qu'ils auraient de quoi me payer. Cette fois, c'était le conseil que je me donnais à moi-même.

— Tu en as parlé à Maggie ? me demanda Jennifer. T'a-t-elle même seulement rendu visite en prison ?

— Oui, elle est venue me voir et oui, nous en avons parlé. Elle dit pareil que toi et je ne suis pas contre. Mais c'est une question de priorités. De priorités dans mon affaire.

— Écoute, tu sais que Lorna, Cisco et moi t'avons dit pouvoir différer le paiement de nos salaires jusqu'à ce que tout ça soit terminé. Je pense vraiment que c'est une priorité et que tu devrais réexaminer la question. En plus de quoi… et Hayley ? Tu as déjà raté Thanksgiving avec elle et tu voudrais aussi rater Noël ?

— OK, bon, c'est noté. Voyons voir si nous avons le temps de nous y mettre aujourd'hui. Sinon, on s'en occupera au prochain round. On oublie les requêtes pour l'instant. Cisco, où en est-on dans l'examen de nos anciennes affaires ?

— Lorna et moi en avons vu plus de la moitié, répondit-il. Et jusqu'à maintenant, il n'y a rien d'évident. Mais on continue d'y travailler et de dresser une liste de suspects possibles.

À savoir d'anciens clients et adversaires qui auraient pu avoir une raison et les moyens de me coller une accusation de meurtre sur le dos.

— OK, ça, j'en ai besoin, dis-je. Je ne peux pas me contenter d'arriver à l'audience en déclarant que je suis victime d'un coup monté. Pour qu'il y ait défense en culpabilité au tiers, il faut qu'il y ait un tiers.

— On s'en occupe, dit Cisco. S'il y a quelque chose, on le trouvera.

— « Si » ? répétai-je.

— Ce n'est pas ce que je voulais dire, patron. Je voulais juste…

— Écoutez, j'ai passé les vingt-cinq dernières années de mon existence à dire à mes clients qu'il ne m'importait pas de savoir s'ils avaient fait le coup ou pas, parce que mon boulot, c'était de les défendre et pas de les juger. Coupable ou innocent, avec moi, on a droit au même deal et aux mêmes efforts. Mais maintenant que je suis de l'autre côté de l'affaire, je sais que ce sont des conneries. J'ai besoin que Lorna et vous deux croyiez en moi dans cette histoire.

— Bien sûr qu'on croit en toi ! s'écria Jennifer.

— Ça va sans dire, renchérit Cisco.

— Ne répondez pas si vite. Vous devez avoir des questions là-dessus. Les arguments de l'accusation sont plus que convaincants. Et donc, si à un moment ou à un autre Dana Couloir-de-la-mort vous transforme en un de ses disciples, je veux que vous vous leviez et disparaissiez. Je ne veux plus de vous dans l'équipe.

— Ça ne se produira pas, dit Cisco.

— Jamais, renchérit Jennifer.

— Bien, dis-je. Alors, on monte au front. Jennifer, pourrais-tu aller me chercher mon costume et me l'apporter pour que je puisse me préparer ?

— Je reviens tout de suite.

Elle se leva, cogna à la porte d'une main et salua la caméra du plafond de l'autre. Bientôt, j'entendis le clac lourdement métallique de la serrure qui se déverrouillait, et un officier lui ouvrit la porte pour la laisser partir.

— Bon alors, repris-je lorsque je fus seul avec Cisco. C'est quoi, la température de l'eau à Baja ces jours-ci ?

— Oh, elle est bonne, répondit-il. J'ai parlé à mon mec là-bas et il m'a dit dans les vingt-cinq, vingt-six degrés.

— Trop chaud pour moi. Dis-lui de me faire savoir quand elle sera dans les dix-huit. Pour moi, ça serait parfait.

— Je lui dirai.

Je lui fis un signe de tête et essayai de ne pas sourire pour la caméra au-dessus de nous. Il était à espérer que ce dernier petit bout de conversation soit assez intrigant pour que tout individu nous écoutant illégalement se lance aussitôt dans des recherches folles du côté du Mexique.

— Bon, et notre victime ? enchaînai-je.

— On y travaille toujours, répondit-il après une hésitation. J'espère que Jennifer trouvera plus d'éléments dans l'échange des pièces aujourd'hui pour que je puisse savoir ce qu'il a fabriqué et comment et quand il s'y est pris pour terminer dans ton coffre.

— Sam Scales était un type insaisissable. Le coincer ne va pas être facile, mais je vais en avoir besoin.

— T'inquiète pas. Tu l'auras.

Je hochai la tête. J'appréciais sa confiance et espérai que ça paie. L'espace d'un instant, je repensai à mon ancien client Sam Scales, le roi des escrocs qui avait même réussi à m'arnaquer. Maintenant victime de la plus grosse arnaque de toutes, j'étais piégé par une accusation qui, je le savais, allait être sacrément difficile à démonter.

— Hé, patron, ça va ? me demanda Cisco.

— Oui, oui, ça va, lui répondis-je. Je pensais juste à des trucs. Ça va être amusant.

Il acquiesça. Il savait que ce serait tout sauf ça, mais il comprenait l'idée. « Conduis-toi en gagnant et tu en seras un. »

La porte de la cellule s'ouvrit à nouveau en coulissant et Jennifer revint avec mes vêtements de tribunal accrochés à deux cintres. Je réservais en général mon Oxford rose pour les jurés, mais ça irait. Rien que de voir comment était impeccablement taillé mon costume me remonta grandement le moral. Je commençai à me préparer pour la bataille.

# Chapitre 5

Mon costume ne m'allait que vaguement. J'avais l'impression de nager dedans. La première chose que je dis à Jennifer lorsqu'on me fit entrer dans la salle d'audience et qu'on m'ôta mes chaînes fut de demander à Lorna de passer chez moi, d'y choisir deux costumes et de les apporter chez un tailleur pour les ajuster.

— Ça risque d'être un peu difficile s'il ne peut pas prendre tes mesures, répondit-elle.

— Je m'en fous, c'est important. Je ne veux pas avoir l'air d'un type qui a emprunté un costume pour affronter les médias. Ça arrive aux oreilles des jurés et ça leur envoie un message.

— OK, j'ai compris.

— Dis-lui de les réduire d'une taille.

Avant qu'elle ait pu répondre, Dana Berg s'approcha de la table de la défense et y posa un paquet de documents.

— Nos réponses à vos requêtes, dit-elle. Je suis sûre que tout ça sortira à la présentation orale.

— Juste à temps, répliqua Jennifer pour lui faire savoir que c'était tout sauf ça.

Elle se mit à lire. Je ne m'en donnai pas la peine. Berg parut hésiter, comme si elle s'attendait à une réplique de ma part. Je me contentai de la regarder et de sourire.

— Bonjour, Dana, lui dis-je. Comment s'est passé votre week-end ?

— Mieux que le vôtre, j'en suis certaine, riposta-t-elle.

— Je dirais que c'était couru d'avance.

Elle sourit d'un air satisfait et retourna à la table de l'accusation.

— C'est sans surprise, dit Jennifer. Elle s'oppose à tout. Y compris à la diminution de la caution.

— Rien que de très normal. Comme je te l'ai dit, ne t'inquiète pas pour la caution aujourd'hui. Nous…

Je fus réduit au silence par la voix tonitruante de Morris Chan, l'huissier, annonçant l'arrivée du juge Warfield. Nous reçûmes l'ordre de rester assis et de nous tenir comme il faut.

Je pensais avoir eu de la chance de tomber sur Warfield dans mon affaire. C'était une vraie dure de la loi et de l'ordre, mais elle avait aussi été membre du barreau des avocats de la défense. Et souvent, les défenseurs qui deviennent juges se donnent toutes les peines du monde pour avoir l'air impartiaux et favorisent l'accusation. Mais ce n'était pas ce qu'on disait d'elle. Si je n'avais jamais rien défendu devant elle, j'avais entendu les propos d'autres pros de la défense au Redwood et au Four Green Fields par le passé, et l'image que j'en avais tirée était celle d'un juge qui tranchait pile au milieu. En plus de quoi, elle était afro-américaine, ce qui faisait d'elle une outsider. Pour remonter ça, elle avait dû se montrer meilleure que les autres avocats et cela exigeait un état d'esprit que j'aimais bien. Elle connaissait parfaitement les désavantages que j'allais avoir à essayer de me défendre tout seul. Je me disais qu'elle prendrait ça en compte dans ses décisions.

— Nous sommes officiellement en audience dans l'affaire « État de Californie contre Haller » et avons une série de requêtes de la défense à examiner, lança Warfield. Maître Haller, nous présenterez-vous vos arguments ou est-ce votre co-conseil, Mme Aronson, qui le fera ?

Je me levai pour répondre.

— S'il plaît à la cour, commençai-je, aujourd'hui nous pensons travailler en équipe. J'aimerais commencer par ma requête en suppression de preuves.

— Très bien, dit Warfield. Procédez.

C'est là que ça devint épineux. Techniquement parlant, j'avais déposé une requête *in limine* afin d'exclure des débats des éléments de preuve obtenus en violation de la Constitution. Je remettais en cause le contrôle routier qui avait conduit à la découverte du corps de Sam Scales dans le coffre de ma voiture. Si je l'emportais, mon procès se terminerait probablement par un arrêt de la procédure. Mais croire qu'un juge, même aussi impartial qu'on disait être Warfield, allait mettre pareil bâton dans les roues de l'accusation était loin d'être gagné d'avance. Et c'était sur cela que je comptais parce que, moi non plus, je ne voulais pas que cela se produise. Avec n'importe quel autre client, cet arrêt aurait été idéal. Mais c'était mon affaire à moi et je ne voulais pas l'emporter sur un point de procédure. Il fallait que je sois disculpé. L'astuce consistait donc à obtenir une audience entière sur la constitutionnalité du contrôle routier qui m'avait mis en prison. Mais je ne la voulais que pour amener l'officier Milton à la barre de façon à lui faire sortir sa version des faits et à l'avoir sous serment. Pour moi, en effet, j'avais été piégé et ce piège ne pouvait pas avoir été monté sans sa participation consciente ou inconsciente.

La sortie imprimante de ma requête à la main, je gagnai le lutrin entre les tables de l'accusation et de la défense. Chemin faisant, je jetai un coup d'œil désinvolte à la galerie du public et y reconnus au moins deux journalistes qui couvraient l'audience. Ce serait elles qui me serviraient à faire connaître ma défense à l'extérieur.

J'aperçus aussi ma fille, Hayley, dans la rangée du fond. Je me dis qu'elle devait sécher les cours, mais ne pouvais pas trop lui en vouloir. Je lui avais interdit de venir me rendre visite en prison. Je ne voulais absolument pas qu'elle me voie en tenue de prisonnier et avais été jusqu'à la rayer de ma liste de visiteurs. Le tribunal était donc le seul endroit où elle pouvait me soutenir, et cela ne m'échappait pas. Je savais aussi qu'elle laissait tomber le monde théorique du droit et apprenait quelque chose de réel en étant là.

Je lui adressai un petit signe de tête et lui fis un sourire, mais la voir là me rappela à quel point mon costume m'allait mal. On aurait dit que je l'avais emprunté, et il criait « Détenu ! » à tous les observateurs dans la salle. J'aurais tout aussi bien pu revêtir ma combinaison de prisonnier. J'essayai de chasser ces pensées en arrivant au lutrin et concentrai mon attention sur Warfield.

— Votre Honneur, lançai-je, ainsi qu'il est spécifié dans la requête présentée à la cour, la défense avance que j'ai été piégé dans cette affaire. Et que ce piège est devenu effectif le soir où la police m'a arrêté de manière illégale et anticonstitutionnelle.

— Et ce piège aurait été monté par qui, maître Haller ? me demanda Warfield.

La question me désarçonna. Si valable qu'elle ait pu être, qu'elle vienne d'elle était inattendu, surtout avant même que j'aie terminé mon argumentation.

— Votre Honneur, cela n'est pas pertinent dans cette audience, objectai-je. C'est de ce contrôle routier et de sa constitutionnalité qu'il est question. Que…

— Mais vous dites avoir été piégé. Savez-vous qui vous a piégé ?

— Encore une fois, Votre Honneur, la question n'est pas pertinente. En février prochain, elle le sera lorsque nous irons au procès, mais je ne vois pas pourquoi je devrais révéler ma défense à l'accusation alors que je remets en cause la validité de ce contrôle routier.

— Continuez donc.

— Merci, Votre Honneur, j'y viens. La…

— Vous m'attaquez ?

— Je vous demande pardon ?

— Ce que vous venez de dire, ce serait une attaque contre moi, maître Haller ?

Un peu perdu, je fis non de la tête. Je n'arrivais même pas à me rappeler ce que j'avais dit.

— Euh, non, certainement pas une attaque, Votre Honneur. Je ne me rappelle pas ce que je viens de dire, mais en aucun cas cela était destiné à…

— Très bien, passons à la suite.

Je restai désorienté. Warfield donnait l'impression d'être très sensible à tout ce qui pouvait être pris pour une remise en cause de ses capacités ou de son autorité. Il n'était pas mauvais de le découvrir aussi tôt dans la procédure.

— OK, bon, je m'excuse si ceci ou cela a été mal interprété, repris-je. Comme je le disais, j'ai émis une requête en suppression d'éléments de preuve pour contester les motifs raisonnables de mon interpellation et de la fouille sans mandat du coffre du véhicule que je conduisais. Une audience pour examen des preuves est requise sur les questions ainsi soulevées et, la présence de l'officier qui m'a arrêté et a fouillé mon véhicule étant obligatoire, j'aimerais donc fixer une date pour cette audience. Mais avant que nous puissions le faire, j'ai d'autres questions qui doivent être abordées. Cela fait maintenant quatre semaines que mon enquêteur essaie de s'entretenir avec le policier qui m'a arrêté… à savoir l'officier Milton… et qu'il n'y parvient pas malgré ses nombreuses demandes, à lui et à la police. Je sais que nous parlerons de l'échange des pièces entre les parties plus tard, mais même chose : le bureau du district attorney refuse de coopérer sur le problème soulevé par cette arrestation. Cela n'est que la continuation des efforts déployés par l'accusation, et ce, depuis le premier jour, pour m'empêcher d'avoir droit à un procès équitable.

Berg se dressa, mais Warfield leva la main pour l'empêcher de parler.

— Permettez que je vous arrête tout de suite, maître Haller, dit-elle. Ce sont là des accusations graves que vous venez de proférer. Vous feriez bien de les étayer dans l'instant.

Je rassemblai mes idées avant d'attaquer.

— Votre Honneur, commençai-je enfin. L'accusation ne veut clairement pas me permettre d'interroger l'officier Milton, et cela se voit dans la décision qui dès le début a été prise de passer par un jury d'accusation et de le faire donc témoigner en secret au lieu d'avoir une audience préliminaire où j'aurais pu lui poser des questions de vive voix.

En Californie, une accusation de crime ne peut donner lieu à un procès qu'après une audience préliminaire où les preuves de motif raisonnable de l'arrestation sont présentées à un juge, l'accusé étant alors déféré devant un tribunal. Alternative à cette audience préliminaire, l'accusation peut présenter l'affaire à un jury d'accusation et demander l'inculpation pour les charges. C'était le choix qu'avait fait Berg dans mon affaire. La différence entre les deux procédures est qu'une audience préliminaire est ouverte au public et la défense autorisée à interroger toute personne qui témoigne devant le juge, alors qu'un jury d'accusation opère en secret.

— Passer par un jury d'accusation est une option parfaitement légale et l'accusation a le droit d'y recourir, fit observer Warfield.

— Oui, mais cela m'interdit, moi, d'interroger mes accusateurs, protestai-je. L'officier Milton portait clairement une caméra le soir de mon arrestation, cela en conformité avec le règlement intérieur du LAPD, mais sa vidéo ne nous a toujours pas été transmise. J'ai aussi remarqué qu'il y avait une caméra dans sa voiture, mais cet enregistrement ne nous a toujours pas été donné non plus.

— Votre Honneur? lança Berg. L'accusation élève une objection à l'argument de la défense. Maître Haller est en train de transformer une requête en suppression d'éléments de preuve en une demande d'obtention de preuves. J'avoue m'y perdre.

— Et moi aussi, maître Haller, renchérit Warfield. Je vous ai donné la permission de vous défendre vous-même parce que vous êtes un avocat expérimenté, mais vous me faites de plus en plus l'effet de n'être qu'un amateur. Je vous prie donc de ne pas dévier du sujet.

— Eh bien, moi aussi, je m'y perds, Votre Honneur, la contrai-je. J'ai émis une requête parfaitement légale pour faire annuler ce qui n'est que le fruit d'une fouille sans mandat. C'est à la charge de maître Berg de démontrer que cette fouille était justifiée et je ne vois toujours pas d'officier Milton dans ce prétoire. Ainsi donc, à moins que l'accusation ne finisse par céder, maître Berg ne semble pas prête à argumenter contre ma requête et se conduit comme si cela l'indignait et comme si je n'étais censé qu'argumenter et qu'on en finisse. Madame le juge, le fait est que je demande une audience en examen des preuves et la possibilité de m'y préparer dès quc j'aurai reçu les pièces auxquelles l'échange entre les parties me donne droit. Je ne puis ni pleinement ni comme il convient défendre ma requête en suppression de pièces parce que l'accusation viole les règles de l'échange entre les parties. Je demande donc à la cour de mettre cette question à l'ordre du jour d'aujourd'hui, d'ordonner à l'accusation de remplir ses obligations en matière d'échange des pièces entre les parties et de fixer la date d'une audience pleine et entière sur cette requête lorsque les témoins, dont l'officier Milton, pourront y assister.

Warfield se tourna vers Berg.

— Je sais que nous avons une requête sur l'échange des pièces quelque part dans le dossier de maître Haller, dit-elle. Mais où en sommes-nous pour ce qui vient d'être mentionné ? La vidéo de l'officier et celle de sa voiture de patrouille. Elles auraient déjà dû être données à la défense.

— Juge Warfield, répondit Berg. Nous avons eu des difficultés techniques dans le transfert des…

Je rugis.

— Votre Honneur, l'accusation ne peut pas nous sortir ces « difficultés techniques » comme excuse ! J'ai été arrêté il y a exactement cinq semaines aujourd'hui. C'est ma liberté qui est en jeu et raconter que des difficultés techniques ont retardé l'application régulière de la loi est d'une injustice patente. On essaie de m'empêcher de joindre l'officier Milton. Purement et simplement. On l'a fait en passant par un jury d'accusation au lieu d'une audience préliminaire, et ça recommence aujourd'hui. Je n'ai pas renoncé au droit d'avoir un procès dans les plus brefs délais et l'accusation fait tout ce qu'elle peut pour m'obliger à en repousser la date.

— Maître Berg ? Votre réponse ? dit Warfield.

— Juge Warfield, si l'accusé cessait de m'interrompre avant même que je finisse une phrase, il aurait appris que nous avons eu des difficultés techniques, mais qu'elles ont été résolues et que je compte lui donner la vidéo prise depuis la voiture du policier et celle de sa caméra de corps aujourd'hui même. En plus de quoi, l'accusation s'élève contre toute suggestion selon laquelle nous traînerions les pieds ou ferions pression sur l'accusé de quelque manière que ce soit afin de repousser le procès à plus tard. Nous sommes prêts, madame le juge. Repousser ce procès ne nous intéresse pas.

— Très bien, dit Warfield. Donnez ces vidéos à la défense et nous…

— Motion de procédure, Votre Honneur, lançai-je.

— Qu'y a-t-il, maître Haller ? Je commence à perdre patience.

— Maître Berg vient de me qualifier d'accusé, répondis-je. Oui, je suis l'accusé dans cette affaire, mais, lorsque j'argumente devant la cour, je suis l'avocat de la défense et je demande que la cour exige de maître Berg qu'elle me qualifie ainsi qu'il convient.

— Argutie de sémantique, et rien d'autre, maître Haller, objecta Warfield. La cour ne voit nul besoin de donner pareil ordre à l'accusation. Vous êtes bien l'accusé. Vous êtes aussi l'avocat de la défense. Aucune différence dans ce procès.

— Cette différence, les membres d'un jury pourraient la voir, Votre Honneur.

Encore une fois, Warfield leva la main tel un flic de la circulation avant même que Berg puisse élever une objection.

— Le Peuple n'a aucun besoin d'argumenter, dit-elle. La demande de la défense est refusée. Examen de la requête de maître Haller repoussé à mardi matin. Maître Berg, j'attends que vous nous ameniez le policier

Milton afin qu'il soit interrogé sur le contrôle routier de maître Haller. Je me ferai un plaisir de signer une citation à comparaître si nécessaire. Mais soyez sûre que s'il ne comparaissait pas, je serais encline à accorder sa requête à maître Haller. Est-ce bien compris, maître Berg ?

— Oui, Votre Honneur.

— Très bien. Passons maintenant à la requête suivante. Je dois quitter ce tribunal à 11 heures pour une réunion à l'extérieur. Poursuivons.

— Votre Honneur, c'est ma collègue, Jennifer Aronson, qui vous présentera la requête en obligation d'échange des pièces.

Jennifer se leva et gagna le lutrin. Je retournai à la table de la défense et nous nous touchâmes légèrement le bras en nous croisant.

— On les aura ! lui murmurai-je.

## Chapitre 6

Mes avantages en tant que prisonnier et avocat *pro se* s'étendaient au centre de détention, où j'avais droit à du temps et à de l'espace pour mes réunions quotidiennes avec mon équipe. Je les fixai à 15 heures du lundi au vendredi, qu'il y ait des problèmes ou des stratégies à discuter ou pas. J'avais besoin de ce lien avec l'extérieur, ne serait-ce que pour protéger ma santé mentale.

Ces réunions pesaient à Cisco et à Jennifer : en plus de leurs affaires, ils devaient être fouillés en entrant et en sortant, le règlement les obligeant à être dans la salle avant même qu'on m'extraie du pavillon où j'étais gardé. Tout à la prison se mouvait à une vitesse fixée par les officiers qui dirigeaient le spectacle. La dernière chose garantie au détenu, même avocat *pro se*, était la ponctualité. La même raison voulait qu'on me réveille à 4 heures du matin pour passer en audience six heures plus tard et seulement quatre rues plus loin. Ces retards et ce harcèlement signifiaient que mon équipe devait se présenter à l'entrée de la prison réservée aux avocats à 14 heures pour que moi, je puisse la voir soixante minutes à partir de 15 heures.

La réunion qui suivit l'audience fut plus importante qu'une heure de santé mentale. Le juge Warfield avait signé un ordre autorisant Jennifer à apporter un lecteur de vidéo à la prison de façon que nous puissions visionner celles que l'accusation m'avait enfin transmises.

J'arrivai en retard parce qu'il avait fallu presque quatre heures pour me ramener du tribunal en car. Lorsque enfin on m'installa dans la salle, cela faisait pratiquement une heure que Jennifer et Cisco m'attendaient.

— Désolé, les gars, leur lançai-je lorsque le garde me fit entrer. Je ne contrôle rien, ici.

— Tiens donc ! s'exclama Cisco.

L'organisation était la même qu'au tribunal. Cisco et Jennifer s'assirent en face de moi, sous l'œil d'une caméra censée n'enregistrer que l'image et pas le son. La seule différence était que j'avais le droit de me servir d'un stylo pour prendre des notes ou rédiger des requêtes manuscrites à l'intention de la cour. Je n'avais pas celui de le rapporter dans ma cellule parce qu'il aurait pu servir d'arme, de tuyau ou de source d'encre à tatouages. En fait, je ne pouvais utiliser qu'un stylo à encre rouge, couleur dédaignée par les tatoueurs, en admettant que j'arrive seulement à revenir avec dans ma cellule en douce.

— Vous avez déjà regardé les vidéos ? demandai-je.

— Seulement dix fois en t'attendant, répondit Cisco.

— Et… ? ajoutai-je en me tournant vers Jennifer – l'avocate, c'était elle.

— Tes souvenirs de ce qui s'est dit et fait pendant ton contrôle sont excellents.

— Bien. Vous supporteriez de les revoir ? Je veux prendre des notes pour ma séance de questions-réponses avec Milton.

— Tu crois que c'est la meilleure façon de procéder ? me demanda Jennifer.

Je la regardai.

— Tu veux dire que je sois celui qui pose les questions au type qui m'a arrêté ?

— Oui. Ça pourrait paraître vindicatif aux jurés.

J'acquiesçai.

— Ça pourrait, oui. Mais il n'y aura pas de jurés.

— Il y aura des journalistes. Et ça reviendra aux oreilles des autres.

— OK, mais je vais quand même noter mes questions et nous déciderons combien de temps leur consacrer. Écris-moi ce que, toi, tu lui demanderais et on comparera tout ça demain ou mercredi.

Comme je n'avais pas le droit de toucher à l'ordinateur, Cisco en tourna l'écran vers moi. Il commença par passer la vidéo de la caméra que Milton avait fixée à son uniforme à hauteur de poitrine. L'enregistrement s'ouvrit sur une vue du volant de sa voiture de patrouille et passa rapidement à un plan où on le voyait descendre de son véhicule et remonter l'accotement jusqu'à ma Lincoln.

— Arrête ! dis-je. C'est de la merde !

Cisco appuya sur la touche arrêt.

— Qu'est-ce qui est de la merde ? me demanda Jennifer.

— Cette vidéo. Berg sait ce que je veux et elle se fout de nous, même si elle a eu la superbe noblesse d'âme d'obéir au juge. Je veux que vous retourniez voir

Warfield dès demain et que vous exigiez d'avoir tout l'enregistrement. Je veux voir où était Milton et ce qu'il faisait avant que censément nos chemins se croisent. Dites à Warfield que nous voulons que la vidéo démarre au moins une demi-heure avant. Et que nous la voulons en entier avant l'audience de jeudi.

— Pigé.

— OK, voyons voir ce qu'ils nous ont filé.

Cisco appuya de nouveau sur la touche « play » et je regardai. Il y avait une bande passante chrono au coin de l'écran, aussitôt je me mis à prendre des notes avec les heures exactes. Le contrôle routier et ce qui s'était passé après correspondaient à peu près à ce dont je me souvenais. Je repérai des endroits où je pensais marquer des points en interrogeant Milton, et quelques autres où je pourrais le piéger en le poussant à mentir.

Je découvris du neuf lorsque je vis Milton ouvrir le coffre de la Lincoln et baisser les yeux pour voir si Sam Scales montrait le moindre signe de vie. À ce moment-là, je me trouvais sur la banquette arrière de la voiture de patrouille et n'avais qu'une vue restreinte du coffre parce que j'étais trop bas. Là, je vis Sam allongé sur le côté, les genoux ramenés sur la poitrine et les mains dans le dos, tout cela maintenu en place par plusieurs tours de ruban adhésif. Sam étant assez grand et en surpoids pour sa taille, on aurait dit qu'on l'avait tassé dans le coffre.

Il avait des blessures par balle au niveau de la poitrine et des épaules et ce qui ressemblait à un canal d'entrée de projectile sur la tempe gauche et de sortie dans l'œil droit. Rien de neuf pour moi. Nous avions déjà reçu des photos de la scène de crime dans le premier lot d'éléments de preuve que Berg nous avait transmis lors de l'échange des pièces, mais la vidéo donnait une réalité viscérale à la scène.

Vivant, Sam Scales ne méritait aucune sympathie, mais mort, il avait l'air pitoyable. Du sang s'était répandu sur le plancher du coffre et avait dégoutté sur le sol par le trou créé par la balle qui lui était sortie de l'œil.

« Ah, merde ! » entendîmes-nous s'écrier Milton.

Et il fit suivre cette exclamation d'un petit rire étouffé.

— Repasse-moi ça, dis-je. Juste après « Ah, merde ! ».

Cisco repassant la séquence, je réécoutai. C'était presque comme si Milton jubilait. Je me dis qu'il serait peut-être utile de faire entendre ça à un jury.

— OK, arrête.

L'image se figea. Je regardai Sam Scales. Je l'avais représenté plusieurs années durant pour différentes accusations et avais eu, Dieu sait pourquoi, de la sympathie pour lui, même si en public je me joignais à l'indignation générale que suscitaient ses escroqueries. Un hebdomadaire l'avait qualifié un jour d'« homme le plus haï d'Amérique » et cela n'avait rien d'hyperbolique. Il profitait de tous les désastres. Sans la moindre culpabilité ou conscience, il montait des sites web destinés à recueillir des fonds pour aider ceux qui avaient réchappé à un tremblement de terre, à un tsunami, à une coulée de boue ou à une fusillade dans une école. Dès qu'il y avait une tragédie qui horrifiait le monde, il était là avec son site créé à toute vitesse, ses faux témoignages et la case « Faites un don » à cocher.

Si je croyais vraiment à l'idéal qui exige que tout individu accusé de crime ait droit à la meilleure défense possible, lui avait fini par avoir raison de ma patience. Et ce n'était pas parce qu'il avait refusé de me régler les honoraires prévus pour la dernière affaire dans laquelle je l'avais défendu. La goutte d'eau qui fait déborder le vase avait été celle dont je ne m'étais pas occupé – son arrestation lorsqu'il avait sollicité des dons pour payer des cercueils d'enfants tués lors d'un massacre dans une garderie à Chicago. Les dons avaient afflué sur son site, mais, comme d'habitude, ils avaient filé droit dans sa poche. Il m'avait appelé de la prison après son incarcération. Mais quand j'avais eu droit aux détails de son escroquerie, je lui avais dit que nos relations s'arrêtaient là. Un avocat commis d'office m'avait alors demandé de lui transmettre ses dossiers et je n'avais plus entendu parler de lui… jusqu'au jour où il avait terminé mort dans le coffre de ma voiture.

— Rien de particulier pour la caméra de la voiture de patrouille ? demandai-je.

— Pas vraiment, répondit Cisco. Mêmes images, sous un angle différent.

— OK, on oublie ça pour l'instant. On n'a plus beaucoup de temps. Qu'y avait-il d'autre dans le dernier échange des pièces de Dana Couloir-de-la-mort ?

J'avais essayé de mettre un peu de légèreté dans la discussion, cela tomba dans les oreilles de deux sourds. Les enjeux étaient trop élevés pour qu'on fasse de l'humour. Cisco me répondit sur un ton entièrement professionnel que contredisaient son air et son comportement.

— On a une vidéo du trou noir, dit-il. Je n'ai pas eu le temps de la visionner en entier, mais ce sera ma priorité dès que je serai hors d'ici.

Le « trou noir » était le surnom que donnaient les banlieusards à l'énorme garage installé sous le centre administratif municipal. Il s'enfonçait en spirale sur sept niveaux. Je m'y étais garé le jour où Sam Scales avait été assassiné et où j'avais donné sa journée à mon chauffeur parce que je pensais devoir passer toute la mienne au tribunal. D'après l'accusation, j'avais enlevé Sam Scales la veille au soir, l'avais fait monter dans mon coffre, l'avais abattu, et avais laissé son corps dans ma voiture toute la nuit, et le jour suivant pendant que je plaidais. Pour moi, cette théorie défiait le bon sens et je me faisais fort d'en convaincre un jury. Mais il y avait encore du temps avant le procès pour que l'accusation puisse changer d'idée et trouver quelque chose de mieux.

L'heure de la mort avait été estimée à environ vingt-quatre heures avant la découverte du corps par l'officier Milton. Cela expliquait aussi les gouttes de sang qui l'avaient prétendument alerté et avaient conduit à la sinistre découverte. Le corps commençant à se décomposer, des fluides s'étaient mis à couler par le trou que la balle avait fait dans le plancher du coffre.

— Des idées sur la raison pour laquelle l'accusation a voulu ces prises de vues dans le garage ? demandai-je.

— Je pense qu'ils veulent pouvoir dire que personne n'a trafiqué ta voiture de toute la journée, répondit

Jennifer. Et si les vues sont assez claires, ils auront aussi les gouttes de fluides corporels sous ton coffre.

— On en saura plus quand je pourrai y jeter un coup d'œil, ajouta Cisco.

Un frisson me parcourut soudain lorsque je songeai à la manière dont quelqu'un avait assassiné Sam Scales dans ma voiture, très probablement alors qu'elle était garée dans mon garage personnel, et comment j'avais roulé un jour entier avec son corps enfermé dans mon coffre.

— Bon, autre chose ? demandai-je.

— Oui, et ça, c'est nouveau, répondit Cisco. On a le témoignage de ton voisin qui a entendu deux types se disputer devant chez toi le soir précédent.

Je hochai la tête.

— Pas possible, dis-je. Qui est ce voisin ? Mme Shogren ou ce crétin de Chasen qui habite en bas de la côte ?

Cisco consulta le rapport.

— Millicent Shogren, lut-il. N'a pas compris les mots. Juste entendu des types en colère.

— Bon, il va falloir que tu l'interroges… et ne lui fous pas la trouille. Après, tu vas voir Gary Chasen de l'autre côté de la maison. Il n'arrête pas de recueillir des paumés à West Hollywood et, après, ils se disputent. Si Millie a entendu des cris, ils venaient de chez Chasen. C'est un quartier en pente et, comme elle est en haut, elle entend tout.

— Et toi ? me demanda Jennifer. Qu'est-ce que tu as entendu ?

— Moi ? Rien, répondis-je. Je te l'ai déjà dit. Je me suis couché tôt et je n'ai absolument rien entendu.

— Et tu n'avais personne dans ton lit ? insista-t-elle.

— Malheureusement, non. Si j'avais su qu'on allait m'accuser de meurtre, peut-être que j'aurais dû recueillir un paumé moi aussi.

Encore une fois, les enjeux étaient trop élevés. Personne ne se fendit du moindre sourire. Mais parler de ce qu'avait entendu Millie Shogren et à quel endroit me donna une idée.

— Millie ne leur a pas dit qu'elle avait entendu les coups de feu, si ? demandai-je.

— Ce n'est pas dans le rapport, répondit Cisco.

— Alors, assure-toi bien de le lui demander. On pourrait peut-être faire passer les témoins de l'accusation de notre côté.

Cisco fit non de la tête.

— Quoi ?

— Pas moyen. On a aussi le rapport de la balistique et c'est pas bon.

Alors, je compris pourquoi ils avaient l'air si sinistres tandis que j'essayais de les dérider au lieu que ce soit eux qui le fassent. Ils avaient enterré le lead et j'allais y avoir droit.

— Dis-moi.

— OK, eh bien, la balle qui a traversé la tête de la victime a aussi transpercé le plancher du coffre. Et ils l'ont retrouvée. Par terre dans ton garage. Avec du sang dessus. Elle a percuté le ciment et a champignonné, et la correspondance avec les rayures n'a pas marché. Mais ils ont fait des tests d'alliages métal et il y a correspondance avec les autres balles dans le corps. D'après ce qu'on a dans le paquet, on n'a toujours pas l'ADN du sang, mais on peut supposer qu'il va aussi correspondre à celui de Sam Scales.

J'acquiesçai d'un signe de tête. Cela voulait dire que l'accusation allait pouvoir prouver que Sam Scales avait été assassiné dans mon garage à un moment où j'avais moi-même confirmé être chez moi. Je songeai à la conclusion juridique que j'avais servie à Edgar Quesada la veille au soir. J'étais maintenant dans le même bateau qui coule que lui. Juridiquement parlant, j'étais foutu.

— OK, finis-je par dire. Il faut que je prenne le temps de réfléchir à tout ça. Si vous n'avez pas d'autres surprises à m'annoncer, vous pouvez sortir pour que je réfléchisse à une stratégie. Parce que, pour moi, tout ça ne change rien : c'est toujours un coup monté. C'est juste qu'il est sacrément bon et que j'ai besoin de fermer les yeux et de comprendre certaines choses.

— T'es sûr, patron ? me demanda Cisco.

— On peut travailler la question avec toi, proposa Jennifer.

— Non, faut que je voie ça tout seul. Allez, filez.

Cisco se leva, gagna la porte et frappa sur le métal de toute la force de son poing.

— Même heure demain ? s'enquit Jennifer.

— Oui, même heure. À un moment donné, il va falloir arrêter d'essayer de deviner leur stratégie et commencer à bâtir la nôtre.

La porte s'ouvrit et un garde emmena mes collègues subir la procédure de sortie. Puis la porte se referma et je restai seul. Je fermai les yeux et attendis qu'on vienne me chercher à mon tour. J'entendis l'écho des claquements de portes en acier et des cris d'hommes en cage.

Échos et acier qui claque étaient les bruits inévitables de ma vie aux Twin Towers.

# Chapitre 7

*Mardi 3 décembre*

Le matin venu, je notifiai le garde de la salle de jour que j'avais besoin d'aller à la bibliothèque de droit pour travailler mon dossier. Quatre-vingt-dix minutes s'écoulèrent avant qu'un autre garde m'y escorte. Petite, la pièce se trouvait au niveau B et se composait de quatre bureaux et d'un mur de rayonnages contenant deux exemplaires du Code pénal de Californie et plusieurs volumes reprenant certaines affaires et des arrêts de diverses cours d'appel et de la Cour suprême au-dessus. J'avais feuilleté deux ou trois de ces livres lors de ma première visite et m'étais aperçu qu'ils étaient sérieusement dépassés et inutiles. Tout était maintenant sur ordinateur et mis à jour aussitôt qu'une loi changeait ou qu'une nouvelle jurisprudence était établie. Les livres rangés sur les étagères n'étaient là que pour faire joli.

Mais ce n'était pas pour cela que j'avais besoin de la bibliothèque. J'y allais pour noter les idées qui m'étaient venues pendant ma nuit d'insomnie et, dans cette salle, on avait le droit d'avoir un stylo et de s'en servir. Il y avait évidemment longtemps que Bishop avait proposé de me louer un bout de crayon dont user en douce dans ma cellule, mais j'avais décliné son offre : je savais qu'avant d'arriver entre mes mains, l'objet devrait passer par toute une série de rectums de visiteurs et de détenus pour rentrer dans la prison. Et que lorsque je ne m'en servirais pas, on compterait sur moi pour que je le dissimule aux gardiens de la même manière.

J'avais donc préféré la bibliothèque et me mis au travail en écrivant au verso des pages d'une requête déjà introduite et refusée.

Ce que je dressai fut en gros une liste de choses à faire à l'intention de mon enquêteur et de mon co-conseil. Nous avions essuyé quelques revers au premier essai : pas de caméras dans le parking où je m'étais garé le soir de la fête au Redwood et pas de caméras non plus, en tout cas qui fonctionnent, en face de chez moi. Et celle que j'avais sur la terrasse de devant ne permettait de voir ni le garage ni la rue en dessous. Cela étant, je sentais qu'on pouvait faire encore beaucoup de choses pour prendre de l'élan et renverser la situation en notre faveur. D'abord et avant tout, nous attendions les données de mon téléphone portable et de ma voiture, qui se trouvaient pour l'instant entre les mains de la police. Il allait falloir exiger de les avoir pour les examiner. Je savais qu'il n'y a rien de mieux qu'un portable pour retracer le parcours de quelqu'un. Le mien montrerait qu'il était resté chez moi du début jusqu'à la fin de la nuit. Et les données du système de navigation de la Lincoln montreraient, elles, que ma voiture n'avait pas bougé de mon garage de toute la soirée et de toute la nuit, soit jusqu'à l'heure où on estimait que Sam Scales était mort. Cela, bien sûr, ne signifiait pas que je n'aurais pas pu filer dans une voiture d'emprunt ou avec un complice afin d'enlever Sam Scales, mais, côté logique et sens commun, la théorie de l'accusation risquait d'en pâtir. Si j'avais planifié mon crime aussi soigneusement, pourquoi donc aurais-je roulé une journée entière avec un cadavre dans mon coffre ?

Ces données seraient de première force devant des jurés et serviraient aussi à coincer l'accusation dans ce qui est un des fondements clés de l'établissement de la culpabilité, à savoir la possibilité matérielle de commettre le crime. Parce qu'elle a la charge de la preuve, elle devrait expliquer comment j'avais pu perpétrer mon crime dans mon propre garage alors que rien ne pouvait prouver que moi ou ma voiture avait jamais quitté les lieux.

Avais-je attiré Sam Scales chez moi sous de faux prétextes pour le tuer ? Prouvez-le.

M'étais-je servi d'un véhicule différent afin de quitter ma maison, de kidnapper Sam Scales, de le ramener chez moi, de le faire monter dans le coffre de ma propre voiture et de l'y tuer ? Prouvez-le.

Telles étaient les requêtes que Jennifer allait devoir étudier et mettre en forme. Pour Cisco, j'avais une tâche différente. J'avais commencé par lui faire reprendre mes anciens dossiers afin d'y repérer quelqu'un qui aurait pu vouloir me faire du mal : un client insatisfait, un mouchard, quelqu'un que j'aurais jeté aux chiens lors de son procès. Me faire accuser de meurtre était un rien extrême en termes de vengeance, mais quelqu'un m'avait bel et bien piégé et je ne devais laisser aucune possibilité au hasard. Je décidai de relever Cisco de ce travail et d'en charger Lorna Taylor. Elle connaissait mes dossiers mieux que personne et saurait quoi chercher. Elle pourrait suivre cette piste pendant que je mettais Cisco à plein temps sur Sam Scales. Cela faisait des années que je n'avais plus représenté ce dernier et je ne connaissais plus grand-chose sur lui. J'avais donc besoin que Cisco reprenne ses antécédents et découvre comment et pourquoi on l'avait choisi comme victime dans le coup qu'on montait contre moi. Il fallait que je sache tout ce dans quoi il avait trempé. Je ne doutais pas qu'au moment de son assassinat il était ou bien en train de monter sa prochaine arnaque ou bien en plein dedans. Dans l'un ou l'autre cas, j'avais besoin d'en connaître tous les détails.

Vérifier ce qu'avait fait Sam Scales vivant impliquait aussi qu'on vérifie comment il était mort. Nous avions obtenu le rapport d'autopsie dans la première, mais très maigre série de documents échangés entre les parties. Il ne faisait que confirmer l'évidence : Scales avait succombé à de multiples blessures par balle. Mais nous n'avions eu droit qu'aux premières conclusions après l'examen du corps. Le rapport de toxicologie faisait toujours défaut. L'établir demandant généralement de deux à quatre semaines après l'autopsie, cela voulait dire qu'il aurait déjà dû nous parvenir, et que l'accusation ne l'ait pas inclus dans son dernier envoi d'échange des pièces me semblait douteux. Elle pouvait très bien nous cacher quelque chose et il fallait trouver de quoi il s'agissait. Je voulais aussi savoir jusqu'où Sam Scales était mentalement fonctionnel lorsque quelqu'un l'avait censément fourré vivant dans mon coffre de voiture, puis abattu.

Cela pouvait être obtenu de deux façons. Jennifer pouvait tout simplement déposer une requête exigeant la production de cette pièce dans l'échange entre les parties, mais Cisco, lui, pouvait aussi rejoindre le bureau du coroner et essayer de s'en procurer une copie. Après tout, c'était un document accessible à tous.

Dans ma liste de choses à faire, j'assignai cette tâche à Cisco pour la simple et bonne raison que, s'il obtenait une copie du rapport de toxicologie, il y avait de fortes chances que l'accusation ne s'en rende pas compte. C'était la meilleure stratégie : ne jamais laisser l'accusation savoir ce qu'on a dans la main et où on va avec… à moins d'y être obligé par le juge.

Fin de la liste de choses à faire. Mais je n'avais aucune envie de retourner dans mon pavillon. Trop de bruit, trop de causes d'inattention. J'aimais bien le calme qui régnait dans cette bibliothèque et décidai que, maintenant que j'avais un stylo en main, je pouvais tout aussi bien esquisser les bases de ma requête en examen de ma voiture et analyse de mon téléphone portable. Je voulais la présenter au juge Warfield à l'audience de jeudi de façon à pouvoir avancer. En délimiter les contours maintenant faciliterait le travail de Jennifer au moment de la soumettre.

Mais, alors que je m'y attelais, le garde affecté à la bibliothèque reçut un appel radio et m'informa que j'avais de la visite. C'était assez surprenant dans la mesure où je ne pouvais en recevoir que des personnes que j'avais incluses dans la liste que j'avais établie au moment de mon incarcération. Celle-ci était courte et ne contenait en gros que les membres de mon équipe de défense. Et elle, j'avais déjà prévu de la réunir dans l'après-midi.

Je me dis qu'il devait s'agir de Lorna Taylor. Bien qu'elle gère mon cabinet, elle n'était ni avocate ni enquêtrice agréée, ce qui lui interdisait d'assister aux réunions de l'après-midi avec Jennifer et Cisco. Mais, lorsque je regardai à travers la paroi de verre du parloir, je fus agréablement surpris de voir la femme dont, sans trop d'espoir, j'avais porté le nom en dernier sur ma liste.

Kendall Roberts se tenait en face de moi. Je ne l'avais pas revue depuis plus d'un an. Depuis qu'elle m'avait quitté.

Je me glissai sur le tabouret devant la paroi de verre et sortis le téléphone de son logement. Elle fit de même de l'autre côté.

— Kendall ! m'écriai-je. Qu'est-ce que tu fais ici ?

— J'ai appris que tu avais été arrêté et je ne pouvais pas ne pas venir. Ça va ?

— Oui, ça va. C'est que des conneries et je l'emporterai au tribunal.

— Je te crois.

Lorsqu'elle m'avait quitté, elle avait aussi quitté la ville.

— Euh… quand es-tu arrivée ici ? lui demandai-je. À Los Angeles, je veux dire.

— Hier soir. Tard.

— Où es-tu descendue ?

— Dans un hôtel. Près de l'aéroport.

— Eh bien… combien de temps comptes-tu rester ?

— Je ne sais pas. Je n'ai rien de prévu. Quand doit se tenir le procès ?

— Pas avant deux mois. Mais nous serons en audience jeudi.

— Je passerai peut-être.

Elle avait dit ça comme si je l'invitais à une fête ou à boire un coup. Je m'en foutais. Elle était belle. J'ignorais qu'elle s'était laissé pousser les cheveux depuis la dernière fois que je l'avais vue. Ils encadraient son visage et lui tombaient jusqu'aux épaules. Et les fossettes qui creusaient ses joues quand elle souriait étaient toujours là. Je sentis ma poitrine se serrer. J'avais passé un total de sept années avec mes deux ex-femmes, et presque autant de temps rien qu'avec elle. Et tout avait été parfait durant ces années jusqu'à ce que nous commencions à nous éloigner l'un de l'autre et qu'elle décide de quitter L.A.

Je ne pouvais, moi, quitter ni ma fille ni mon cabinet. Je lui avais proposé de ménager plus de temps pour voyager, mais il était hors de question que je m'en aille. Pour finir, c'était donc elle qui était partie. Elle avait remballé tout ce qu'elle possédait un jour où j'étais de tribunal et m'avait laissé un mot. J'avais mis Cisco sur le coup rien que pour avoir le réconfort de savoir où elle était et si elle allait bien… tout au moins était-ce ce que je m'étais dit. Il l'avait tracée jusqu'à Hawaï, mais je n'étais pas allé plus loin. Jamais je n'avais survolé l'océan pour la supplier de revenir. Je m'étais contenté d'attendre et d'espérer.

— D'où arrives-tu ? repris-je.

— De Honolulu. Je vis à Hawaï.

— Tu as ouvert un atelier ?

— Non, mais je donne des cours. Il vaut mieux que je ne sois pas la propriétaire. Je ne fais plus qu'enseigner. Et je m'en sors.

Elle avait tenu un atelier de yoga dans Ventura Boulevard pendant quelques années, mais l'avait vendu quand elle avait commencé à s'ennuyer.

— Combien de temps comptes-tu rester ?

— Je te l'ai déjà dit. Je ne sais pas encore.

— Eh bien, si tu veux, tu peux habiter chez moi. Je ne vais évidemment pas y aller et tu pourrais arroser les plantes… dont certaines sont d'ailleurs à toi.

— Euh… peut-être. Nous verrons.

— La clé de rab est toujours sous le cactus sur la terrasse de devant.

— Merci. Pourquoi es-tu ici, Mickey ? Tu n'as pas de caution ou…

— Pour l'instant, ils me tiennent avec une caution de 5 millions de dollars, ce qui veut dire que je pourrais sortir avec un cautionnement de dix pour cent. Mais innocent ou pas, on ne le récupère pas au bout, et ça ferait à peu près tout ce que j'ai, y compris la valeur de la maison. Je ne me vois pas foutre tout ça en l'air pour deux ou trois mois de liberté. Ils me doivent un procès rapide et je vais gagner et sortir d'ici sans avoir à débourser un sou pour le garant.

Elle fit oui de la tête.

— Bien, dit-elle. Je te crois.

Les visites au parloir ne duraient qu'un quart d'heure au bout duquel les téléphones étaient coupés. Je savais que nous n'avions presque plus de temps. Mais la voir me fit penser à tout ce qui était en jeu.

— C'est vraiment gentil à toi d'être venue, lui dis-je. Je suis navré que les visites soient si courtes alors que tu viens de si loin.

— Tu m'as mise sur ta liste de visiteurs. Je n'en étais pas sûre quand ils m'ont posé la question, puis ils ont trouvé mon nom. C'est gentil.

— Je ne sais pas. Je me suis juste dit que tu viendrais peut-être si tu entendais parler de mon affaire. J'ignorais si ça passerait aux infos à Hawaï, mais ici, ça a fait beaucoup de bruit.

— Tu savais que j'étais à Hawaï ?

Oups. J'avais dérapé.

— Euh… en quelque sorte. Quand tu es partie si brutalement, j'ai juste voulu savoir si ça allait, tu comprends ? J'ai demandé à Cisco de chercher et il m'a dit que tu avais pris un vol pour Hawaï. Je ne savais pas où exactement ni non plus si c'était pour toujours. Seulement que tu étais partie.

Je la regardai étudier ma réponse.

— OK, dit-elle enfin.

— Comment c'est là-bas ? lui demandai-je en essayant de rattraper ma *gaffe*[1]. Tu t'y plais ?

— Ça s'est bien passé. Pour m'isoler. Je pense revenir.

— Eh bien, je ne sais pas trop ce que je peux faire d'ici, mais, si tu as besoin de quoi que ce soit, fais-le-moi savoir.

— OK, merci. Il vaudrait peut-être mieux que j'y aille. On m'a dit que je n'avais droit qu'à un quart d'heure.

— Oui, mais ils ne font que couper les téléphones quand c'est fini. Tu penses revenir me voir ? À moins d'être au tribunal, je suis ici tous les jours.

Et de sourire comme si j'étais une espèce de comique qui sert son petit numéro. Avant qu'elle ait le temps de répondre, un grand bruit électronique se fit entendre dans les téléphones et la ligne fut coupée. Je la vis parler, mais n'entendis plus ce qu'elle disait. Elle regarda l'appareil, puis se tourna vers moi et le remit lentement dans son logement. La visite était terminée.

Je lui adressai un petit hochement de tête et lui souris gauchement. Elle me fit un léger signe de la main et se leva de son tabouret. Je me levai à mon tour et commençai à longer l'alignement des box visiteurs, tous ouverts derrière le tabouret du prisonnier. Je regardai par chaque fenêtre en passant et l'entrevis avancer à la même hauteur que moi de l'autre côté.

Puis elle disparut.

1. En français dans le texte.

Le garde me demanda si je voulais retourner à la bibliothèque, je lui répondis que je préférais regagner mon pavillon.

Je repensai à la dernière image que j'avais gardée de Kendall tandis qu'on m'y ramenait. J'avais observé ses lèvres au moment où elle parlait au téléphone et compris alors qu'elle disait :

« Je ne sais pas. »

# Chapitre 8

*Jeudi 5 décembre*

L'officier Roy Milton était en tenue et avait pris place à la première rangée de la galerie réservée au public, juste derrière la table de l'accusation, lorsque je fus amené dans le prétoire. Je n'eus aucun mal à le reconnaître. Selon le règlement des services du shérif, j'étais enchaîné à la taille et menotté de part et d'autre des hanches. Je fus conduit à la table de la défense où le garde m'ôta mes chaînes cependant que Jennifer, qui s'était levée et m'attendait, m'aidait à enfiler ma veste de costume. Lorna avait Dieu sait comment réussi à reprendre ce dernier et tout m'allait à la perfection. Je me tournai vers la galerie et y allai d'un effet de manchettes en m'adressant à Milton.

— Officier Milton, lui lançai-je, comment se porte-t-on aujourd'hui ?

— Ne lui répondez pas, lui cria Dana Berg de la table de l'accusation.

Je la regardai, elle me renvoya aussitôt mon regard.

— Occupez-vous de vos affaires, Haller, m'assena-t-elle.

J'écartai les mains pour lui montrer ma surprise.

— Ce n'était qu'un peu de cordialité, lui dis-je.

— Faites ça avec quelqu'un de votre bord.

— OK. Comme vous voulez.

Je balayai la galerie du regard et y découvris ma fille à sa place habituelle. Je lui fis un sourire et un hochement de tête, elle me les rendit tous les deux. Je ne vis pas Kendall Roberts, mais je n'y comptais pas trop. J'en étais venu à voir dans sa visite la façon qu'elle avait trouvée de s'acquitter d'un devoir à mon endroit. Et ça n'irait pas plus loin.

Je finis par sortir ma chaise de la table de la défense et m'assis à côté de Jennifer.

— Je n'ai jamais cru devoir reconnaître un jour que j'aime bien être en costume, lui lançai-je. Mais tout vaut mieux que la tenue du prisonnier.

— Tu as fière allure, me dit-elle. Lorna a fait du bon boulot !

Nous avions parlé avec Cisco dans la cellule du tribunal. Mais il était déjà reparti avec toute une liste d'enquêtes à mener.

J'entendis des murmures dans mon dos, me retournai et vis que les deux journalistes qui couvraient le procès depuis le premier jour s'étaient déjà installées à leur place habituelle. L'une travaillait pour le *Los Angeles Times* et l'autre le *Daily News*. Concurrentes, elles adoraient s'asseoir ensemble et bavarder en attendant que le spectacle commence. Je connaissais Finnel depuis des années. Elle avait couvert plusieurs de mes affaires pour le *Times*. Addie Gamble, elle, était toute nouvelle à la rubrique procès au pénal du *News* et je ne la connaissais que de nom.

Le juge Warfield ne tardant pas à franchir la porte juste derrière le box de la greffière, l'audience démarra. Avant qu'elle ne passe à ma requête en suppression de pièces à conviction, je l'informai que j'en avais une autre à déposer de toute urgence, dans la mesure où l'accusation continuait à ne pas se montrer fair-play dans l'échange des pièces entre les parties.

— De quoi s'agit-il cette fois-ci, maître Haller ? me demanda-t-elle.

Elle avait pris un petit ton exaspéré qui me déconcerta aussi tôt dans la séance. Je gagnai le lutrin pendant que Jennifer apportait des exemplaires de ma nouvelle requête à la table de l'accusation et au garde qui les tendit au juge.

— Votre Honneur, enchaînai-je, la défense ne demande que ce à quoi elle a droit. Vous avez devant vous une requête concernant l'échange des pièces pour des données retrouvées dans mon portable et dans ma voiture, mais que l'accusation ne m'a toujours pas transmises parce qu'elle sait fort bien qu'elles me disculpent en montrant que j'étais chez moi et ma voiture dans mon garage au moment où censément je serais sorti pour enlever M. Scales et le ramener chez moi pour l'assassiner.

Dana Berg se mit aussitôt debout pour élever une objection. Elle n'eut même pas à en expliciter les raisons, le juge s'en chargeant aussitôt.

— Maître Haller, tonna-t-elle. Porter votre différend devant les médias plutôt que devant la cour est inacceptable et… dangereux. Me comprenez-vous bien ?

— Oui, Votre Honneur, et je m'excuse. Assurer ma propre défense me fait passer par des émotions d'une intensité inhabituelle.

— Ce n'est pas une excuse. Vous voudrez bien tenir cet avertissement pour le seul et unique auquel vous aurez droit.

— Merci, Votre Honneur.

Mais, alors même que je m'excusais, je ne pus m'empêcher de me demander ce qu'elle pourrait bien me faire en me collant un outrage à la cour. M'expédier en prison alors que j'y étais déjà ? Me mettre une amende ? Bonne chance pour la collecter alors que je ne gagnais plus un sou en me battant contre une accusation de meurtre.

— Poursuivez, reprit-elle. Et faites attention.

— Madame le juge, ma requête est limpide. L'accusation est très clairement en possession de ces éléments et nous ne les avons toujours pas reçus. Il semblerait que ce soit de cette manière que procède le bureau du district attorney : on garde les pièces et on ne les partage pas à moins que la défense ne les demande expressément, et ce n'est pas comme cela qu'il convient de procéder. Il y a là des renseignements essentiels dont j'ai besoin pour me défendre, et j'en ai besoin immédiatement, Votre Honneur. Pas quand l'accusation voudra bien en avoir envie.

Warfield se tourna vers l'accusation pour avoir sa réponse, Berg se portant alors au lutrin et abaissant le micro à sa hauteur.

— Votre Honneur, commença-t-elle, les suppositions de maître Haller sont totalement fausses. Les renseignements qu'il exige ont été récoltés par le LAPD suite à un mandat de perquisition dont les conclusions ont mis du temps à être rédigées. Tout ce qui est sorti de cette perquisition ne m'est parvenu qu'hier et n'a pas encore été analysé par moi ou aucun membre de mon équipe. Il me semble que les règles qui régissent l'échange des pièces entre les parties me permettent au moins de les examiner avant de les transmettre à la défense.

— Quand la défense aura-t-elle enfin ces pièces ?

— Je dirais demain soir.

— Votre Honneur ! m'écriai-je.

— Un instant, maître Haller. Maître Berg, si vous n'avez pas le temps de les examiner vous-même, faites-les analyser par quelqu'un d'autre ou passez-les à la défense en aveugle. Je veux que vous ayez transmis ces pièces à la défense avant la fin de la journée. De la journée d'aujourd'hui, s'entend. Et pas à minuit.

— Oui, Votre Honneur, répondit une Berg proprement réprimandée.

— Votre Honneur, j'aimerais quand même être entendu, insistai-je.

— Maître Haller, je viens juste de vous obtenir ce que vous vouliez, répliqua-t-elle avec impatience. Qu'y a-t-il à ajouter ?

Je gagnai le lutrin au moment où Berg le quittait. Je jetai un bref regard à la galerie et y vis Kendall assise à côté de ma fille. Cela me redonna confiance. Je remontai le micro.

— Madame le juge, commençai-je, la défense est troublée par l'idée absurde selon laquelle l'échange des pièces entre les parties ne devrait pas s'effectuer avant que ces pièces ne soient examinées. Ce mot d'« examen » est fort malléable. Qu'est-ce qu'un examen ? Combien de temps cela prend-il ? Quinze jours ? deux mois ? J'aimerais que la cour énonce des règles claires sur ce point. Comme le sait ce tribunal, je n'ai pas renoncé, et n'ai aucune intention de le faire, au droit d'être jugé dans les meilleurs délais, ce qui signifie que tout retard dans le transfert de ces pièces me met dans une position des plus injustes.

— Votre Honneur ? lança Berg. Puis-je être entendue ?

— Non, maître Berg. Il n'est nul besoin que vous soyez entendue. Je vais donc mettre au clair les règles de l'échange des pièces entre les parties dans l'enceinte de ce tribunal. Cet échange est une route à deux sens. Ce qui arrive doit repartir. Sur-le-champ. Sans délai ni examen excessif. Ce que reçoit l'accusation, la défense doit le recevoir aussitôt. Inversement, ce que reçoit la défense, l'accusation doit le recevoir tout aussitôt. Sans délai. La pénalité encourue pour toute violation de cette règle sera l'invalidité des pièces à la source de la plainte. Ne l'oubliez pas. Bien, et maintenant, pouvons-nous enfin étudier l'objet de la présente séance ? Soit, en l'occurrence, la requête *in limine* déposée par maître Haller aux fins d'interdire que le cadavre soit considéré comme élément de preuve par cette cour. Maître Berg, c'est à vous que revient la charge de justifier ces fouilles et arrestation sans mandat. Avez-vous un témoin à appeler dans cette affaire ?

— Oui, madame le juge. Le Peuple appelle l'officier Roy Milton.

Celui-ci se leva et franchit le portillon de la galerie pour gagner le box des témoins. Il leva la main et prêta serment. Après qu'il se fut assis et que son identité fut établie, Berg s'appliqua à lui faire sortir sa version de mon arrestation.

— Officier Milton, dit-elle, vous êtes affecté à la Metro Division, non ?

— Si, si.

— Quelle en est la juridiction ?

— Eh bien, on pourrait dire qu'elle s'étend à l'ensemble de la ville.

— Et ce soir-là, vous étiez de service dans la 2e Rue, n'est-ce pas ?

— Correct.

— Quelle était votre mission à ce moment-là, officier Milton ?

— Je devais effectuer une tâche pour la SPU et me trouvais…

— Permettez que je vous arrête tout de suite. Qu'est-ce que cette SPU ?

— La Special Problems Unit.

— Et quel était ce problème spécial que vous deviez régler ce soir-là ?

— Nous avions remarqué une augmentation des crimes et délits au centre municipal. Essentiellement du vandalisme. Nous avions des observateurs dans la place et je me trouvais dans une voiture de renfort postée juste à l'extérieur de la zone. Soit au croisement de la 2e Rue et de Broadway, avec vue dégagée sur ces deux voies.

— Vues dégagées sur quoi, officier Milton ?

— Sur tout, et c'est là que j'ai vu l'accusé sortir du parking de Broadway.

— De Broadway, c'est bien ça ? Parlons-en. Votre voiture était à l'arrêt, correct ?

— Oui, j'étais garé le long du trottoir, au coin sud-est de la 2e Rue. J'avais vue jusqu'au tunnel devant moi, et tout le long de Broadway à ma gauche. C'est là que j'ai vu le véhicule quitter le parking payant.

— Vous avait-on assigné cette position ou bien l'aviez-vous choisie vous-même ?

— J'avais été dépêché dans cette zone… soit le coin du carré dont nous avions entouré le centre sur la carte.

— Cette position ne vous interdisait-elle pas de voir ? Le bâtiment du *New York Times* ne vous aurait-il pas bloqué toute vue sur le centre municipal ?

— Comme je vous l'ai dit, nous avions des observateurs à l'intérieur… des observateurs à pied d'œuvre dans le centre. J'étais là pour contenir. On m'avait mis à un endroit où je pouvais réagir à tout individu quittant le centre par Broadway. Mais je pouvais aussi entrer dans ce carré si c'était nécessaire.

Pas à pas, Berg lui fit détailler l'interpellation et la discussion qu'il avait eue avec moi derrière ma voiture. Milton décrivit ma réticence à ouvrir mon coffre afin de voir si ma plaque d'immatriculation ne s'y trouvait pas, puis il passa au moment où il avait remarqué ce qui dégouttait de mon coffre.

— J'ai cru que c'était du sang, dit-il. J'ai pensé que, vu l'urgence de la situation, je devais l'ouvrir pour voir s'il n'y avait pas quelqu'un de blessé à l'intérieur.

— Merci, officier Milton, dit Berg. Je n'ai plus rien à ajouter.

Et de m'abandonner son témoin. J'avais, moi, pour but de laisser une trace qui, elle, je l'espérais, me serait utile lors du procès. Berg ne s'était pas donné la peine de produire la moindre vidéo pendant son interrogatoire parce qu'elle n'avait qu'à établir qu'il y avait eu situation d'urgence pour être couverte.

Mais la veille, nous avions, nous, reçu de l'accusation les enregistrements vidéo complets de la caméra de corps de Milton et de celle de ma voiture et nous les avions étudiés lors de notre réunion de 15 heures aux Twin Towers. Jennifer avait maintenant celle de Milton sur son portable et pouvait la lancer à tout moment si nécessaire.

Je regagnai le lutrin en ôtant l'élastique du document montrant une vue aérienne du centre que j'avais imprimée. Je demandai au juge la permission de m'approcher du témoin et la lui déroulai sous les yeux.

— Officier Milton, je vois que vous avez un stylo dans votre poche, lui lançai-je. Pourriez-vous marquer l'endroit où vous étiez ce soir-là sur ce cliché ?

Il s'exécuta et je lui demandai d'y apposer ses initiales. Puis je repris le document, le réenroulai, remis l'élastique et demandai au juge de l'accepter comme pièce à conviction A. Milton, Berg et le juge eurent tous l'air un rien perplexes, mais pas de problème : j'avais très envie que Berg soit paumée face à ce que la défense avait en tête.

Je regagnai encore une fois le lutrin et demandai à la cour la permission de projeter les deux vidéos qui m'étaient parvenues lors de l'échange des pièces à conviction. Warfield me donnant son accord, je me servis de Milton pour les authentifier et les présenter au tribunal. Puis je les fis passer l'une après l'autre sans poser de questions. Et, lorsque ce fut terminé, je n'en énonçai que deux :

— Officier Milton, pensez-vous que ces deux enregistrements rendent exactement compte de vos actions lors de cette interpellation ?

— Oui, tout y est, répondit-il.

— Vous n'y voyez rien indiquant qu'il y aurait eu altération ou modification quelconque de ces pièces ?

— Non, tout y est, répéta-t-il.

Je demandai au juge d'accepter les vidéos comme pièces à conviction B et C de la défense et Warfield fit droit à ma requête.

Puis je passai à autre chose, ce qui encore une fois laissa l'accusation et le juge perplexes devant ce que j'étais en train de bâtir.

— Officier Milton, lançai-je, à quel moment avez-vous décidé de procéder à un contrôle routier de ma voiture ?

— Quand vous avez tourné, j'ai remarqué que votre véhicule ne comportait pas de plaque d'immatriculation. Comme il s'agit là d'une tactique de fuite assez répandue, je vous ai suivi et ai procédé à ce contrôle lorsque nous nous sommes retrouvés dans le tunnel de la 2e Rue.

— « Tactique de fuite » dites-vous, officier Milton ?

— Parfois, quand des gens sont en train de commettre un crime, ils enlèvent les plaques de leur voiture pour que des témoins ne puissent pas en relever le numéro.

— Je vois. Mais au vu de la vidéo que nous venons de regarder, il semblerait bien que le véhicule en question ait eu une plaque à l'avant, non ?

— Si.

— Cela n'irait-il pas à l'encontre de votre théorie du « véhicule de fuite » ?

— Pas vraiment. Les voitures de fuite sont en général vues en train de s'éloigner et c'est donc la plaque arrière qu'il est important d'enlever.

— D'accord. M'avez-vous vu descendre la rue en venant du Redwood et tourner à droite dans Broadway ?

— Oui.

— Étais-je en train de faire quelque chose de litigieux ?

— Pas que je m'en souvienne.

— Pensiez-vous que j'étais soûl ?

— Non.

— Et vous m'aviez bien vu entrer à pied dans le parking ?

— Oui.

— Cela vous semblait-il douteux ?

— Pas vraiment. Vous portiez un costume et je me suis dit que vous aviez dû y garer une voiture.

— Saviez-vous que le Redwood est un bar fréquenté par des avocats de la défense ?

— Non.

— Qui vous a dit de m'arrêter après que je suis ressorti du parking au volant de ma voiture ?

— Euh… personne. J'ai vu la plaque d'immatriculation qui manquait quand vous avez quitté Broadway pour passer dans la 2e Rue et j'ai aussitôt quitté ma position pour effectuer le contrôle routier.

— Et par là, vous voulez dire que vous m'avez suivi dans le tunnel et avez allumé votre gyrophare, c'est bien ça ?

— Oui.

— Saviez-vous déjà que je quitterais ce parking sans plaque d'immatriculation à l'arrière de ma voiture ?

— Non.

— Vous étiez-vous posté à cet endroit dans le but précis de m'arrêter ?

— Non.

Berg éleva une objection au motif que je harcelais Milton en lui posant et reposant la même question de différentes façons. Le juge en convint et m'intima l'ordre de passer à autre chose.

Je baissai les yeux sur les notes que j'avais écrites en rouge et posées sur le lutrin.

— Je n'ai plus d'autres questions, Votre Honneur, dis-je.

Elle eut l'air légèrement perdue par mon interrogatoire et la fin abrupte que j'y avais mise.

— Vous êtes sûr, maître Haller ? me demanda-t-elle.

— Oui, Votre Honneur.

— Très bien, l'accusation veut-elle procéder à un contre-interrogatoire ?

Berg, elle aussi, avait l'air perdue par ce que je venais de faire. Croyant que je ne lui avais infligé aucun dommage, elle répondit que non, elle n'avait pas d'autres questions, Warfield concentrant alors de nouveau son attention sur moi.

— Avez-vous un autre témoin, maître Haller ?

— Non, Votre Honneur.

— Très bien. Des arguments à présenter ?

— Ils le sont déjà, juge Warfield.

— Rien d'autre ? Vous ne voulez pas au moins relier les pointillés pour nous après cet interrogatoire ?

— Mes arguments ont été présentés, Votre Honneur.

— L'État veut-il argumenter ?

Berg se remit debout et leva les mains en l'air comme pour demander ce qu'il pouvait bien y avoir à discuter, puis elle annonça qu'elle se contenterait d'une réponse écrite.

— La cour est donc maintenant prête à statuer, dit Warfield. La requête est refusée et la séance est levée

Elle avait dit cela d'un ton neutre, mais j'entendis des murmures et sentis comme une déception dans la salle. C'était comme si un grand « Quoi ? » montait de toute la galerie.

Mais moi, j'étais satisfait. Je n'avais jamais eu envie de l'emporter. Ce que je voulais, c'était abattre l'arbre de l'accusation afin de gagner le procès – et je venais d'y porter mon premier coup de hache.

## Chapitre 9

Nous attaquâmes notre réunion de 15 heures en grande forme malgré ce qui nous entourait. Non seulement nous avions accompli ce que nous cherchions à faire et l'avions porté aux minutes de l'audience, mais en plus Jennifer et Cisco avaient l'une et l'autre de bonnes nouvelles à m'annoncer. Je demandai à Jennifer de parler en premier.

— OK, dit-elle, te rappelles-tu d'Andre La Cosse ?

— Bien sûr que oui, lui répondis-je. Mon plus beau moment.

Et c'était vrai. L'affaire « État de Californie contre Andre La Cosse » méritait d'être gravée sur ma pierre tombale à la fin de mes jours. C'était celle dont j'étais le plus fier. Un innocent avec tout le poids du système judiciaire contre lui et que j'avais fait libérer alors qu'il était accusé de meurtre. Et pas seulement grâce à un non-lieu. En fait, j'avais obtenu l'un des oiseaux les plus rares dans le système : le grand I. Tout le travail que j'avais effectué au procès l'avait prouvé « Innocent ». Tellement même que l'État avait dû payer des dommages et intérêts pour l'avoir accusé à tort !

— Et donc ? demandai-je à Jennifer.

— Eh bien, il a vu quelque chose à propos de ton procès sur le Net et il veut t'aider.

— M'aider comment ?

— Mickey, tu ne piges pas ? Tu lui as obtenu des dommages à six chiffres pour accusation mensongère, il veut te retourner le compliment. Il a appelé Lorna pour lui dire qu'il était prêt à mettre 200 000 dollars pour ta caution.

J'en restai stupéfait. C'est à peine s'il avait survécu au procès alors qu'on le maintenait en prison, ici même, aux Twin Towers, alors que nous le défendions au tribunal et que je lui négociais une compensation. J'en avais soustrait un tiers pour mes honoraires, mais cela remontait à sept ans et il y avait longtemps qu'il n'en restait plus rien. Il semblait, lui, avoir mieux géré son argent et était maintenant prêt à en sacrifier une part pour me libérer.

— Il sait que cela ne lui sera pas rendu, hein ? Deux cent mille dollars par la fenêtre... C'est un gros morceau de ce que je lui ai obtenu.

— Il le sait, oui, répondit Jennifer. Parce qu'il n'est pas resté assis sur son fric. Il l'a investi. D'après Lorna, il est à fond dans tout le truc de la cryptomonnaie et dit que ce dédommagement n'a été qu'un début. Et que ça a grandi. Beaucoup. Et il t'offre ces 200 000 dollars sans condition. J'ai envie d'accepter et de demander une audience en rétablissement de caution. On obtient que Warfield la fasse tomber à 2,5 ou 3 millions... ce qu'elle devrait être... et tu sors d'ici.

J'acquiesçai d'un signe de tête. L'argent d'Andre pouvait très bien couvrir dix pour cent du montant total de la caution. Mais il y avait un problème.

— C'est très généreux à lui, dis-je, mais je ne crois pas que ça marche. Berg ne va pas laisser pisser et accepter une réduction de soixante pour cent de la caution. Et je ne pense pas que Warfield l'accepte, elle non plus. Si Andre veut vraiment nous aider, on pourrait peut-être se servir de son argent pour engager des experts, trouver des pièces à conviction et enfin payer tous les membres de l'équipe pour les heures supplémentaires qu'ils se tapent.

— Non, patron ! s'écria Cisco.

— On y a réfléchi, dit Jennifer. Et il y a quelqu'un d'autre qui veut te donner un coup de main. Un autre donateur.

— Qui ?

— Harry Bosch.

— Pas question. C'est un ancien flic à la retraite pour l'amour du ciel ! Il ne peut absolument pas…

— Mickey, tu lui as obtenu 1 million de dollars de dédommagement de la ville l'année dernière et tu n'en as même pas pris un centime. Il veut…

— Je n'en ai pas pris un centime parce qu'il pourrait en avoir besoin, de ce fric. Il va utiliser son assurance au maximum et après, il le lui faudra. En plus de quoi, j'ai établi un compte en fidéicommis et c'est là qu'il l'a mis.

— Écoute, Mickey, il peut y puiser ou emprunter contre sa valeur, insista Jennifer. L'essentiel là-dedans, c'est que tu sortes d'ici. Non seulement c'est dangereux, mais tu as maigri, tu n'as pas bonne mine et ta santé est en jeu. Tu aurais oublié ce que disait Legal Siegel ? Aie l'air d'un gagnant et tu en seras un. Et là, tu n'as vraiment pas l'air d'un gagnant, Mickey. Tu peux faire rétrécir tes costumes, mais tu auras toujours l'air pâle et malade. Il faut que tu sortes d'ici et que tu te remettes en forme pour le procès.

— Non, en fait, Legal Siegel disait : « Conduis-toi en gagnant, et tu en seras un. »

— Aucune importance. C'est la même chose et c'est ta chance. Ces gens sont venus vers nous. Andre nous a même dit qu'il le faisait parce qu'il t'avait vu à la télé et que ça lui a rappelé l'état dans lequel il était quand il était enfermé ici.

J'acquiesçai. Je savais qu'elle avait raison. Mais je n'avais aucune envie de prendre cet argent, surtout à Bosch, mon demi-frère, qui, je le savais, en avait besoin pour d'autres choses.

— Et il n'y a pas que ça. Tu dois aussi être avec ta fille pour Noël, reprit Jennifer. Cette interdiction de visite lui pèse autant qu'à toi.

Elle m'avait eu avec ce dernier argument. Ma fille me manquait… Ne plus entendre sa voix…

— OK, je comprends, dis-je.

— Bien.

— On devrait pouvoir rabaisser la caution à 3 millions, dis-je. Mais probablement pas plus.

— Trois millions, on peut couvrir, dit-elle.

— OK, je prépare ça. Mais on ne laisse pas entendre qu'on pourrait aller jusque-là. Je veux que Berg s'imagine qu'on demande l'aumône. Elle se dira que la faire baisser de 2 devrait quand même me maintenir en taule. On demande 1 million et elle ira jusqu'à 3.

— Exact, dit Jennifer.

— Une dernière chose, ajoutai-je. Es-tu sûre que Harry et Andre ont fait cette offre volontairement ? Ce n'est pas vous qui le leur auriez suggéré ?

Elle haussa les épaules et regarda Cisco.

— Croix de fer, croix de bois, patron, dit-il. Ça nous est arrivé par Lorna.

Je cherchai le moindre indice de tromperie, mais n'en vis pas. Cela étant, je sentais que quelque chose inquiétait Jennifer.

— Qu'est-ce qu'il y a, Bullocks ? lui demandai-je.

— Pour la caution… Et si le juge exige la pose d'un appareil de surveillance dans le deal ? Un bracelet électronique. Tu pourrais t'en accommoder ?

Je réfléchis un instant. Que l'État surveille le moindre de mes mouvements pendant que je bâtirais ma défense serait le comble de l'invasion de ma vie privée. Mais je me rappelai ce que Jennifer m'avait dit sur le fait de passer du temps avec ma fille.

— Ne l'offre pas dans les négociations, finis-je par lui dire. Mais si ça doit faire partie du deal, j'accepte.

— Bien. Je lance la requête dès qu'on a fini ici. Avec un peu de chance, on devrait pouvoir la présenter demain et toi, être de retour chez toi pour le week-end.

— Le plan me paraît bon.

— Y a autre chose pour Harry Bosch, reprit-elle.

— Oui, quoi ?

— Il dit vouloir aussi t'aider dans ta défense, si nous sommes d'accord.

Cela me fit hésiter. Il y avait toujours de la friction entre Cisco et Bosch depuis qu'ils enquêtaient. Bosch était maintenant à la retraite, mais il avait été inspecteur de police. Cisco, lui, était du côté de la défense depuis toujours. Mettre Bosch dans le coup pouvait être très bénéfique à cause de son expérience et de ses contacts. Mais cela pouvait aussi rompre la bonne entente de mon équipe. Je n'eus pas trop longtemps à peser le pour et le contre avant que Cisco ne mette fin à mes incertitudes.

— On a besoin de lui, dit-il.

— Tu es sûr ?

— Accepte son aide.

Je compris ce qu'il faisait. Il mettait toutes ces animosités de côté pour moi. Dans toute autre affaire, il aurait déclaré qu'on n'avait pas besoin de Bosch, et ç'aurait été probablement vrai. Mais avec ma vie et ma liberté en jeu, il voulait mettre toutes les chances de notre côté.

Je le remerciai d'un hochement de tête et me tournai vers Jennifer.

— Commence par me sortir d'ici, lui dis-je. Après, on ira voir Bosch. Assurons-nous qu'il obtienne tout ce qu'il y a dans les pièces de l'échange entre les parties, surtout les photos de la scène de crime. Il est génial dans ce domaine.

— Je m'en occupe. Est-il sur la liste de tes visiteurs ?

— Non, mais je peux le faire ajouter. Il n'est pas impossible qu'il ait déjà essayé de me voir.

Je recentrai mon attention sur Cisco.

— OK, le grand costaud, qu'est-ce que tu as pour moi ?

— J'ai reçu tout le rapport d'autopsie d'un mec des services du coroner. Et, côté toxicologie, ça va te plaire.

— Dis-moi.

— Sam Scales avait du flunitrazépam dans le sang. C'est mentionné dans les conclusions. Va voir sur Google et tu verras que c'est du Rohypnol.

— La drogue du viol, précisa Jennifer.

— Bien, dis-je. Et il en avait combien dans le sang ?

— Assez pour l'assommer, répondit Cisco. Il n'était pas conscient quand ils l'ont abattu.

J'appréciai qu'il ait dit « ils ». Cela signifiait qu'il marchait à fond dans l'hypothèse selon laquelle j'avais été piégé et très probablement par plus d'une personne.

— Et qu'est-ce que ça nous apprend sur le moment où on lui a collé sa dose ?

— Je ne sais pas trop.

— Jennifer, il va nous falloir un expert au procès, dis-je. Et un bon. Tu peux creuser la question ?

— Je m'y mets, dit-elle.

Je réfléchis encore pendant quelques instants avant de poursuivre.

— Je ne suis pas certain que ça nous aide. L'État m'accusera de l'avoir drogué, puis enlevé pour le ramener chez moi. On a toujours besoin de savoir où était Sam Scales et ce qu'il faisait.

— Je m'en occupe, dit Cisco.

— Bien, parlons un peu du garage. Lorna a-t-elle réussi à y envoyer Wesley ?

Wesley Brower était l'installateur qui avait remplacé le mécanisme d'ouverture d'urgence de la porte de mon garage. Sept mois plus tôt, pendant la saison des incendies, une panne régionale m'avait privé d'électricité. Je n'avais pas pu sortir de mon garage alors que j'étais de tribunal pour un énoncé de sentence. J'avais, et depuis longtemps, perdu la clé de l'ouverture d'urgence. J'avais appelé Brower pour qu'il m'ouvre et il avait alors découvert que la poignée du mécanisme était couverte de rouille. Il avait quand même réussi à me sortir de là et j'étais bien arrivé au prétoire – mais en retard. Le lendemain, Brewer était revenu m'installer un nouveau mécanisme d'ouverture.

Si ma défense devait être d'affirmer qu'on m'avait piégé, il allait falloir que j'explique aux jurés la façon exacte dont cela s'était produit. Et donc commencer par dire comment le ou les vrais tueurs étaient entrés dans mon garage pour coller Sam Scales dans le coffre de ma voiture et le tuer. J'avais demandé à mon équipe d'appeler Wesley Brower pour qu'il vérifie le mécanisme d'ouverture afin de déterminer si quelqu'un l'avait actionné ou, pire, endommagé.

La réponse de Jennifer fut de lever la main et de l'agiter de droite à gauche pour me faire comprendre qu'elle avait de bonnes et de mauvaises nouvelles.

— Lorna a réussi à faire venir Brower chez toi et, oui, il a vérifié le mécanisme, dit-elle. Il a bien remarqué que quelqu'un l'avait enclenché, mais n'a pas pu dire quand. Comme tu as fait installer le nouveau en juillet, tout ce qu'il peut dire, c'est qu'il a été utilisé après.

— Comment le sait-il ?

— Le type qui l'a actionné l'a remis en position après avoir ouvert la porte. Mais pas dans celle où Brower l'avait laissé en juillet. Il sait donc qu'il a été actionné, mais ne pourra pas affirmer la date au tribunal. D'où… rien de concluant.

— Merde.

— Je sais, mais ce n'était pas gagné.

Les bonnes impressions du début de notre séance commençaient à se dissiper.

— Bon, d'accord, où en est-on côté liste des suspects ? demandai-je.

— Lorna y travaille encore. Tu as eu des tonnes d'affaires ces dix dernières années. Il y en a encore beaucoup à examiner. Je lui ai promis de l'aider ce week-end et, avec un peu de chance, tu seras dehors et tu pourras te joindre à nous.

J'acquiesçai d'un hochement de tête.

— À propos, enchaînai-je, tu devrais peut-être filer si tu veux déposer une requête aujourd'hui.

— C'est ce que je me disais, moi aussi. Autre chose ?

Je me penchai au-dessus de la table pour lui parler à voix basse… au cas où il aurait poussé des oreilles à la caméra du plafond.

— Je t'appelle dès que je peux mettre la main sur un téléphone. Je veux te parler de Baja et que tu enregistres. Tu pourras ?

— Pas de problème. J'ai l'appli qu'il faut.

— Parfait. Alors, à plus tard.

## Chapitre 10

Une heure ou presque s'écoula avant qu'on me ramène à mon pavillon. Je trouvai Bishop assis au bout d'une table, en train de jouer aux dominos mexicains avec un certain Filbin. Il m'adressa son salut habituel :

— Salut, le conseiller !

— Mais... je croyais que tu devais aller au tribunal, aujourd'hui.

— C'est ce que je pensais moi aussi, jusqu'à ce que mon avocat décide de repousser à plus tard. C't'enfoiré doit croire que c'est le Ritz, ici.

Je m'assis, posai mes documents sur la table et regardai autour de moi. Des tas de types étaient sortis de leurs cellules et allaient et venaient dans la grande salle de jour. Il y avait deux téléphones montés sur le mur au-dessous des vitres à effet miroir du poste de surveillance. On pouvait y passer un appel en PCV ou se servir d'une carte achetée à la cantine. À ce moment-là, ils étaient tous les deux occupés et il y avait trois autres détenus qui attendaient leur tour. Les appels étant coupés au bout de quinze minutes, cela voulait dire que si je prenais ma place dans la queue, je pourrais passer mon coup de fil en gros une heure plus tard.

Je n'avais pas vu Quesada lors de mon tour d'horizon. Puis je découvris que la porte de sa cellule était fermée. Tous les détenus du pavillon étaient tenus à l'écart de la population générale, mais être enfermé dans sa cellule à cet endroit était réservé à ceux qui se trouvaient en danger immédiat ou avaient beaucoup de valeur dans un procès.

— Quesada est confiné ? demandai-je.

— Depuis ce matin, me répondit Bishop.

— Mouton, lança Filbin.

J'en souris presque. Traiter quelqu'un de « mouton » dans ce pavillon, c'était un peu comme si l'hôpital se moquait de la charité. La raison la plus répandue pour laquelle on mettait ces prisonniers à l'écart était bien que tous cafardaient celui-ci et celui-là. Et pour ce que j'en savais, Filbin était du nombre. Je ne me faisais pas un devoir de demander à tel ou tel pourquoi il se trouvait là, ni non plus la raison de son statut de prisonnier protégé. Je n'avais aucune idée de ce qui avait amené Bishop à être là, et ne le lui aurais jamais demandé. Mettre son nez dans les affaires d'autrui pouvait avoir certaines conséquences dans un lieu tel que les Twin Towers.

Je les regardai jouer jusqu'à ce que Bishop gagne la partie et que Filbin se lève pour gagner l'escalier conduisant au second niveau de cellules.

— Tu veux jouer, le conseiller ? me demanda Bishop. Dix *cents* le point.

— Non merci, répondis-je. Je ne joue pas.

— Alors là, si c'est pas des conneries ! Comme si t'étais pas en train de jouer ta vie en restant ici avec nous autres criminels !

— À ce propos, il se pourrait que je sorte dans pas longtemps.

— Ah bon ? T'es sûr de vouloir quitter ce lieu enchanteur ?

— Il le faut. Je dois préparer mon procès et ce n'est pas ici que ça va arriver. Toujours est-il que je veux que tu saches que je respecterai mon engagement. Je te paierai jusqu'à la fin du procès.

— Pour un Blanc, c'est sympa !

— Non, je ne plaisante pas. Tu as fait en sorte que je me sente à l'abri et ça, Bishop, j'apprécie. Appelle-moi quand tu sortiras. Je pourrais avoir quelque chose pour toi. Quelque chose de légal, s'entend.

— Comme quoi ?

— Comme me servir de chauffeur. Tu as un permis de conduire ?

— Je pourrais en avoir un.

— Un vrai ?

— Aussi vrai que possible, le conseiller. Et pour conduire quoi ? Et qui ?

— Moi. Je suis l'avocat à la Lincoln et j'ai besoin d'un chauffeur.

Le dernier m'avait presque réglé les frais de représentation de son fils et n'était plus qu'à une semaine d'y parvenir lorsque j'avais été arrêté. Si jamais je sortais, j'allais avoir besoin d'un nouveau chauffeur et ce que Bishop pouvait m'apporter en termes d'intimidation et de sécurité en plus de ce travail ne m'échappait pas.

Je jetai à nouveau un coup d'œil aux téléphones. La file d'attente s'était réduite à deux détenus chaque. Je savais que j'allais devoir prendre la queue avant qu'elle ne remonte à trois. Je me penchai vers Bishop et violai la règle que je m'étais imposée de ne jamais me mêler des affaires des autres.

— Bishop, lui lançai-je, disons que tu veux entrer dans le garage de quelqu'un par effraction. Comment tu t'y prendrais ?

— Le garage de qui ?

— Non, c'est une supposition. Le garage de n'importe qui. Comment tu ferais ?

— Qu'est-ce qui te fait croire que j'entrerais chez quelqu'un par effraction ?

— Rien. C'est juste une hypothèse et je fais appel à tes lumières. Et c'est pour entrer dans un garage, pas dans une maison.

— Des fenêtres ou une porte latérale ?

— Non, juste une porte de garage à deux places.

— Y a une poignée qui saute en cas d'urgence ?

— Oui, mais il faut une clé.

— Non, pas besoin. Ces poignées, on peut les avoir avec une tête plate.

— Tu veux dire un tournevis ? Tu es sûr ?

— Oui. Je connaissais un gars dont c'était la spécialité. Il prenait sa bagnole et il passait sa journée à visiter des garages. Et à piquer des voitures, des outils, des tondeuses à gazon, tout un tas de trucs géniaux à revendre.

J'acquiesçai d'un signe de tête et regardai les téléphones. L'un d'eux n'avait plus qu'un détenu devant. Je me levai.

— Faut que j'aille au bigo, Bishop, lui dis-je. Merci du renseignement.

— Je te couvre, mec.

Je rejoignis les téléphones et me postai derrière le seul détenu qui attendait juste au moment où le type devant lui raccrochait en colère et lançait :

— Va te faire foutre, salope !

Il s'éloigna et le suivant décrocha le téléphone. Mon attente finit par durer moins de deux minutes, le type appelant en PCV et voyant son appel ou bien rester sans réponse, ou bien être refusé par celui qui le recevait. Il s'éloigna à son tour, je m'approchai de l'appareil et posai mes papiers sur le haut de la cabine. Puis je composai le numéro de portable de Jennifer et l'appelai en PCV. En attendant que la voix électronique la mette au courant de mon coup de fil, j'étudiai le panneau sur le mur.

TOUS LES APPELS SONT SUR ÉCOUTE

Jennifer accepta le PCV.

— Mickey, dit-elle.

— Jennifer. Ne dis rien avant que j'aie fini de parler. Appel de Michael Haller, défenseur *pro se*, à l'adresse de sa collègue Jennifer Aronson, conversation sous protection du secret professionnel. Cet appel ne doit pas être écouté.

J'attendis une seconde, censément pour que celui qui écoutait passe à une autre conversation.

— Bien, repris-je. Cela juste pour vérifier. As-tu déposé ta requête ?

— Oui. Les notifications sont parties. On peut espérer avoir une audience demain.

— As-tu mis sur pied le truc de Baja avec Cisco ?

— Euh, oui… c'est fait.

— Tout le bazar ? Le voyage, tout ?

— Ouais, tout.

— Parfait. Et le fric est prêt ?

— Oui.

— Et le type, tu lui fais confiance ?

S'ensuivit une pause. Je supposai que Jennifer avait compris ce que je fabriquais.

— Absolument, répondit-elle enfin. C'est réglé au millimètre.

— Parfait, répétai-je. Non, parce que je n'ai qu'un coup pour réussir.

— Et s'ils t'obligent à porter un bracelet ?

Elle avait pigé vite. Mentionner ce bracelet était une trouvaille de génie.

— Ça ne sera pas un problème. On n'aura qu'à prendre le mec que Cisco a fait bosser sur l'affaire d'avant. Il saura quoi faire.

— Exact, dit-elle. J'avais oublié.

S'ensuivit une autre pause pendant que je réfléchissais à la manière d'emballer l'affaire.

— C'est que… va donc falloir que tu viennes pêcher avec moi, dis-je.

— Faudra surtout que je revoie un peu mon espagnol.

— D'autres trucs dont il faudrait causer ?

— Pas vraiment, non.

— Bon, bon. On n'a plus qu'à attendre l'audience. À plus.

Je raccrochai et m'écartai pour laisser passer le type qui faisait la queue derrière moi. Bishop n'était plus à la table où nous avions parlé. Je pris l'escalier pour monter à l'étage et me trouvais à mi-chemin de ma cellule lorsque je me rappelai mon dossier. Lorsque je revins aux deux téléphones du mur, il avait disparu.

Je donnai une petite tape sur l'épaule du type qui téléphonait. Il se retourna vers moi.

— Mes papiers, lui lançai-je. Où ils sont ?

— Quoi ? riposta-t-il. Je les ai pas, tes putains de papiers !

Et il se retourna vers la cabine.

— Qui les a pris ?

Et je lui tapai à nouveau dans le dos. Il se retourna encore vers moi, mais cette fois en colère.

— Je sais pas qui te les a piqués, s'pèce d'enfoiré. Et tu dégages, bordel !

Je fis demi-tour et parcourus toute la salle des yeux. Plusieurs détenus y allaient et venaient, ou restaient assis devant un écran de télé installé en hauteur. Je regardai leurs mains et ce qu'ils avaient sous leurs chaises, mais ne vis mes papiers nulle part.

Mon regard se porta alors sur les cellules, d'abord celles du bas, puis celles du second. Mais, individus ou objets, je ne vis rien de douteux.

Je gagnai un endroit sous les vitres en verre miroir du poste de surveillance. Puis j'agitai les mains au-dessus de ma tête pour attirer l'attention. Une voix finit par m'arriver du haut-parleur sous les vitres.

— Qu'est-ce qu'il y a ?

— Quelqu'un m'a pris mon dossier de tribunal.

— Qui ?

— Je ne sais pas. Je l'avais laissé sur le toit de la cabine et à peine deux minutes plus tard il n'y était plus.

— Vous êtes censé prendre soin de vos biens personnels.

— Je sais, mais quelqu'un me l'a pris. Je suis avocat *pro se* et j'ai besoin de ces documents. Il va falloir fouiller tout le pavillon.

— Et d'un, vous ne me dites pas ce que nous devons faire. Et de deux, c'est pas demain la veille que ça va se produire.

— Je le rapporterai au juge. Elle ne va pas être contente.

— Vous ne me voyez pas, mais je tremble de tous mes membres.

— Écoutez, il faut que je les retrouve. Ils sont importants pour mon procès.

— Alors, faudrait peut-être les garder un peu mieux.

Je scrutai longuement la vitre avant de m'en détourner et de regagner ma cellule. Et sus alors que, quelque argent qu'il m'en coûte, il fallait absolument que je sorte des Twin Towers.

## Chapitre 11

*Mardi 10 décembre*

Dana Berg prétendit avoir besoin de temps pour préparer son opposition à la requête en réduction de caution déposée par Jennifer Aronson. Cela voulait dire que j'allais devoir passer un autre week-end enfermé dans ma cellule. J'attendis le mardi suivant tel celui qui évolue dans des eaux infestées de requins en attendant la corde qui le remontera en sécurité.

Enfin, je mangeai ce que j'espérai être mon dernier sandwich carcéral au bologne suivi d'une pomme dans le car qui m'emmenait au Criminal Court Building, puis entamai ma lente ascension dans la prison verticale du tribunal pour arriver à la cellule de détention du neuvième étage, juste à côté du prétoire du juge Warfield. J'y arrivai peu avant mon audience de 10 heures et n'eus donc aucune chance de m'entretenir avec Jennifer. Mon costume m'étant apporté, je me changeai. Déjà rétréci une fois, il flottait à nouveau autour de ma taille et ce fut essentiellement de cette façon que je mesurai ce que mon incarcération m'avait infligé. Je clipsais ma cravate lorsque l'huissier m'informa que le moment était venu d'y aller.

La galerie réservée au public était plus peuplée que d'habitude. Mes journalistes y avaient pris leurs places habituelles, mais j'y aperçus aussi ma fille, Kendall Roberts et mes bienfaiteurs potentiels Harry Bosch et Andre La Cosse – soit deux individus aussi différents qu'on peut l'être assis l'un à côté de l'autre et prêts à me faire cadeau de toutes leurs économies. À côté d'eux se tenait Fernando Valenzuela, le garant des cautions qui, lui, était prêt à conclure la transaction si Warfield pouvait être convaincue de statuer en ma faveur. J'avais travaillé avec lui deux décennies durant et de temps en temps m'étais juré de ne plus jamais avoir recours à ses services, tout comme lui-même avait à l'occasion juré de ne plus jamais être la caution d'un autre de mes clients. Mais là il était, apparemment prêt à oublier nos griefs passés et à prendre le risque de garantir ma caution.

Je souris à ma fille et adressai un clin d'œil à Kendall. Et juste au moment où j'allais me tourner vers la table de la défense, je vis la porte du prétoire s'ouvrir sur Maggie McPherson. Elle regarda autour d'elle, aperçut notre fille et se glissa sur le banc à côté d'elle. Hayley était maintenant assise entre Maggie et Kendall, qui ne s'étaient jamais rencontrées. Elle faisait les présentations lorsque je pris place à côté de Jennifer à la table de la défense.

— Tu as demandé à Maggie McFierce de venir ? lui chuchotai-je.

— Oui, me répondit-elle.

— Pourquoi as-tu décidé de faire ça ?

— Parce qu'elle est procureur et que, si elle dit que tu ne t'enfuiras pas, ça pèsera lourd pour le juge.

— Et pour tous ses patrons à elle aussi. Tu n'aurais pas dû mettre ce genre de pression sur…

— Mickey, aujourd'hui, mon job, c'est de te sortir de prison. Et je vais me servir de tous les outils à ma disposition… comme tu le ferais toi-même.

Avant que je puisse réagir, l'officier Chan rappela tout le monde à l'ordre. Une seconde plus tard, le juge Warfield franchissait la porte derrière le poste de la greffière et montait rapidement les marches conduisant au banc[1].

— Reprise de l'affaire « État de Californie contre Haller », annonça-t-elle. Nous avons une requête en réduction de caution. Qui va plaider pour la défense ?

— Moi, madame le juge, dit Jennifer en se levant.

— Très bien, maître Aronson. J'ai cette requête sous les yeux. Avez-vous d'autres arguments avant que nous entendions l'accusation ?

Jennifer gagna le lutrin avec un bloc-notes grand format et un tas de documents à distribuer.

— Oui, Votre Honneur, répondit-elle. En plus des affaires mentionnées dans ce dossier, j'ai des précédents qui étaient ma requête. Il n'y a ici aucune circonstance atténuante ou aggravante et à aucun moment l'État n'a soumis le moindre argument selon lequel maître Haller présenterait un risque pour la communauté. Quant à

1. Ou « banc de justice ». Terme désignant l'endroit où siège le juge, par opposition à la « barre » où se tiennent les témoins et les avocats.

celui de s'enfuir, il n'a depuis son arrestation montré aucune autre intention que celle de se battre contre ces accusations et de s'en disculper malgré les tentatives sans fondement visant à l'entraver dans sa défense *pro se* en le maintenant sous les verrous et ainsi l'empêcher de se préparer à son procès comme il convient. Dit simplement, l'accusation veut garder maître Haller en prison parce qu'elle a peur et entend aborder ce procès sur un terrain qui la favorise.

Le juge attendit un instant au cas où il y aurait eu plus. Berg se leva à la table de l'accusation et attendit d'avoir la parole.

— En plus de quoi, Votre Honneur, reprit Jennifer, j'ai ici un certain nombre de personnes qui sont prêtes à se porter garantes de la moralité de maître Haller, si besoin est.

— Je suis certaine que cela ne sera pas nécessaire, dit Warfield. Maître Berg ? Je vois que vous attendez le moment de répondre.

Berg gagna le lutrin à l'instant où Jennifer le quittait.

— Merci, juge Warfield, dit-elle. L'accusation s'oppose à l'abaissement de la caution dans cette affaire parce que l'accusé a autant les moyens que le motif de s'enfuir. Comme la cour le sait bien, c'est d'un meurtre que nous parlons ici, d'un meurtre dont la victime a été retrouvée dans le coffre de voiture de l'accusé. Et les éléments de preuve montrent clairement que ce meurtre a été perpétré dans le garage de ce même accusé. En fait, Votre Honneur, toutes les preuves sont écrasantes et donnent à l'accusé toutes les raisons du monde de s'enfuir.

Jennifer éleva une objection contre la façon dont Berg caractérisait ces éléments de preuve et affirmait ce que je devais penser. Le juge lui ordonna de se refréner dans ce genre de spéculations et de poursuivre.

— En outre, Votre Honneur, enchaîna Berg, l'État envisage d'ajouter des circonstances aggravantes aux charges retenues, ce qui rendrait la question de la caution sans objet.

Jennifer bondit.

— Objection ! s'écria-t-elle.

Je savais qu'on avait atteint une limite. Alléguer des circonstances aggravantes – du genre meurtre commandité ou exécuté pour des gains financiers – ferait monter mon affaire au niveau « aucune caution possible ».

— Les arguments de l'accusation sont ridicules ! protesta Jennifer. Non seulement il n'y a aucune circonstance aggravante qui puisse être invoquée dans ce dossier, mais encore la motion de la défense a été déposée la semaine dernière et, si l'accusation avait envisagé de présenter une allégation de mobile particulier, elle l'aurait déjà fait. L'accusation ne fait qu'enfumer la cour dans l'espoir que celle-ci dénie à maître Haller le droit d'obtenir une caution.

Le regard de Warfield passa de Jennifer à Berg.

— Le conseil de la défense nous présente un solide argument, déclara-t-elle. Quel est ce mobile particulier que l'accusation envisagerait d'invoquer ?

— Votre Honneur, l'enquête menée sur ce crime est toujours en cours et nous y discernons de plus en plus nettement un mobile financier. Et comme la cour ne le sait que trop, commettre un assassinat pour un gain financier constitue bien un crime avec circonstances aggravantes.

En colère, Jennifer écarta grand les mains.

— Votre Honneur, reprit-elle, le bureau du district attorney demande-t-il vraiment que la caution soit établie en fonction de ce que les preuves pourraient dire plus tard ? Voilà qui est proprement incroyable.

— Incroyable ou pas, cette cour n'envisage en aucune façon de prendre en compte ce qui pourrait se produire à l'avenir au moment même elle prend des arrêts dans le présent, déclara Warfield. Les deux parties acceptent-elles ma décision ?

— Accepté, lança Jennifer.

— Un instant, Votre Honneur, dit Berg.

Je la vis se pencher vers son assistant, un jeune avocat à nœud papillon, afin de conférer avec lui. J'eus une assez bonne idée de ce dont ils parlaient.

Warfield perdit vite patience.

— Maître Berg, dit-elle, vous m'avez demandé du temps pour préparer cette audience et je vous l'ai donné. Il ne devrait y avoir besoin d'aucune consultation de votre collègue. Acceptez-vous ma décision ?

Berg se redressa et la regarda.

— Non, Votre Honneur, répondit-elle. Aux yeux de l'accusation, la cour devrait être consciente qu'une enquête a été ouverte sur l'accusé et les plans qu'il a dressés pour fuir le pays et rejoindre le Mexique si jamais il était libéré sous caution.

Jennifer se leva.

— Votre Honneur, protesta-t-elle. Encore des allégations sans fondement ? L'accusation tiendrait-elle donc aussi désespérément à garder cet homme en prison qu'elle invente une enquête sur…

— Votre Honneur, lançai-je en me levant à mon tour. Puis-je répondre à ces allégations ?

— Dans un instant, maître Haller. Maître Berg, il vaudrait mieux que vos arguments soient solides. Parlez-moi plus longuement de ce prétendu plan d'évasion.

— Juge Warfield, tout ce que je sais, c'est qu'un informateur anonyme de la prison où est logé maître Haller a révélé aux enquêteurs que l'accusé avait, et ouvertement, parlé de s'enfuir et de traverser la frontière s'il obtenait sa libération sous caution. Ce plan inclut de circonvenir les effets d'un bracelet électronique si jamais la cour en ordonnait la pose contre réduction de la caution… et la coreprésentante de l'accusé en est parfaitement consciente. Cette dernière est même allée jusqu'à l'inviter à aller à la pêche avec lui.

— Que répondez-vous à tout cela, maître Haller ? me demanda Warfield.

— Que les assertions de l'accusation sont fausses en de multiples points, Votre Honneur. À commencer par l'existence même d'un informateur anonyme. Il n'y a pas d'informateur anonyme. Il n'y a que des gardiens de prison qui écoutent les conversations tombant sous le secret des relations clients/avocats et transmettent ces infos à l'accusation.

— L'allégation est grave, maître Haller. Voulez-vous nous éclairer sur ce que vous savez de ces faits et gestes ?

Et de m'indiquer le lutrin que je gagnai.

— Juge Warfield, commençai-je alors, merci de me donner la possibilité de porter cette affaire devant la cour. Cela fait plus d'un mois que je suis incarcéré aux Twin Towers. J'ai choisi la procédure du *pro se* et de me défendre avec l'aide de mon co-conseil, maître Aronson. Ce qui signifie que j'ai le droit d'organiser des réunions avec mon équipe au sein même de cet établissement et de passer des coups de fil des cabines téléphoniques mises à la disposition des détenus du pavillon K-10. Ces réunions et ces appels ne sont pas censés être écoutés par un agent des forces de l'ordre ou quelque autre personne. Cette protection est censément sacro-sainte.

— J'espère que vous allez en venir rapidement à quelque chose, maître Haller, m'interrompit Warfield.

— J'y arrive à l'instant, Votre Honneur, lui répondis-je. Comme je viens de le dire, cette protection est sacro-sainte. Mais je commençais à me douter que tel n'était pas le cas aux Twin Towers et que, d'une manière ou d'une autre, ce qui était dit dans nos réunions et dans ces coups de fil avec mon co-conseil arrivait au bureau du district attorney ainsi qu'à maître Berg. J'ai donc préparé un petit test destiné à prouver ou à invalider cette hypothèse. Dans un appel que je passais à maître Aronson, j'ai alors annoncé que je lui téléphonais sous la protection des relations privées entre le client et son avocat et que rien de notre conversation ne devait être écouté. Mais cet entretien l'a été. Et j'ai inventé l'histoire même qui vient de sortir quasiment mot pour mot de la bouche de maître Berg.

Celle-ci se dressant d'un bond pour parler, j'agitai la main comme pour lui dire : « C'est ton tour. » Je voulais qu'elle me réponde pour que je puisse la pendre avec ses propres paroles.

— Votre Honneur, commença-t-elle. Parlez d'incroyable ! Nous révélons le plan de fuite de l'accusé devant cette cour et tout ce qu'il trouve à nous opposer est : « Oui, c'est vrai, mais je ne faisais que plaisanter » ? « Ce n'était qu'un test destiné à voir si quelqu'un nous écoutait » ? Tout est confirmé, Votre Honneur, et c'est une raison plus qu'impérative de ne pas réduire la caution de l'accusé dans cette affaire, mais bien de l'augmenter !

— Cela signifie-t-il que le représentant du Peuple reconnaît avoir écouté cette conversation protégée ? demandai-je.

— Cela ne signifie rien de tel ! rétorqua Berg.

— Si vous voulez bien m'excuser ! tonna Warfield. Le juge, ici, c'est moi, et c'est moi qui pose les questions, si cela ne vous gêne pas.

Elle marqua une pause et nous fixa durement des yeux – d'abord moi, puis Berg.

— Quand cet appel a-t-il été passé exactement, maître Haller ? me demanda-t-elle.

— À peu de chose près à 17 h 40, jeudi dernier.

Warfield passa à Berg.

— J'aimerais beaucoup entendre cette conversation, dit-elle. Est-ce possible, maître Berg ?

— Non, Votre Honneur, répondit-elle. Ces conversations protégées sont détruites par les autorités de la prison justement parce qu'elles sont protégées.

— Détruites après qu'on les a écoutées, maître Berg ? la pressa Warfield.

— Non, Votre Honneur. Les conversations protégées sont protégées. Elles ne sont pas écoutées dès l'instant où il est établi qu'il s'agit d'entretiens avec le co-conseil. Ces appels sont alors détruits. C'est pour cela qu'il ne m'est pas possible de confirmer ou de réfuter les allégations invraisemblables de maître Haller, et il le sait parfaitement.

— C'est faux, Votre Honneur ! m'écriai-je.

Warfield se tourna vers moi et plissa les paupières jusqu'à ce que ses yeux ne soient plus que des fentes.

— Qu'êtes-vous en train de nous dire, maître Haller ? me lança-t-elle.

— Je suis en train de vous dire qu'il s'agissait bien d'un test. Que maître Aronson a enregistré cet appel et que cet enregistrement est disponible à l'instant même pour la cour.

Pendant une seconde, l'air parut se vider du prétoire tandis que Berg recalculait ses allégations.

— Votre Honneur, dit-elle, je vais donc m'opposer catégoriquement à ce qu'on écoute cet enregistrement. Il n'est aucune manière possible d'en valider la légitimité.

— Permettez que je n'en sois pas d'accord, juge Warfield, m'écriai-je. L'enregistrement commence au moment même où l'appel en PCV est annoncé par le système de la prison et, plus important encore, vous allez entendre les mots exacts et toute l'histoire que maître Berg vient de révéler à la cour. Si j'avais voulu faire un faux enregistrement, comment aurais-je pu savoir exactement ce que l'accusation allait dire à cette cour ?

Warfield réfléchit quelques instants à ma question avant de réagir.

— Écoutons donc cet enregistrement, dit-elle.

— Votre Honneur, lança Berg d'une voix où montait la panique, le Peuple de…

— Objection rejetée. J'ai dit : « Écoutons donc cet enregistrement. »

Jennifer s'avança avec son portable, le posa sur le lutrin et abaissa le micro à tige flexible à sa hauteur avant d'appuyer sur le bouton « play » de l'appli d'enregistrement.

Sans que je le lui demande, Aronson avait été assez futée pour enregistrer l'appel depuis le début, jusques et y compris l'annonce électronique indiquant qu'elle recevait un appel en PCV de la prison du comté de Los Angeles. L'enregistrement une fois terminé, elle avait encore déclaré que l'appel était un test destiné à voir si les autorités du comté violaient mes droits constitutionnels de protection.

L'appel était convaincant. J'avais envie de voir la réaction de Berg, mais ne pus détacher les yeux du visage du juge Warfield. Il parut s'assombrir au fur et à mesure qu'elle entendait les bouts de conversation dont Berg avait déclaré qu'ils lui étaient parvenus par un informateur.

L'enregistrement prenant fin avec l'ajout d'Aronson, je demandai au juge si elle souhaitait le réentendre. Elle me répondit que non, puis elle prit quelques instants pour reprendre contenance et formuler sa réponse. En sa qualité d'ancienne avocate de la défense, elle devait avoir eu plus qu'ample raison d'avoir des doutes sur la protection des conversations entre les accusés incarcérés et leurs avocats.

— Puis-je m'adresser à la cour ? lança Berg. Je n'ai pas écouté cet appel. Ce que je viens de révéler est la vérité telle qu'elle m'a été rapportée. C'est l'unité du renseignement des prisons du shérif qui m'a fait passer un rapport contenant cette information et qui m'a précisé qu'elle lui venait d'un informateur. Je n'ai en aucune façon menti à la cour ou cherché à la tromper.

— Que je vous croie ou pas n'a aucune importance, objecta Warfield. Une violation grave des droits de l'accusé vient de se produire et cela ne restera pas sans suites. Il y aura enquête et il en adviendra ce qu'il en adviendra. En attendant, je suis maintenant prête à arrêter ma décision sur la requête en diminution de caution déposée par la défense. Avez-vous d'autres arguments, maître Berg ?

— Non, Votre Honneur.

— Je ne le pensais pas non plus.

— Puis-je être entendu, Votre Honneur ? lançai-je.

— Il n'en est nul besoin, maître Haller. Absolument nul besoin.

## Chapitre 12

Un petit groupe d'amis, de collègues et d'êtres chers s'étaient réunis pour m'accueillir lorsque je me présentai à la porte de sortie réservée aux détenus des Twin Towers libérés. Tous m'applaudirent et m'acclamèrent lorsque je la franchis. Les médias étaient présents, eux aussi, et me filmèrent tandis que, l'un après l'autre, je serrais les mains de mes proches sur mon cœur. C'était embarrassant, mais cela me fit aussi beaucoup de bien. Enfin, je respirais à nouveau de l'air frais et ne voulais plus que m'en délecter. Toute prête à rouler, une de mes Lincoln m'attendait au bord du trottoir – pas celle, évidemment, dans laquelle Sam Scales avait été assassiné.

Harry Bosch et Andre La Cosse étaient les derniers dans la file de ceux qui me voulaient du bien. Je les remerciai tous les deux d'être prêts à se battre pour moi et d'y avoir mis leur argent.

— On s'en est sortis pour pas cher, me dit Bosch.

— T'as joué le coup à la perfection, ajouta La Cosse. Comme d'habitude.

— Peut-être, dis-je, mais moi, 25 000 dollars par tête, ça fait quand même beaucoup de fric et je vous rembourserai plus vite que vous le croyez.

Ils avaient l'un et l'autre fort généreusement accepté de verser jusqu'à 200 000 dollars chacun pour garantir dix pour cent de ma caution. Mais le juge Warfield était tellement furieuse après avoir appris l'existence d'écoutes effectuées sur mes appels de la prison qu'elle avait réduit ma caution de 5 millions de dollars à 500 000 pour sanctionner ce délit. Malheureusement, elle m'avait aussi ordonné de porter un bracelet, cela ne refroidissant pas la joie de mes deux sponsors qui n'avaient plus qu'à verser une fraction de ce qu'ils m'avaient offert.

Superbe journée de bout en bout : j'étais libre.

Je pris Andre à part pour quelques mots en privé.

— Andre, tu n'avais pas besoin de faire ça. Harry est mon frère. Il est de la famille, alors que toi, tu es un client, et je ne déteste rien tant que de te prendre de l'argent que tu as payé de ton sang.

— Bien sûr que si, me dit-il. Il fallait que je le fasse et je voulais le faire.

Je le remerciai d'un hochement de tête et lui serrai la main. Et, au moment même où je le faisais, Fernando Valenzuela s'avança. Il avait loupé toute la partie acclamations.

— Bon alors, ne va pas me griller sur ce coup-là, Haller ! me lança-t-il.

— Val, mon pote !

Nous nous fîmes un check.

— Quand j'ai entendu ce truc au tribunal comme quoi tu allais filer au Mexique, je me suis dit : « Mais c'est quoi, cette merde ? » reprit-il. Mais comme t'avais tout enregistré… Superbe, le show !

— Ce n'était pas du spectacle, Val. Il fallait que je sorte.

— Et maintenant, t'es dehors. Maintenant, c'est moi qui vais te surveiller !

— Ça, j'en suis sûr !

Valenzuela s'éloignant, tous les autres se pressèrent à nouveau autour de moi. Je cherchai Maggie, mais ne la vis pas. Lorna me demanda ce que je voulais faire.

— Retrouver l'équipe ou être seul ?

— Tu sais ce que je veux ? Je veux monter dans cette Lincoln, ouvrir toutes les fenêtres et rouler jusqu'à la plage.

— Je peux venir ? demanda Hayley.

— Moi aussi ? ajouta Kendall.

— Évidemment ! Qui a les clés ?

Lorna me les mit dans la main. Puis elle me tendit un portable.

— La police a toujours le tien, me rappela-t-elle. Mais on pense avoir mis tous tes contacts et e-mails dans celui-ci.

— Parfait.

Puis je me penchai et lui murmurai :

— Réunissons l'équipe plus tard. Appelle Christian chez Dan Tana's et voyons si on peut y aller. Ça fait six semaines que je bouffe du bologne.

— Je m'en occupe.

— Et demande à Harry de se joindre à nous, ajoutai-je. S'il a eu l'occasion d'examiner les pièces de l'échange, il aura peut-être des choses à nous dire.

— Ce sera fait.

— Encore un truc : as-tu parlé à Maggie au tribunal ? Elle a comme disparu et je me demande si elle est furieuse qu'on l'ait fait venir comme témoin de moralité.

— Non, elle n'est pas en colère. Dès que le juge a déclaré ne pas avoir besoin des témoins, elle m'a dit devoir retourner au boulot. Mais elle est venue pour toi.

J'acquiesçai. C'était bon à savoir.

Je déverrouillai la Lincoln avec la clé et en fis le tour pour gagner le siège du conducteur.

— Entrez donc, mesdames !

Kendall laissa le siège passager à Hayley et s'installa à l'arrière. C'était gentil de sa part et je lui adressai un sourire dans le rétro.

— On regarde la route, papa ! me lança Hayley.

— Ah, oui !

Nous déboîtâmes du trottoir. Je descendis jusqu'à la 10 et filai vers l'ouest. Au bout d'un moment, il fut temps de remonter les vitres pour s'entendre parler.

— Comment te sens-tu ? me demanda Kendall.

— Plutôt bien pour un mec accusé de meurtre.

— Mais tu vas gagner, non ? lança Hayley d'un ton plein d'urgence.

— T'inquiète pas, Hay, oui, je vais gagner ce procès. Et alors je me sentirai non seulement bien, mais absolument génial. D'accord ?

— OK.

Nous roulâmes en silence pendant quelques instants.

— Je peux poser une question idiote ? reprit Kendall.

— Il n'y a pas de questions idiotes quand il s'agit de la loi, répondis-je. Seulement des réponses.

— C'est quoi, la suite ? Le procès va-t-il être retardé maintenant que tu n'es plus en prison ?

— Je ne les laisserai pas me faire ça. Ils me doivent un procès sans délai.

— Ce qui veut dire quoi, exactement ?

Je jetai un coup d'œil à ma fille.

— Tu es en première année de droit, tu lui réponds, lui dis-je.

— C'est grâce à toi que je connais la réponse, pas grâce à mes études.

Elle se tourna vers Kendall.

— Quand on est accusé de crime, on a le droit d'avoir un procès rapide. En Californie, cela signifie que l'État n'a que dix jours après l'arrestation du suspect pour tenir une audience préliminaire ou tenter d'obtenir son inculpation formelle par convocation d'un « grand jury ». De quelque façon que ce soit, le suspect est alors arrêté et inculpé pour telle ou telle charge, l'État devant, lui, l'amener devant un tribunal moins de soixante jours ouvrés plus tard, sous peine de devoir renoncer à ses accusations et de voir s'éteindre la procédure.

J'acquiesçai. Elle ne s'était pas trompée.

— Soixante jours ouvrés, ce qui veut dire ?

— Pendant lesquels on travaille. Ou soixante jours à l'exclusion des week-ends et des jours fériés. Mon père ayant été inculpé juste avant Thanksgiving… le 12 novembre, pour être exact… ces soixante jours nous amènent en février. Soit deux jours de moins pour Thanksgiving et une semaine entière de Noël au nouvel An. À quoi il faut encore soustraire Martin Luther King

Day et President's Day, où les tribunaux sont fermés. D'où le 18 février.

— Ou jour J, précisai-je.

Je tendis la main et lui serrai le genou tel le fier papa que j'étais.

La circulation ralentissant, je pris l'autoroute jusqu'au tunnel en courbe qui débouche sur la Pacific Coast Highway. Là, je me garai dans le parking d'un club et descendis de voiture. Un gardien s'avança vers moi. Je glissai la main dans ma poche, mais me rendis compte que tout ce que j'y avais le soir où j'avais été arrêté se trouvait dans une enveloppe que j'avais confiée à Lorna pour pouvoir serrer des mains et embrasser celui-ci et celui-là.

— Je n'ai pas d'argent, dis-je. Quelqu'un aurait-il cinq dollars à donner à cet homme pour que je puisse passer dix minutes à la plage ?

— Je les ai, dit Kendall.

Elle paya le gardien et nous traversâmes la voie piétonne, la piste cyclable et la bande de sable pour gagner la plage. Kendall ôta ses chaussures et les garda à la main, ce geste ayant quelque chose de très sexy.

— Tu ne vas pas sauter dans l'eau, hein, papa ? me demanda Hayley.

— Nan ! Je veux juste entendre les vagues. Là où j'étais, il n'y avait que des échos et des bruits de ferraille. Il faut que je me les sorte de la tête avec quelque chose d'agréable.

Nous nous arrêtâmes sur un monticule juste au-dessus d'une étendue de sable mouillé par le ressac. Le soleil déclinait vers les vagues bleu-noir. Je tins mes deux compagnes par la main et gardai le silence. Respirai fort et repensai à l'endroit d'où je venais. Et dans l'instant, je décidai que je devais absolument gagner mon procès parce qu'il n'était pas question que je retourne en cellule. Tout, jusqu'aux alternatives les plus extrêmes, plutôt que ça.

Je lâchai la main de Hayley, puis l'attirai à moi.

— Tout ce brouhaha autour de moi, dis-je. Mais et toi, Hay, comment vas-tu ?

— Bien. Tu m'avais dit que la première année de droit était une vraie saloperie et c'est vrai.

— Oui, mais toi, tu es bien plus astucieuse que je l'ai jamais été. Tu t'en sortiras sans problème.

— Nous verrons.

— Comment va ta mère ? Je l'ai vue au tribunal et Jennifer m'a dit qu'elle était prête à répondre de moi si nécessaire.

— Elle va bien. Et oui, elle était prête à se porter garante pour toi.

— Je vais l'appeler pour la remercier.

— Ça serait bien.

Je me tournai et regardai Kendall. C'était comme si elle ne m'avait jamais quitté pour partir à Hawaï.

— Et toi ? lui demandai-je. Tu vas bien ?

— Maintenant, oui. Je n'aimais pas beaucoup ne te voir qu'au prétoire.

J'acquiesçai. Je comprenais. Je regardai l'océan. Le battement des vagues semblait résonner dans ma poitrine. Les couleurs étaient éclatantes, rien à voir avec la grisaille de ces six dernières semaines. C'était beau et je n'avais aucune envie de partir.

— Bon, dis-je enfin. C'est l'heure. On repart au boulot.

La circulation ne fut pas aussi fluide dans cette direction. Il me fallut presque une heure pour ramener Hayley à son appartement de Koreatown après qu'elle m'eut préféré son groupe de travail hebdomadaire à mon invitation à dîner. Sujet de la semaine : les règles de la perpétuité.

Après l'avoir déposée, je restai garé le long du trottoir pour appeler Lorna. Elle m'informa qu'on avait une réservation chez Dan Tana's à 20 heures et que Harry Bosch en serait.

— Je crois qu'il veut discuter de quelque chose, dit-elle.

— Très bien. J'ai hâte de l'entendre.

Je raccrochai et regardai Kendall.

— Bref, lançai-je, le dîner avec mon équipe est à 20 heures et on dirait qu'ils ont vraiment envie de travailler et de parler de l'affaire. Je ne pense pas que…

— Pas de problème. Je sais que tu veux t'y mettre. Tu n'as qu'à me déposer.

— Où ?

— Eh bien, j'ai décidé de te prendre au mot. Je me suis installée chez toi. Ça te va ?

— Bien sûr. J'avais oublié, mais c'est super. Et comme je dois y passer pour me changer… C'est le costume que je portais quand je me suis fait arrêter. Il ne me va plus et, pour moi, il sent la prison.

— OK. Comme ça, tu te déshabilleras.

Je la regardai, elle me sourit d'un air provocateur.

— Euh, et moi qui croyais qu'on était séparés.

— Mais on l'est toujours, dit-elle. C'est même pour ça que ça va être un vrai plaisir.

— Vraiment ?

— Vraiment.

— Parfait, alors.

Je déboîtai la Lincoln du trottoir.

## Chapitre 13

Quelqu'un a dit un jour que le restaurant qu'on préfère entre tous est celui où l'on vous connaît. Ça pourrait bien être vrai. Chez Dan Tana's, on me connaissait, et moi aussi, j'y connaissais tout le monde : Christian à l'accueil, Arturo au service et Mike au bar. Mais cela n'occultait en rien le fait que ce boui-boui italien plutôt kitsch vous servait le meilleur New York strip[1] de la ville. J'aimais beaucoup cet endroit parce qu'on m'y connaissait, mais j'y aimais encore plus ce steak.

Je m'arrêtais au niveau du poste du voiturier lorsque je vis Bosch debout tout seul devant la porte d'entrée. Il se tenait à côté du banc pour les fumeurs, mais je savais qu'il ne fumait pas. Je donnai mes clés au voiturier, le rejoignis et remarquai qu'il avait glissé un dossier d'au moins deux centimètres et demi d'épaisseur sous son bras. Les pièces de l'échange entre les parties, me dis-je.

— Tu es le premier arrivé ?

— Non, ils sont tous à l'intérieur. Table du fond, dans le coin.

---

1. Faux-filet dans la longe courte.

— Mais tu es ici à m'attendre… C'est là que tu me demandes si j'ai fait le coup ?

— Je mérite mieux que ça, Mickey. Si je le pensais, je n'aurais pas dépensé tout ce fric.

J'acquiesçai.

— Et rien dans ce tas de documents ne t'a fait changer d'avis ?

— Pas vraiment. Ça m'a juste fait penser que tu t'étais foutu dans un sacré mauvais pas.

— Tu m'en diras tant. On entre ?

— Bien sûr. Mais un truc avant qu'on rejoigne les autres. Comme je te l'ai dit, quelqu'un t'a tendu un sacré piège et je me disais que tu pourrais peut-être préférer jouer tout ça sur la durée. Tu sais bien, en oubliant le procès sans délai… et en prenant ton temps pour…

— Tu parles d'un vote de confiance !

— La situation est ce qu'elle est.

— Merci du conseil, mais je passe. D'une façon ou d'une autre, je veux qu'on en finisse.

— Je comprends.

— Ben, et toi ? Ça va ? Tu prends toujours tes cachets ?

— Tous les jours. Et, pour l'instant, tout va bien.

— Content de le savoir. Et Maddie ? Comment se porte-t-elle ?

— Bien. À l'académie de police.

— Putain, la deuxième génération est comme la première.

— Je croyais que Hayley voulait être procureur.

— Ça lui passera.

Je lui souris.

— Allons-y.

— Encore un truc avant. Je voulais t'expliquer pourquoi je ne suis jamais allé te voir en prison.

— Je ne pense pas que ce soit nécessaire, Harry. T'inquiète pas pour ça.

— J'aurais dû. Mais je ne voulais pas te voir dans cet endroit.

— Je sais. Lorna me l'a dit. Pour être honnête, je ne t'avais même pas mis sur ma liste de visiteurs. Moi non plus, je ne voulais pas te voir là-dedans.

Il acquiesça d'un hochement de tête et nous entrâmes. Christian, le maître d'hôtel en smoking, m'accueillit chaleureusement et eut le bon goût de ne pas mentionner que cela faisait plus de six semaines qu'il ne m'avait pas vu alors même qu'il savait probablement pourquoi. Je lui présentai Harry en lui disant que c'était mon frère. Il nous conduisit jusqu'à la table où les autres nous attendaient : Jennifer, Lorna et Cisco. C'était une table pour six, mais, avec Cisco au milieu, on était un peu serrés.

L'odeur des mets sur les tables voisines était presque renversante. J'en fus étourdi et me retrouvai à tourner la tête à droite et à gauche pour voir ce qu'on avait commandé autour de moi.

— Ça va, patron ? me demanda Cisco.

Je le regardai.

— Bien, vraiment bien, lui répondis-je. Mais commençons par commander. Où est Arturo ?

Lorna fit un signe à quelqu'un derrière moi et Arturo fut vite à notre table, son bloc-notes à la main. Tout le monde voulut du Steak Helen, sauf Jennifer qui ne mangeait guère de viande rouge. Arturo le lui ayant recommandé, elle choisit une aubergine à la Parmigiana. Lorna commanda une bouteille de rouge pour les buveurs tandis que je me contentais d'une eau pétillante. Je dis encore à Arturo de nous apporter du pain et du beurre aussi vite que possible.

— Bien, lançai-je lorsque nous fûmes seuls. Ce soir, nous pouvons faire la fête parce que je suis libre et que nous avons rabaissé le caquet de l'accusation d'un cran ou deux. Mais c'est tout. Je ne veux pas de gueules de bois demain matin, parce qu'on se remettra tout de suite au boulot.

Tous acquiescèrent d'un signe de tête, sauf Bosch. Il se contenta de me fixer de l'autre côté de la table.

— Harry, tu meurs d'envie de dire quelque chose. Et c'est probablement pas bon. Tu veux y aller ? Tu as les pièces de l'échange. Les as-tu lues ?

— Euh, oui, dit-il. Je les ai lues et j'ai aussi parlé à certaines personnes que je connais.

— Comme qui ? l'interrompit Jennifer.

Bosch la regarda longuement. Je levai la main de quelques centimètres pour faire signe à Jennifer de se calmer. Bosch avait pris sa retraite du LAPD, mais il y connaissait toujours des tas de gens. Je le savais et n'avais pas besoin qu'il me donne les noms de ses sources.

— Qu'est-ce que t'ont dit ces personnes ? lui demandai-je.

— Eh bien… Tout le monde est assez furieux au bureau du district attorney à cause de la façon dont tu as coincé Berg.

— On les prend en train de tricher et ils nous en veulent ? s'exclama Jennifer. Si c'est pas mignon !

— C'est quoi, la suite ? Qu'est-ce qu'ils vont faire ?

— Et d'un, ils vont se battre pour te trouver un mobile particulier comme si c'était le Saint-Graal. Ils veulent te punir pour ton petit tour de passe-passe d'aujourd'hui et te recoller en prison.

— Des conneries, tout ça, constata Cisco.

— Peut-être, mais ils peuvent le faire s'ils trouvent les preuves, objecta Bosch.

— Sauf qu'il n'y en a pas, dit Jennifer. Meurtre à mobile financier ? Meurtre sur commande ? C'est ridicule.

— Tout ce que je dis, c'est qu'ils se sont mis à chercher, dit Bosch en me regardant comme si tous les autres assis autour de la table ne comptaient pas. Et il va falloir que tu fasses très attention à ce que tu fais.

— Je ne comprends pas, dit Lorna.

— Tu as fait tout un foin pour ta voiture et les données de ton portable, enchaîna Bosch. Pour moi, il fallait le faire pour prouver que tu n'étais jamais sorti de chez toi. Mais justement, ça pourrait finir par prouver que tu as payé quelqu'un pour s'emparer de Scales et te l'amener. Et ça, ce n'est pas loin du meurtre commandité.

— Encore des conneries ! répéta Cisco.

— Ce que je dis, c'est que c'est comme ça que pensent ces gens. Et que c'est comme ça que moi, je penserais aussi.

— Sam me devait du fric, dis-je. Il ne m'a jamais remboursé les arriérés de sa dernière affaire et nous avons dû l'assigner en justice. Ça se montait à quoi, Lorna ? 60 000 dollars ?

— Soixante-quinze mille, me corrigea-t-elle. Avec les intérêts et les pénalités, on arrive à plus de 100 000. Mais on a fait ça uniquement pour obtenir un jugement et un gage sur ses biens. On savait qu'il ne nous paierait jamais.

— Il n'empêche. Ils pourraient y voir un assassinat pour gain financier, dis-je. S'ils arrivaient à prouver que Sam avait de l'argent… ce gage tiendrait jusque après sa mort.

— Et il en avait ? demanda Bosch. De l'argent, je veux dire. Ils ont un article où il est dit qu'il s'est fait 10 millions de dollars avec ses arnaques. Où est passé ce fric ?

— Je me souviens bien de cet article, dis-je. Il s'intitulait : « L'homme le plus haï de toute l'Amérique ». C'était exagéré et ne m'avait pas fait que des amis, surtout chez moi. Cela dit, Sam était toujours à l'affût d'une arnaque. Et il avait toujours de l'argent qui rentrait. Et qui devait bien aller quelque part.

— Mais c'est complètement fou, ça ! s'écria Jennifer. Ils croient donc que tu pourrais tuer un ancien client pour une facture non réglée ? Pour 75 000 dollars ? 100 000 ?

— Non, dis-je, ce n'est pas ça qu'ils pensent. Ce n'est pas ça, le problème. Le problème, c'est qu'ils sont furieux et, que s'ils peuvent faire passer ce truc pour un mobile particulier, j'y perdrai ma caution et serai renvoyé aux Twin Towers. Et c'est ça qu'ils veulent. Me baiser. Retourner la situation à leur avantage. Aucune importance si cette accusation supplémentaire ne tient pas devant un tribunal plus tard.

Jennifer hocha la tête.

— Ça n'a toujours aucun sens, dit-elle. Pour moi, leurs sources sont nulles.

Et elle regarda ostensiblement Bosch. C'était le nouveau, l'outsider, et pour elle il était douteux. J'essayai de passer à autre chose.

— OK, je dispose de combien de temps avant qu'ils me sortent ces conneries ?

— Il faut qu'ils trouvent le fric et qu'ils prouvent que tu le savais, répondit Bosch. S'ils y parviennent, ils laisseront tomber les charges actuelles, et retourneront devant un jury d'accusation. Et c'est à ce moment-là qu'ils joueront la carte du mobile particulier.

— Ce qui remettra le chrono du procès sans délai zéro et signifiera que l'argent déposé aujourd'hui pour la caution disparaîtra dans les toilettes, dit Jennifer. Tu retournes en prison et la caution est perdue.

— Des conneries, oui ! répéta Cisco.

— Oui, bon, on devrait pouvoir être prêts à aller voir Warfield à la seconde même où tout ça démarrera. Harry, tiens-nous au courant dès que tu apprends des trucs. Jennifer, il va nous falloir une argumentation. Qui prouve qu'ils sont en train de nous pourrir le procès sans délai, de jouer l'accusation de vengeance, quelque chose.

— Je m'y colle, dit-elle. Ça me fout dans une colère noire !

— Ne te laisse pas emporter par tes émotions, l'avertis-je. On ne va pas au tribunal sous l'emprise de la rage : c'est le juge qu'il faut mettre en colère. J'en ai vu quelque chose aujourd'hui quand on a passé l'enregistrement. Je sais que ça l'a ramenée à l'époque où elle était avocate de la défense. Si le district attorney nous fait ça rien que pour me baiser, elle le verra avant même qu'on le lui signale.

Aussi bien Jennifer que Bosch acquiescèrent.

— Putains de trouillards ! s'exclama Cisco. Ils ont peur de t'affronter en face, patron.

J'appréciai que tous les membres de mon équipe aient l'air plus en colère contre la dernière manipulation de l'accusation que je l'étais moi-même. Cela contribuerait à les garder concentrés tous les jours et semaines avant le procès.

Je recentrai mon attention sur Bosch. Je comprenais bien mieux que les autres quelle chance extraordinaire j'avais de l'avoir de mon côté. Je m'étais mis du sien l'année précédente et maintenant il me renvoyait l'ascenseur. Mais le soutien moral n'était rien comparé à ce qu'il nous apportait en tant qu'enquêteur.

— Harry, lui lançai-je, as-tu jamais travaillé avec Drucker et Lopes ?

Kent Drucker et Rafael Lopes étaient les deux inspecteurs du LAPD affectés à l'affaire. Ils travaillaient à la division d'élite des Vols et Homicides où Bosch avait lui aussi œuvré jusqu'à la fin de sa carrière à Los Angeles.

— Jamais directement dans une affaire, me répondit-il. Ils faisaient bien partie de la brigade, mais il n'y avait guère d'échanges entre collègues. Cela dit, ils étaient bons. On ne bosse pas aux Vols et Homicides si on ne l'est pas. Toute la question est de savoir ce qu'on fait quand on y arrive… on se repose sur ses lauriers ou on continue de s'arracher. Qu'on leur ait assigné notre affaire répond à la question.

J'acquiesçai. Bosch paraissant hésiter, je me demandai s'il avait entendu parler d'autre chose, quelque chose dont il ne mesurait pas le poids ou garderait par-devers lui jusqu'au moment où il aurait tous les éléments.

— Quoi ? lui demandai-je. Tu as autre chose ?

— En quelque sorte.

— Il vaudrait mieux que tu me dises, qu'on puisse en discuter.

— Eh bien, une de mes dernières affaires aux Vols et Homicides tournait autour d'une fraude financière, dit-il. Un type qui détournait des fonds s'était fait prendre et, pour faire taire le mec qui l'avait découvert, il l'avait tué. Assez clair, mais pas moyen de retrouver le fric. Et son style de vie n'indiquait rien. Il ne le dépensait pas et, comme il le cachait, on a embauché un analyste financier pour suivre ses opérations. Pour nous aider à le retrouver.

— OK, dis-je, et ça a marché ?

— Oui, on a retrouvé l'argent offshore et gagné le procès. Si je te raconte ça maintenant, c'est parce que mon associée de l'époque est toujours aux Vols et Homicides. Et elle m'a dit que Drucker était venu la voir pour lui demander les coordonnées du type.

— On devrait en chercher un à nous, dit Jennifer.

Elle écrivit quelque chose dans un petit bloc-notes posé sur la table devant elle.

— Reprenons nos dossiers sur les affaires de Sam, dis-je. Il y aura peut-être quelque chose qui nous dira comment il manœuvrait pour planquer son fric. Autre chose, Harry ?

Je regardai par-dessus mon épaule pour chercher Arturo. Ce n'était pas de faim que je mourais, mais d'envie de déguster un vrai repas pour la première fois depuis six semaines.

— Oui, dans les pièces de l'échange, dit-il. J'ai examiné les photos et lu le rapport d'autopsie. Tout s'explique assez facilement, pas de surprises. Mais j'ai vu ceci.

Il fouilla dans son exemplaire du dossier et en sortit deux documents ainsi qu'une photo de la scène de crime. Il les fit circuler et attendit un instant que, tout le monde les ayant lus, ils lui reviennent.

— Dans le rapport d'autopsie, reprit-il, il est mentionné que les ongles de la victime ont été grattés pour en extraire des échantillons de ce qui ressemblait à de la poussière ou de la graisse. Le labo a identifié ces substances comme étant un mélange d'huile végétale, de graisse de poulet et d'un peu de sucre de canne… De la graisse de cuisson, d'après les conclusions du rapport.

— Je l'ai vu moi aussi, dis-je. Pourquoi est-ce significatif ?

— Eh bien, quand on regarde les photos de la scène de crime, on voit que les ongles de ce type en étaient couverts.

— Je ne te suis toujours pas. Si c'était du sang ou un truc de ce genre-là, je pourrais…

— Je suis allé voir le casier du bonhomme, m'interrompit Bosch. Et ces arnaques étaient toutes strictement col blanc. *Via* le Net, pour les trois quarts. Et voilà qu'il a de la graisse sous les ongles…

— Et ça voudrait dire… ? le pressai-je.

— Qu'il faisait peut-être la plonge, lança Cisco.

— Pour moi, ça veut peut-être dire qu'il s'était lancé dans quelque chose de complètement différent, dit Bosch. Ce que ça peut signifier pour notre affaire, je n'en sais rien. Mais je pense que vous devriez exiger d'avoir un échantillon de cette graisse pour la tester vous-mêmes.

— OK, dis-je. Ça, on peut faire. Jennifer ?

— Compris.

Elle le nota. J'étais enfin à deux doigts de passer le témoin à Lorna pour voir ce qu'elle avait découvert en reprenant mes vieux dossiers, mais, pile à ce moment-là, Arturo apporta les steaks et je ne dis plus rien jusqu'à ce que tout le monde soit servi. Puis je me jetai sur mon plat comme un type qui n'a avalé que des pommes et du bologne pendant un mois et demi.

Et me rendis bientôt compte que tous m'observaient. Je parlai sans regarder personne.

— Quoi ? m'exclamai-je. Vous n'avez jamais vu quelqu'un manger un steak ?

— Jamais aussi vite ! me répondit Lorna.

— Eh ben, tenez-vous bien ! Je pourrais bien en recommander un autre ! Il faut que je retrouve mon poids de boxeur. Et comme tu prends tellement de temps pour passer d'une bouchée à l'autre, pourquoi tu ne nous dirais pas où on en est côté liste de nos ennemis, hein, Lorna ?

Et, avant qu'elle puisse me répondre, je jetai un coup d'œil à Bosch pour lui expliquer.

— Lorna a passé en revue toutes nos anciennes affaires et dressé la liste de nos ennemis, de tous ceux qui auraient pu vouloir me jouer ce sale tour. Lorna ?

— Eh bien, pour l'instant, cette liste est courte, dit-elle. Tu as bien eu quelques menaces et deux ou trois clients problématiques, mais bien peu qui, à notre avis, auraient eu le savoir-faire, l'astuce et les moyens nécessaires pour te coincer de cette façon.

— C'est que le piège est sophistiqué, ajouta Cisco. C'est pas ton client lambda qui pourrait te faire ça.

— OK, mais qui alors ? demandai-je. Qui as-tu dans ta liste ?

— J'ai tout repris deux fois, et je n'ai trouvé qu'un seul nom.

— Un seul ? C'est tout ? Qui ?

— Louis Opparizio, répondit-elle.

— Attends… quoi ? Louis Opparizio ?…

Le nom me disait bien quelque chose, mais j'eus besoin d'un peu de temps pour me le remettre en mémoire. J'étais certain de ne jamais avoir eu un client de ce nom. Puis je me rappelai. Opparizio n'était effectivement pas un de mes clients. C'était un témoin. Un type qui sortait d'une famille ayant des liens avec la mafia et qui aimait le mix entreprises légitimes et affaires criminelles. Et je l'avais appelé à la barre. Je l'avais coincé dans son témoignage et avais fait de lui un coupable potentiel. Du coup, les jurés avaient reporté leur attention sur lui et oublié mon client qui, par comparaison, avait alors eu l'air d'un ange.

Je me rappelai aussi avoir rencontré Opparizio un autre jour dans les toilettes d'un tribunal. Sa colère, sa haine. Il avait tout du taureau, était solide comme un roc et avait de longs bras qui pendaient le long de son corps et dont il était tout à fait prêt à se servir pour me mettre en pièces. Il m'avait poussé dans un coin et avait voulu me tuer.

— Qui est ce type ? me demanda Bosch.

— Quelqu'un à qui j'ai collé une accusation de meurtre devant une cour.

— Il était du milieu, précisa Cisco. Mafia de Las Vegas.

— Et il avait fait le coup ? insista Bosch.

— Non, mais j'en avais donné l'impression à tout le monde. Et mon client a été déclaré non coupable et libéré aussitôt.

— Et ton client était coupable, lui ?

J'hésitai, puis finis par dire la vérité.

— Oui, mais, à l'époque, je ne le savais pas.

Bosch hocha la tête et j'y vis un jugement, comme si je venais de lui confirmer pourquoi les avocats sont détestés.

— Et donc…, dit-il ensuite. Serait-il hors de question qu'Opparizio veuille te retourner le compliment en te collant un meurtre sur le dos ?

— Non, pas du tout. Ce qui s'est passé au tribunal ce jour-là lui a causé beaucoup de tort et coûté un fric fou. Il attendait son heure. Il essayait d'investir de l'argent de la mafia dans des activités légales et je venais de lui faire sauter sa couverture à la barre.

Bosch réfléchit quelques instants sans que personne l'interrompe.

— Bon, dit-il enfin. Laisse-moi m'occuper du bonhomme et chercher à savoir ce qu'il a en tête. Et toi, Cisco, tu continues avec Sam Scales. Nos sentiers se croiseront peut-être quelque part et à ce moment-là nous saurons enfin pourquoi il y a eu tout ça.

J'y vis un bon plan, mais laissai Cisco en décider. Nous étions tous à attendre en le regardant lorsque enfin il accepta.

— OK, dit-il. On fait comme ça.

# Chapitre 14

J'arrivai tard chez moi et me garai dans la rue. Je ne voulais pas mettre ma voiture dans le garage et ne savais pas trop si je le referais jamais. J'entrai, trouvai la maison plongée dans le noir et pensai aussitôt que Kendall était partie. Qu'elle avait compris que, maintenant que j'étais libre, elle ne voulait plus revivre avec moi. Mais je vis du mouvement dans le couloir enténébré et elle apparut. Seulement vêtue d'un peignoir.

— Tu es rentré, dit-elle.

— Oui, ça a pris du temps. Il y avait des tas de choses à discuter. Tu attendais dans le noir ?

— Non, en fait, j'ai déjà dormi, et on n'allumait jamais la lumière quand on arrivait. On allait directement au lit.

Je hochai la tête pour lui dire que j'avais compris. Ombres et ténèbres, je commençais à accommoder.

— Et donc, tu n'as pas mangé ? Tu dois avoir faim, lui dis-je.

— Non, ça va très bien. Tu es sûrement fatigué.

— En quelque sorte. Oui.

— Mais toujours aussi excité d'être libre ?

— Oui.

Le matin même, je m'étais réveillé dans une cellule de prison. Et maintenant, j'étais sur le point de redormir dans mon lit pour la première fois depuis six semaines. Allongé sur un matelas épais et la tête posée sur un doux oreiller. Et comme si ça ne suffisait pas, mon ex-petite amie était revenue et se tenait devant moi avec son peignoir ouvert et rien dessous. J'étais toujours accusé de meurtre, mais il était incroyable de constater à quel point mon sort avait changé en une seule journée. Toujours debout dans le couloir, j'eus l'impression d'être intouchable. Que tout irait bien. Que j'étais libre.

— Bon, reprit Kendall, j'espère que tu n'es pas trop fatigué.

— Je pense pouvoir gérer.

Elle fit demi-tour et disparut dans les ténèbres du couloir conduisant à la chambre.

Et je l'y suivis.

# DEUXIÈME PARTIE

## Suivre la chérie

# Chapitre 15

*Jeudi 9 janvier*

Je ne me faisais aucune illusion sur mon innocence. Je savais qu'il n'y avait que moi qui pouvais ne pas en douter. Et je savais aussi que c'était loin de constituer un bouclier à toute épreuve contre une injustice. Que cela ne me garantissait rien. Que les nuages n'allaient pas s'écarter pour que rayonne la lumière de quelque intervention divine.

J'étais seul.

L'innocence n'est pas un terme de droit. Ce n'est jamais l'innocence de quiconque qui est reconnue dans une cour de justice. Personne n'est jamais disculpé par le verdict d'un jury. Le système judiciaire ne peut rendre qu'un verdict de culpabilité ou de non-culpabilité. Rien d'autre, ça s'arrête là.

La loi de l'innocence reste à écrire. On ne la trouvera pas dans un Code pénal relié cuir. Jamais l'innocence de quiconque ne sera débattue dans un prétoire. Nos élus ne sauraient l'inscrire dans la loi. L'innocence est une idée abstraite qui ne s'en aligne pas moins de très près sur les lois de la nature et de la science. Dans la nature, à toute action répond une réaction. Dans la loi, à tout homme non coupable d'un crime répond un autre qui, lui, l'est quelque part dans la nature. Et pour que l'innocence de tel ou tel soit prouvée, il faut que le coupable soit découvert et montré au monde.

Tel était mon plan. Aller plus loin que le verdict d'un jury. Désigner le coupable et ainsi rendre mon innocence parfaitement claire. C'était ma seule façon d'en sortir.

À cette fin, le mois de décembre vit s'élaborer tout autant de préparatifs pour le procès que de parades aux tactiques prévisibles d'une accusation qui cherchait à me réinculper et réexpédier en cellule aux Twin Towers. Au fur et à mesure qu'un jour après l'autre, Noël approchait, ma paranoïa grandissait. Je m'attendais à ce que Dana Couloir-de-la-mort me fasse payer l'humiliation que je lui avais infligée lors de cette dernière audience par la plus cruelle de ses manœuvres – une suspension du procès le jour de Noël avec fermeture de la cour pour les vacances et moi qui me retrouverais alors dans l'incapacité d'exposer mes arguments au juge Warfield avant que ne démarre l'année suivante.

Et je ne pouvais rien faire pour y échapper. Les conditions de ma liberté sous caution m'interdisaient de quitter le comté et, mon bracelet électronique leur signalant ma position vingt-quatre heures sur vingt-quatre, les autorités n'auraient aucun mal à me retrouver si elles le voulaient. Il n'y avait aucune échappatoire.

Mais personne ne vint toquer à ma porte. Ni me chercher.

Je passai la veille de Noël avec ma fille, qui en passa ensuite le jour avec sa mère. Et une semaine plus tard, j'eus encore le droit de dîner tôt avec Hayley avant qu'elle n'aille retrouver ses amis pour fêter la fin de l'année. Kendall, elle, resta tout le temps avec moi et la veille du nouvel An m'informa même qu'elle rapatriait toutes ses affaires de Hawaï.

L'un dans l'autre, décembre fut un superbe mois de liberté et de travail de préparation pour le procès qui m'attendait. Mais il aurait été encore meilleur si je l'avais passé sans avoir à regarder constamment par-dessus mon épaule. J'en vins à me dire qu'on m'avait roulé et que la vraie punition qu'on m'infligeait était la fable de ma nouvelle arrestation qu'on avait servie à Harry Bosch. Que Dana Berg avait tout fait pour que jamais je ne puisse me détendre dans cette liberté retrouvée et que c'était donc elle qui riait la dernière.

Côté enquête que le juge Warfield avait promis de lancer sur les écoutes illégales des conversations couvertes par le secret client-avocat perpétrées aux Twin Towers, Berg s'en sortit sans égratignures. Ces violations furent très clairement imputées à l'unité de Renseignement de la prison. Résultat d'un rapport glissé au *Los Angeles Times* pendant la semaine d'après Noël où les nouvelles sont rares, une exclusivité « Jour de l'an » parut en première page du journal, comme quoi cela faisait des années que la direction de la prison écoutait ces conversations, leur teneur servant ensuite à alimenter des pages de tuyaux émanant d'informateurs inexistants. Après quoi, ces documents étaient transmis à la police et aux procureurs. Soit un œil au beurre noir de plus pour le service des prisons du shérif, qui avait déjà été la cible de multiples enquêtes fédérales. On ne comptait plus les histoires épouvantables de gardiens organisant des combats de gladiateurs, enfermant des détenus dans des cellules avec leurs pires ennemis et recourant aux services de membres de gang pour rosser et violer tel ou tel prisonnier. Des accusations avaient été prononcées et des têtes avaient roulé. Le shérif de l'époque et son adjoint avaient même fait de la prison pour avoir fermé les yeux sur toute cette corruption.

Et ce scandale des écoutes promettait de susciter encore plus de déshonneurs et de regards insistants. Il était probable que les fédéraux remettent le couvert et que la nouvelle année voie une mêlée générale d'avocats de la défense cherchant à casser des condamnations dans des affaires affectées par ces actes illicites.

Cela ne fit que me renforcer dans ma détermination à tout faire pour ne pas être renvoyé aux Twin Towers. Tous les gardiens de la prison sauraient que le dernier scandale qui leur était tombé dessus était de mon fait. Et je n'avais aucun mal à imaginer les châtiments que cela me vaudrait si j'y retournais.

Enfin, je reçus un appel de Harry Bosch. Je n'avais plus entendu parler de lui depuis bien avant Noël alors que je lui avais envoyé des vœux et des demandes d'informations sur son enquête. Je savais qu'il ne lui était rien arrivé – ma fille m'avait rapporté l'avoir vu chez lui le jour où elle était allée voir sa cousine Maddie pendant les vacances. Et voilà qu'enfin il me téléphonait. Il semblait n'avoir aucune idée des efforts que j'avais déployés pour le joindre les semaines précédentes. Il m'informa seulement qu'il avait quelque chose à me montrer. J'étais toujours chez moi à boire ma seconde tasse de café avec Kendall, et il accepta de passer me prendre.

Nous partîmes vers le sud dans sa vieille Jeep Cherokee, celle à carrure agressive et suspension vieille de vingt-cinq ans. Tremblements, grincements et roulis : elle tremblait quand ses pneus touchaient une rainure dans le ciment, grinçait dès qu'elle rencontrait un nid-de-poule et menaçait de faire un tonneau chaque fois qu'on tournait à gauche, quand, ses antiques ressorts se comprimant, elle oscillait aussitôt vers la droite.

Il avait allumé KNX News, ce qui ne l'empêchait pas, et c'était troublant, d'engager la conversation, voire de parsemer ses propos de commentaires sur les nouvelles du jour. Dès que je baissais le volume pour lui répondre, il le remontait.

— Bon, alors, lançai-je quand nous fûmes en bas des collines, où est-ce qu'on va ?

— Il y a quelque chose que je veux te montrer avant tout, me répondit-il.

— J'espère que ça concerne Opparizio. C'était bien sur lui que tu travaillais avant de disparaître pendant… quoi ? Un mois ?

— Je n'ai pas disparu. Je bossais sur le dossier. Je t'avais dit que je t'appellerais dès que j'aurais quelque chose et là, je crois que c'est le cas.

— Bon, mais j'espère que ç'a à voir avec Sam Scales et notre affaire. Sinon, tu as passé tout ton temps à courir après des chimères.

— Tu le sauras bien assez tôt.

— Tu ne peux pas me dire si on va loin ? Au moins ça ? Pour que je puisse prévenir Lorna quand je serai de retour ?

— On va à T.I.

— Quoi ? On ne va jamais me laisser entrer avec ça autour des chevilles.

— Pas à la prison. Je veux juste te montrer un truc.

— Parce qu'une photo ne suffirait pas ?

— Je ne pense pas, non.

Nous continuâmes de rouler un moment sans rien dire après ça. Il prit la 101 vers le sud jusqu'au centre-ville, puis il s'engagea dans la 110 pour rejoindre directement Terminal Island au port de Los Angeles. Il n'y avait rien de gênant ou de désagréable dans ce passage à vide dans la conversation. Nous étions demi-frères et ces silences ne nous mettaient pas mal à l'aise. Bosch écouta les nouvelles tandis que je pensais à autre chose en me concentrant sur mon affaire. Le procès devait avoir lieu seulement six semaines plus tard et je n'avais toujours rien pour fonder ma défense. Bosch s'était peut-être tu, mais il avait au moins quelque chose à me montrer. Mon autre enquêteur, Cisco, était resté en contact étroit avec moi, mais les efforts qu'il avait déployés pour mettre à jour le passé de Sam Scales étaient restés vains. J'étais à deux doigts de commettre l'impensable : renoncer au droit d'avoir un procès sans délai et demander du temps, une prorogation. Mais je craignais que pareille requête ne révèle trop de choses. Qu'elle dise mon désespoir et ma panique, voire qu'elle suggère ma culpabilité – que je me conduisais comme quelqu'un qui tente de repousser l'inévitable.

— Où est Wuhan, bon sang ! me lança-t-il soudain, ces mots m'extrayant de la spirale descendante de mes pensées.

— Wu qui ?

Il me montra la radio du doigt.

— Non, pas qui ! C'est un endroit en Chine. Tu n'écoutais pas ?

— Non, je réfléchissais. Qu'est-ce qu'il y a ?

— Ils ont un virus mystère qui tue des gens.

— Bah, c'est là-bas, pas ici, et c'est déjà ça.

— Oui, mais pour combien de temps ?

— Tu es déjà allé en Chine ?

— Seulement à Hongkong.

— Ah, oui… La mère de Maddie. Désolé de t'avoir rappelé ça[1].

— C'était y a longtemps, dis-je, et je tentai de changer de sujet. Bon, alors, il est comment, cet Opparizio ?

— Qu'est-ce que tu veux dire ?

— Je me souviens juste qu'au début, quand je l'ai fait témoigner il y a neuf ans de ça, il s'est maîtrisé, mais qu'après c'est devenu une vraie bête. Il aurait bien aimé sauter du box et m'arracher la gorge. Il faisait plus Tony Soprano que Michael Corleone, si tu vois ce que je veux dire.

— Je ne vois pas, non. Et pour l'instant, je n'ai même jamais posé les yeux sur lui. Ce n'est pas de lui que je m'occupais.

Je regardai par la vitre et essayai d'amortir le coup et mon irritation. Puis je me tournai vers lui pour attaquer.

1. Voir *Les Neuf Dragons*.

— OK, Harry, mais alors qu'est-ce que tu fabriquais ? Opparizio, c'était ta part du travail, tu te rappelles ? T'aurais dû…

— Du calme, du calme. Je sais très bien que ce mec est pour moi, mais pas pour me contenter de le regarder. C'est pas un boulot de surveillance. Je dois trouver ce qu'il faisait et voir si d'une manière ou d'une autre ça a un lien avec Scales et avec toi. Et c'est ce que j'ai fait.

— Bien, bien, alors arrête tout ce cinéma. Où va-t-on ?

— Calme-toi. On y est presque et ça va te ravir.

— Vraiment ? Me « ravir ». Comme s'il y avait intervention divine ?

— Pas tout à fait. Mais ça devrait te plaire.

Il ne se trompait pas sur un point : on y était presque. Je regardai autour de moi pour me repérer et m'aperçus que nous avions croisé la 405 et n'étions maintenant plus qu'à quelques kilomètres de la fin du Harbor Freeway à Terminal Island. Sur ma gauche, je découvris les portiques de chargement et déchargement des conteneurs.

Nous avions enfin rejoint San Pedro. Jadis petit village de pêcheurs, la ville faisait maintenant partie du gigantesque complexe du port de Los Angeles et servait de dortoir à tous ceux qui travaillaient dans les docks et les industries pétrolières et maritimes. Elle avait eu un tribunal où j'avais très régulièrement défendu des clients accusés de crimes. Mais tout cela avait été fermé par le comté à la suite de coupes sombres dans le budget, les affaires étant alors transférées à une cour de justice près de l'aéroport. Cela faisait maintenant plus de dix ans que le tribunal de San Pedro était abandonné.

— Je venais souvent ici pour des affaires, dis-je.

— Moi, j'y venais quand j'étais ado, répondit-il. Je me barrais de tel ou tel endroit où on m'avait mis pour me promener dans les docks. Une fois, je m'y suis même fait tatouer.

Je me contentai de hocher la tête. J'avais l'impression qu'il en revivait le souvenir et ne voulais pas m'immiscer. Je savais très peu de chose sur ses débuts dans la vie, en dehors de ce que j'avais lu sur lui un jour, dans un article non autorisé du *Times*. Je me rappelai les foyers, un engagement très rapide dans l'armée – avec le Vietnam comme destination. Tout cela se déroulant des dizaines d'années avant que nous nous découvrions des liens de sang.

Nous traversâmes le Vincent Thomas, soit le grand pont des suicides qui relie la terre à Terminal Island. Toute l'île était maintenant dédiée aux activités industrielles et portuaires, à l'exception de la prison fédérale à son extrémité. Bosch lâcha l'autoroute et reprit les voies ordinaires pour nous faire suivre la rive nord de l'île et longer un des profonds chenaux du port.

— Allez, je devine ! Opparizio se livre à de la contrebande. Il importe des trucs par conteneurs. De la drogue ? des êtres humains ? Quoi ?

— Non, pas que je sache. Je vais te montrer quelque chose d'autre. Tu vois ce coin-là ?

Par le pare-brise, il désigna un grand parking rempli de voitures sous plastique à peine débarquées de bateaux en provenance du Japon.

— Autrefois, il y avait une usine Ford ici, dit-il. C'était la Long Beach Assembly et c'est là qu'a été construite la Model A. Le père de ma mère y aurait travaillé dans les années trente à la chaîne d'assemblage de cette voiture.

— Comment était-il ?

— Je ne l'ai jamais vu. J'ai juste entendu l'histoire.

— Et maintenant, ce sont des Toyota, dis-je en lui montrant le grand parking rempli de voitures neuves prêtes à rejoindre des concessionnaires dans tout l'Ouest américain.

Bosch prit une route en coquillages écrasés longeant une jetée en pierre au bord du chenal. Un tanker noir et blanc grand comme un terrain de foot, zones d'extrémité comprises, descendait le chenal pour rejoindre le port. Bosch arrêta la voiture à côté de ce qui ressemblait à un embranchement de voies ferroviaires et coupa le moteur.

— Allons jusqu'à la jetée, dit-il. Je te montrerai ce qu'on a dès que le tanker sera passé.

Nous montâmes un chemin en pente jusqu'à une berme servant de barrière aux fortes marées derrière la jetée. De là, on avait une superbe vue sur les divers équipements de raffinage et de stockage du pétrole d'une importance vitale pour les activités du port.

— Bon alors, reprit-il, ça, c'est le Cerritos Channel et nous regardons vers le nord. De l'autre côté de l'eau, on a Wilmington et Long Beach sur la droite.

— OK, dis-je. Mais qu'est-ce qu'on regarde au juste ?

— Le cœur même de l'industrie pétrolière de Californie. Là-bas, on a les raffineries de la Marathon, de Valero et Tesero. Celles de la Chevron sont un peu plus haut. Le pétrole arrive dans le port d'absolument partout… même d'Alaska. Par supertankers, péniches, rail,

pipelines, tout ce que tu veux. Après, il va là-bas, aux raffineries, où il est traité avant de partir dans la distribution. Par tankers et camions-citernes qui te le livrent à la station essence du coin, où il finit par atterrir dans ton réservoir.

— Et qu'est-ce que tout ça a à voir avec notre affaire ?

— Peut-être rien. Mais peut-être tout. Tu vois la raffinerie là-bas au bout, avec les passerelles autour des réservoirs ? me demanda-t-il en me montrant, sur la droite, une petite raffinerie à une seule cheminée d'où un nuage de fumée blanche s'élevait dans le ciel.

Un drapeau américain était tendu sur la partie supérieure de la cheminée. Deux réservoirs de stockage côte à côte qui semblaient avoir dans les quatre étages de hauteur étaient entourés de toutes sortes de passerelles.

— Oui, je la vois, répondis-je.

— Ça, ce sont les infrastructures de BioGreen Industries, reprit-il. Tu ne trouveras nulle part le nom de Louis Opparizio sur les titres de propriété, mais c'est lui qui détient la majorité de contrôle de la société. Aucun doute là-dessus.

Bosch avait enfin toute mon attention.

— Comment as-tu trouvé ça ? lui demandai-je.

— En suivant la chérie.

— Ce qui veut dire ?

— Eh bien, qu'il y a neuf ans de ça, tu as réussi à traîner Opparizio jusqu'à ta tronçonneuse au procès de ta cliente Lisa Trammel. J'ai ressorti les minutes du procès et lu son témoignage. Il…

— Tu n'as pas besoin de me raconter. J'y étais, tu te rappelles ?

Un autre tanker descendait le chenal. Il était d'une largeur telle que sa marge d'erreur était minime alors qu'il avançait entre les pierres saillantes bordant la jetée de part et d'autre.

— Je sais bien que tu y étais ! s'exclama Bosch. Mais ce que tu ne sais peut-être pas, c'est que Louis Opparizio a appris beaucoup de choses en se faisant rétamer par tes soins ce jour-là dans le box des témoins. Et d'un, il a compris qu'il ne faut jamais être relié à la moindre société par des documents officiels – légaux ou illégaux. Il n'a maintenant plus rien en son nom propre et absolument aucun lien avec la moindre société, le moindre conseil d'administration ou le moindre investissement déclaré dans quoi que ce soit. Il a des gens qui lui servent de paravents.

— Ben ça, je suis sacrément fier d'avoir pu faire de lui un meilleur criminel ! Mais comment t'es-tu débrouillé pour…

— Le Net est toujours un outil fort utile. Les réseaux sociaux, les archives des journaux. Le père d'Opparizio est mort il y a quatre ans. Il y a eu une cérémonie dans le New Jersey et un registre de condoléances virtuel a été ouvert. Des parents et amis l'ont signé et du diable si le site web des pompes funèbres ne l'a toujours pas en ligne !

— Diable, diable, veux-tu dire ! Ça fait des tas de noms.

— De noms et de liens. J'ai commencé à remonter tout ça pour trouver quelque chose. Trois associés d'Opparizio sont propriétaires de la BioGreen, en détiennent la majorité et c'est par eux qu'il la contrôle. L'un d'eux

s'appelle Jeannie Ferrigno, et c'est quelqu'un qui ces sept dernières années est passé de strip-teaseuse à Las Vegas, avec quelques arrestations pour possession de drogue à son casier, à copropriétaire de tout un tas d'affaires ici, là et ailleurs. Pour moi, cette Jeannie est sa maîtresse.

— D'où « suivre la chérie ».

— Jusqu'à BioGreen.

— Ça commence à devenir bon, tout ça.

Je lui montrai le chenal conduisant à la raffinerie.

— Sauf que si Opparizio n'est que secrètement propriétaire d'affaires d'ici à Las Vegas, pourquoi s'intéresser à celle-ci en particulier ?

— Parce que c'est dans celle-là qu'il y a le plus de fric. Tu vois ça, là-bas ? Ce n'est pas une raffinerie ordinaire. C'est une usine de production de biogazole. En gros, ça fabrique du carburant à partir de plantes et de graisses animales. On recycle des déchets et on en fait un carburant alternatif qui coûte moins cher et brûle plus proprement. Et aujourd'hui, c'est la prunelle des yeux du gouvernement fédéral parce que ça réduit notre dépendance au pétrole. Bref, c'est l'avenir, et Louis Opparizio surfe sur la vague. Le gouvernement fédéral soutient cette production et verse des primes au baril aux sociétés du genre BioGreen rien que pour le fabriquer. Ce qui s'ajoute aux profits qu'elles font en se démenant pour vendre lesdits barils.

— Et là où il y a des subventions de l'État, il y a toujours de la corruption.

— T'as tout compris.

Je me mis à faire les cent pas sur le sentier usé de la berme. J'essayais de voir les liens et comment tout cela pouvait fonctionner.

— Et donc, reprit Bosch, on a un type, un lieutenant, qui dirige le bureau de la Harbor Division. C'est moi qui l'ai formé il y a vingt-cinq ans quand il est passé inspecteur première classe à Hollywood.

— Et tu peux lui parler ?

— Je l'ai déjà fait. Comme il sait que je suis à la retraite, je lui ai dit que j'effectuais des recherches pour un ami qui pense investir dans la BioGreen. Je voulais savoir s'il y avait des alertes rouges sur cette boîte et il m'a dit que oui, une grosse, et émanant du FBI.

— Ce qui veut dire ?

— Ce qui veut dire qu'il lui est interdit de faire quoi que ce soit s'il apprend quelque chose qui concerne cette société. Il est censé avertir le Bureau et se retirer. Tu vois ce que ça signifie ?

— Que le Bureau a trouvé quelque chose et y travaille.

— Ou l'a à l'œil, au minimum.

J'acquiesçai. C'était de mieux en mieux pour mon écran de fumée lors du procès. Mais je savais qu'il me faudrait plus que ça. Ce n'était pas pour un client que je travaillais. C'était pour moi.

— Bien et donc, tout ce qu'il nous faut, c'est un lien avec Sam Scales et on aura un coup à jouer au tribunal. J'appelle Cisco pour voir s'il…

— Ce lien, on l'a déjà, lança Bosch.

— De quoi tu parles ? Où il est ?

— L'autopsie. Les ongles, tu te rappelles ? Les restes d'huile végétale, de graisse de poulet et de sucre de canne ? C'est du carburant bio, Mick. Sam Scales avait du carburant bio sous les ongles.

Je suivis le chenal du regard jusqu'à la raffinerie de la BioGreen. La fumée qui montait en tourbillons menaçants de la cheminée nourrissait, elle aussi, le nuage sale qui recouvrait tout le port.

Je hochai la tête.

— Je crois bien que tu as trouvé la solution, la « balle magique[1] », Harry.

— Oui. Fais juste attention à ne pas te la tirer dans le pied.

1. Soit la solution sans danger à un problème. Terme inventé par le prix Nobel de médecine Paul Ehrlich pour désigner son remède contre la syphilis.

# Chapitre 16

*Dimanche 12 janvier*

La découverte de la BioGreen et de ses liens avec Louis Opparizio, voire avec Sam Scales, permit d'asseoir ma défense en me fournissant une stratégie et un cœur d'enquête. Notre virée à Terminal Island fut dès le lendemain matin suivie par une réunion de toute l'équipe, où les tâches de chacun furent définies et assignées. Établir un lien entre Scales et Opparizio étant de la première importance, je voulais que ce soit le but principal de mes enquêteurs.

Localiser Opparizio en était un autre. Il s'était séparé de tout ce qui le reliait à la propriété et au contrôle direct des activités de la raffinerie et c'était cela que nous devions établir avant le procès. Nous n'avions pas ce lien primaire, nous nous concentrâmes sur le secondaire : Jeannie Ferrigno. Je demandai à Cisco de monter une équipe pour suivre la dame en espérant que, celle-ci nous conduisant à Opparizio, notre surveillance puisse passer sur lui. Je voulais pouvoir montrer au jury que cet individu qui m'en voulait avait des liens avec l'homme qu'on m'accusait d'avoir assassiné. Si j'arrivais à l'établir, nous aurions le cadre général de notre plan.

La réunion se termina dans une grande excitation, mais ma propre montée d'adrénaline retomba vite. Tandis que les enquêteurs éprouvaient la joie de travailler sur le terrain, je passai tout mon week-end à me concentrer sur la tâche que détestent nombre d'avocats : reprendre tous ses dossiers. La piste papier d'une affaire est une chose vivante qui ne cesse de grandir et de changer. Le prisme du temps qui passe aidant, des documents et des éléments de preuve compris d'une certaine façon au moment *x* peuvent changer d'apparence et prendre un sens différent plus tard.

Il était donc important de connaître toute l'affaire de fond en comble, ce que je ne pouvais accomplir qu'en analysant et réanalysant sans cesse les pièces du dossier. Plus de deux mois s'étaient maintenant écoulés depuis mon arrestation et celui-ci avait grossi de semaine en semaine après l'échange des pièces entre les parties. J'avais tout lu et analysé lorsqu'elles m'étaient arrivées, mais il importait de les reprendre comme un tout.

Le dimanche matin, j'avais déjà rempli plusieurs pages de bloc-notes de remarques, de listes et de questions. Une page entière était consacrée à tout ce qui me manquait. Dont, en première place, le portefeuille de Sam Scales. Il ne figurait pas dans le rapport des Scellés détaillant ses vêtements et le contenu de ses poches.

Pas de portefeuille. Il était donc supposé que c'était l'assassin – à savoir moi – qui l'avait pris et en avait disposé. Ce portefeuille qui manquait avait une grande importance à mes yeux dans la mesure où, dans toutes les arnaques pour lesquelles je l'avais défendu, jamais Sam n'avait usé de son vrai nom. Ainsi procède le maître arnaqueur. Chaque entourloupe exige de se créer une nouvelle personnalité de façon à éviter tout traçage par la victime lorsqu'elle se rend compte qu'elle a été bernée. Je savais qu'à cette fin, Sam était des plus doué pour se réinventer. Et je ne l'avais représenté que lorsqu'il s'était fait prendre. Personne ne savait combien de coups tordus il avait réussis sans être repéré.

Ce portefeuille qui manquait était d'autant plus important qu'après un mois de travail acharné, Cisco Wojciechowski n'avait rien trouvé dans le passé de Sam Scales. Le trou noir. Nous n'avions découvert aucune trace numérique de ses lieux de résidence depuis deux ans. Que ce portefeuille contienne une pièce d'identité nous aurait aidés à établir le genre de personnage qu'il jouait maintenant. Et à le relier à la BioGreen. S'il y travaillait ou était impliqué dans telle ou telle autre combine avec Opparizio, son identité actuelle nous aurait permis de le découvrir.

Ce ne fut qu'en reprenant pour la troisième fois tout le dossier que le dimanche soir, j'y découvris une divergence qui semblait tout changer et me donner un grief de plus à exposer au juge Warfield.

Après avoir arrêté certaines stratégies, j'appelai Jennifer Aronson et lui ruinai ce qu'elle avait prévu pour son dîner. Je lui demandai de rédiger une nouvelle requête destinée à obliger l'accusation à nous fournir toutes les pièces de l'échange entre les parties. La requête devait préciser très clairement que l'accusation gardait par-devers elle des éléments essentiels à la défense et ce, depuis le début de l'affaire, et que l'élément capital en question n'était autre que le portefeuille de la victime et tout ce qu'il contenait.

La manœuvre était provocante et je ne doutais pas que Dana Berg s'élève contre cette accusation, une audience avec comparution de témoins devant alors être rapidement programmée par-devant le juge. Et c'était exactement ce que je voulais : une audience censée porter sur un conflit dans l'échange des pièces entre les parties, mais qui, en fait, aurait pour objet quelque chose d'entièrement différent.

J'informai Jennifer que cette requête devait être déposée dès l'ouverture du tribunal, puis je raccrochai et la laissai se mettre au travail. Je n'avais aucun scrupule à bouleverser, quels qu'ils fussent, ses plans pour le dîner parce que mon plan à moi passait avant tout. Kendall n'avait pas remis les pieds au Musso & Frank Grill depuis son retour de Hawaï. Ç'avait été son restaurant préféré et l'endroit où nous avions partagé nombre de martinis et de soupers lors de notre premier tour de piste. J'avais abandonné les martinis et alcools divers, mais j'avais passé un marché avec elle : dîner chez Musso & Frank dimanche soir contre la permission de me terrer dans mon bureau et d'y passer tout le week-end à travailler. Ce que j'y avais fait avait rapporté gros et j'attendais cette soirée avec autant d'impatience qu'elle. Je passai donc le témoin à Jennifer et lui promis de la retrouver au Nickel Diner le lendemain matin, après qu'elle aurait déposé sa requête. Je lui demandai aussi d'inviter toute l'équipe à y petit-déjeuner de façon que nous puissions nous mettre tous à jour sur nos activités des dernières soixante-douze heures.

Pas moyen d'ignorer les martinis préparés, servis et consommés, mais dîner chez Musso fut une distraction fort bienvenue dans mes pensées, même seulement pour quelques heures, et nous ramena, Kendall et moi, aux relations que nous avions eues pendant près de sept ans avant son départ pour Hawaï. Ce qui nous rapprocha le plus fut l'idée que rien ne nous empêcherait de poursuivre cette relation. Que je puisse être déclaré coupable de meurtre un mois plus tard et expédié en prison pour le restant de mes jours ne lui était jamais venu à l'esprit, ni même fait hésiter à reprendre notre vie commune. C'était naïf, certes, mais touchant. J'en vins à ne plus vouloir la décevoir, même si je comprenais bien que ce serait le moindre de mes problèmes si je ne gagnais pas mon procès.

— Tu sais, lui dis-je, être innocent ne garantit pas que je sois déclaré non coupable. Dans un procès, tout peut arriver.

— Tu n'arrêtes pas de dire ça, me répondit-elle. Mais je sais que tu vas gagner.

— Avant de tirer des plans sur la comète, commençons par avoir le verdict, d'accord?

— Bâtir des plans ne fait pas de mal. Dès que ce sera fini, je veux aller m'allonger quelque part sur une plage loin d'ici et oublier tout ça.

— Ce sera chouette, dis-je.

Et je ne poussai pas plus loin.

## Chapitre 17

*Lundi 13 janvier*

Au petit déjeuner du lendemain matin, Jennifer fut la dernière arrivée. Nous avions déjà effectué un tour de table, chaque membre de l'équipe rapportant les efforts qu'il avait déployés depuis notre dernière réunion. Nous n'avions pas beaucoup avancé, essentiellement à cause du week-end. Cisco nous informa qu'il avait mis en place une équipe de surveillance sur Jeannie Ferrigno depuis le vendredi soir précédent, mais que rien n'indiquait qu'il y ait eu le moindre contact entre elle et Louis Opparizio. En attendant, Bosch, lui, nous dit qu'il travaillait ses contacts dans les forces de l'ordre afin de savoir pourquoi la BioGreen était dans le collimateur du FBI.

Jennifer, qui n'avait pas entendu ces mises à jour, posa quelques questions pour se mettre au courant.

— Y a-t-il quoi que ce soit qui confirme que d'une façon ou d'une autre Sam Scales était impliqué dans les activités de la BioGreen en dehors de ses ongles sales ? demanda-t-elle.

— C'est-à-dire que… non, pas sous cette identité, répondit Bosch. J'ai passé un appel bidon pour vérifier s'il y bossait parce qu'il avait fait un emprunt pour acheter une voiture, mais on m'a répondu n'avoir aucune trace d'un Sam Scales ayant travaillé dans la boîte.

— Et côté FBI ? demanda Jennifer. Sait-on ce qu'ils ont dans le crâne ?

— Pas encore. Je me suis dit qu'il valait mieux ne pas y aller bille en tête sur cette question, et je fouine ici et là en essayant de cerner le bonhomme.

— J'ai suivi un camion-citerne qui sortait de la raffinerie vendredi après-midi, ajouta Cisco. Comme ça, juste pour voir où il allait. Mais il a franchi un portail de sécurité du port et j'ai dû rester en arrière. Environ une demi-heure plus tard, il est ressorti et est retourné à la raffinerie. Je pense qu'il a pris ou livré un chargement.

— Sam Scales conduisait des camions ? demanda Jennifer. Où serait l'arnaque là-dedans ?

— Peut-être qu'il s'est remis dans le droit chemin, dit Cisco.

— Non, dis-je. Je connaissais bien Sam. Il ne se remettait jamais dans le droit chemin. Il était sûrement sur un coup et nous devons découvrir de quoi il retournait.

Il y eut un silence tandis que je réfléchissais à ce que Bosch venait de dire. J'avais passé toute ma carrière à œuvrer dans des tribunaux d'État et n'avais eu que peu de rapports avec les agents du FBI ou de l'administration fédérale. Bosch avait jadis été marié avec un agent du FBI, mais je savais qu'il avait tout un passé d'antagonismes dès qu'il s'agissait de traiter avec ses homologues fédéraux. Et le reste de mon équipe était tout aussi hors du coup de ce côté-là.

— Le procès est dans un mois, repris-je. Que dirais-tu de passer à une approche frontale plutôt que de continuer à fouiner autour du FBI ?

— On peut essayer, mais il ne faudra pas oublier que les fédéraux ne réagissent que sous la menace. Celle d'être montrés du doigt. Quoi qu'ils fabriquent là-bas, ils ne veulent pas faire de vagues et ne nous prendront au sérieux que s'ils se rendent compte que tu mets en danger leurs petits secrets ou leur enquête. C'est ça, une approche frontale. Tu te transformes en menace. C'est toujours comme ça qu'on faisait au LAPD.

J'acquiesçai et réfléchis à la question. Monica, une des propriétaires du Nickel, nous apporta tout un assortiment de donuts à emporter – après les crêpes et les œufs que nous avions déjà avalés. Jennifer, la seule à ne pas avoir encore petit-déjeuné, en choisit un saupoudré de chocolat.

— Quelqu'un qui voudrait partager avec moi ? demanda-t-elle.

Elle n'eut pas de clients.

— Je me disais que ce serait bien de déposer une requête en liberté d'information[1]. Mais ça prend un temps fou. Les fédéraux n'accuseraient probablement pas réception de ma demande avant que le procès ne soit terminé.

---

1. Loi de 1966 qui permet à tout citoyen d'avoir accès à tous les documents fédéraux, quels qu'ils soient, à neuf exceptions près comme le secret-défense, le respect de la vie privée, etc.

J'acquiesçai, puis changeai d'idée.

— On pourrait le faire, dis-je, mais en y ajoutant une assignation à produire certaines pièces sur Scales.

— Le FBI a tout à fait le droit d'ignorer une assignation, me contra-t-elle. Leurs agents ne sont pas obligés de répondre à des questions sur des enquêtes fédérales dans une cour d'État.

— Aucune importance. Rien que le fait de les assigner constituerait la menace dont parle Harry. Ils ne pourraient pas ne pas savoir que l'affaire serait évoquée lors de mon procès. Ça pourrait les obliger à sortir de l'ombre. Et à ce moment-là, on voit un peu ce qu'on peut glaner.

Je me tournai vers Bosch pour qu'il confirme. Il acquiesça d'un hochement de tête.

— Ça pourrait marcher, dit-il.

— Allez, on y va, conclut Jennifer.

— Jennifer, je sais que je n'arrête pas de charger ta barque, mais… Tu pourrais ajouter cette assignation à la requête en liberté d'information ?

— Pas de problème. Ça doit même pouvoir se faire en ligne. Ce sera prêt en fin de journée. Je vais commencer par l'assignation. C'est quoi, les paramètres ?

— Sam Scales et tous ses alias, répondis-je. Ne pas oublier d'y inclure Louis Opparizio et la BioGreen Industries. Autre chose ?

Elle reçut un appel et quitta la table pour le prendre à l'extérieur. Nous continuâmes d'analyser l'idée.

— Même si ça les fait sortir de l'ombre, dit Bosch, je ne vois pas trop ce que tu y gagneras. Tu sais ce qu'on dit : « Le FBI ne partage pas. Il bouffe comme un éléphant et chie comme une souris. »

Lorna éclata de rire. Cela me rappela que Cisco avait gardé le silence pendant toute la discussion.

— Cisco, lui lançai-je. Qu'est-ce que tu en penses ?

— J'en pense qu'une autre façon de se renseigner sur cet endroit serait que j'y aille et demande s'ils embauchent. Je pourrais peut-être y entrer et voir ce qu'ils fabriquent… même s'ils ne m'offrent pas de job.

— Tu mets un casque de chantier et t'auras la gueule de l'emploi, dis-je en souriant. Sauf que non. S'ils font des trucs pas nets, ils vont faire des recherches approfondies sur toi et ton nom les conduira à moi. Non, je préfère que tu t'occupes d'Opparizio avec tes Indiens.

C'est ainsi qu'il appelait son équipe de surveillance. Tout politiquement correct mis à part, il voyait en eux les Indiens des vieux westerns – ceux qui observaient les convois de chariots bâchés du haut de leurs falaises sans que les colons en aient la moindre idée.

— Bon, je suis prêt à y aller si t'en as besoin, dit-il. La surveillance, c'est un peu rasoir à la longue.

— Que je te dise : pourquoi tu ne t'occuperais pas pendant, disons, deux ou trois jours de Milton, le flic qui m'a arrêté, pendant que nous, on voit ce que ça donne avec les fédéraux ?

— Je peux, oui, dit-il en hochant la tête.

— Parce que moi, je ne crois toujours pas son histoire, repris-je. S'il obéissait aux ordres de quelqu'un, je veux savoir qui et pourquoi.

— Je m'y colle.

— Et moi, Mickey ? me lança Lorna. Qu'est-ce que tu veux que je fasse ?

Il valait mieux que je réfléchisse vite : elle n'apprécierait pas de rester sur la touche.

— Euh, reprends donc tes dossiers sur Trammel, répondis-je. Tu ressors tout ce qui a trait à nos recherches sur le passé d'Opparizio. Je ne me souviens pas de tout et il faut que je sois prêt à lui rentrer dedans encore un coup… si jamais on le retrouve.

Jennifer revint à la table après son appel, mais resta debout. Puis elle me regarda et leva son portable.

— Ça y est, dit-elle. Warfield nous a réservé une audience pour notre requête à 13 heures aujourd'hui même. Et elle a averti Berg d'amener son enquêteur principal.

Cela me surprit.

— Elle a fait vite, dis-je. On a dû toucher un nerf.

— C'est Andrew, le greffier, qui m'a appelée. Il est clair qu'on a piqué l'accusation au vif. Il m'a dit que Dana Couloir-de-la-mort était absolument furieuse quand il l'a contactée.

— Super, dis-je. Ça va être intéressant. C'est nous qui allons coller son enquêteur principal à la barre avant elle !

Je consultai ma montre, puis me tournai vers Lorna.

— Combien de temps ça prendrait d'avoir quelques agrandissements des photos de la scène de crime ?

— Donne-les-moi tout de suite et je fais accélérer les choses. Tu les veux sur un support en dur ?

— Si c'est possible, oui. Le plus important est de les avoir pour l'audience.

Je repoussai mon assiette vide et ouvris mon ordinateur portable sur la table. J'y affichai deux clichés de Sam Scales dans le coffre de ma Lincoln, que j'avais l'intention de montrer à l'audience de l'après-midi. Je les envoyai à Lorna et l'avertis qu'ils étaient difficiles à regarder. Mais ce n'était pas sa sensibilité que j'essayais de protéger. C'était le technicien photo de la boutique Fedex que je voulais qu'elle avertisse.

## Chapitre 18

Ce fut bien agréable d'entrer dans la salle d'audience par la porte du public plutôt que par celle en acier de la cellule d'attente. Dans le même temps, cette entrée « des hommes libres » me mit dans le grand flot de tous ceux qui revenaient au prétoire après leur repas, y compris une Dana Berg qui me fusilla du regard tel un Original Gangster[1] en taule. Je l'ignorai et gardai ma propre inimitié pour la cour. Je lui tins même la porte, mais elle refusa de me remercier.

Les jumelles des médias avaient déjà repris leurs places habituelles lorsque nous entrâmes.

— Je vois que vous avez averti la presse, me lança Berg.

— Pas moi, non, lui répondis-je. Peut-être est-elle en alerte. Ce ne serait donc pas ce qu'on veut dans une société libre ? Une presse vigilante ?

— Bah, ce coup-ci, vous faites fausse route. Elle va voir comment le juge va vous botter les fesses.

1. Premier nom des Crips, gang américain.

— Pour info, Dana, je ne vous le reproche pas. En fait, j'aime assez que vous soyez aussi féroce et concentrée. Si seulement tous les gens du gouvernement pouvaient l'être ! Mais ceux qui travaillent pour vous ne sont pas des cadeaux.

Sur quoi nous nous séparâmes après avoir franchi la barrière du public. Elle gagna la table de l'accusation tandis que je filais à celle de la défense. Où Jennifer avait déjà pris place.

— Des nouvelles de Lorna ? lui demandai-je.

— Elle vient de se garer et elle arrive.

— J'espère.

J'ouvris ma mallette et en sortis un bloc-notes grand format dans lequel j'avais consigné des remarques en mettant au point mes dernières préparations à la cafète du deuxième étage. Jennifer se pencha pour regarder mes gribouillis.

— Fin prêt ? s'enquit-elle.

— Ouaip !

Je me tournai vers le public. J'avais envoyé un texto à ma fille pour l'avertir de cette audience, mais je l'avais fait à la dernière minute et je n'étais plus très sûr de son emploi du temps du lundi après-midi. Je n'avais pas eu de retour de sa part et elle n'était pas dans la salle.

Le juge Warfield eut dix minutes de retard pour l'ouverture de la séance, et cela donna à Lorna assez de temps pour arriver avec les photos. Nous étions prêts à dégainer lorsque, Chan ayant rappelé tout le monde à l'ordre, Warfield s'installa au banc.

Je tenais mon bloc-notes à la main et attendais qu'on m'appelle au lutrin – c'était de ma motion qu'on allait débattre et donc ma prérogative de passer en premier –, lorsque Berg se leva et s'adressa à la cour.

— Votre Honneur, lança-t-elle, avant que maître Haller ait la permission de se tenir ici même pour abreuver les médias qu'il a invités de ses plaintes totalement infondées, l'accusation demande que cette audience se déroule *in camera* afin que le pool de jurés ne soit pas influencé par une défense qui tente de les tromper à l'aide d'accusations aussi folles que sans fondement.

Elle n'avait pas fini son speech que j'étais déjà debout et que le juge m'appelait :

— Maître Haller ?

— Merci, madame le juge. La défense s'élève contre toute tentative de tenir cette audience en votre cabinet. Que maître Berg n'aime pas ce qu'elle va entendre n'est pas une raison suffisante pour celer ce qui va être ici affirmé et présenté à la cour. C'est vrai que nos allégations sont graves, mais il n'est, Votre Honneur, meilleur désinfectant que la lumière du soleil et cette audience devrait rester ouverte à tous. En plus de quoi, et pour que ce soit consigné ainsi qu'il convient, je n'ai nullement alerté les médias de cette audience d'urgence et j'ignore qui l'a fait. Mais il ne m'est en plus jamais apparu, comme apparemment c'est le cas pour maître Berg, que des médias vigilants seraient une mauvaise chose.

Et de me tourner et de désigner les deux journalistes en finissant ma phrase. C'est alors que je remarquai que Kent Drucker, l'enquêteur principal dans l'affaire, était arrivé et s'était assis avec le public, juste derrière la table de l'accusation.

— En avez-vous terminé, maître Haller ? me demanda Warfield.

— Oui, Votre Honneur. Ainsi soumis[1].

— La requête en audience à huis clos est refusée, lâcha Warfield. Maître Haller, avez-vous des témoins ?

Je marquai une pause. Dans un monde parfait, l'avocat ne pose jamais de questions dont il ne connaît pas la réponse. Cela veut dire que, lorsqu'il est bon, jamais il n'appelle à la barre un témoin qu'il ne peut contrôler ou dont il n'est pas sûr des réponses. Tout cela, je le savais, mais il n'empêche : je décidai d'aller à l'encontre de la sagesse reconnue en la matière.

— Votre Honneur, lançai-je, je vois que l'inspecteur Drucker est dans cette salle. Commençons donc avec lui.

Drucker franchit la barrière du public pour gagner le box des témoins et prêta serment. C'était un enquêteur chevronné avec plus de vingt ans de service à son actif, dont une bonne moitié aux Homicides. Il portait un beau costume et avait apporté son livre du meurtre. S'il était surpris que je l'aie appelé, il n'en montra rien et, comme nous n'étions pas devant des jurés, je laissai tomber les gentillesses et allai droit au but.

— Inspecteur, lui lançai-je, je vois que vous avez votre livre du meurtre.

— Oui, maître, c'est le cas.

— Cela vous gênerait-il d'aller au rapport des scellés qui concerne les biens de la victime dans cette affaire, à savoir Sam Scales ?

---

1. Formule de droit américain qui interdit à la partie adverse d'en discuter plus avant, la décision revenant alors au juge.

Il ouvrit son gros classeur sur la tablette installée devant le box des témoins, le feuilleta rapidement et trouva le document. Je lui demandai de le lire au juge ; très vite il lui énuméra les vêtements, chaussures et contenu de ses poches, à savoir de la petite monnaie, un jeu de clés, un peigne et une pince à billets enserrant 180 dollars en coupures de 20.

— Autre chose dans ses poches ? lui demandai-je.

— Non, maître.

— Pas de téléphone portable ?

— Non, maître.

— Pas de portefeuille ?

— Non, maître.

— Cela vous a-t-il paru curieux ?

— Oui.

J'attendis, mais n'obtins rien de plus. Drucker était de ces inspecteurs qui ne vous donnent absolument rien de plus que la réponse requise.

— Pourriez-vous nous dire pourquoi ? lui demandai-je sans cacher mon exaspération.

— Ça posait question. Un portefeuille qui manque… aurait-il pu s'agir d'un vol ?

— Sauf qu'il avait une pince à billets dans sa poche, n'est-ce pas ?

— Oui.

— Cela n'invalidait-il pas l'hypothèse du vol et ne soulevait-il pas la possibilité que ce portefeuille lui ait été pris pour une autre raison ?

— C'est exact.

— C'est… « exact » ? Je vous demande si cela a soulevé cette possibilité ?

— Tout posait question. Cet homme avait été manifestement assassiné. Il aurait pu y avoir des tas de motifs à cela.

— Comment avez-vous fait pour identifier la victime comme étant Sam Scales en l'absence d'un portefeuille et de pièces d'identité ?

— Par ses empreintes digitales. Il y avait un sergent de la patrouille à proximité et il avait un lecteur d'empreintes portable. On a eu son identité très rapidement et c'était plus sûr que le contenu d'un portefeuille. Des gens avec de faux papiers d'identité, ça existe.

Il venait, et sans le savoir, de pointer quelque chose que je voulais faire remarquer moi-même.

— Après avoir identifié la victime comme étant Sam Scales, avez-vous procédé à une recherche de ses antécédents judiciaires ?

— C'est mon coéquipier qui s'en est chargé.

— Et qu'a-t-il trouvé ?

— Une longue liste de fraudes, d'arnaques et d'autres crimes dont, j'en suis certain, vous êtes parfaitement au courant.

J'ignorai la pique et le pressai encore.

— N'est-il pas établi que dans toutes ces fraudes, arnaques et autres crimes, Sam Scales s'est servi de divers alias ?

— C'est exact.

Berg sentit qu'un coup mortel se préparait et se dressa pour élever une objection.

— Votre Honneur, lança-t-elle, nous étudions une requête en présentation immédiate de certaines pièces par l'accusation et maître Haller, lui, prend tout son temps pour obliger le témoin à détailler chaque phase de son enquête. Y a-t-il donc un but à cela ?

L'objection était faiblarde, mais réussit à me faire perdre le rythme. Le juge m'avertit d'en venir au but ou de passer à autre chose.

— Inspecteur, repris-je, savoir que la victime de ce meurtre se servait de plusieurs identités n'aurait-il pas dû pousser les enquêteurs à trouver important de retrouver son portefeuille afin de découvrir celle dont il usait au moment de sa mort ?

Drucker digéra longuement la question avant d'y répondre.

— Difficile à dire, lâcha-t-il enfin.

Je sus alors que je n'obtiendrais jamais ce que je voulais du bonhomme. Il se méfiait bien trop de moi pour se départir de ces réponses courtes qui ne m'apportaient pas de grands renseignements de valeur.

— Bien, passons à autre chose, enchaînai-je. Inspecteur, pourriez-vous aller au cahier photo de votre livre du meurtre et regarder les 37 et 39 ?

Pendant qu'il feuilletait à nouveau son classeur, j'installai vite deux chevalets portables devant le box vide des jurés et y plaçai les agrandissements 18 × 24 que Lorna avait réussi à faire faire dans la matinée. On y voyait Sam Scales allongé de côté dans le coffre de ma Lincoln, le deuxième cliché étant plus serré que le premier.

— Avez-vous trouvé ces photos, inspecteur ?

— Oui, je les ai sous les yeux.

— Vos photos 37 et 39 correspondent-elles bien aux agrandissements que je viens d'installer pour le tribunal ?

— Est-ce qu'elles correspondent ? C'est que je ne...

— Sont-elles identiques, inspecteur ?

Il fit tout un cinéma pour regarder ses photos et les comparer à celles posées sur les chevalets.

— Apparemment oui, répondit-il enfin.

— Parfait. Pourriez-vous nous dire officiellement ce que ces deux photos nous montrent ?

— Ce sont deux clichés qui représentent la victime dans le coffre de votre voiture. L'un d'eux est zoomé plus serré que l'autre.

— Merci, inspecteur. La victime est bien allongée sur le côté droit, n'est-ce pas ?

— C'est exact.

— Bien, et maintenant, puis-je attirer votre attention sur la hanche gauche de la victime ? Y voyez-vous la poche arrière gauche de son pantalon ?

— Je la vois, oui.

— Voyez-vous la distension rectangulaire de cette poche ?

Drucker hésita en comprenant vers quoi on se dirigeait.

— La voyez-vous, inspecteur ? répétai-je.

— Je vois bien une forme, mais ne sais trop de quoi il s'agit.

— Vous ne pensez pas que ça nous indique la présence d'un portefeuille dans cette poche, inspecteur ?

— Je ne pourrais en être sûr sans regarder l'intérieur de cette poche. Tout ce que je sais, c'est que ni les scellés ni les services du coroner ne m'ont fait parvenir de portefeuille.

Berg s'éleva de nouveau contre la logique de mes questions.

— Votre Honneur, dit-elle, maître Haller essaie de semer le doute sur l'enquête en arguant d'une forme qu'il verrait dans le vêtement de la victime. Il n'y a pas de portefeuille dans cette poche parce qu'aucun portefeuille n'a été découvert sur la victime ou la scène de crime. La défense se sert de cette question, de ce portefeuille fantôme pour faire perdre le fil à la cour et fournir aux médias une théorie du complot qui, il l'espère, finira par arriver aux oreilles des futurs jurés. Encore une fois, l'accusation s'élève un, contre la tenue de cette audience, et deux, à ce que tout cela soit discuté en séance publique.

Et de se rasseoir en colère tandis que le juge se tournait vers moi.

— Votre Honneur, repris-je, ce petit speech était excellent, mais il n'en demeure pas moins que tout un chacun qui a deux yeux peut voir que la victime avait un portefeuille dans sa poche revolver. Et maintenant ce portefeuille a disparu, ce qui non seulement jette un doute sur l'enquête, mais encore inflige un grand désavantage à la défense qui se voit empêchée d'examiner cet élément de preuve. Tout cela étant dit, si la cour veut bien m'accorder cinq minutes de plus avec le témoin, il apparaîtra de manière plus qu'évidente qu'il y a bel et bien quelque chose qui ne va pas dans cette enquête.

Warfield prit tout son temps pour répondre, ce qui m'indiqua que c'était de mon côté qu'elle penchait, et pas de celui de l'accusation.

— Vous pouvez poursuivre l'interrogatoire du témoin, maître Haller, dit-elle enfin.

— Merci, juge Warfield. Mon co-conseil, maître Aronson, va vous montrer à l'écran l'enregistrement de la caméra vidéo de corps de l'officier Milton. On en verra le début, soit le moment même où l'officier Milton se sert de la télécommande de la voiture pour en ouvrir le coffre.

L'enregistrement commença à défiler sur l'écran plat accroché au mur faisant face au box des jurés. Les vues avaient été prises du côté arrière de la Lincoln. La main de Milton lorsqu'il ouvre le coffre avec son pouce. Le couvercle qui se soulève et révèle le cadavre de Sam Scales, puis la caméra qui commence à bouger lorsque Milton réagit.

— Bien, arrêtez la vidéo pile ici, lançai-je à Jennifer. Pouvez-vous revenir en arrière, juste au moment où s'ouvre le coffre ?

Jennifer s'exécuta et figea l'image. Milton avait pris la précaution de se mettre de côté par rapport à la voiture en ouvrant le coffre parce que, homme ou chose, il ignorait ce qu'il allait y trouver. Cette manœuvre avait eu pour résultat de donner deux secondes de vue latérale sur le corps, ce que le photographe des services du coroner n'avait pas pu obtenir. C'était par pur hasard que la caméra de corps de Milton avait, elle, pu l'avoir.

— Inspecteur Drucker, repris-je alors. Puis-je attirer à nouveau votre attention sur la poche revolver gauche de la victime ? Ce que vous voyez sous cet angle modifie-t-il votre opinion sur le fait que la victime avait ou n'avait pas de portefeuille dans sa poche au moment où son cadavre a été découvert ?

Tous les regards, sauf le mien, s'étaient portés sur l'écran. Je vis même une des deux journalistes se déporter un rien sur son banc pour mieux voir. La vidéo montrait clairement que la poche de la victime bâillait un peu sur un objet glissé à l'intérieur. Il était sombre, mais un filet de couleur plus claire en éclairait le dessus.

Pour moi, il s'agissait manifestement d'un portefeuille d'où dépassait un billet. Pour Drucker, ce n'était toujours rien.

— Non, répondit-il sous serment. Je ne saurais pas vraiment dire ce que c'est.

Je le tenais.

— Qu'entendez-vous par « pas vraiment dire ce que c'est » ?

— Que je ne peux pas dire. Que cet objet pourrait être n'importe quoi.

— Mais vous reconnaissez pourtant qu'il y a bien quelque chose dans cette poche ?

Il se rendit compte qu'il était tombé dans le piège de la défense.

— C'est que… je ne peux pas en être certain. Ce pourrait être la doublure de la poche, tout simplement.

— Vraiment ? répliquai-je d'un ton plein d'incrédulité. Vous êtes donc maintenant en train de nous dire qu'il pourrait s'agir de la doublure de sa poche ?

— Ce que je vous dis, c'est que je n'en sais vraiment rien.

— Inspecteur, pourriez-vous donc reprendre le rapport des scellés que vous avez dans votre dossier ? J'ai une dernière question à vous poser.

Toute la salle attendit en silence qu'il l'ait à nouveau sous les yeux.

— Bien, inspecteur, enchaînai-je. Ce rapport nous dit bien d'où proviennent tous les objets qui ont été retrouvés, n'est-ce pas ?

— C'est exact, répondit-il, apparemment soulagé d'avoir enfin droit à une question facile.

Je ne lui laissai pas savourer longtemps son plaisir.

— Bien et donc, que nous dit ce rapport sur ce qui aurait été trouvé dans la poche arrière gauche du pantalon de la victime ?

— Que rien n'y a été trouvé. Il n'y a rien de mentionné dans cette liste.

— Je n'ai plus de questions à poser, lançai-je à Warfield.

# Chapitre 19

En bon avocat de l'accusation, Dana Berg pensait à l'issue du procès. Son contre-interrogatoire de l'inspecteur Drucker avait moins pour but de gagner dans l'instant que de l'emporter tout à la fin des débats. Elle devait s'assurer que ce qui serait porté aux minutes de la séance ne dresse pas un juré contre Drucker ou contre l'accusation lors du procès. La mesure la plus finaude qu'elle prit fut donc de demander une suspension de séance de dix minutes lorsque je mis un terme à mon interrogatoire. Cela lui donna le temps d'avoir un petit tête-à-tête avec Drucker afin de maîtriser ce qui venait de se passer.

Lorsque l'audience reprit, Drucker fit montre d'une appréciation toute nouvelle des photographies et de la vidéo que je lui avais soumises.

Je n'en fus pas surpris.

— Inspecteur Drucker, avez-vous pu réexaminer toutes les photos de scène de crime de la victime pendant cette suspension de séance ?

— Oui, répondit-il.

— En avez-vous tiré de nouvelles conclusions sur ce que vous avez vu ?

— J'ai regardé toutes celles que nous avons du cadavre dans le coffre et je crois maintenant qu'il y avait très probablement un portefeuille dans la poche revolver de ce pantalon à ce moment-là.

Comment ne pas sourire ? Berg allait faire en sorte que ce soit l'accusation qui semble avoir fait cette découverte et veuille la révéler à tous.

— Et pourtant, votre propre rapport des scellés affirme qu'il n'y avait pas de portefeuille. Comment l'expliquez-vous, inspecteur ?

— Par le fait évident qu'à un moment ou à un autre, quelqu'un s'en est emparé.

— S'en est « emparé » ? Vous voulez dire que quelqu'un l'aurait pris et égaré ?

— C'est possible.

— Aurait-il pu être volé ?

— Ça se peut.

— Quand le vêtement que portait la victime a-t-il été fouillé ?

— Nous n'y avons pas touché quand il était dans le coffre. Nous avons attendu l'arrivée des services du coroner et que le corps soit extrait du véhicule. Nous avons alors pris les empreintes de la victime et le cadavre a été enveloppé dans du plastique. Après quoi, il a été transporté jusqu'au bureau du coroner aux fins d'autopsie.

— Pouvez-vous donc nous dire à quel moment ce vêtement a été ôté, puis examiné, ce qu'il contenait étant ensuite noté dans le rapport des scellés.

— Tout cela fait partie des tâches du coroner. Le corps a été préparé pour l'autopsie dès le lendemain et j'ai alors reçu un appel d'un enquêteur qui m'a informé que je pouvais passer prendre ces objets.

— Ce que vous avez fait ?

— Pas tout de suite. L'autopsie devait être effectuée dans la matinée. J'ai donc attendu ce moment-là pour prendre possession de ces effets.

— Il n'y avait pas urgence ?

— Pas vraiment. L'enquêteur du coroner m'a envoyé un e-mail contenant la liste des objets. J'ai remarqué qu'il n'y avait pas de portefeuille et que les autres ne semblaient pas avoir de rapport avec l'enquête.

— Quand avez-vous reçu cet e-mail ?

— Puis-je m'en référer à mes notes ? demanda-t-il à Warfield d'un air plein d'innocence.

— Vous pouvez, lui répondit Warfield.

Il feuilleta des pages de son livre du meurtre, puis s'arrêta pour déclarer :

— J'ai cet e-mail ici même. Je l'ai reçu à 16 h 20, l'après-midi de l'appel.

— Et donc, faisons les calculs, enchaîna Berg. C'est à peu de chose près dix-sept heures après que vous avez été appelé sur les lieux du crime pour entamer votre enquête que vous vous êtes aperçu qu'il n'y avait pas de portefeuille, exact ?

— Exact.

— Et pendant tout ce temps-là, ce n'était pas à vous qu'il incombait de surveiller les vêtements et objets personnels de la victime, exact ?

— Exact. Et dans cet intervalle de temps, tout aurait pu arriver à ce portefeuille.

— Il aurait pu être volé ou égaré.

— Exact.

— Avez-vous pris ce portefeuille, inspecteur Drucker ?

— Non, je ne l'ai même jamais vu.

— L'avez-vous intentionnellement mis à l'écart du paquet d'éléments de preuve que je vous avais demandé de préparer à l'intention de la défense ? reprit Berg.

— Non, maître.

— Je n'ai pas d'autres questions, Votre Honneur.

Il fallait le reconnaître à Berg : en plus de l'avoir très habilement sorti de l'abîme de crédibilité qu'il s'était creusé, elle pourrait soutenir Drucker une deuxième fois lors du procès. Dès qu'il fut libéré, j'informai le juge que je n'avais plus de témoins et étais prêt à argumenter, Berg déclarant la même chose.

Ma première salve fut courte et alla droit au but :

— Votre Honneur, lui lançai-je, nous avons donc une situation où l'État a mal géré un élément de preuve absolument capital et celé ce méfait à la défense, celle-ci se trouvant maintenant affaiblie par ce cafouillage. Que ces actes aient été intentionnels ou pas, le droit que j'ai d'avoir un procès équitable a été plus que transgressé, il… il a été piétiné. Je connaissais la victime, moi. Je connaissais son passé et son modus operandi. Cet individu changeait d'identité comme certains changent de chaussures. La perte de ce portefeuille, dans lequel se trouvait l'identité de Sam Scales au moment de sa mort, a empêché mon équipe d'enquêter sur ses activités et de découvrir des menaces, voire des assassins potentiels. Telle est mon argumentation, si vous ajoutez foi à ce que raconte l'accusation quand elle prétend que ce portefeuille a été fort innocemment égaré ou volé par quelqu'un qui rôdait dans les bureaux du coroner. Personnellement, je n'en crois pas un mot. Il s'agit là d'une manœuvre intentionnelle destinée à me priver d'un procès équitable. Ce sont l'accusation et la police qui se sont acoquinées pour…

Berg se dressa d'un bond pour protester contre la façon dont je calomniais les manœuvres et mobiles de l'accusation.

— Nous sommes en train d'argumenter, lui rétorquai-je. Je peux dire tout ce que je veux.

— Jusqu'à un certain point, m'objecta Warfield. Je ne vais pas vous laisser vous éloigner de ce qui est déjà aux minutes. Je pense que vous avez démontré ce que vous vouliez. Souhaitez-vous ajouter autre chose ?

Berg m'avait très efficacement forcé à dévier de ma route et le juge n'allait pas m'autoriser à y revenir.

— Non, Votre Honneur. Ainsi soumis.

— Maître Berg, lança-t-elle alors. J'espère que vous serez aussi succincte.

Berg gagna le lutrin et attaqua.

— Votre Honneur, les pitreries de la défense mises à part, il n'est aucune preuve ni aucun argument proposé ici qui indique l'existence du moindre complot tendant à obtenir un procès inégal dans cette affaire et, plus important encore, ni preuve ni le moindre soupçon de plan tendant à limiter ou à subvertir le processus d'échange des pièces entre les parties. Oui, le portefeuille de la victime a disparu, mais c'est l'avocat de la défense lui-même qui nous l'a révélé ce matin même. S'en venir crier au complot et à l'acte criminel n'est que pure démagogie au bénéfice des médias, et l'État demande de ce fait que la cour rejette cette requête.

Je me levai pour répondre, mais le juge ne m'en donna pas la permission.

— Je crois en avoir entendu assez, maître Haller. Je sais ce que vous allez dire et sais aussi tout ce que maître Berg vous opposera ensuite. Bref, ne perdons donc pas notre temps, d'accord ?

Je compris le message et me rassis.

— La cour trouve que les faits révélés aujourd'hui sont plus que troublants, enchaîna-t-elle. L'État concède qu'il y avait bien un portefeuille dans la poche de la victime, mais ne peut produire cet objet aux fins d'examen par la défense. Qu'il ait disparu suite à quelque négligence ou acte plus sinistre, le fait est que la position de la défense s'en trouve affaiblie. Comme maître Haller le laisse entendre, ce portefeuille aurait pu contenir une fausse pièce d'identité utilisée par la victime. Ce qui aurait pu conduire à d'autres preuves en faveur de ce qu'avance maître Haller.

Elle marqua une pause et parut étudier ses notes un instant avant de poursuivre.

— Pour l'heure, la cour ignore le remède qui pourrait être apporté à cette situation et va donc prendre quarante-huit heures pour y réfléchir. Ce qui donnera à l'accusation ces mêmes quarante-huit heures pour ou bien retrouver ce portefeuille, ou déterminer, et très exactement, ce qui lui est arrivé. Je reprendrai cette audience mercredi à 13 heures et suggère fortement à l'accusation de ne pas revenir ici les mains vides. L'audience est levée.

Sur quoi, Warfield se leva et descendit rapidement et gracieusement les trois marches de son estrade, sa robe ondoyant derrière elle tandis qu'elle gagnait la porte de son cabinet et y disparaissait.

— Joli travail, me chuchota Jennifer à l'oreille.

— Peut-être, lui chuchotai-je en retour, mais nous verrons ça dans deux jours. As-tu imprimé cette assignation à comparaître ?

— C'est fait.

— Laisse-moi aller voir Warfield si j'y arrive pendant qu'elle en pince encore pour la défense.

Jennifer ouvrait sa mallette pour en sortir le document lorsque Berg s'arrêta devant la table de la défense en sortant.

— Vous pensez vraiment que j'aurais eu à voir avec cette affaire ? Que j'en aie même seulement connu l'existence ?

Je la regardai un instant avant de répondre :

— Je ne sais pas, Dana. Tout ce que je sais, c'est que dès le premier jour, vous avez essayé de faire pencher la balance en votre faveur. Alors, donnez-moi donc une raison de ne pas le croire. Trouvez-moi ce portefeuille.

Elle fit la grimace et s'éloigna sans un mot.

— Tiens, dit Jennifer.

Je lui pris l'assignation et me levai.

— J'y vais, ajouta-t-elle. Avertis-moi s'il y a un problème.

— Ce sera fait. On se parle demain matin. Et merci de t'être occupée de l'assignation aujourd'hui.

— Pas de problème. Tu la feras passer à Cisco ?

— Oui, mais je pense y aller avec lui, histoire de voir si je ne peux pas secouer un peu le cocotier.

— Bon, ben, bonne chance ! Le FBI n'a pas pour habitude de se faire secouer le cocotier.

Je gagnai le poste du greffier et lui demandai d'appeler Warfield avant qu'elle ne s'installe dans son cabinet. Je voulais savoir si je pouvais aller la voir pour qu'elle me signe la pièce. Il passa l'appel à contrecœur et je vis sa surprise lorsque, apparemment, elle lui répondit de me faire entrer.

Il ouvrit la demi-porte de son poste et me fit franchir celle qui permettait d'accéder au cabinet du juge. Je longeai un couloir qui agrandissait d'autant le domaine du greffier et offrait à la vue des meubles classeurs d'un côté et une grande imprimante et une table de travail de l'autre. Puis je suivis encore un autre couloir sur lequel s'ouvraient les portes d'autres cabinets de juge.

Celle de Warfield était la première à gauche et elle était ouverte. Le juge avait déjà pris place à son bureau et accroché sa robe noire à une patère.

— Vous m'apportez une assignation ? me lança-t-elle.

— Oui, juge Warfield. Une assignation pour obtenir des documents.

Je lui tendis ce que Jennifer m'avait préparé et restai debout pendant qu'elle le lisait.

— Mais c'est fédéral, ça, dit-elle.

— Oui, c'est pour le FBI, mais c'est une assignation de l'État.

— Je le vois bien, mais là, vous allez faire du surplace. Le FBI ne répondra jamais à une assignation d'État. Il faudrait passer par le bureau de l'US Attorney, maître Haller.

— Madame le juge, d'après certains, passer par eux serait aussi faire du surplace.

Elle garda les yeux sur la pièce et la lut à voix haute.

— … tout document ayant trait aux faits et gestes de Samuel Scales ou alias…

Elle laissa tomber la feuille sur son bureau, se renversa en arrière et me regarda.

— Vous savez où ça va finir, n'est-ce pas ? me lança-t-elle. À la poubelle.

— C'est possible.

— Vous allez à la pêche ? Vous essayez d'avoir une réaction de leur part ?

— Je pars d'une intuition. Ça m'aurait beaucoup aidé d'avoir ce portefeuille et un nom à partir duquel travailler. Juge Warfield, cela vous pose-t-il problème que j'aille à la pêche ?

C'était à l'ancienne avocate de la défense que je m'adressais. Je savais qu'elle s'était trouvée dans la même situation : avoir besoin d'une ouverture et tenter le tout pour le tout pour l'obtenir.

— Non, je n'ai rien contre. Mais c'est un peu tard dans la partie pour ça. Votre procès est dans un mois.

— Je serai prêt, juge Warfield.

Elle se pencha en avant, prit un stylo dans un superbe porte-stylos en argent, me signa ma citation et me la rendit.

— Merci, juge Warfield, dis-je.

Je gagnai la porte, elle me rappela avant que je puisse la franchir.

— J'ai dégagé quinze jours pour la sélection des jurés et le procès, me lança-t-elle.

Je me retournai vers elle.

— Si vous essayez de me baiser en allant jusqu'au bout du temps qui vous est imparti et en me demandant brusquement un délai, je vous répondrai non.

Je hochai la tête pour lui signifier que j'avais compris.

— Merci, Votre Honneur, répondis-je.

Et je franchis la porte avec mon assignation « c'est loin d'être gagné » dans la poche.

# Chapitre 20

J'étais de retour au prétoire lorsque le greffier m'informa qu'un visiteur m'avait attendu dans la galerie réservée au public, mais que l'officier de surveillance l'avait chassé parce que la salle allait être fermée jusqu'au lendemain.

— Grand, le type ? demandai-je. T-shirt noir et bottes ?

— Non, me répondit-il. Noir et en costume.

Cela piqua ma curiosité. Je rassemblai les affaires que j'avais laissées à la table de la défense et vidai les lieux. Une fois dans le couloir, je trouvai mon visiteur assis sur un banc de l'autre côté de la porte. Je faillis ne pas le reconnaître dans son costume.

— Bishop ?

— Maître.

— Bishop, mais qu'est-ce que tu fais ici ? Tu es dehors ?

— Dehors, mec, et prêt à travailler.

Soudain, cela me revint. Je lui avais offert un boulot le dernier jour de mon incarcération. Il vit mon hésitation.

— Pas de problème si t'as pas le job. Je sais que t'as ton procès et des tas de merdes à gérer.

— Non, non, ça va. C'est juste que… ça me surprend, c'est tout.

— Bon, mais… t'as besoin d'un chauffeur ?

— En fait, oui. Pas tous les jours, mais oui, j'ai besoin de quelqu'un qui puisse répondre à la demande à tout instant.

Il écarta les bras comme s'il s'exhibait.

— J'ai mis mon costard d'enterrement, je suis prêt, dit-il.

— Et ce permis de conduire ?

— Ça aussi, j'ai. Je suis passé au DMV[1] dès que je suis sorti.

— Quand ça ?

— Mercredi.

— Bon, fais voir. Il faut que j'en prenne une photo et que je t'ajoute à mon assurance.

— Pas de problème.

Il sortit un portefeuille tout maigre de la poche de son pantalon et me tendit un permis flambant neuf. Apparemment authentique. Je vis alors pour la première fois qu'il s'appelait Bambadjan Bishop. Je pris mon portable et photographiai le document.

— C'est d'où, ce nom ? lui demandai-je.

— Ma mère était de la Côte d'Ivoire. C'est le nom de son père.

---

1. Department of Motor Vehicles. Équivalent de notre service des permis de conduire et des cartes grises.

— Bon alors, il faut que j'aille livrer une citation à comparaître à Westwood. Tu veux commencer tout de suite ?

— Je suis là, et prêt à y aller.

Ma Lincoln était garée dans le parking en forme de trou noir. Nous la rejoignîmes, je lui donnai les clés et m'installai à l'arrière.

Nous montâmes lentement jusqu'au rez-de-chaussée et je prêtai une grande attention à ses talents de conducteur tout en lui détaillant le boulot. Il allait devoir être prêt vingt-quatre heures sur vingt-quatre et sept jours sur sept, mais les trois quarts du temps je n'aurais besoin de lui que le week-end. Il faudrait aussi qu'il ait un portable sur lequel je puisse lui envoyer des textos. Pas d'alcool et pas d'armes. Il ne serait pas obligé de mettre une cravate, mais j'appréciais les costumes. Il aurait la permission d'ôter sa veste dès qu'il serait au volant. Les jours où j'aurais besoin de lui, il devrait me retrouver chez moi, où je garais la Lincoln. Pas question d'emmener la voiture chez lui le soir.

— J'ai un portable, dit-il, et c'est pas un jetable.

— Très bien. Il me faudra le numéro. Des questions ?

— Oui, combien je gagne ?

— Les 400 dollars que je te payais pour me protéger sont terminés parce que toi et moi, on est dehors. Tu auras droit à 800 dollars par semaine pour me conduire à droite et à gauche. Il y aura beaucoup de temps morts et de journées chômées.

— Je pensais plutôt à 1 000.

— Et moi à 800. Commençons par voir comment tu te débrouilles avant de parler de tes 1 000 dollars. Dès que j'en aurai fini avec ce procès et que je recommencerai à gagner de l'argent, on en reparlera. Marché conclu ?

— Marché conclu.

— Parfait.

— On va où, à Westwood ?

— Au bâtiment fédéral qui fait le coin de Wilshire Boulevard et de la 405.

— Avec tous les mâts à drapeaux devant.

— C'est ça.

Nous sortîmes du parking souterrain, il gagna la 10 et prit vers l'ouest sans que j'aie à lui indiquer le chemin. C'était bon signe. Je sortis mon portable et envoyai un texto à Cisco pour l'avertir de me retrouver dans l'entrée du bâtiment.

*C'est pour quoi ?*

*Citation pour les fédéraux*

*J'arrive*

Je rangeai mon portable et regardai les yeux de Bishop dans le rétroviseur.

— Comment veux-tu que je t'appelle ? lui demandai-je. J'ai tellement l'habitude de t'appeler Bishop que… Mais ça, c'était en prison et peut-être que…

— Non, Bishop me va très bien.

— Bon, alors, quand j'étais là-bas, je ne voulais m'occuper que de mes oignons et ne demandais rien à personne. Mais maintenant il faut que je sache pour quoi tu étais en cabane et comment tu en es sorti.

— Je faisais un an pour violation de conditionnelle. Normalement, ils auraient dû me coller à Pitchess, mais y avait un type des Renseignements sur les gangs du LAPD qui me faisait bosser et il avait pas envie d'aller jusque là-bas tout le temps. Ce qui fait que j'ai eu de la chance. J'ai eu droit à une cellule en solo aux Twin Towers au lieu d'un lit de camp à Pitchess.

— Et donc, quand tu me disais être de tribunal, en fait t'allais cafter des trucs aux Renseignements sur les gangs.

Il avait bien entendu le ton que j'avais pris et me décocha un bref regard dans le rétro.

— C'est moi qui le travaillais, dit-il. Pas l'inverse.

— Tu n'auras donc pas à témoigner dans une affaire ? le pressai-je. Je n'ai pas envie de servir de cible, Bishop.

— Y a pas d'affaire, maître. J'ai bossé jusqu'à ce que j'aie tiré mon année et je suis sorti. S'il vient me voir maintenant, je peux lui dire d'aller se faire foutre.

Son histoire tenait debout. Les condamnés à un an de taule ou moins n'étaient pas expédiés dans une prison d'État. Ils effectuaient leur peine dans un établissement militaire et le Peter J. Pitchess Honor Rancho était le plus grand de tous.

— Tu es un Crip, pas vrai ?

— Associé, autrefois.

— Quel groupe ?

— Southside.

À l'époque où je travaillais comme avocat commis d'office, j'avais dû représenter des accusés de toutes les cliques et des organismes des Bloods et des Crips, mais cela remontait à si loin qu'aucun nom d'ancien client ne me revint en mémoire.

— C'était avant toi, mais ce sont des gars du Southside qui ont liquidé Tupac à Las Vegas, repris-je.

— Il paraît, mais c'est de l'histoire ancienne et y avait plus un seul de ces OG quand j'y étais.

— Et pourquoi t'étais en conditionnelle ?

— Pour la fourgue.

— Alors, pourquoi tu veux travailler pour moi quand tu pourrais retrouver tes copains pour fourguer de la drogue ? Y a plus d'argent à se faire là-dedans.

— Tu le sais, mec. J'ai une femme et un môme. Je vais me marier, c'est fini tout ça.

— Tu en es sûr, Bambadjan ?

— T'auras qu'à vérifier et tu verras. J'ai jamais consommé et je suis plus là-dedans. Je vais me trouver un truc à louer dans le coin et je retournerai plus jamais en taule.

Il prit la 405 vers le nord pour sortir à Wilshire Boulevard. Le bâtiment fédéral dominait l'autoroute de ses quinze étages et avait tout d'une gigantesque pierre tombale de couleur grise.

Nous fûmes bientôt dans l'énorme parking qui l'entoure. Je dis à Bishop d'y rester et d'attendre que je lui envoie un texto pour l'avertir que j'avais fini.

— Ça ne devrait pas prendre trop longtemps.

— On paie ses impôts ? me demanda-t-il.

Je ne répondis pas. Je n'allais pas lui parler de mes affaires tout de suite.

Arrivé dans l'entrée, je vis que Cisco m'attendait de l'autre côté du détecteur de métaux. Il avait amené Lorna. Ce qui m'allait bien dans la mesure où elle était aussi huissier d'État. Les lois de Californie exigent en effet que les citations à comparaître soient remises en mains propres par des huissiers ou des détectives privés assermentés. Il s'agit là d'une règle de sécurité destinée à circonvenir toute tentative par un avocat ou un de ses clients de remettre des citations et d'autres pièces aux individus mêmes auxquels ils s'opposent.

En temps normal, je me serais tenu à l'écart, mais, cette fois, je voulais être présent pour y aller d'une petite déclaration qui, je l'espérais, déclencherait une réaction du Bureau.

Je rejoignis Cisco et Lorna après avoir franchi le portail de détection. Nous prîmes un ascenseur jusqu'au quatorzième étage, où se trouvait la plus grosse antenne du FBI à l'ouest de Chicago. Dieu sait comment, nous nous retrouvâmes seuls dans la cabine.

— Tu sais qu'ils vont refuser de la prendre, hein ? me lança Cisco.

— Oui, je sais. Je veux juste faire des vagues et un peu de raffut pour voir ce que ça donne.

— Quoi, le FBI ? me lança Lorna. Ne compte pas trop sur une quelconque réaction de ces mecs.

— Prépare ton portable, lui répliquai-je.

Je respectai les règles et passai à Cisco la citation que le juge Warfield m'avait signée. Les portes de l'ascenseur s'ouvrirent sur un comptoir d'accueil protégé par du verre aussi épais que celui d'un comptoir de banque dans un quartier dangereux. Une femme se tenait assise sur un tabouret devant un tiroir coulissant. Elle alluma un haut-parleur bidirectionnel fixé à la paroi.

— Vous désirez ?

Cisco se pencha vers le haut-parleur, lut le nom porté sur la citation et lança :

— J'aimerais voir le SAC[1] John Trembley.

— Vous avez des papiers d'identité ? Vous trois ?

Je pris mon portefeuille et en sortis mon permis de conduire et une carte de visite professionnelle – une des anciennes portant la mention *À doute raisonnable, prix raisonnable* que le barreau de Californie m'avait fait effacer de tous mes prospectus publicitaires et documents marketing. Cisco et Lorna sortirent eux aussi leurs pièces d'identité et nous posâmes tout dans le tiroir coulissant.

— L'agent Trembley ne reçoit que sur rendez-vous, reprit la réceptionniste. Je peux vous donner une adresse e-mail où le joindre pour organiser un rendez-vous.

Cisco leva le document portant le nom de Trembley.

— J'ai ici une citation à comparaître signée d'un juge qui veut que l'agent lui apporte certaines pièces, dit-il. Il faut que l'agent la voie dans l'instant et je dois, moi, certifier que la livraison a été faite, sans quoi nous pourrions tomber tous les deux sous le coup d'un outrage à magistrat.

— Toutes les citations doivent passer par le bureau de l'US Attorney qui se trouve en centre-ville, dit-elle. Et vous devriez le savoir.

1. Special Agent in Charge, l'agent spécial responsable.

— Mais je le sais, répondit Cisco. Sauf que là, ce n'est pas pareil. Cette citation doit être donnée en mains propres avant une certaine heure.

Je me penchai vers le haut-parleur.

— Pouvez-vous appeler l'agent Trembley, s'il vous plaît ? Il faut qu'il prenne connaissance de cette pièce.

La réceptionniste parut très irritée par ma demande.

— Posez ça dans le tiroir, m'ordonna-t-elle.

Le tiroir en acier reparaissant avec nos pièces d'identité, nous les reprîmes. Ma carte de visite professionnelle était au fond. Je m'en emparai et la tendis à Cisco, qui la plaça sous le trombone fixé à la citation longue de plusieurs pages.

Il glissa le tout dans le tiroir, qui passa aussitôt de l'autre côté. L'employée éteignit le haut-parleur, saisit le document et le regarda. Puis elle décrocha un téléphone et passa un appel, la paroi de verre empêchant de l'entendre.

Quelques instants plus tard, un type en costume franchissait une porte juste derrière la réceptionniste, prenait la citation et n'y jetait qu'un bref coup d'œil en ouvrant une autre porte donnant sur l'aire d'attente.

— Agent Trembley ? lui lançai-je.

— Non, dit-il, agent Eason. Nous n'acceptons pas les citations dans ce bureau.

Je lui montrai celle qu'il tenait dans la main d'un hochement de tête.

— Sauf que vous venez de le faire, objectai-je.

— Non. Vous devez porter cette pièce au bureau de l'US Attorney.

Lorna leva son téléphone portable et prit une photo d'Eason la citation à la main.

— Hé là ! cria l'agent. Pas de photos ici. Effacez-moi ça tout de suite !

— Vous venez d'accuser réception de cette citation, lui lança Cisco.

Mission accomplie. Je tendis la main en arrière et appuyai sur le bouton de l'ascenseur. Les portières s'ouvrant aussitôt, je me retournai vers Eason.

— Vous trouverez ma carte professionnelle dans le document. Dites bien à Trembley qu'il peut m'appeler à n'importe quelle heure.

Et nous le laissâmes debout, la pièce toujours à la main. Les portières de la cabine commençaient à se refermer lorsque je le vis regarder la réceptionniste de l'autre côté de sa paroi de verre. Il avait l'air tout à la fois gêné et en colère.

De nouveau à l'entrée, je mis Lorna et Cisco au courant de la nouvelle :

— Je viens d'embaucher un chauffeur, lui dis-je.

Nous franchîmes la porte et passâmes sur la place aux étendards.

— Qui ça ? demanda Lorna. Je croyais que c'était à moi d'embaucher les chauffeurs.

— Il s'appelle Bambadjan Bishop.

— Quoi ? Qui ?

C'est pas le mec qui surveillait tes arrières aux Twin Towers ? s'enquit Cisco.

— Exactement. Il vient de sortir et je lui fais faire un essai. Le fric que je filais à sa copine en échange de sa protection, c'est fini, je lui donne 800 dollars par semaine.

— Tu lui fais confiance ? insista Lorna.

— Pas vraiment. Il faut que je m'assure qu'il est réglo. Après l'arnaque des écoutes téléphoniques et le coup du portefeuille manquant, il n'est plus question que je me laisse surprendre par un autre truc de l'accusation.

— Tu crois qu'il a un micro et qu'il bosse pour eux ?

— Rien ne l'indique, mais je veux en être certain. Et c'est là que tu entres en scène, le grand costaud.

— Où il est ?

— Quelque part dans le parking. Je vais lui dire de venir me chercher.

— Tu veux que je le plie un peu sur le capot de la bagnole ?

— Je veux que tu le fouilles pour voir s'il a un micro, mais pas besoin de l'étaler face contre terre. Pour moi, il coopérera. Et s'il ne le fait pas, on aura notre réponse.

Une fois arrivé au parking, j'envoyai un texto au numéro que m'avait donné Bishop et nous attendîmes. Lorsque la Lincoln s'arrêta, Lorna et moi nous installâmes à l'arrière tandis que Cisco se glissait du mieux qu'il pouvait à l'avant.

— Bishop, je te présente Lorna et Cisco, lançai-je. Lorna s'occupe du cabinet et te donnera tous les papiers nécessaires pour préparer le boulot. Cisco est mon enquêteur et il va falloir qu'il te palpe.

— Qu'il me palpe ? Et pourquoi ?

— Pour voir si tu n'aurais pas un micro sur toi, répondit Cisco. Juste un petit coup.

— C'est quoi, ces conneries ? J'ai pas de micro, moi !

— Je ne le pense pas non plus, mais il se dit beaucoup de trucs confidentiels dans cette voiture et je veux pouvoir garantir à mes clients que rien ne sort d'ici.

— Comme tu veux, dit Bishop. J'ai rien à cacher.

Cisco se tourna sur son siège et tendit sa grande main vers la poitrine de Bishop. Il lui fallut moins d'une minute pour rendre son verdict.

— Il a rien sur lui, dit-il.

— Parfait, dis-je. Bienvenue au club, Bishop !

# Chapitre 21

Ce fut ce soir-là qu'ils vinrent chez moi. En frappant si violemment à la porte que Kendall faillit hurler. Elle regardait la dernière saison des Sopranos d'une traite et était déjà sur les nerfs. J'étais assis sur le canapé à côté d'elle et passais en revue les vieux dossiers de Sam Scales que j'avais défendus.

J'allai ouvrir et découvris un homme et une femme debout devant moi. Je sus que c'étaient des fédéraux avant même qu'ils disent quoi que ce soit ou me montrent un badge. Ils se présentèrent comme étant les agents Rick Aiello et Dawn Ruth. Par-dessus mon épaule, ils virent Kendall assise sur le canapé et me demandèrent s'il y avait un endroit où on pouvait parler tranquillement. Je franchis la porte d'entrée et leur indiquai la table et les chaises à l'autre bout de la terrasse.

— Ce sera parfait, leur dis-je.

Nous gagnâmes la table, nos déplacements enclenchant l'allumage des lumières de deux appliques sur le mur et d'une lampe dans une poutrelle du toit. Cela m'informa que les caméras à détection de mouvement s'étaient elles aussi mises en route.

Nous nous arrêtâmes devant la table haute, mais personne ne s'assit. Je brisai la glace.

— J'imagine que ça concerne la citation que nous vous avons remise pour votre boss, leur lançai-je.

— Oui, monsieur, en effet, répondit Aiello.

— Nous avons besoin de savoir pourquoi vous pensez que le Bureau détiendrait le moindre renseignement sur les activités de Sam Scales, ajouta Ruth.

Je souris et écartai les mains.

— Parce que maintenant, ça vous intéresse ? Ne seriez-vous pas tous les deux en train de me le confirmer en vous pointant chez moi à 9 heures du soir ? Je me disais bien que cette citation à comparaître pourrait susciter quelques perturbations et consternations chez vous, mais, à être honnête, je ne m'attendais pas à vous voir avant demain ou mercredi.

— Nous sommes heureux de voir que ça vous amuse, maître Haller, me décocha Aiello. Parce que nous, non.

— Ce qui n'a rien d'amusant, c'est que je sois accusé de l'assassinat d'un type que surveillait le FBI ! Alors peut-être que vous pourriez me dire… comment cela a-t-il pu se produire ?

Je bluffais dans l'espoir d'avoir la confirmation que je ne faisais pas fausse route côté Sam Scales. Mais ces deux-là étaient trop futés pour tomber dans le panneau.

— Au moins aurez-vous essayé, me lança Ruth.

De la poche intérieure du blazer bleu de sa tenue standard, Aiello sortit un document plié et me le tendit.

— Et voici donc votre stupide petite citation, me dit-il. Torchez-vous le cul avec.

— Et ma requête en liberté d'information ? lui demandai-je. Faut-il donc croire que je devrais aussi me torcher le cul avec, hein ?

— Nous comptons bien ne plus jamais entendre parler de vous, précisa Ruth.

Elle fit un signe de tête à Aiello et ils se tournèrent vers les marches. Je les regardai s'éloigner, puis, sans réfléchir, je tentai un coup devant la caméra.

— Sinon quoi ? leur lançai-je. Vous savez quand même que tout ça sortira lors du procès. Je ne vais pas m'écraser pour que vous puissiez garder votre dossier BioGreen bien secret.

Ruth fit un demi-tour parfait et revint vers moi. Mais Aiello la doubla et fut le premier sur moi.

— Qu'est-ce que vous dites ? me lança-t-il.

— Je crois que vous m'avez parfaitement entendu.

Il leva les mains en l'air et me poussa en arrière contre la rambarde de la terrasse, puis il s'avança encore et me coinça le dos dessus, avec la rue huit mètres en dessous.

— Haller, nous vous avertissons, dit-il. Toute tentative de votre part de compromettre une enquête fédérale qui n'a strictement rien à voir avec votre… votre situation… aura des conséquences des plus sévères.

Ruth essaya de le détacher de moi, mais elle n'avait ni le poids ni les muscles qu'il aurait fallu.

— Qu'est-ce qui se trame dans cette usine ? insistai-je. Qu'est-ce qu'Opparizio a encore inventé ? J'ai révélé ce qu'était vraiment ce type il y a neuf ans de ça et vous arrivez un peu tard dans la partie.

Aiello mit tout son poids pour me pousser encore plus en arrière. La rambarde était en bois et je la sentais fort dans mon échine. Je crus qu'elle allait lâcher et nous précipiter tous les deux dans la rue.

— Rick ! hurla Ruth. Lâche-le ! Tout de suite !

Il finit par me ramener sur la terre ferme en tirant sur mon col de chemise et me colla son doigt sous le nez.

— Vous n'avez aucune idée de ce à quoi vous avez affaire !

— Parce que je me tromperais de cible ? C'est ça, hein ?

— Parce que ça se passe sur une tout autre planète, Haller ! me cria-t-il. Alors, laissez tomber. Ou vous verrez ce que sont la force et la puissance du gouvernement fédéral.

— C'est une menace ?

— À vous de voir.

Ruth le tira fort par le bras pour l'écarter.

— Bonne nuit chez vous, dit-elle.

Et elle le poussa vers les marches. Ils dépassèrent Kendall qui, arrachée à sa série par les éclats de voix, se tenait maintenant dans l'encadrement de la porte d'entrée. Je les regardai partir, cette fois sans me donner la peine d'essayer de les piéger. Ils redescendirent les marches jusqu'au trottoir et j'entendis Ruth admonester Aiello à coups de chuchotements nerveux.

— Non mais c'était quoi, ça ? s'écria-t-elle. Monte dans la voiture.

J'entendis encore les portières de leur véhicule s'ouvrir et se fermer, puis le moteur se mettre en marche et les pneus faire gicler des gravillons tandis qu'ils démarraient et se ruaient vers le bas de la colline.

— Qui c'était ? me demanda Kendall.

— Le FBI.

— Quoi ?! Qu'est-ce qu'ils voulaient ?

— Me foutre la trouille. Rentrons.

La première chose que je fis lorsque nous eûmes réintégré la maison fut d'ouvrir mon appli Ring Camera pour confirmer que notre altercation sur la terrasse avait bien été enregistrée. Tout y était, mais le son laissait à désirer par moments. Je ne doutais pas qu'il puisse être amélioré par quelque expert si besoin était. J'envoyai la vidéo à Cisco et à Jennifer juste pour qu'ils en aient une copie. Et rédigeai un petit mot pour accompagner ce transfert :

*On dirait bien qu'on a touché un nerf.*

Puis je retournai à ma place sur le canapé à côté de Kendall, mais trouvai difficile de me remettre à éplucher mes dossiers.

— Qu'est-ce qu'ils voulaient précisément ? me demanda-t-elle.

— Aujourd'hui, je leur ai secoué les puces, lui répondis-je. Alors, ils ont voulu me secouer les miennes.

— Et… ?

— Ils n'y sont pas arrivés.

— Bien. Et tu veux continuer à travailler ?

— Nan, je pense en avoir fini pour la journée.

— Alors, au lit.

— Bonne idée.

Mais notre progression vers la chambre à coucher fut interrompue par Cisco, qui avait vu la vidéo que je venais de lui envoyer. J'avertis Kendall que je la rejoindrais dans quelques minutes.

— Un peu limite, non ? me lança-t-il.

— La citation qu'on leur a balancée ne les rend vraiment pas heureux. Je ne sais pas ce qu'ils fabriquent du côté de la BioGreen, mais ils ne nous veulent absolument pas dans le tableau.

— Mais on ne lâche pas l'affaire, hein ?

— Bien sûr que non. Tes Indiens t'ont-ils appris des choses depuis ce matin ?

— Oui, quelque chose sur ton associé. Mais toujours rien sur Opparizio.

— Faut qu'on le retrouve. Et l'autre truc que tu faisais ?

— J'allais te mettre au jus demain. Il n'y a rien eu là-bas ce soir. Pas de signal d'alarme. Après t'avoir déposé chez toi, il est redescendu à pied jusqu'à Sunset Boulevard, a commandé de la bouffe à Zankou Chicken et attendu qu'on passe le prendre. Une voiture s'est arrêtée devant lui et c'était sa femme.

— Comment sais-tu que ce n'était pas quelqu'un d'autre ?

— Parce qu'après ton arrestation, j'ai filé du liquide toutes les semaines à cette femme.

— Ah, oui, c'est vrai. J'avais oublié.

— Elle avait aussi le gamin avec elle dans la voiture. Elle a embarqué ton chauffeur avec la bouffe et ils sont rentrés chez eux à Inglewood. C'est tout.

— Il n'a pas passé de coups de fil ?

— Deux ou trois, mais je le surveillais. C'était juste à des copains. Il souriait, il était excité… Pas du tout comme s'il faisait un rapport d'informateur confidentiel.

— N'empêche, à l'occasion, on devrait examiner son portable. Voir un peu ses appels. Je veux être sûr.

Je me rendis compte que le ton que j'avais pris laissait entendre que j'étais déçu que Bambadjan Bishop ne soit pas en train de me balancer à l'accusation ou à la police. Et il faut croire que je l'étais. Qu'il le fasse et j'aurais pu tourner l'affaire à mon avantage, et récolter un super-bonus en révélant ses agissements en plein tribunal.

— Je pense qu'après les écoutes et maintenant le coup du portefeuille qui manque, ils seraient fous d'essayer de nous suivre, me fit remarquer Cisco.

— Tu as probablement raison, reconnus-je. Mais ne le lâche pas pendant encore une nuit. On ne sait jamais.

— Je m'en occupe.

— OK, Cisco, merci. On se parle demain.

Dès que j'eus raccroché, je pensai à Bosch. Je ne lui avais pas envoyé la vidéo de mon algarade avec les deux agents du FBI.

Je l'appelai aussitôt, il décrocha au bout de deux sonneries.

— Attends, dit-il. Laisse-moi m'éloigner.

J'entendis des bruits de casino reconnaissables entre tous : sonneries du bandit-manchot, gens qui crient. Puis tout devint calme et Bosch me salua.

— C'est moi, Haller, lui dis-je. Mais où est-ce que tu es ?

— À Las Vegas. Tu n'as pas deviné ? Je viens de m'enregistrer au Mandalay.

— Qu'est-ce que tu fais là-bas ? Je croyais que tu travaillais pour moi.

Je regrettai aussitôt ces paroles.

— Avec moi, je veux dire.

— C'est ce que je fais. C'est pour ça que je suis ici. Je suis une piste.

— Bon, eh bien, on a touché un gros nerf avec le Bureau. Deux agents du FBI viennent de se pointer ici pour me dire que j'étais à côté de la plaque pour la BioGreen, ce qui m'a confirmé qu'en fait, on ne se trompait pas.

— Ils adorent faire ça.

— Bon, je ne sais pas ce que tu as trouvé là-bas, mais je veux mettre toutes nos forces sur Sam Scales et la façon dont il s'est acoquiné avec Opparizio et la BioGreen. Pour moi, c'est toujours notre atout maître. Celui qui va nous faire gagner.

— Pigé. Je devrais être de retour demain soir.

— Tu vas finir par me dire ce que tu fais ?

— Je suis les traces de Sam Scales. La dernière fois qu'il s'est fait prendre, c'était pour avoir organisé une fausse collecte de fonds pour les victimes de la fusillade du festival de musique ici, à Las Vegas. Même que le tireur était descendu au Mandalay.

— Évidemment. Encore un acte d'hyperviolence imbécile dû à la facilité d'accès aux armes de grande puissance.

— Tu n'es pas fan de la NRA[1], c'est ça ?

1. National Rifle Association, groupe de lobbying en faveur de la vente d'armes à feu de gros calibre.

— Pas vraiment, non.

— Toujours est-il que l'État du Nevada a remonté toutes les arnaques liées à la fusillade, attrapé Scales à Los Angeles et l'a extradé ici pour son procès. Après avoir plaidé coupable, il a fait onze mois à High Desert.

— Je me rappelle qu'il m'a appelé de la prison. Il voulait que je le représente, mais j'ai dit non. Mais tu n'aurais pas pu avoir tout ça par téléphone ? J'ai besoin que tu reviennes ici, moi.

— C'est pas ce que je vais faire demain. High Desert est à environ une heure d'ici. Le copain de cellule de Scales y est toujours et je vais aller lui parler. J'ai organisé ça pour 8 heures du matin et je rentrerai à L.A. tout de suite après.

— Tu crois qu'il sait des trucs ?

— Il fait cinq ans pour fraude aggravée. Il vendait de faux jetons de casino et s'est fait 2 à 3 millions de dollars avant de se faire coincer. Toujours est-il que ces deux-là ont partagé la même cellule pendant quinze mois. Je me dis qu'ils auraient pu se raconter des trucs qu'ils avaient faits ou se préparaient à faire.

— Super, ça ! Mettre un fraudeur et un maître de l'arnaque dans la même cellule ! Tu parles d'un duo !

— On essaie toujours de garder les criminels en col blanc ensemble pour qu'ils ne se fassent pas bousiller par les gros durs.

— Merci pour le petit cours du soir, lui lançai-je.

— Ah, oui, c'est vrai que tu en sais plus long que moi sur les prisons, rétorqua-t-il.

— Je ne sais pas trop si c'est un compliment ou un coup bas. Tu es allé là-bas en voiture ou en avion ?

— En voiture.

— Bon, d'accord, appelle-moi quand tu rentres. Et après, je veux qu'on se retrouve tous les mercredis après l'audience pour décider de la suite.

— J'y serai.

Je raccrochai et réfléchis encore quelques minutes. Je sentais que l'équipe se rapprochait des gros secrets de l'affaire. On avait pris un élan susceptible de nous mener à la vérité et au triomphe. Toute la question était de savoir si on y arriverait à temps.

Kendall m'appela de la chambre au bout du couloir.

— Tu viens te coucher, oui ou non ?

J'empilai tous les dossiers que j'avais étalés partout et me levai du canapé. Puis je les enfournai dans ma mallette.

— J'arrive !

Je me dirigeai vers le couloir et tombai sur elle, dans son peignoir. Je pilai.

— Tu m'as fait peur, lui lançai-je.

— Tu sais que c'est exactement ça qui s'est produit avant, dit-elle.

— Quoi ?

— Tu sais bien. Tu as laissé le boulot envahir ta vie. Notre vie à tous les deux. Jour et nuit. Et après, ce qu'on avait a disparu. Et voilà qu'on est de nouveau ensemble et tu recommences.

Je tendis la main et attrapai tout doucement la ceinture de son peignoir en tissu-éponge qu'elle avait vaguement nouée autour de la taille. Et, taquin, tirai dessus.

— Viens ici. Ce n'est pas du tout pareil, ma chérie. Aujourd'hui, c'est de moi qu'il s'agit. De mon affaire…

à moi. Et je dois tout donner, sans quoi il se pourrait très bien qu'on n'ait aucun avenir à partager. Il reste un mois avant le procès. J'ai juste besoin que tu supportes ça pendant un mois. D'accord ? Tu peux m'accorder ça ?

Je remontai les mains le long de ses bras, jusqu'à ses épaules, et attendis. Elle garda le silence. Se contenta de regarder le plancher entre nous deux.

— Tu ne peux pas m'accorder ce mois ? insistai-je.

— Ce n'est pas ça, dit-elle en faisant non de la tête. Ce mois, je peux te le donner. Mais il y a des moments où tu me parles comme à un juré, comme si tu essayais de me convaincre que tu n'es pas coupable.

Je lui lâchai les épaules.

— Et… quoi ? Tu crois que je le suis ?

— Non. C'est la façon dont tu me parles.

— Je ne comprends pas ce que tu dis. Mais si tu penses que j'essaie de te manipuler, vaudrait peut-être mieux que tu retournes te coucher et que moi, je me remette au travail. C'est un vrai jury que je dois essayer de convaincre que je ne suis pas un assassin.

Et je la laissai là, au milieu du couloir.

# Chapitre 22

*Mardi 14 janvier*

Je travaillai tard et m'endormis sur le canapé. J'avais oublié de recharger mon bracelet électronique, il me rappela à 8 h 15 du matin avec un bip-bip suraigu qui m'informa que la batterie serait à plat dans une heure. Et qu'alors je violerais les termes de ma libération sous caution.

Je chronométrai les bips. À ce moment-là, ils se produisaient toutes les cinq secondes, mais je savais que cet intervalle raccourcirait et qu'alors l'engin se ferait de plus en plus bruyant, jusqu'à vous crever les tympans au fur et à mesure que l'heure approcherait. Pas moyen de passer dans la chambre l'air de rien afin d'y prendre le chargeur sans que l'alarme réveille Kendall, qui aimait bien dormir tard les trois quarts du temps. Sans autre solution, je chronométrai mon déplacement, entrai vite dans la pièce et réussis à insérer le câble de chargement dans mon bracelet entre deux bips. Apparemment, Kendall ne s'était même pas réveillée. Elle était allongée sur le côté et me tournait le dos, et je vis son bras bouger au rythme de sa respiration. Je disposais maintenant d'une heure de liberté avant que l'appareil ne soit chargé, mais j'avais laissé mes téléphone, ordinateur portable et mallette dans la salle de séjour. Je pouvais débrancher le chargeur et me précipiter hors de la chambre avec lui, mais ç'aurait été tenter un peu trop le diable. Et si l'alarme sonnait à nouveau, cette fois, Kendall se réveillerait.

La télécommande de la télé était à portée de main sur le lit, là où elle l'avait laissée la veille au soir. J'allumai l'écran plat, baissai aussitôt le son, enclenchai les sous-titres et lus les nouvelles. La Chambre des députés s'apprêtait à envoyer les articles de destitution du président au Sénat en vue de quelque chose qui, tout le monde le savait, n'aboutirait pas. Cela n'empêchait pas les présentateurs de ne parler que de ça. Je regardai et continuai de lire les bandeaux pendant une vingtaine de minutes avant qu'une autre nouvelle ne vienne occuper l'écran l'espace de quelques secondes. Il était signalé que l'inquiétude grandissait en Asie à la suite de la confirmation que le virus mystère de Wuhan avait franchi les frontières de la Chine et se répandait dans d'autres pays.

J'entendis sonner mon téléphone dans la salle de séjour. Je consultai ma montre. Il était maintenant 8 h 45 et mon bracelet devait être assez chargé pour ne pas se mettre à hurler si je le déconnectais. Je débranchai vite le câble et me dépêchais d'arriver à mon portable. J'avais manqué l'appel, mais vis qu'il émanait de Bosch. Je le rappelai tout de suite.

— Mick, me lança-t-il, ça ne va pas marcher.

— Tu es à la prison ?

— Oui, et j'ai vu le type. Il s'appelle Austin Neiderland, mais il refuse de me parler. À l'entendre, il connaît quelqu'un qui nous dira tout ce qu'il faut savoir sur ce que fabriquait Sam Scales. Mais il a refusé de me donner son nom.

— Qu'est-ce qu'il veut ? Il a dû épuiser tous ses recours.

— C'est toi qu'il veut, Mick.

— Et ça veut dire quoi ?

— Que ce nom, il ne le donnera qu'à toi. Il te connaît. Scales a dû lui dire que tu étais un bon avocat. Il te donnera le nom du type si tu vas à la prison, le prends comme client et lui parles. Histoire de voir s'il y a quoi que ce soit de faisable dans son affaire, j'imagine. Sa condamnation se termine dans deux ans. Ce qui veut dire qu'il lui reste dix-huit mois à tirer.

— Quoi, aujourd'hui ? Il veut que j'y aille aujourd'hui ?

— Tu pourrais ? Je t'organise le truc et je t'attends.

— Mais je ne peux pas, Harry. J'ai un bracelet électronique et des restrictions à observer. Je n'ai pas le droit de sortir du comté.

— Ah, merde ! J'avais oublié.

— Et par vidéo ? Tu pourrais me préparer ça ?

— J'ai vérifié et la prison ne le fait que pour des audiences au tribunal. Pas d'interrogatoires par téléconférence ou de discussions avec les avocats.

Un silence s'ensuivit tandis que je réfléchissais.

— Bon… Qu'a-t-il dit d'autre sur ce type ? finis-je par demander. Non, parce que… Si après tout ce parcours du combattant, il nous dit : « Oui, c'est Louis

Opparizio », on ne sera pas plus avancés. Ce nom-là, on l'a déjà.

— Ce n'est pas Opparizio, me répondit Bosch. Je l'ai testé avec ce nom, je l'ai bien regardé et il ne le connaissait pas.

— OK, mais est-ce que ça pourrait même se faire aujourd'hui ? Je suis de tribunal demain. Même si j'arrive à convaincre le juge de me laisser partir, il faudrait que je sois rentré ici ce soir… au plus tard demain matin. Tu crois que je pourrais juste entrer et sortir ? High Desert, c'est une prison et ils n'aiment pas trop coopérer avec les avocats de la défense.

— C'est toi qui vois, Mick, mais, s'il faut que tu demandes la permission du juge, peut-être qu'elle pourra te rédiger une injonction qui te permettra d'entrer ici.

— Ce n'est pas le même État, Harry. C'est hors de sa juridiction.

— Et donc… qu'est-ce que tu proposes ?

— OK, attends un peu. Je vais voir ce que je peux faire. Je te rappelle dès que j'ai mon renseignement.

Je raccrochai et réfléchis à la meilleure façon de procéder. Puis j'appelai Lorna et lui demandai si j'avais quelque chose dans mon emploi du temps.

— Tu dois donner ta première liste de témoins au tribunal aujourd'hui, me répondit-elle. Mais c'est tout. Et après, tu as la reprise de l'audience d'hier demain à 13 heures.

— OK, j'ai déjà une liste de témoins toute prête. Je vais l'envoyer. Il se pourrait que j'aille à Las Vegas… si le juge me le permet.

— Qu'est-ce qu'il y a à Vegas ?

— Une prison où Sam Scales a purgé sa dernière peine, et je veux parler au type avec qui il a partagé sa cellule.

— Eh bien… Bonne chance avec ça ! Et tiens-moi au courant.

J'appelai ensuite le prétoire de Warfield et tombai sur Andrew. Je l'informai que je voulais organiser une téléconférence si le juge acceptait que je quitte le comté pour la journée afin de retrouver un témoin. Il me répondit qu'il allait voir avec elle et me passerait un coup de fil. Je lui rappelai qu'il faudrait aussi contacter Dana Berg.

J'attendis, puis décidai de faire comme si j'avais l'autorisation du juge et réservai des places pour Las Vegas sur Jet Suites au départ de l'aéroport de Burbank. Le prochain vol était pour dans deux heures.

Une demi-heure s'écoula sans qu'Andrew ou Warfield me fasse signe. Je rappelai le prétoire et insistai pour avoir une réponse. Andrew m'informa que le juge était d'accord pour une téléconférence, mais que Dana Berg n'avait toujours pas répondu au message qui lui avait été adressé.

— Et si le juge acceptait de me parler, juste ça ? demandai-je à Andrew. J'ai une contrainte de temps. Je ne peux voir ce témoin potentiel qu'aujourd'hui et j'ai besoin de savoir si je peux sortir du comté. Si vous laissez un message à Berg pour l'avertir que la conférence aura lieu, je pense qu'elle réagira et répondra au téléphone. Alors que si vous attendez qu'elle vous téléphone, on risque d'y passer la journée.

Andrew considéra ma demande avec soin et me répondit qu'il me rappellerait. Vingt autres minutes s'écoulèrent avant qu'enfin il m'informe qu'il me mettait en conférence téléphonique avec le juge et l'assistante du district attorney Dana Berg. Mon avion allait décoller dans soixante-dix minutes.

Enfin, j'entendis la voix du juge.

— Il me semble que tout le monde est là, dit-elle. Maître Haller, êtes-vous bien en train de me demander la suspension de certains termes de votre liberté sous caution ?

— Oui, Votre Honneur, seulement pour une journée. J'ai besoin de me rendre à Las Vegas pour voir un témoin.

— À Las Vegas ? Vraiment, maître Haller ?

— Ce n'est pas ce que vous pensez, madame le juge. Je serai à des kilomètres du Strip, au pénitencier d'État de High Desert, à environ une heure de route au nord de Las Vegas, où Sam Scales a été incarcéré pour la dernière fois. Son compagnon de cellule y est toujours et j'aimerais beaucoup lui parler. Lors de l'échange des pièces entre les parties, l'accusation ne nous a rien donné concernant les dernières activités de Sam Scales avant son assassinat. Ce codétenu pourrait être un témoin capital pour la défense. Un de mes enquêteurs est en ce moment même au pénitencier et, à l'entendre, ce prisonnier ne veut parler qu'avec moi. J'ai réservé le vol de 11 h 40 avec retour à 19 heures.

— Un rien présomptueux de votre part, maître Haller, vous ne trouvez pas ?

— Non, Votre Honneur. Je n'ai pas anticipé sur la décision de la cour. J'ai seulement voulu m'assurer de pouvoir y aller si vous m'en donniez l'autorisation.

— Toujours avec nous, maître Berg ? dit-elle alors. L'accusation s'oppose-t-elle à la requête de la défense ?

— Toujours là, Votre Honneur. Mais j'aimerais d'abord savoir le nom du prisonnier que maître Haller se propose de voir.

— Il s'appelle Austin Neiderland, répondis-je. Il est actuellement à la prison de High Desert.

— Votre Honneur, reprit Berg, l'accusation s'oppose à ce voyage qui contrevient aux règles de cette conditionnelle et maintient ce qu'elle a argumenté lors de l'audience en délimitation de ses termes. Nous pensons toujours que maître Haller pourrait s'enfuir. Et encore plus maintenant qu'avant dans la mesure où plus nous approchons de la date du procès, plus il lui est clair que sa condamnation et son incarcération à vie sont certaines.

— Madame le juge, cet argument est ridicule ! m'écriai-je aussitôt. Cela fait maintenant cinq semaines que je ne suis plus aux Twin Towers et je n'ai fait que préparer ma défense alors même qu'en plus, je me retrouve en face d'une accusation qui refuse de s'en tenir aux règles du jeu.

Votre Honneur, il n'est ici ni handicap ni preuve que l'accusation ne respecterait pas les règles, me contra Berg avec force. Depuis le début, la défense ne fait que…

— Stop, stop ! cria Warfield. Je n'ai aucune intention d'attaquer ma journée en jouant les arbitres entre vous deux. Je commence à beaucoup me lasser de tout ça.

Mais, pour revenir à cette requête… La défense a-t-elle envisagé la possibilité de procéder à cet entretien par téléconférence ?

— Oui, Votre Honneur. Et croyez-moi, ce serait ce qu'il y a de mieux, mais mon enquêteur m'a informé que la prison n'autorisait ces téléconférences que pour les audiences au prétoire.

— Très bien, dit Warfield. La cour va donc autoriser maître Haller à aller interroger ce témoin. Je vais avertir le garant de caution et les gens de la prison ainsi qu'il convient et vous, maître Haller, vous allez devoir être de retour dans ce comté avant ce soir minuit, sinon, la prophétie de maître Berg étant avérée, vous serez considéré comme un fugitif, est-ce bien compris ?

— Oui, Votre Honneur, répondis-je. Merci. Et… si je pouvais vous soumettre vite vite une autre requête ?

— Et voilà, ça recommence ! s'écria Berg.

— De quoi s'agit-il, maître Haller ? me demanda Warfield.

— Votre Honneur, je porte un bracelet électronique et je suis sûr que ça va poser problème lorsque je serai dans cette prison du Nevada.

— Pas question ! lança Berg de toutes ses forces. Vous plaisantez ? Nous n'acceptons pas qu'il puisse ôter ce… L'État…

— Ce n'est pas ce que je demande, m'écriai-je. Tout ce que je demande, c'est un mot de la cour, que peut-être le greffier de Votre Honneur pourrait rédiger rapidement et m'envoyer par e-mail pour leur expliquer ma situation… si cela devait poser problème.

S'ensuivit une pause pendant laquelle Warfield attendit vraisemblablement que Berg élève une objection. Mais je songeai qu'elle devait s'être rendu compte qu'elle avait dépassé les bornes en hurlant qu'elle s'opposait à ce qu'on m'enlève mon bracelet. Elle avait exagéré et, maintenant, elle ne disait plus rien.

— Très bien, conclut Warfield. Je vais donc préparer une note et demander à Andrew de vous l'envoyer par e-mail.

— Merci, juge Warfield.

Après cet appel, je recontactai Bosch, l'informai que j'arrivais et lui demandai de préparer le rendez-vous pour 14 heures. Cela devait me donner le temps de prendre l'avion et de me faire conduire à la prison. Je l'avertis aussi d'ouvrir l'œil.

— J'ai dû donner le nom de Neiderland à l'accusation, lui expliquai-je. Je doute qu'elle puisse envoyer quelqu'un là-bas avant moi, mais elle pourrait essayer de nous foutre la merde d'une manière ou d'une autre.

— Je ne vais pas bouger d'ici, me répondit-il. Et je vais surveiller tout ce qui pourrait paraître bizarre. Appelle-moi quand tu seras tout près.

Une douche rapide et un coup de rasoir plus tard, j'enfilai une tenue de voyage propre et fus prêt à partir. Je téléchargeai et imprimai la lettre de Warfield et la glissai dans ma mallette.

Kendall s'était réveillée et avait gagné la cuisine. Le silence fut lourd avant qu'elle ne le brise.

— Je m'excuse pour hier soir, dit-elle enfin. Je sais que tu dois tout donner pour ta défense. Je ne pensais qu'à moi.

— Non, c'est moi qui m'excuse. Je t'ignorais et j'avais tort. Je vais mieux faire, je te le promets.

— Le mieux que tu puisses faire pour moi sera de gagner ton procès.

— C'est l'idée.

Nous nous enlaçâmes, puis je m'éclipsai après une bise.

Bambadjan Bishop était assis en bas des marches de l'escalier lorsque je sortis de la maison et fermai à clé derrière moi.

— Pile à l'heure, lui dis-je. Ça me plaît bien.

— Où on va ? me demanda-t-il.

— Aéroport de Burbank. Je pars pour Las Vegas. Tu seras donc libre jusqu'à mon retour à 20 heures. Il faudra que tu me ramènes.

— Compris.

Le terminal de Jet Suites ne se trouvait pas à l'aéroport commercial. Il se cachait dans une longue file de hangars et de compagnies de jets privés. Le plus beau de cette société peu connue était bien qu'elle fonctionnait comme une boîte de jets privés, mais offrait un service parfaitement commercial. J'arrivai un quart d'heure avant le départ de mon vol et n'eus aucun problème pour embarquer.

Complet, l'appareil transporta trente passagers au-dessus des montagnes de San Gabriel, puis du désert de Mojave. Enfin, je commençai à me détendre après ce début de matinée à l'arrache.

J'avais un siège côté hublot et ma voisine portait un masque chirurgical. Je me demandai si elle savait des choses que j'ignorais.

Je me détournai et plongeai les yeux dans l'énorme vide au-dessous de moi. Brun et brûlé de soleil, le désert s'étirait dans toutes les directions aussi loin que portait le regard. Du coup, tout paraissait sans importance. Moi compris.

# TROISIÈME PARTIE

## Échos et acier

# Chapitre 23

Harry Bosch m'attendait devant l'entrée principale du pénitencier. Il me retrouva à la portière de mon taxi lorsque j'en descendis. Soleil incandescent, et j'avais oublié de prendre mes lunettes de soleil. Je regardai Bosch en plissant les paupières.

— Je peux laisser repartir ce type et tu me ramènes à l'aéroport ce soir ? Je décolle à 19 heures.

— Oui, pas de problème.

Je m'assurai de ne pas oublier ma mallette, donnai un pourboire au chauffeur et le laissai filer.

Bosch et moi nous dirigeâmes vers l'entrée de la prison.

— Tu franchis les contrôles et tu trouveras une porte réservée aux avocats. Tu la passes et tout devrait être prêt. Neiderland est censé se présenter à 14 heures.

— Tu peux prendre le tunnel des avocats avec moi, lui dis-je. Tu es…

— Non, je n'entrerai pas avec toi. Il n'y aura que vous deux… l'avocat et son client.

— C'est bien ce que je dis, tu m'accompagnes. En ta qualité d'enquêteur, tu es sous ma protection…

— Oui, mais tu vas travailler pour lui et moi, je ne travaille pas pour ce mec.

— Qu'est-ce que tu racontes ?

— Mes affaires, c'est moi qui les choisis, Mick. Je ne travaille pas pour des criminels… ça foutrait en l'air tout ce que j'ai jamais fait dans ma carrière.

Je m'immobilisai et le regardai un moment.

— Faudrait sans doute que j'y voie un compliment, répliquai-je enfin.

— Je te l'ai dit à l'audience de caution : je te crois. Je ne serais pas ici si ce n'était pas le cas.

Je me retournai et regardai la prison.

— Bon, OK, dis-je.

— Je serai ici, reprit Bosch. Tu lui arraches un nom, je me mets tout de suite à chercher.

— Je te tiens au courant.

— Bonne chance.

Je n'entrai dans la salle où se trouvait Neiderland que quarante minutes plus tard. Mon bracelet électronique déclenchant des alarmes comme je l'avais prévu, la lettre du juge Warfield ne fut pas jugée suffisante dans la mesure où ç'aurait pu être un faux. Quelqu'un appela son bureau pour confirmer qu'elle m'avait bien donné la permission d'aller au Nevada, mais s'entendit répondre qu'elle était présentement en audience. Ce ne fut qu'au moment où Warfield décréta la pause du milieu de l'après-midi et rappela de son cabinet que je fus conduit à la salle réservée aux entrevues avocats/clients. J'avais une demi-heure de retard et Neiderland avait l'air furieux quand j'y arrivai.

Il s'était assis sur une chaise de l'autre côté de la table boulonnée dans le sol. Il était menotté, une chaîne lui courant des poignets à un anneau vissé à l'avant de son siège, lui-même vissé dans le sol. Il n'empêche : il tenta de se lever et tira fort sur sa chaîne tandis que je me glissais sur ma chaise.

— Monsieur Neiderland, lui lançai-je. Je m'appelle Michael Haller et suis navré…

— Comme si je savais pas qui t'es, bordel !

— Vous avez dit à mon…

— Va te faire foutre !

— Je vous demande pardon ?

— Fous le camp d'ici !

— J'arrive de Los Angeles en avion parce que vous avez dit à mon…

— Tu comprends donc pas, bordel ?

Il leva de nouveau ses mains menottées jusqu'à ce que sa chaîne se tende au maximum. Il avait les doigts serrés comme autour d'un cou imaginaire. Le mien.

— Ils faisaient pas ça avant, reprit-il. Enchaîner les gens comme ça… Pas quand on était avec son avocat. Je savais pas. Je savais pas, bordel. Tu devrais déjà être mort, espèce de fils de pute !

— Qu'est-ce que vous racontez ? Pourquoi devrais-je être mort ?

— Parce que je t'aurais brisé le cou !

Il avait lancé ces mots entre ses dents serrées. Il n'était ni grand ni très musclé. Cheveux fins et blonds, teint cireux – rien d'étonnant vu son adresse actuelle. Mais la haine sans partage qui se lisait sur son visage était carrément terrifiante. Ma première pensée fut qu'il y avait eu un coup fourré, qu'il travaillait pour Louis Opparizio et qu'il était le tueur à gages d'un plan minutieux destiné à m'éliminer. Mais j'écartai cette idée. Les circonstances mêmes de ma visite s'y opposaient. Et il y avait très clairement de l'émotion derrière son visage plein de haine.

— Vous alliez me tuer ? repris-je. Mais pourquoi ?

— Parce que tu as tué mon ami, dit-il encore une fois en parlant les dents serrées.

— Je n'ai pas tué Sam Scales. C'est même pour ça que je suis ici. J'essaie de trouver l'individu qui l'a fait et vous, vous venez de me bousiller une journée entière de mon temps et de celui de mon enquêteur. Vous ne me croirez peut-être pas et je pourrais même y passer, mais apprenez donc ceci : c'est quelqu'un d'autre qui a tué Sam Scales, et ce quelqu'un d'autre est dans la nature. Et en ne m'aidant pas, c'est lui que vous aidez.

Sur quoi je me levai, me tournai vers la porte en acier et levai le bras pour y frapper. J'étais frustré et en colère, et me demandai s'il y avait un vol plus tôt afin que toute ma journée ne soit pas perdue.

— Minute, me lança Neiderland. (Je me tournai vers lui.) Prouve-le.

— C'est ce que j'essaie de faire. Et ça ne m'aide pas de me lancer dans une…

— Non, prouve-le ici même, c'est ça que je veux dire.

— En faisant quoi ?

— Assieds-toi, m'ordonna-t-il en m'indiquant ma chaise d'un signe de tête.

Je me rassis à contrecœur.

— Je ne peux pas vous le prouver. Pas encore, en tout cas.

— Il m'a dit que tu l'avais trahi. Oui, toi, le célèbre avocat à la Lincoln. T'as joué les mecs de Hollywood quand ils ont fait un film sur toi, et t'as laissé tous les gens qui comptaient sur toi dans le caniveau.

— Ce n'est pas ce qui s'est passé. Je n'ai pas joué les mecs de Hollywood. C'est Sam qui a arrêté de me payer. Et ça, c'est une chose. Mais il y a aussi que je ne pouvais plus continuer avec lui. Il faisait du mal à des tas de gens en leur piquant leur fric et en les ridiculisant. Ça le faisait bander, mais moi, j'en avais assez. Je ne voulais plus le défendre encore un coup.

Il ne répondit pas. Je réessayai. Je voulais le gagner à ma cause parce que je pensais toujours qu'il pouvait m'être utile.

— Vous alliez vraiment me tuer ? répétai-je. Avec moins de deux ans à tirer ici ?

— Je sais pas, répondit-il. Mais j'allais faire quelque chose. J'étais en colère. Et je le suis toujours.

Je hochai la tête. Dans la pièce, la température baissait, je le sentis.

— Pour ce que ça vaut, enchaînai-je, Sam, je l'aimais bien. Il arnaquait beaucoup de gens et c'était dur à accepter, mais Dieu sait comment, je l'ai toujours bien aimé. Mais il y a des limites à tout et j'ai dû arrêter parce que ce qu'il faisait rejaillissait sur moi dans les médias et auprès de mes proches. En plus de quoi, il ne me payait plus et c'était comme s'il me traitait comme une des poires qu'il filoutait.

— C'est vrai qu'il dépassait les bornes avec des tas de gens, reconnut-il.

Je vis une ouverture.

— Mais pas vous ? lui demandai-je.

— Non, moi, je ne l'ai jamais abandonné, répondit-il. Et lui non plus ne m'a jamais abandonné. On avait des plans pour quand je sortirais.

— Lesquels ?

— Faire le gros coup et disparaître.

— Et c'était quoi, ce gros coup ? Il l'avait déjà trouvé ?

— Je sais pas. C'est pas comme s'il pouvait me le dire dans ses lettres. Ici, tout est surveillé… Les visiteurs, les appels téléphoniques, le courrier. On n'est même pas censés se tenir en contact avec d'anciens arnaqueurs qui sont dehors.

— Comment communiquiez-vous avec lui alors ?

Il hocha la tête : il n'allait pas aborder la question.

— Hé, mais je suis votre avocat ! lui fis-je remarquer. Vous pouvez me dire tout ce que vous voulez, ils n'ont pas le droit d'écouter. Ni moi, de le répéter. Notre entretien est protégé.

Il acquiesça d'un signe de tête et se laissa fléchir.

— Il m'a envoyé des lettres, dit-il. En se faisant passer pour mon oncle. Et je lui en ai renvoyé.

Je marquai une pause. Je savais que les questions et réponses à venir pouvaient tout changer dans mon affaire. Je savais aussi que quand les gens inventent des histoires, des tours de passe-passe et même des arnaques, ils aiment saupoudrer tout ça d'un grain de vérité. Neiderland avait promis un nom à Bosch si je venais à High Desert. Peut-être que la vérité se cachait dans son arnaque.

— C'est quoi, le nom de votre oncle ?

— Était, me corrigea-t-il. Il est mort, maintenant. Il s'appelait Walter Lennon. C'était le frère de ma mère.

— Et vous avez envoyé des lettres à Sam… à votre oncle, je veux dire ?

— Bien sûr. Comme s'il y avait autre chose à faire, ici !

— Et vous vous rappelez l'endroit où vous les lui envoyiez ?

— Il avait un appartement dans un garage à San Pedro. Mais ça, c'était il y a trois mois, quand il était encore vivant. Ils ont probablement vidé toutes ses merdes dans la rue.

— Vous vous rappelez l'adresse ?

— Oui, j'ai relu quelques-unes de ses lettres ce matin. Adresse de l'expéditeur : 2720 Cabrillo Avenue. Il disait que c'était petit. Il économisait pour qu'on ait quelque chose de plus grand quand je sortirais. On allait s'acheter un truc.

J'avais l'impression que, sans vraiment le dire, il me parlait d'une relation amoureuse. Je n'avais jamais su l'orientation sexuelle de Sam parce qu'elle n'avait joué aucun rôle dans ses crimes ou nos rapports client-avocat.

— Vous a-t-il dit comment il gagnait l'argent qu'il économisait ?

— Il travaillait au port.

— Il y faisait quoi ?

— Il me l'a pas dit et je n'ai pas demandé.

Pour Sam, avoir un boulot, c'était préparer un coup. J'inscrivis ce nom et cette adresse dans mon bloc-notes.

— Autre chose que je devrais savoir ? demandai-je.

— Nan, c'est tout.

Je songeai qu'il fallait protéger le renseignement que je venais d'obtenir – au moins jusqu'à vérification.

— Il se pourrait qu'un inspecteur du LAPD vienne vous voir, repris-je. Ils croient que c'est moi qui ai tué Sam et c'est la seule chose qui les intéresse. N'oubliez pas que vous n'êtes pas obligé de leur parler. Je suis votre avocat maintenant, vous pouvez me les envoyer.

— Je leur dirai que dalle.

J'acquiesçai d'un signe de tête. C'était ce que je voulais.

— Bien, dis-je. Je vais rentrer.

— Et ton procès ? Tu veux que je témoigne ?

Je ne savais pas trop comment me servir de lui dans ma défense, voire si je pourrais même amener Warfield à accepter son témoignage. Une téléconférence prison-salle d'audience risquait d'endormir les jurés. Sans parler du conflit d'intérêts. Techniquement parlant, Neiderland était maintenant mon client… au moins dans les dossiers de la prison.

— Je vous tiendrai au courant, lui répondis-je.

Je me levai à nouveau, prêt à frapper à la porte.

— Tu vas vraiment trouver le type qui l'a tué ? me demanda-t-il. Ou t'as juste peur de pas arriver à prouver que c'est pas toi ?

— La seule façon de prouver que ce n'est pas moi, c'est de trouver celui qui l'a tué et de le prouver. C'est comme ça que ça fonctionne, l'innocence.

# Chapitre 24

*Mercredi 15 janvier*

Nous arrivâmes à San Pedro avant 9 h 30 le lendemain matin. Nous nous étions séparés. C'était Bishop qui m'y avait conduit parce qu'il fallait que je sois de retour en centre-ville avant 13 heures, pour l'audience consacrée au portefeuille manquant. Bosch, lui, avait pris sa vieille Cherokee et Cisco sa Harley. Nous nous retrouvâmes devant la maison de Cabrillo Avenue qu'Austin Neiderland m'avait indiquée. Il y avait un panneau « Appartement à louer » sur la pelouse. Bishop avait été accepté par Cisco, mais on n'est jamais sûr de rien à cent pour cent. Je ne voulais pas qu'il reste assis au volant devant la maison. Je lui dis d'aller chercher du café dans le coin et d'attendre que je lui fasse signe lorsque je serais prêt à filer au tribunal. Alors je m'approchai de la porte avec mes enquêteurs et frappai. Une femme en peignoir m'ouvrit. Je lui présentai une carte de visite professionnelle et suivis le scénario que j'avais écrit dans ma tête en me fondant sur les infos de Neiderland.

— Bonjour, madame, je m'appelle Mickey Haller et suis un des avocats qui s'occupent de la succession de Walter Lennon. Nous venons prendre tous les biens qu'il aurait pu laisser derrière lui.

— La « succession » ? Ça veut dire qu'il est mort ?

— Oui, madame. M. Lennon est décédé à la fin du mois d'octobre.

— Mais… personne ne nous a avertis. On s'est juste dit qu'il avait filé. Il avait réglé son loyer jusqu'à la fin novembre, mais après, décembre est passé et on n'a plus eu de signe de vie de lui, et plus de loyer non plus.

— J'ai vu le panneau devant la maison. Vous allez remettre l'appartement en location ?

— Bien sûr. Il est parti sans payer.

— Ses affaires sont-elles toujours là ?

— Non, on a tout vidé. Elles sont dans le garage. On voulait s'en débarrasser, mais la loi, vous savez… Va falloir qu'on attende encore deux mois.

— Eh bien, merci de respecter ainsi la loi. Cela vous dérangerait-il qu'on jette un coup d'œil dans le garage ?

Elle ne répondit pas. Elle ferma sa porte à moitié de façon à pouvoir prendre quelque chose derrière, en ressortit une télécommande et l'activa.

— Troisième garage, dit-elle. Je viens de l'ouvrir. Y a son nom sur les cartons empilés entre les marques de pneu.

— Merci. Cela vous gênerait-il que nous examinions un peu l'appartement ? Juste pour vérifier vite fait ?

Elle passa à nouveau la main derrière la porte et me tendit une clé.

— L'escalier est sur le côté du garage, dit-elle. Rapportez-moi la clé quand vous aurez fini !

— Bien sûr.

— Et ne salopez pas tout. C'est propre maintenant. M. Lennon nous avait laissé un vrai foutoir.

— Comment ça ? Quel genre de foutoir ?

— Comme si une tornade était passée. Mobilier brisé, ses affaires balancées partout par terre. Alors, ne me demandez pas l'argent de sa caution. C'est à peine si ça a couvert ce qu'on a dû faire là-dedans.

— C'est compris. Encore une chose, si ça ne vous gêne pas. Nous aimerions que vous regardiez une photo pour nous confirmer que le Walter Lennon dont nous vous parlons est bien celui dont vous, vous nous parlez.

— Bah…

Cisco afficha une photo de Sam Scales sur l'écran de son portable. Ce cliché du DMV avait été donné aux médias après mon arrestation. Il la lui montra, elle y jeta un coup d'œil et acquiesça.

— Oui, c'est lui, dit-elle.

— Merci, m'dame, lui dis-je. Ça ne sera pas long.

— N'oubliez pas de me rapporter la clé.

Nous commençâmes par l'appartement, un petit une pièce en haut de l'escalier accolé au garage. Tout avait été nettoyé et préparé pour un nouveau locataire. Nous ne nous attendions pas à trouver quoi que ce soit… surtout après que la propriétaire avait déclaré que le logement avait été fouillé. Mais, roi de l'arnaque depuis toujours, Sam Scales pouvait avoir eu des raisons de cacher chez lui des choses qu'un examen rapide pouvait manquer. Diriger l'opération revint à Bosch, qui avait des années d'expérience dans l'art de fouiller les domiciles des criminels.

Il avait apporté un petit sac d'outils. Son premier arrêt fut pour la cuisine, où, méthodique, il vérifia les dessous de tiroirs, dévissa les coups-de-pied des placards, ôta la porte du frigo et examina l'ensemble lumière-hotte au-dessus de la cuisinière. Lorsque je compris combien de temps cela pouvait durer, je décidai de changer le plan. Je laissai Bosch à l'appartement et emmenai Cisco au garage. Il fallait que je sois rentré à l'heure pour l'audience.

Il y avait deux piles de quatre cartons au milieu du garage à trois places. Ils étaient hermétiquement clos et chacun d'eux portait le nom de Lennon et la date 19/12. Cisco s'attaqua à la première tandis que je m'emparais de la seconde.

Mon premier carton contenait des vêtements. Il y avait une voiture à la deuxième place, je les posai sur le capot du véhicule et examinai chacun d'eux, y compris les poches, avant de tout remettre dans le carton.

Le second était plein de chaussures, de chaussettes, de sous-vêtements, et rien d'autre. J'examinai tout, extérieur et intérieur, et découvris une paire de chaussures de sécurité avec des résidus graisseux collés dans les semelles. Cela me rappela la substance huileuse trouvée sous les ongles de Sam Scales.

Je mis les chaussures de côté et regardai Cisco. Lui aussi examinait des vêtements dans ses deux premiers cartons.

Le troisième était rempli d'effets personnels, dont des articles de toilette, un réveil électrique et plusieurs livres, que je feuilletai sans rien trouver. Tous étaient des romans, un seul excepté – le manuel du propriétaire pour des camions-citernes Mack Pinnacle, version 2015. Ça cadrait bien avec la BioGreen, mais comment exactement, je n'en savais toujours rien. Je le posai sur le capot de la voiture.

Le quatrième carton contenait le même genre d'objets. Encore des livres et des objets personnels, tels une cafetière filtre et plusieurs mugs enveloppés dans de vieux journaux. Le fond du carton était couvert d'une couche de lettres non ouvertes, sans doute pour mieux protéger la cafetière en verre et les mugs.

Le courrier se réduisait essentiellement à des prospectus, excepté une facture de téléphone de l'AT&T et une lettre, elle aussi toujours non décachetée, avec « Pénitencier de High Desert, Nevada » comme adresse de retour à l'envoyeur. Je la remis dans le carton sans l'ouvrir. Après la conversation que j'avais eue avec Neiderland, il était clair que celui-ci ignorait ce que fabriquait Sam Scales et je ne pensais pas que cette lettre m'aiderait beaucoup. Au lieu de cela, j'ouvris la facture de téléphone afin de voir s'il ne s'y trouvait pas une liste de numéros qu'il avait appelés, mais ce n'était qu'un avis de rappel : Sam Scales n'avait toujours pas réglé sa note. Il y avait bien aussi un résumé des services dont il profitait, mais aucune liste d'appels.

Cisco feuilletait des pages de livres avec un carton de retard sur moi. Je le rejoignis et ouvris le dernier. J'y trouvai trois boîtes de céréales Honeycomb et une quatrième de Rice Krispies.

— Sam devait beaucoup aimer les céréales, fis-je remarquer.

Je secouai et examinai chacune de ces boîtes pour voir si la fermeture était d'origine, ou si Sam Scales les avait trafiquées pour cacher quelque chose à l'intérieur. Je décidai qu'il ne s'agissait que de boîtes de céréales et passai à la suite. Encore en dessous, je tombai sur des sachets de café en poudre et d'autres boîtes d'aliments, elles aussi non ouvertes.

— Regarde un peu ça ! me lança Cisco en brandissant un Code de la route pour candidats au permis poids lourds de Californie. Y a des trucs soulignés dedans. Comme s'il le bossait vraiment.

— Moi, j'ai trouvé un manuel du propriétaire pour un camion-citerne Mack.

— Et donc, je me répète… peut-être qu'il se remettait dans le droit chemin. En devenant routier ou autre…

— Tu parles ! Pour lui, faire un boulot normal était pire que la prison. Non, non, il travaillait une grosse arnaque. Se remettre dans le droit chemin, il en aurait été incapable.

— C'est quoi, alors ?

— Je ne sais pas, mais on brûle. C'est pour ça qu'ils lui ont volé son portefeuille.

— Mais pourquoi ?

— C'était là que se trouvait sa dernière identité bidon. Ç'a dû les amener ici et, après, à la BioGreen. Et ils ne voulaient pas que nous, on y arrive.

— Qui ça, « ils » ?

— On ne le sait pas encore. Peut-être Opparizio. Peut-être le FBI. Ils se sont fixés sur Opparizio et cet endroit, et ils ne voulaient pas que leur enquête soit compromise par une autre pour meurtre et, en plus, conduisant à la BioGreen. Dès que le LAPD a eu les empreintes de Sam ce soir-là, le bureau a probablement reçu une alerte. Ils évaluent la situation et s'empressent de piquer le portefeuille avant que quelqu'un d'autre puisse l'examiner. Ils déboulent ici, ils fouillent l'endroit et effacent tous les liens. Sam n'a jamais été en rapport avec le prétendu Walter Lennon et l'enquête ne débouchera jamais sur la BioGreen.

— Ce que tu me dis, c'est donc qu'ils t'ont collé le meurtre sur le dos et qu'ils étaient prêts à te faire tomber pour ça ?

— Je ne sais pas. C'est forcément un plan concocté sans beaucoup d'idées pour la suite. Peut-être qu'ils ne faisaient que gagner du temps pour boucler leur enquête sur la BioGreen. Et moi, je leur pète tout leur emploi du temps en refusant de ne pas profiter de mon droit à un procès rapide. Au lieu de passer au tribunal en juillet, voire plus tard, c'est en février et ils n'ont rien vu venir.

— Peut-être. Mais ça fait beaucoup de peut-être.

— Pour l'instant, ce ne sont que des hypothèses. Mais je crois que…

Bosch venait d'entrer et je m'interrompis.

— Des choses là-haut ? lui demandai-je.

— Rien, non, répondit-il. J'ai bien trouvé un faux plancher avec un espace où ranger des affaires dans la penderie de la chambre à coucher, mais ce n'était pas très bien caché et il n'y avait rien dedans. Ceux qui ont fouillé avant nous ont dû y récupérer quelque chose.

— Grand comment, cet espace ? Un ordinateur aurait-il pu y tenir ?

— Oui.

— C'est donc ça qui manque ici, dis-je. Sam se servait du Net pour ses arnaques et moi, je l'imagine mal sans ordinateur. En plus de quoi, il y a une facture de téléphone pour service complet, Wi-Fi inclus. Et payer le Wi-Fi quand on n'a pas d'ordinateur…

— Ce qui fait qu'il nous manque un ordinateur, un téléphone portable et un portefeuille, résuma Cisco.

— Exactement.

— Qu'est-ce qu'il y a dans les cartons ? demanda Bosch.

— Pas grand-chose, lui répondis-je. Une paire de chaussures de sécurité avec de la graisse sous les semelles. On a presque fini.

Je repris le dernier carton et vis que le fond était couvert de documents et de papiers divers… du genre de ceux dont on bourre un tiroir de meuble de cuisine : un manuel d'utilisation pour la cafetière filtre, un guide pas à pas pour assembler une table Ikea et plusieurs lettres, ouvertes, de Neiderland. Que Scales les ait conservées me renforça dans l'idée qu'ils avaient eu une relation sentimentale.

Il y avait aussi une sortie d'imprimante pliée en trois et agrafée reprenant un article du *New York Times*. Le titre en était : SAIGNER LA BÊTE.

Le document était estampillé Salt Lake City. Je commençai à le lire et m'arrêtai. L'histoire, je le compris, changeait absolument tout. Et je compris aussi que cette sortie d'imprimante était quelque chose que j'allais devoir inclure dans les pièces à échanger avec l'accusation… si je la sortais du garage.

Je la repliai en trois et la remis dans le carton. M'emparai du manuel du propriétaire de Mack et l'y rangeai aussi. Puis je refermai le carton et en empilai deux autres par-dessus.

Je sortis mon portable et envoyai un texto à Bishop pour lui dire de venir nous chercher.

— OK, lançai-je, on se tire d'ici.

— Attends, dit Cisco. Tu veux rien récupérer dans tout ça ?

— Si on prend quelque chose, il faudra partager.

— Ah, oui, dit-il, l'échange des pièces entre les parties.

— Qu'ils les trouvent donc eux-mêmes. Ils ne me font pas de cadeaux, je ne vois pas pourquoi je leur en ferais. Allons-y. Je suis de tribunal.

Je jetai un coup d'œil à Bosch tandis que nous sortions afin de voir si la décision que j'avais prise de laisser tout derrière nous le mettait mal à l'aise. Je ne remarquai rien.

Nous sortions du garage lorsque Bishop arriva. Je tendis la clé de l'appartement à Cisco.

— Ça t'embêterait de rapporter la clé à la vieille dame ? lui demandai-je. Note aussi son nom. Qu'on puisse l'inclure dans la liste des témoins.

— Ça marche.

— Et dis-lui qu'on n'a rien trouvé de valeur dans les cartons. Qu'elle peut donc tout donner ou s'en débarrasser, comme elle voudra. Et dès qu'elle le voudra.

Cisco me regarda et acquiesça d'un signe de tête. Il avait compris ce que je voulais dire : on se débarrasse de tout avant que les flics ou l'accusation ne trouvent enfin cet endroit.

— Le message sera transmis, dit-il.

# Chapitre 25

La situation avait rapidement changé depuis la première audience consacrée au portefeuille manquant. L'indignation qu'avaient suscitée en moi cette disparition et son impact sur mon affaire était maintenant tempérée par les découvertes qu'avait faites mon équipe ces dernières quarante-huit heures. Je pensais enfin avoir la clé secrète de cette histoire de portefeuille – à savoir la fausse identité dont s'était servi Sam Scales la dernière année de son existence. Et je n'avais aucune envie de partager ce secret avec l'accusation jusqu'à ce que j'y sois obligé. Je ne voulais certainement pas qu'une injonction de la cour m'ordonne de le faire, ni que cela continue de poser problème pour ma défense, ce qui m'amena à envisager l'audience avec prudence et un plan destiné à marquer des points – mais surtout à ne pas réveiller le chien qui dort.

Le juge Warfield avait encore une fois une bonne dizaine de minutes de retard lorsqu'elle rejoignit le banc pour ouvrir la séance de l'après-midi. Cela me donna le temps de mettre Jennifer au courant de nos activités du matin. Elle était mon avocate officielle, je me sentis plus à l'aise pour l'informer, elle, plutôt que Cisco et Bosch, de ce que j'avais découvert et de ce que cela signifiait. Je lui parlai de l'article du *Times* et du besoin qu'il y avait de mettre tout ce que cela nous révélait sous le tapis. Je la mis en garde contre toute idée d'imprimer l'article si elle le trouvait dans les archives du journal.

— Tu as ça sur papier, ça passe direct dans les pièces à partager, lui rappelai-je. Donc, rien sur papier.

— Compris.

— L'article parle d'un type, un témoin du nom d'Art Schultz. En retraite de l'EPA[1]. Il faut qu'on le retrouve et qu'on l'ait ici en qualité de témoin. Il sera d'une importance capitale.

— Sauf que… Qu'est-ce qui se passe si on l'inclut dans la liste des témoins ? L'accusation se ruera dessus et devinera tout de suite où on va avec ça.

La liste des témoins de chaque partie était incluse dans les pièces à échanger, ainsi qu'un résumé de ce dont parlerait chaque témoin. Écrire tout cela de façon claire sans trop en dire de la stratégie ou du sens du témoignage entier était une forme d'art.

— Il y a une façon de tourner ça, lui dis-je. De camoufler le truc. Prends contact avec ce Schultz et obtiens son CV. Il a travaillé à l'EPA et a donc très probablement une licence de biologie ou quelque chose comme ça. On le met sur la liste et il parlera des résidus trouvés sous les ongles de Sam Scales. Il sera notre expert en graisses et, en tant que tel, sans doute très au-dessous du radar de

1. Environmental Protection Agency, agence de protection de l'environnement.

l'accusation. Et dès qu'on l'aura à la barre, on se servira de lui pour relier ce qu'il y a sous ces ongles à ce qui se trame à BioGreen.

— Risqué, mais d'accord, dit-elle. J'y travaille dès après l'audience.

Le juge franchit la porte de son cabinet et gagna le banc. Elle commença par s'excuser de son retard en nous expliquant que le déjeuner mensuel des juges s'était éternisé. Puis elle passa aux choses sérieuses.

— Nous reprenons donc l'examen de la requête en obligation d'échange total des pièces formulée par la défense et je crois, maître Berg, vous avoir enjoint d'enquêter sur la disparition d'un portefeuille et de nous faire votre rapport. Qu'avez-vous trouvé ?

Berg gagna le pupitre pour s'adresser à la cour. Elle avait l'air ennuyée lorsqu'elle ajusta le micro à sa hauteur.

— Merci, Votre Honneur. Pour parler simplement, le portefeuille est toujours manquant. Ces deux derniers jours, l'inspecteur Drucker a donc mené son enquête et il est prêt à témoigner si nécessaire. L'accusation reconnaît que la preuve vidéo présentée par la défense lundi dernier est concluante sur ce point… Il semble bien en effet qu'il y ait eu un portefeuille dans la poche arrière de la victime au moment où son cadavre a été découvert dans le coffre de la voiture de l'accusé. Et qu'il n'ait pas fait partie des effets personnels confiés au LAPD dans les bureaux du coroner.

— Avez-vous déterminé le moment où il a été pris, ou par qui ? la pressa Warfield.

— Non, Votre Honneur. Selon la procédure, le corps a dû être apporté au bureau du coroner et déposé dans la salle de préparation des autopsies. C'est là que les vêtements et effets personnels de la victime sont ôtés et que les cadavres sont préparés pour cette opération, ces biens étant alors mis sous scellés et confiés à la police. Dans ce cas précis, parce qu'il avait été découvert dans la soirée, le corps n'a pas pu être apporté à cette salle de préparation avant environ 2 heures. Ce qui signifie que cette préparation n'a sans doute pas eu lieu avant le matin.

— Le corps serait donc resté dans cette salle sans surveillance ? demanda Warfield.

— Pas exactement, non, répondit Berg. Il a dû être apporté dans une grande crypte réfrigérée qui fait partie du bureau du coroner.

— Il s'est donc retrouvé avec d'autres corps ?

— Oui, madame le juge.

— Et pas isolé.

— En dehors de se trouver dans une crypte dont l'accès exige une autorisation.

— L'inspecteur Drucker a-t-il vérifié s'il y avait des caméras de surveillance dans cette salle ?

— Il l'a fait et non, il n'y en a pas.

— Nous n'avons donc aucun moyen de savoir qui a pu avoir accès à cette crypte pour y prendre le portefeuille.

— Pour le moment, c'est exact.

— « Pour le moment » ? Vous pensez que ça pourrait changer ?

— Non, Votre Honneur.

— Que nous suggère donc de faire le Peuple dans cette affaire, maître Berg ?

— Votre Honneur, le Peuple ne cherche pas d'excuses à cette disparition. Cela étant, cela affecte les deux parties. Ni le Peuple ni la défense n'ont la possibilité d'accéder à ce portefeuille et aux renseignements, s'il en est, qu'il pourrait contenir. Le Peuple accepte donc la responsabilité de cette perte, mais affirme que le dommage qui en ressort, s'il en existe seulement un, est également partagé.

Warfield digéra l'info quelques instants avant de réagir.

— Quelque chose me dit que maître Haller ne va pas être d'accord avec vos conclusions, lança-t-elle. La défense souhaite-t-elle répondre ?

Je me levai aussitôt et fus presque au pupitre avant que Berg ait le temps de le quitter.

— Oui, Votre Honneur a parfaitement raison ! m'écriai-je. Les dommages infligés à la défense et à l'accusation ne sauraient en aucune façon être considérés comme égaux. L'accusation est plus qu'à l'aise et heureuse de cette situation, Votre Honneur. Elle a un cadavre dans le coffre d'une voiture et accuse le chauffeur. Pas besoin de creuser plus profond : affaire jugée. L'accusation ne s'est même pas donné la peine de poser des questions sur cette disparition avant que la défense ne la révèle. Très clairement, cela ne l'intéressait pas. Parce que ce portefeuille et l'identité dont se servait la victime auraient pu conduire à ce que Sam Scales avait derrière la tête dans les derniers jours de son existence et ça, ça n'aurait peut-être pas collé avec le joli petit paquet-cadeau que l'accusation vient de m'offrir. Il est,

Votre Honneur, tout à fait clair que c'est la défense, et pas du tout l'accusation, qui en souffre.

— Disons que je suis d'accord avec vous, maître Haller, me lança Warfield. Quel est le remède que propose la défense ?

— Il n'y a pas de remède. La défense veut ce portefeuille. C'est ça, le remède.

— Alors, quelle est la peine ? Il ne semble y avoir aucune preuve de conduite malfaisante par les personnes impliquées dans l'enquête. Le portefeuille a l'air d'avoir été volé par quelqu'un qui avait accès au corps au moment où celui-ci se trouvait sous la garde du coroner. L'affaire fera évidemment l'objet d'une enquête interne par ses services, mais la cour ne se sent pas encline à punir l'accusation pour ce malheureux concours de circonstances.

Je hochai la tête de frustration, même si je m'attendais à cette issue – et que je la désirais après nos découvertes de la matinée.

— Votre Honneur, repris-je, je tiens à ce qu'il soit donc noté que l'enquête sur la disparition de cet élément de preuve a été menée par l'inspecteur même qui devait protéger la scène de crime et les éléments de preuve dans cette affaire.

— C'est dûment noté, maître Haller. D'autres sujets avant que nous ajournions l'audience ?

— Oui, Votre Honneur, répondit Berg.

Je lui laissai le pupitre et retournai à ma place en secouant la tête comme si la décision du juge me frustrait.

— Je vous prie de m'excuser, maître Berg, dit Warfield. Maître Haller, je remarque votre attitude. Êtes-vous choqué par la décision de la cour ?

Je m'arrêtai net.

— Votre Honneur, je suis seulement frustré. J'essaie de monter une défense et il semblerait qu'à chaque étape je doive être contrecarré. Le Peuple perd ce portefeuille… par négligence ou malfaisance, peu importe… et c'est moi qui dois payer. Voilà, c'est tout.

— Je recommande aux avocats des deux parties de contrôler leurs émotions et démonstrations, déclara Warfield. Surtout lorsque nous serons au procès. La cour ne tolérera aucun éclat de ce genre devant un jury.

— Je ne parlerais pas « d'éclat », madame le juge. J'étais juste…

— Vous iriez donc jusqu'à aussi argumenter contre la cour, maître Haller ?

— Non, Votre Honneur.

Je continuai d'avancer vers mon siège, Warfield me suivant des yeux au cas où j'aurais même seulement froncé les sourcils. Pour finir, elle me lâcha et regarda Berg.

— Maître, poursuivez donc, lui dit-elle.

— Madame le juge, hier, nous avons reçu la première liste de témoins de l'accusé. Elle ne contenait que deux noms… celui de l'accusé et celui de son enquêteur. Un accusé qui s'est par deux fois plaint devant cette cour de problèmes dans l'échange des pièces entre les parties a maintenant l'audace de ne mettre que deux noms dans sa liste !

Warfield donnait l'impression d'être ou bien lasse de l'échange constant d'aménités entre l'accusation et la défense ou bien frappée de fatigue après les deux cocktails martinis qu'elle avait probablement éclusés au lunch des juges. J'étais certain que c'était l'alcool qui l'avait poussée à me corriger aussi sèchement. Avant même que je puisse m'élever contre la plainte de Berg, elle me fit signe que ma réponse ne l'intéressait pas.

— Il est tôt, maître Berg, dit-elle. Nous sommes encore à trente jours du procès et il y aura des retouches à ces listes de témoins, et des deux côtés, la semaine prochaine et toutes celles qui suivront. Attendons un peu avant de paniquer sur l'identité des personnes que maître Haller a décidé d'appeler à la barre. Autre chose de plus sérieux, maître Berg ?

— Non, Votre Honneur.

— Non, moi non plus, Votre Honneur.

— Très bien. Dans ce cas, la séance est ajournée.

## Chapitre 26

N'ayant pas eu le temps de manger avant l'audience, je gagnai le Little Jewel pour y prendre un po'boy[1] aux crevettes juste après. Tous les membres de mon équipe m'y rejoignirent, à l'exception de Bosch. Apparemment, il était reparti faire ses trucs et ne voulait voir personne. J'informai tout le monde que la défense avait franchi un grand pas avec tout ce que nous avions appris ces dernières quarante-huit heures et que le moment était venu de commencer à réfléchir à la meilleure façon de présenter l'affaire à des jurés. Nous pouvions assez facilement deviner ce que dirait l'accusation, étant donné qu'elle n'avait pas vraiment changé de version depuis le début. Nous pourrions donc nous y préparer, mais il était bien plus important de nous préparer à raconter la nôtre.

Un procès se résume souvent à déterminer qui de l'accusation ou de la défense est le meilleur conteur. Les preuves comptent, bien sûr, mais elles sont dès le début interprétées par celui qui les présente.

---

1. Sandwich à la viande ou aux fruits de mer typique de la Louisiane.

Histoire A : Un homme en tue un autre, dépose son cadavre dans le coffre de sa voiture et prévoit de l'enterrer tard dans la nuit, quand il n'y aura plus personne pour le voir.

Histoire B : Un type se retrouve faussement accusé de l'assassinat d'un ancien client et sans le savoir se balade à droite et à gauche avec son cadavre dans le coffre de sa voiture, jusqu'au moment où il est arrêté par la police.

Les preuves matérielles marchent dans les deux histoires. L'une est peut-être plus crédible que l'autre vue par le petit bout de la lorgnette. Mais un conteur habile peut équilibrer la balance, voire la faire pencher dans son sens en interprétant ces éléments de preuve d'une manière différente. C'était exactement à ce stade que nous en étions et je commençai à voir ce que je voyais avant tous mes procès : les témoins à la barre, et moi qui raconte mon histoire aux jurés.

— On se dirige très clairement vers la culpabilité au tiers, déclarai-je. Et le gars que nous montrerons du doigt sera Louis Opparizio. Je doute qu'il ait pressé la détente, mais c'est lui qui en a donné l'ordre. C'est donc lui le bouc émissaire et notre témoin clé. Il faut qu'on le retrouve. Qu'on lui envoie du papier timbré et qu'on soit sûrs qu'il se pointe au procès.

Jennifer Aronson agita les mains paumes en l'air comme si elle repoussait un essaim d'abeilles.

— On pourrait revenir un peu en arrière ? demanda-t-elle. Démontre-moi tout ça pas à pas comme si j'étais un juré. Que dit-on qu'il s'est passé ? Je comprends bien, mais… Opparizio a tué ou fait tuer Scales, après quoi il aurait essayé de te faire porter le chapeau. Mais pouvons-nous déjà raconter comment ça s'est déroulé dans le détail ?

— Pour l'instant, on n'a rien de précis, lui répondis-je. Et beaucoup de trous à boucher… C'est pour ça qu'on s'est réunis. Mais je peux déjà vous dire ce que je crois qu'il s'est passé et ce que les preuves… dès qu'on les aura… démontreront.

— Oui, s'il te plaît, dit Lorna. Je suis d'accord avec Jen. Moi aussi, j'ai du mal à comprendre.

— Pas de problème, répondis-je. On reprend lentement. Deux ou trois trucs pour commencer. Un, nous avons l'inimitié d'Opparizio à mon encontre. Il y a neuf ans, je l'ai coincé en plein prétoire en révélant ses liens avec le crime organisé et ses transactions douteuses dans le monde de la saisie immobilière. Ce n'était qu'un homme de paille dans l'affaire, un appât bien brillant que j'ai agité sous le nez des jurés, mais ils ont marché. S'il n'était pas l'assassin dont je faisais le portrait, il avait trempé dans des trucs pas nets et, une fois l'attention du gouvernement portée sur lui, lui et ses soutiens dans la mafia ont fini par perdre des millions et des millions quand la Federal Trade Commission a invalidé une fusion de cent millions de dollars qu'il venait de conclure. Tout ça me dit qu'il ne doit pas me porter dans son cœur. Non seulement je l'ai démasqué publiquement, mais encore je lui ai coûté des tonnes de fric, à lui et à ses commanditaires de la pègre.

— Aucun doute là-dessus, dit Cisco. Ça m'étonne même qu'il ait attendu aujourd'hui pour t'attaquer. Neuf ans, c'est long.

— C'est que… Peut-être attendait-il de me tendre le piège idéal. Parce que là, je suis vraiment dans de sales draps.

— Ça, c'est sûr, fit remarquer Lorna.

— Bien, la deuxième composante de l'affaire, c'est la victime, repris-je. Sam Scales, l'arnaqueur *extraordinaire*[1]. Notre histoire sera donc que ces deux-là… Opparizio et Scales… se sont croisés à la BioGreen. Ils saignaient la bête avec une arnaque au long cours quand quelque chose est parti de travers. Opparizio a été obligé de liquider Scales, mais a dû aussi s'assurer que l'enquête ne touche pas la BioGreen. C'est comme ça qu'il m'a fait porter le chapeau. D'une façon ou d'une autre, il était au courant de mon passé avec Scales et a su que ça s'était mal terminé. Il colle le cadavre de Sam dans mon coffre et c'est moi qui tombe pendant que la BioGreen reste dans le vert et continue de pomper ce carburant recyclé dont raffole le gouvernement.

Je dévisageai le trio assis autour de la table.

— Des questions ? demandai-je.

— J'en ai deux ou trois, répondit Lorna. Un, c'était quoi, l'arnaque qu'ils montaient ?

— Ça s'appelle « saigner la bête », répétai-je. On pique à l'État… « la bête »… les subventions qu'il donne pour produire l'or vert qu'est ce carburant recyclé.

— Hou là ! s'écria-t-elle. On dirait que Sam est sacrément monté dans la hiérarchie. On est loin des combines qui ont fait sa réputation sur le Net.

---

1. En français dans le texte.

— Bien vu. Il y a quelque chose qui ne cadre pas avec ce que je sais de lui, mais, pour l'instant, je ne fais que vous donner mes hypothèses. Il avait de l'or vert sous les doigts et nous, nous avons une chose à savoir : est-ce lui qui est allé voir Opparizio avec l'idée de l'arnaque ou a-t-il été seulement recruté en cours de route ?

— Une idée sur l'origine de la bagarre ? demanda Jennifer. Pourquoi Sam a-t-il été tué ?

— Ça aussi, c'est un trou qu'on va devoir boucher. Et moi, j'ai dans l'idée que ce sont les fédéraux qu'on trouvera au fond de ce trou.

— Ils l'auraient retourné ? lâcha Cisco mi-question, mi-suggestion.

J'acquiesçai.

— Je crois que c'est quelque chose comme ça. Opparizio l'a découvert et ç'a été la fin de Sam.

— Sauf que le truc malin aurait été de se contenter de le faire disparaître, reprit Cisco. Pourquoi mettre le corps dans un endroit où il ne pouvait qu'être découvert ?

— Bonne question. Ça aussi, ça fait partie des trucs qu'on ignore. Mais je pense que se contenter de le faire disparaître aurait pu entraîner une enquête plus approfondie du FBI. Procéder comme ils l'ont fait mettait la BioGreen à l'abri, peut-être même donnait l'impression qu'elle n'avait rien à voir avec l'arnaque.

— Sans parler du fait qu'Opparizio savait que c'était une bonne façon de te rendre la pareille, patron, ajouta Cisco.

— Ce ne sont que des hypothèses, fit remarquer Jennifer. Et après ? Comment fait-on pour que ces hypothèses se transforment en une défense en béton ?

— Opparizio, répétai-je. On le trouve, on lui colle une citation à comparaître en mains propres et on s'assure que le juge la fait appliquer.

— Ça ne fait que nous l'amener au tribunal, insista Jennifer. La dernière fois, tu voulais qu'il se réfugie derrière le Cinquième amendement[1] et, ce coup-ci, tu veux absolument qu'il témoigne.

— Pas nécessairement. Si on a ce qu'il faut contre lui, tout se jouera dans les questions que nous lui poserons, pas dans ses réponses. Il pourra invoquer tout ce qu'il veut comme Cinquième amendement. C'est dans nos questions que les jurés entendront l'histoire.

Je me tournai vers Cisco.

— Bon, alors, où il est ? lui demandai-je.

— Ça fait quoi maintenant… cinq jours qu'on se concentre sur la copine ? Et toujours aucun signe de lui. Il se pourrait bien qu'on doive secouer le cocotier. Foutre tellement la trouille à la fille qu'elle ait besoin de le voir.

Je fis non de la tête.

— C'est un peu trop tôt pour ça, dis-je. On a encore du temps. Le citer à comparaître, oui, mais le plus tard possible dans la partie. Sinon, Ice Berg pigera la manœuvre.

— Elle la connaît déjà, objecta Jennifer. Elle a dû être avertie de la citation infligée au FBI.

— Oui, mais, pour moi, elle n'y a vu qu'un coup destiné à y voir plus clair. Pour savoir si les fédéraux avaient

1. Amendement à la Constitution américaine qui permet à tout Américain de refuser de répondre à des questions qui risqueraient de l'incriminer.

quelque chose. Jusqu'au juge qui l'a pensé. Toujours est-il que je ne veux pas jouer la citation à comparaître pour l'instant. Ça donnerait trop de temps à l'accusation pour reconnaître le terrain. Bref, on commence par retrouver Opparizio et on le surveille jusqu'au moment adéquat.

— C'est faisable, mais ça va coûter bonbon, dit Cisco. Je ne m'étais pas rendu compte qu'on parlait de continuer comme ça jusqu'au procès.

— Combien ?

— Quatre mille dollars par jour rien que pour la surveillance.

Je me tournai vers celle qui tenait les comptes du cabinet.

— On est à quatre semaines du procès, me répondit Lorna. Il faudra sortir 100 000 dollars pour que ça continue, Mickey. Et on ne les a pas.

— À moins de recontacter Andre La Cosse ou Bosch, dit Jennifer. Ils s'en sont bien sortis pour ta caution, mais ils étaient prêts à monter jusqu'à des sommes à six chiffres.

— Pas question pour Bosch. Je devrais déjà le payer plutôt que lui demander de l'argent. Lorna, vois si tu ne pourrais pas m'organiser un dîner avec Andre. Que je voie ce qu'il est prêt à faire pour nous.

— Cisco pourrait peut-être négocier un rabais ? dit Lorna en regardant son mari de l'autre côté de la table. Mickey est quand même un client fidèle, non.

— Je peux toujours essayer, dit Cisco.

Je savais qu'il devait se faire un petit pourcentage sur les boulots qu'il apportait à ses Indiens. La suggestion de Lorna le frappait droit au portefeuille.

— Bien, dis-je.

— Bon, et le FBI ? reprit Jennifer en changeant de sujet. La citation en liberté d'information n'a rien donné. On pourrait aller jusqu'à l'US Attorney avec un formulaire Touhy[1]. Mais nous savons tous que les fédéraux peuvent s'asseoir dessus et que ça ne cadrera pas avec nos délais.

— Un formulaire Touhy ? C'est quoi ? demanda Cisco.

— Le premier pas dans un protocole destiné à exiger le témoignage d'un agent fédéral, répondit Jennifer. Du nom d'un prisonnier de l'Illinois dont l'affaire a donné lieu à sa création.

— Tu as raison, dis-je. Mais ça va prendre une éternité. Il pourrait y avoir une autre façon de s'y prendre avec les mecs du Bureau. Si on fait ou menace de faire assez de vagues autour de la BioGreen, ils pourraient vouloir discuter.

— Ouais, ben… bonne chance avec ça !

— Oui, c'est de chance qu'on a besoin, lui rétorquai-je.

Et cela mit solennellement fin à la réunion.

1. Nom d'un formulaire respectant les règles à suivre par tout citoyen américain qui veut citer à comparaître un agent fédéral.

## Chapitre 27

C'était toujours le mercredi que je passais la soirée avec ma fille, mais tout avait changé depuis qu'elle était en fac. Elle avait maintenant un groupe d'études de droit civil à 19 heures qui me condamnait à la voir tôt. On se retrouvait sur le campus ou pas loin pour un petit dîner rapide, après quoi elle regagnait la salle où se réunissait le groupe.

Je demandai à Bishop de me déposer à l'entrée d'Exposition Boulevard et, avant de descendre, je lui tendis 60 dollars par-dessus le siège.

— Reprends-moi ici dans deux heures, lui dis-je. Et en attendant, sers-toi de ce fric pour m'acheter un jetable et te prendre quelque chose à manger avec le reste. Et si tu as le temps après ça, programme-moi le jetable. J'aurai besoin de passer un coup de fil à mon retour.

— Ça marche, répondit-il. Vous voulez pouvoir envoyer des textos ?

— Pas nécessairement, non. Si tout va bien, je passerai un appel et en recevrai un, et ce sera tout.

Je traversai le campus jusqu'au Moreton Fig du centre étudiant. J'y trouvai Hayley assise à une table en extérieur, près du grand arbre qui avait donné son nom au restaurant[1]. À ma grande surprise, elle y avait pris place avec sa mère – du même côté de la table, ce qui les mit toutes les deux en face de moi lorsque je m'y assis à mon tour.

— Ah, ça, quelle belle surprise ! m'exclamai-je. Ça fait plaisir de te voir, Mags.

— Même chose pour moi, rétorqua-t-elle. Tu vas manger ?

— Euh… c'est pour ça que je suis ici, lui répondis-je. Et pour voir notre fille.

— C'est que tu n'as pas l'air de beaucoup manger, objecta-t-elle. Ça fait quoi… un mois que tu es sorti de taule ? Et on dirait que tu perds toujours du poids. Qu'est-ce qui t'arrive, Mickey ?

— Mais c'est quoi, ça ? Une intervention thérapeutique ?

— On se fait du souci pour toi, papa, et j'ai demandé à maman de venir, répondit Hayley.

— Oui, ben, imagine un peu qu'on t'accuse d'un meurtre que tu n'as pas commis. En prison ou pas, ça finit par épuiser.

— Comment peut-on t'aider ? reprit Maggie.

Je marquai une pause avant de répondre pendant qu'une serveuse nous apportait les menus. En fait, quoi que puisse dire de moi mon aspect physique, je mourais de faim. Maggie refusa son menu et m'informa qu'elle n'allait pas dîner.

---

1. Soit « Le figuier de la baie de Moreton », nom donné à une variété de figuier des banyans australien.

— Quoi ! Tu es venue ici pour me dire de manger et tu ne vas rien avaler ?

— Je sais tout ce que ces dîners ont de précieux, dit-elle. Pour vous deux. Ça remonte aux crêpes que vous alliez chercher jusqu'au Du-Par's qui a disparu. Non, je voulais juste te voir et te demander comment tu te portes avant de vous laisser en tête à tête.

— Mais tu peux rester ! On te fera toujours de la place.

— Non, j'ai des choses de prévues. Je vais y aller, mais tu n'as pas répondu à ma question. Comment est-ce que je peux t'aider, Mickey ?

— Eh bien, répondis-je, tu pourrais commencer par dire à ta collègue Ice Berg qu'elle est si aveuglée par l'idée de m'avoir comme trophée sur son étagère qu'elle ne voit même plus l'affaire pour ce qu'elle est. Un regroupement de…

Maggie agita les mains pour m'arrêter.

— Je te parle de ce qu'on pourrait faire hors du tribunal, dit-elle. Comme tu le sais, ce sont des conditions de travail extrêmement difficiles. On m'a tenue très à l'écart de cette affaire à cause du conflit d'intérêts, mais je n'ai même pas besoin de l'analyser ou d'en examiner les éléments de preuve pour savoir que tu n'as pas pu faire un truc pareil. Tout comme je sais que ce procès, tu vas le gagner. Hayley et moi n'avons jamais vu les choses autrement. Cela étant, tu dois être physiquement capable de l'emporter et la clé, c'est ta santé. Et tu as une sale gueule, Mickey. Je suis désolée de te le dire, mais je t'ai vu au prétoire. Tes vêtements pendent sur tes épaules, tu as des valises sous les yeux… et tu ne sembles pas avoir confiance. Tu n'as plus rien à voir avec l'avocat à la Lincoln qu'on connaît et qu'on adore.

Je gardai le silence. Ses paroles faisaient mouche parce que je savais qu'elles étaient sincères.

— Merci, finis-je par répondre. Et je ne plaisante pas. Ça fait du bien qu'on me le rappelle. Conduis-toi en gagnant et tu en seras un. C'est la règle et faut croire que je l'ai oubliée. On ne peut pas se comporter comme un gagnant quand on n'en a pas l'air. Tout est dans le sommeil et j'ai du mal à dormir avec ce truc au-dessus de la tête.

— Va voir un médecin, me dit Maggie. Fais-toi faire une ordonnance.

Je hochai la tête.

— Non, pas d'ordonnance. Mais je trouverai quelque chose. On commande ? Tu es certaine de ne pas pouvoir rester ? La bouffe est géniale, ici.

— Non, je ne peux pas. J'ai vraiment une réunion et je veux qu'Hay et toi, vous vous voyiez. Elle vient de me dire qu'elle en apprend plus en te regardant faire au prétoire que dans l'enceinte sacrée de la fac de droit d'USC. Bon, je file.

Et elle repoussa sa chaise.

— Merci, Mags, lui dis-je. Ça me touche beaucoup.

— Prends bien soin de toi !

Et alors, elle fit quelque chose de surprenant. Après s'être penchée pour embrasser Hayley sur la joue, elle fit le tour de la table pour m'embrasser moi aussi. La dernière fois qu'elle l'avait fait remontait à bien trop d'années pour que je m'en souvienne.

— Au revoir vous deux.

Je la regardai partir et restai silencieux un long moment.

— C'est vrai qu'on l'appelle comme ça ? me demanda Hayley.

— Comme ça quoi ?

— Ice Berg.

— Oui, c'est un de ses surnoms.

Elle éclata de rire et moi aussi. La serveuse arriva et nous commandâmes dans le menu happy hour, Hayley des tacos au homard et moi, inspiré par les réflexions de Maggie, le hamburger classique avec oignons grillés alors même que j'avais déjeuné tard.

Pendant le repas, nous parlâmes essentiellement de ses cours. Elle en était encore au stade où le droit est quelque chose de merveilleux qui protège tout le monde et punit équitablement tous les criminels. Ce moment est excitant et je m'en souvenais bien. C'est celui où l'on se donne des idéaux et où l'on se fixe des buts à atteindre. Je la laissai parler et la plupart du temps me contentai de sourire en hochant la tête. Je pensais à Maggie. À ce qu'elle avait dit, et à son baiser à la fin.

— Et maintenant toi, me lança soudain Hayley.

J'allais avaler une frite, je levai la tête.

— Comment ça ?

— On ne parle que de moi et du monde théorique de la loi. Et toi dans celui de la réalité ? Comment avance l'affaire ?

— Quelle affaire ?

— Papaaaa !

— Je plaisantais. Ça va bien. On trouve des trucs intéressants et je commence à voir les contours du procès. Il y avait un entraîneur de football américain, je ne me rappelle plus qui… peut-être Belichick, celui des Patriots… qui décidait les douze premières offensives de son équipe deux ou trois jours avant le match. Il regardait les vidéos de l'équipe adverse, analysait ses habitudes, repérait à quoi il fallait s'attendre de sa défense et arrêtait ses choix. C'est à peu près à ça que j'arrive. J'entrevois comment tout va se mettre en place… les témoins, les éléments de preuve.

— Peut-être, mais tu ne pourras attaquer qu'après l'accusation.

— C'est vrai. Sauf que je sais ce qu'elle va faire, en gros. Et en plus, on a encore quatre semaines, ce qui laisse le temps d'avoir des surprises. Mais, pour l'instant, c'est à ma stratégie que je pense, pas à celle de l'accusation, et oui, ça commence à me plaire.

— Génial. J'ai déjà parlé à tous mes professeurs pour leur dire que je devais absolument assister au procès.

— Écoute, je sais que tu es de mon côté, mais tu n'es pas obligée de rater tes cours pour venir. Tu pourrais passer pour les déclarations préalables et, après, je t'avertis s'il y a quelque chose que tu pourrais avoir envie de voir. Et enfin, le verdict et la fête.

Et je souris en espérant qu'elle partage mon optimisme.

— Papa, ne te porte pas la poisse, me rétorqua-t-elle à la place.

— C'est ça qu'on t'enseigne en cours ? Comment ne pas bousiller une affaire ?

— Non, ça, c'est en troisième année.

— Amusante, la demoiselle.

Nous nous séparâmes devant le restaurant. Je m'éloignai, puis m'arrêtai pour la regarder traverser l'esplanade. Il faisait déjà nuit, mais le campus était bien éclairé. Elle avançait d'un pas rapide et plein de confiance. Je l'observai jusqu'à ce qu'elle disparaisse entre deux bâtiments.

Bishop m'attendait à l'endroit convenu. Je montai à l'arrière. Par-dessus le dossier de son siège, il me tendit un portable bas de gamme à clapet et ce qui lui restait de mes 60 dollars.

— Tu t'es pris quelque chose à manger ? lui demandai-je.

— Je suis allé au Tam's de Figueroa Street.

— Moi aussi, j'ai mangé un hamburger.

— Ça cale comme il faut. Bon alors, où on va ?

— On attend encore une minute ici pendant que je passe un coup de fil.

Je lançai une recherche Google avec mon vrai portable, obtins le numéro de l'antenne de Los Angeles du FBI et l'appelai avec le jetable.

— FBI, me répondit sèchement une voix d'homme.

— J'aurais besoin de faire passer un message à un agent, dis-je.

— Il n'y a personne ici pour l'instant. Tout le monde est rentré à la maison.

— Je sais, mais pourriez-vous passer un message à l'agent Dawn Ruth, s'il vous plaît ?

— Faudra faire ça demain.

— Ceci est un appel urgent d'un informateur confidentiel. Demain, il sera trop tard.

S'ensuivit une longue pause avant qu'il se laisse fléchir.

— C'est le numéro qu'elle doit rappeler ? demanda-t-il.

— Oui, et le nom est Walter Lennon.

— Walter Lennon. C'est entendu.

— S'il vous plaît, appelez-la tout de suite. Merci.

Je refermai le jetable et regardai Bishop par-dessus le dossier de son siège.

— OK, on y va. Je veux être en mouvement si elle rappelle. Comme ça, ils auront plus de mal à nous suivre.

— On roule, juste ça ?

— Tu sais quoi… va vers chez toi. Ce soir, je peux te déposer au lieu que ce soit toi qui me déposes et te tapes un Uber après.

— T'es sûr ?

— Oui, allez. Je veux qu'on roule.

Bishop déboîta du trottoir et se mit en route. Nous fûmes bientôt sur la 110, direction sud. Je savais qu'il gagnerait la 105 et prendrait vers l'ouest et Inglewood.

Nous étions dans la file du covoiturage et avancions à vive allure. Nous arrivions à la 105 lorsque le jetable se mit à vibrer. Identifiant bloqué. J'ouvris le clapet, mais gardai le silence. Bientôt, une voix de femme se fit entendre.

— Qui est à l'appareil ?

— Agent Ruth, merci de m'avoir rappelé. Mick Haller à l'appareil.

— Haller ? Mais qu'est-ce que vous fabriquez ?

— C'est une ligne privée ? Non, parce que je ne pense pas que vous voudriez que ce soit enregistré.

— Oui, c'est une ligne privée. De quoi s'agit-il exactement ?

— Ça concerne Walter Lennon. Et que vous m'ayez rappelé si vite me confirme que vous savez très exactement qui c'est. Disons plutôt « était ».

— Haller, vous avez encore à peu près trois secondes avant que je raccroche. Pourquoi m'appelez-vous, moi ?

— Disons que je fais un pari, agent Ruth. L'autre soir, quand votre collègue Aiello a voulu me jeter de ma terrasse, vous l'avez retenu. Des scènes du type gentil flic-méchant flic, j'en ai vu des dizaines, mais je ne pense pas que c'était de ça qu'il s'agissait. Ce qu'il faisait ne vous plaisait pas.

— Je vous le demande une dernière fois avant de raccrocher : qu'est-ce que vous voulez ?

— Eh bien, et d'un, je veux que vous témoigniez.

J'eus droit à un rire sarcastique.

— Et en dehors de ça, ajoutai-je sans me démonter, je veux que vous me disiez ce qui se passait entre Sam Scales et la BioGreen.

— Vous êtes fou, Haller. Vous ne pensez quand même pas que je vais foutre mon boulot en l'air, si ?

— Je compte seulement que vous fassiez ce qu'il faut. Ce ne serait pas pour ça que vous êtes entrée au FBI ? Je ne me fonde que sur ce qui s'est passé l'autre soir, mais je devine que ce qui se trame… cette mise en scène… ne vous plaît pas vraiment. Votre collègue est peut-être à fond dans la combine, mais pas vous. Vous savez très bien que je n'ai pas tué Sam Scales et vous pouvez m'aider à le prouver.

— Je le répète : vous êtes fou de croire que je vais foutre ma carrière en l'air pour vous. Et non, je ne sais pas si vous avez tué Sam Scales ou pas.

— C'est que vous n'auriez peut-être même pas à foutre quoi que ce soit en l'air, vous savez ? repris-je. Vous pouvez peut-être et faire ce qu'il faut et ne pas perdre votre boulot. Ce que je peux vous dire, c'est que votre collègue, lui, va perdre le sien.

— Qu'est-ce que vous racontez ?

— Il voulait me jeter de la terrasse.

— Allons, vous exagérez. Il dépassait les bornes, je vous l'accorde, mais vous, vous nous poussiez à bout, Haller. Et lui, non, il ne menaçait pas de vous balancer par-dessus la rambarde. C'est complètement insensé.

Je gardai le silence, elle poursuivit donc :

— Sans compter que ce serait votre parole contre celle de deux agents. Faites le calcul et vous…

— C'est pour ça que vous vous déplacez toujours à deux ?

Elle ne répondit pas, je la pressai :

— Écoutez, agent Ruth, je ne sais pas pourquoi, mais je vous aime bien. Ce n'est pas l'expérience que j'ai des fédéraux, mais, comme je l'ai dit, vous m'avez libéré de ce type et je vais vous faire une fleur. Je vais vous éviter de remplir une fausse déclaration sur cet incident en déposant plainte. Je vous sauverai donc très probablement votre boulot et alors, vous, vous vous conduirez peut-être comme il faut envers moi.

— Je ne vois pas de quoi vous parlez maintenant. C'est…

— Avez-vous une adresse e-mail privée ? Donnez-la-moi et je vous envoie quelque chose ce soir. Alors, vous verrez de quoi je parle. Il y a une caméra sur mon balcon, agent Ruth, et j'ai tout enregistré. Ce serait donc la parole de deux agents contre une vidéo. Vous perdriez.

Il s'ensuivit un autre long silence pendant lequel je regardai par la fenêtre et vis que nous passions devant le nouveau stade de football américain à un milliard de dollars. Puis j'entendis Ruth me donner une adresse e-mail. J'allumai le plafonnier et l'écrivis dans un bloc-notes grand format.

— OK, dis-je. Je vous envoie cette vidéo dès que j'arrive chez moi et que j'ai du Wi-Fi stable. Probablement dans une heure. Et j'espère avoir de vos nouvelles et que tout ce bazar puisse être évité… à vous et à votre collègue.

Elle raccrocha sans un mot de plus, je glissai le jetable dans ma poche et éteignis le plafonnier.

— Elle doit être sacrément bien, cette vidéo ! me lança Bishop assis derrière son volant.

Je le dévisageai dans la pénombre qu'éclairait la faible lueur du tableau de bord et me posai des questions. Cisco l'avait-il vraiment lavé de tout soupçon d'espionnagc au profit de l'accusation ? Dans un cas comme dans l'autre, Bishop n'avait pas besoin d'avoir ma réponse.

— Nan, dis-je, je bluffais.

# Chapitre 28

*Jeudi 16 janvier*

Le lendemain matin arrive vite, avec de grands coups frappés à ma porte d'entrée à 7 heures. Kendall fut la première à bondir hors du lit, avant même que je puisse me mettre si rapidement sur mon séant que je sentis un muscle se pincer au bas de mes reins.

— Qu'est-ce que c'est ? s'écria-t-elle.

— Je ne sais pas. Mets-toi juste quelque chose sur le dos.

J'enfilai le pantalon que j'avais jeté par terre la veille au soir et attrapai une chemise propre dans la penderie. Je la boutonnai en traversant, pieds nus, le couloir, la crainte que j'avais de retourner aux Twin Towers grandissant à chaque pas que je faisais. Il n'y avait que des flics pour cogner à la porte aussi tôt dans la journée.

Je l'ouvris et, bien sûr, découvris Drucker avec un autre inspecteur que je ne reconnus pas. Derrière eux se dressaient encore deux officiers de police en tenue, Drucker me montrant alors un document que, lui, je reconnus : un mandat de perquisition.

— Bonjour, monsieur, nous avons ici un mandat pour fouiller les lieux, me lança-t-il. Pouvons-nous entrer ?

— Laissez-moi voir ça, répondis-je.

Je lui pris le mandat long de plusieurs pages attachées ensemble et sautai habilement tous les attendus et préambules de « motif raisonnable » pour arriver au cœur même de ce qu'ils cherchaient.

— Vous voulez des factures, repris-je. Je n'ai rien de tout ça ici. C'est ma directrice de cabinet qui détient tous les documents récents, le reste étant en entrepôt.

— Mon coéquipier est en train de présenter ce même mandat au domicile de Mme Taylor, me précisa Drucker. Et nous en avons un troisième pour votre entrepôt. J'espère que vous voudrez bien vous montrer coopératif et nous y rejoindre lorsque nous en aurons terminé ici.

Je reculai dans l'entrée, tendis le bras pour leur faire signe de passer et remarquai Kendall dans l'encadrement de la porte du couloir.

— C'est Lorna, me dit-elle en me montrant mon portable.

— Dis-lui que je suis au courant de la fouille qu'elle subit, lui lançai-je. Et que je vais la rappeler dans cinq minutes.

Sur quoi, je me retournai vers les quatre policiers maintenant dans mon séjour.

— J'ai un bureau et j'imagine que c'est par là que vous voudrez commencer, enchaînai-je. Mais comme je vous l'ai déjà dit, ce n'est pas ici que je conserve mes factures. C'est Lorna qui gère tout ça.

Drucker n'en fut pas pour autant démonté.

— Si vous voulez bien nous montrer le chemin, dit-il. Nous ferons de notre mieux pour que ce vous soit le moins pénible possible.

Je les conduisis le long du couloir et vis que Kendall avait regagné notre chambre et refermé la porte. En passant devant, j'y donnai un petit coup pour avoir son attention.

— Kendall, lui dis-je, il faut que je reste avec ces types. Pourrais-tu m'apporter des chaussettes et mes chaussures, s'il te plaît ?

Puis je gagnai la dernière porte du couloir, celle de la chambre que j'avais transformée en lieu de travail. Il s'y trouvait un bureau couvert de chemises et de papiers.

— Ce sont des dossiers d'affaires et tous contiennent des informations que vous n'avez pas le droit de consulter, lançai-je en me penchant pour ouvrir des tiroirs et leur montrer que la plupart étaient vides. Défoncez-vous donc, mais, comme vous pouvez le voir, il n'y a pas de factures ici. Vous perdez votre temps, et le mien.

Je refis le tour du bureau pour leur laisser de la place. Il y avait aussi un canapé sur lequel je dormais à l'occasion. Je m'y assis au moment même où Kendall entrait avec une paire de socquettes propres et mes bottines noires à lacets Ferro Aldo. Puis elle me tendit mon portable.

— Vous êtes incroyables, vous savez, lança-t-elle aux policiers. Et si vous lui foutiez un peu la paix, hein ?

— Ne t'inquiète pas, Kendall. Ils se trompent, mais ils ne font que leur travail. Plus vite nous les laisserons s'y mettre, plus vite ils seront hors d'ici.

Elle quitta la pièce en bougonnant. Je rappelai Lorna.

— Mickey, ils fouillent dans tous les dossiers ! s'écria-t-elle.

— Je sais. Ils peuvent regarder les factures. Assure-toi juste qu'ils ne consultent pas des pièces protégées par le secret avocat-client.

— Je ne les laisse même pas s'en approcher. Et tu sais que tous les trucs sur Sam Scales sont ailleurs.

— L'inspecteur Drucker est ici. Je le lui ai dit, mais ils feront ce qu'ils voudront.

Lorna baissa la voix jusqu'au chuchotement pour poser sa question suivante :

— Qu'est-ce que ça veut dire, Mickey ? Qu'est-ce qu'ils cherchent ?

Je n'avais pas vraiment eu le temps de réfléchir à ça. Je lui promis de la rappeler et raccrochai. Puis je me rassis sur le canapé, où je restai sans bouger en regardant Drucker et l'inspecteur inconnu examiner les tiroirs de mon bureau, tandis que les policiers en tenue allaient et venaient dans le couloir. Ils étaient là en renfort au cas où j'aurais refusé. Mais, comme je coopérais, ils n'avaient rien à faire hormis garder les mains à hauteur de leurs ceinturons.

Je savais que Dana Couloir-de-la-mort étoffait son dossier et devinai que ce qui les intéressait était mes comptes et un mobile. Ils cherchaient des documents prouvant que Sam Scales m'avait grugé. Je compris alors qu'ils n'avaient toujours pas renoncé à m'accuser de meurtre pour gain financier.

Quelques minutes plus tard, Drucker referma tous les tiroirs du bureau et me regarda.

— Allons voir au garage, dit-il.

— Il n'y a rien dedans, objectai-je. Le barreau de Californie n'aime pas que les dossiers des clients soient remisés dans des lieux non sécurisés. Laissez donc tomber tout ça pour aller à mon entrepôt. Je sais ce que vous cherchez et, si je l'ai, ce sera là-bas.

— Où est votre entrepôt ?

— De l'autre côté de la colline. À Studio City.

— On vérifie quand même le garage avant d'y aller.

— Comme vous voudrez.

Il était trop tôt pour que Bishop arrive. Mon garage ayant été déclaré « RAS » (c'était la première fois que j'y retournais depuis le meurtre), je pris la Lincoln et montai vers le nord par Laurel Canyon en repensant à tous les moments où j'avais enguirlandé mes clients qui se montraient coopératifs avec ceux-là mêmes qui travaillaient à leur ôter la liberté. *Parce que vous croyez qu'en les aidant et en étant gentil avec eux, vous allez les convaincre que ce n'est pas vous qui avez fait le coup ? Oubliez ça tout de suite. Ces types veulent tout vous prendre : votre famille, votre maison, votre liberté. Ne coopérez pas avec eux !*

Et voilà que j'étais là, à la tête d'une file de voitures de police se rendant à l'endroit même où je conservais les documents de travail qui me faisaient vivre. Il me vint à l'esprit que, peut-être, j'avais un sot pour client. Peut-être aurais-je dû dire à Drucker d'aller se faire foutre et le laisser trouver mon entrepôt tout seul, en briser les cadenas et deviner où étaient mes dossiers.

Mon portable vibra de nouveau, c'était Lorna.

— Je croyais que tu allais me rappeler !

— Je m'excuse, j'ai oublié.

— Bon, alors, ils sont partis. Je les ai entendus dire qu'ils partaient à l'entrepôt.

— Oui, je suis en train d'y aller.

— Mickey, combien y a-t-il de chances qu'ils terminent leurs perquises et que, juste après, ils t'arrêtent pour de nouveaux motifs ?

— J'y ai pensé, mais comme ils m'ont laissé conduire ma voiture et les conduire à l'entrepôt… Drucker ne ferait jamais un truc pareil s'il avait un mandat d'amener dans sa poche.

— J'espère que tu as raison.

— Des nouvelles de Jennifer ?

— Pas encore.

— Bon, je vais l'appeler pour la mettre au courant de ce qui se passe. Tiens bon, Lorna !

— J'aimerais juste que ce soit fini.

— Moi aussi.

Je fis remonter Lankershim Boulevard à ma petite troupe, jusqu'au hangar climatisé où, en plus de mes dossiers, je conservais les mannequins (hommes et femmes) et accessoires dont je m'étais servi pour mes procès au fil des ans, ainsi que deux rangées de costumes de tailles diverses à porter par mes clients au prétoire et la dernière de mes trois Lincoln Town Car. Il s'y trouvait enfin un coffre à armes AmSec où garder les flingues qu'on me donnait en guise de paiement pour mes services. Une des conditions de ma mise en liberté sous caution étant que je ne pouvais pas avoir d'armes chez moi, j'avais demandé à Cisco de ranger et ce, jusqu'à la fin de mon affaire, tous mes flingues chez Lorna avec qui il avait élu domicile.

L'entrepôt était fermé par un rideau à enroulement, que j'ouvris pour mes flics fouineurs. Puis je les conduisis jusqu'à une réserve où je conservais mes archives dans des classeurs fermés à clé, cela en parfaite conformité avec le règlement du barreau de Californie, et ouvris le premier classeur à quatre tiroirs avec ma clé.

— Allez-y, messieurs ! leur lançai-je. Cette première rangée contient mes archives jusqu'en 2005, je crois. Vous y trouverez les commandes et règlements, les remboursements des impôts, les comptes et tous les trucs financiers. C'est ce que vous avez le droit de voir selon les termes de votre mandat. Tous les autres tiroirs contiennent des dossiers d'affaires et ça, c'est « accès interdit »… même les dossiers Sam Scales.

La salle était trop petite pour que tout le groupe, dont maintenant Lopes, le coéquipier de Drucker, puisse y tenir. J'en ressortis, gagnai l'endroit où se tenaient les flics en tenue et restai près de la porte pour surveiller l'opération.

Dans la partie classeurs de la pièce, il y avait une table pliante dont je me servais lorsque je devais rouvrir de vieux dossiers. Sans s'asseoir, les inspecteurs examinaient ceux qui les intéressaient et mettaient de côté ceux qu'ils voulaient emporter.

Tous les trois y travaillant, la fouille fut vite terminée et, lorsque enfin ce fut fait, ils se retrouvèrent avec quatre documents placés côte à côte qu'ils pouvaient prendre dans les limites de leur mandat. Je demandai à les voir.

— Rien dans ce mandat ne m'oblige à vous présenter ce que nous emportons, me répondit Drucker.

— Et rien non plus qui, moi, m'obligeait à coopérer avec vous, ripostai-je. Mais je l'ai fait. En plus de quoi, tout ce que vous prendrez me reviendra lors de l'échange des pièces entre les parties, inspecteur. Et donc… pourquoi jouer au con avec moi ?

— Vous savez, Haller, vous non plus n'aviez pas à jouer au con et à me passer les fesses au gril en public.

— Quoi ? Vous parlez de l'autre jour au prétoire ? Si vous croyez que c'était vous passer les fesses au gril, attendez un peu le jour où vous témoignerez devant un jury ! N'oubliez pas de porter vos couches-culottes super-absorbantes, inspecteur !

— Bonjour chez vous, me répondit-il en m'adressant un sourire sans la moindre touche d'humour.

Et de me frôler en passant devant moi et en serrant ses dossiers contre sa poitrine pour que je ne puisse même pas en apercevoir le contenu. Lopes et l'inspecteur inconnu lui emboîtèrent le pas et toute la volée de flics vida les lieux. J'envoyai un texto à Lorna pour lui faire savoir qu'on ne m'avait pas arrêté à nouveau.

Pour l'instant.

## Chapitre 29

*Vendredi 17 janvier*

Le Catalina Express filait sur les eaux sombres du Pacifique. Le soleil commençait à plonger derrière l'île en face de nous. Le vent était d'un froid mordant, mais Kendall et moi l'affrontions, enlacés debout sur le pont supérieur. Nous étions vendredi après-midi, et j'avais informé la team Haller que j'allais disparaître pour ce week-end de fête[1]. Les termes de ma liberté sous caution m'interdisant de quitter le comté de Los Angeles sans autorisation du juge, j'en avais choisi le point le plus éloigné qui me permette de ne pas violer le règlement.

À 16 heures, le bateau jeta l'ancre à la jetée d'Avalon, où une voiturette de golf avec chauffeur du Zane Grey Pueblo Hotel nous attendait. Elle nous conduisit jusqu'en haut de la colline avec notre seul et unique bagage, le chauffeur nous détaillant à loisir les derniers travaux de rénovation de cet établissement historique qui avait jadis été la résidence et le lieu où Zane Grey

1. Soit Martin Luther King's Day.

avait écrit plusieurs de ses romans sur la frontière de l'Ouest.

— Il vivait dans ce coin perdu parce qu'il adorait la pêche, nous confia encore le chauffeur. Il disait toujours qu'il écrivait pour pouvoir pêcher… Comprenne qui pourra.

Je me contentai d'acquiescer d'un signe de tête et me tournai vers Kendall. Elle sourit.

— Vous saviez qu'il était dentiste ? reprit le chauffeur.

— Qui ça ? demandai-je.

— Zane Grey. Même que Zane, ce n'était pas son prénom. En fait, c'était Pearl… un prénom de femme. Pas étonnant qu'il se soit fait appeler Zane. Qui, en fait, était son deuxième prénom[1].

— Intéressant, dit Kendall.

C'était la morte-saison et l'hôtel était quasiment vide. Nous pûmes choisir entre plusieurs chambres, chacune portant le nom d'un des romans les plus populaires de l'auteur. Nous prîmes la suite *Les Cavaliers des canyons*, non parce que je l'avais lu, mais parce qu'elle donnait sur le port et était équipée d'une vraie cheminée. J'y avais déjà séjourné bien des années auparavant, avec Maggie McPherson qui était alors mon épouse.

Kendall et moi avions prévu d'y passer l'essentiel du week-end afin d'y goûter la compagnie l'un de l'autre. Pas de téléphones, pas d'ordinateurs, rien qui fasse intrusion. Mais nous avions quand même loué une voiturette

1. Pearl Grey signifie « gris perle » et l'auteur des *Cavaliers des canyons* était né à Zanesville, Ohio.

de golf de l'hôtel pour aller dîner dans divers restaurants et descendre à l'épicerie de la ville.

Tout cela était génial, mais, pour moi, cette escapade avait quelque chose de triste. Je me sentais déprimé et n'arrivais pas à me secouer. Kendall et moi passâmes beaucoup de temps devant la cheminée à parler, à évoquer des souvenirs et à bâtir des projets. Et nous fîmes l'amour les deux premiers soirs et le dimanche matin. Mais lundi arrivant, nous ne parlions déjà plus de rien qui importe et je passai les trois quarts de ma journée devant CNN, les flashs infos sur le virus mystère et les nombreuses émissions consacrées à la procédure de destitution de Donald Trump. Le Center for Disease Control avait annoncé qu'il envoyait du personnel médical à l'aéroport de Los Angeles pour attendre les vols en provenance de Wuhan et vérifier si les passagers avaient de la fièvre et d'autres symptômes de la maladie. Les malades seraient mis en quarantaine.

Ce n'était que diversion : je m'étais montré vraiment à la hauteur en n'allumant pas mon portable et en ne le sortant jamais de notre valise tout le week-end, mais je n'arrivais toujours pas à me libérer d'autres sujets. Le poids de ce qui m'attendait et des enjeux encourus m'enfonçait.

Je pressentais que Kendall et moi vivions nos derniers jours ensemble et que son retour à Los Angeles et notre tentative de rallumer notre passion se solderaient par un échec. Et je n'arrivais pas davantage à déterminer précisément pourquoi. Mais penser à Maggie et à cette rencontre à USC qui avait brièvement réuni notre famille perdue ne cessait de faire intrusion. Et ce baiser… Je n'en revenais pas de voir à quel point penser à quelque chose d'aussi fortuit, bref et inattendu pouvait ébranler les fragiles fondations de la relation entre Kendall et moi.

Lorsque l'aube du mardi se leva sur un ciel gris et plombé et un fort brouillard entre l'île et le continent, Dieu sait pourquoi, cela me parut approprié.

L'inquiétude qui n'avait cessé de grandir en moi pendant tout le week-end fut vite confirmée lorsque, pour la première fois depuis trois jours et demi, j'allumai mon portable. Juste au moment où nous nous apprêtions à quitter l'hôtel pour rejoindre le bateau, je reçus un appel de Jennifer Aronson.

— Mickey, où es-tu ? me demanda-t-elle.

— À Catalina.

— Quoi ?!

— Kendall et moi y avons passé le week-end. Je te l'avais dit. Mais bon, on est sur le point de rentrer. Qu'est-ce qu'il y a ?

— Je viens de recevoir un appel de Berg. Ils ont laissé tomber les charges contre toi ce matin et réussi à avoir un jury d'inculpation qui t'accuse de meurtre pour gain financier.

Ce qui signifiait la fin de ma liberté sous caution. Je gardai longtemps le silence et pensai à Drucker en train de fouiller dans mes dossiers Sam Scales. Qu'avait-il pris ? S'y trouvait-il quelque chose qui avait conduit à ça ?

Kendall remarqua l'air que j'avais pris et chuchota :

— Qu'est-ce qu'il y a ?

Je fis non de la tête. Je le lui dirais après l'appel. Pour l'instant, il fallait que je trouve une stratégie pour gérer le problème.

— Bon, dis-je. Appelle le greffier de Warfield. Vois si elle peut m'accorder un moment dans l'après-midi. C'est à elle que je me rendrai. Mais nous…

— Quoi ? hurla Kendall.

Je levai la main pour la calmer et poursuivis avec Jennifer.

— On demande une audience de contestation de motif raisonnable contre l'allégation de mobile particulier. Parce que ce sont des conneries.

— Sauf que cette inculpation élimine toute possibilité d'audience préliminaire vu que le motif raisonnable est tenu pour acquis par le jury d'accusation.

— Aucune importance. Il faut qu'on puisse se présenter devant Warfield pour la convaincre qu'il ne s'agit encore que d'une tentative merdique de l'accusation pour renverser la table et remettre le chrono à zéro.

— D'accord, on garde le même angle d'attaque : on va au procès sans délai. Je peux m'y mettre. Mais toi, il faut que tu rentres ici et sois prêt à argumenter. Et à mon avis, devant la cour.

— Absolument. Tu t'occupes du motif raisonnable et je me charge de l'argumentation du procès sans délai. Je me mets en route. Fais-moi savoir si les flics vont attendre jusqu'à l'audience ou essayer de me serrer avant. J'ai mon bracelet électronique, ils peuvent me retrouver quand ils veulent.

— J'y vais.

Nous raccrochâmes et je me tournai vers Kendall.

— Faut qu'on y aille. Ils vont m'arrêter à nouveau.

— Mais comment peuvent-ils ?

— Ils ont laissé tomber les premières charges, ont convoqué un jury d'accusation et obtenu une nouvelle inculpation. Bref, ça recommence.

— Et tu retournes en prison ?

Elle me prit dans ses bras et me serra fort comme pour empêcher les flics de m'emmener.

— Je vais faire tout mon possible pour me présenter devant le juge et plaider ma cause. Bref, il faut y aller.

Le retour à San Pedro par le Catalina Express s'effectua dans un épais brouillard. Cette fois, nous restâmes dans la cabine à siroter du café brûlant en essayant de garder notre calme. Je dus expliquer à Kendall tout ce qu'avait fabriqué Berg étape par étape afin de faire de moi un « individu recherché ». Sans aucune connaissance du droit, Kendall déclara que, même si toutes ces manœuvres juridiques ne violaient pas la loi, c'était injuste. Comment aurais-je pu dire le contraire ? L'accusation se servait de toutes sortes de moyens parfaitement légaux pour subvertir un processus lui aussi parfaitement légal.

La traversée étant ralentie par le brouillard, une heure s'écoula avant que je n'entende et ne sente les gros moteurs du bateau baisser de régime quand nous approchâmes du port. Je n'avais pas eu de nouvelles de Jennifer et ne savais toujours pas si je n'allais pas tomber sur des flics qui avaient suivi mon bracelet électronique. Je me levai et allai me poster devant une vitre panoramique. Si je devais être arrêté, il fallait que je puisse donner la marche à suivre à Jennifer et lui dise qui contacter.

Le brouillard s'atténuant au fur et à mesure que nous nous enfoncions dans le port, j'aperçus la ligne verte du pont Vincent-Thomas dans le lointain. Puis ce fut le terminal du ferry qui m'apparut, mais je ne remarquai aucun policier sur le quai. Le parking où j'avais garé ma Lincoln était caché par le bâtiment du terminal ; je rejoignis Kendall et lui tendis les clés de la voiture.

— Au cas où ils m'attendraient, lui dis-je.

— Ah, mon Dieu, Mickey ! Tu crois qu'ils pourraient ?

— Calme-toi. Je n'ai vu personne sur le quai où ils auraient eu toutes les chances de m'attendre si c'était le cas. Je vais m'en sortir comme il faut, mais juste au cas où, tu as les clefs et peux rentrer à la maison. Mais, avant de partir, appelle Jennifer et dis-lui ce qui se passe. Elle saura faire ce qu'il faut. Je vais t'envoyer ses coordonnées.

— OK.

— Et après, tu appelles Hayley et tu lui dis.

— D'accord mais… Je n'arrive pas à croire qu'ils te fassent ça !

Elle se mit à pleurer, je la serrai dans mes bras et lui assurai que tout irait bien. En mon for intérieur, j'en étais beaucoup moins sûr.

Nous descendîmes du bateau et gagnâmes la Lincoln sans encombre. Mon portable vibra au moment où j'y montais. C'était Jennifer, mais je ne répondis pas. J'étais parano et avais l'impression d'être une cible à la foire. Je voulais sortir du parking et rouler. Une cible mouvante est toujours plus difficile à atteindre.

Dès que nous eûmes pris la 110 direction nord, je rappelai Jennifer.

— On a rendez-vous avec la juge à 15 heures, m'annonça-t-elle.

— Parfait. Et ils ne vont pas me serrer avant ?

— C'est ce que Berg a dit à Warfield. Tu auras le droit de te rendre après ton audience à 15 heures.

— Berg s'est-elle opposée à l'audience ?

— Je ne sais pas, mais c'est probable. Mais le greffier m'a laissé entendre que Warfield était un rien agacée par tout ça… surtout par la partie caution, vu que c'est elle qui en a fixé le montant et que maintenant que le district attorney essaie de la sucrer… On aura au moins ça pour nous en entrant au prétoire.

— Super. Où et à quelle heure veux-tu qu'on se retrouve avant ?

— J'ai besoin de temps pour travailler certains points de ton argumentation. On dit 13 heures ? On pourrait se retrouver à la cafétéria du tribunal.

Je jetai un coup d'œil à la pendule du tableau de bord. Il était déjà 10 h 30.

— Treize heures, ça me va, mais pas au tribunal. Il y a trop de flics autour et l'un d'entre eux pourrait vouloir jouer les héros et me serrer. N'allons pas au tribunal avant l'heure de l'audience.

— Compris. Et donc où ?

— On dit au Rossoblu ? Vu que je risque de me retrouver au régime bologne dès demain, je vais me payer des pâtes au déjeuner.

— OK, j'y serai.

Encore une chose, si tu as le temps. Fais passer un message aux deux journalistes qui ont couvert l'affaire pour la presse. Assure-toi qu'elles soient au courant de l'audience. Je le ferais bien à ta place, mais je veux pouvoir dire que je n'ai rien fait de tel si jamais Berg m'en accuse encore un coup. Il n'empêche : les médias devraient être là pour assister à cette mascarade.

— Je les appelle.

Nous raccrochâmes, Kendall reprenant aussitôt la parole.

— Je veux être au tribunal avec toi, dit-elle.

— Ce serait bien, oui. Et je vais appeler Hayley dès que nous serons à la maison. Il faut que je mette un costume et que je réfléchisse à ce que je vais dire à Warfield. Et après, on ira déjeuner.

Je savais que ce serait un déjeuner de travail et que Kendall ne pouvait pas en être parce qu'elle ne faisait pas partie de l'équipe. Mais je savais aussi que ma liberté pouvait prendre fin avec ces derniers instants. Et je ne voulais pas l'en exclure.

Il nous fallut presque une heure pour arriver chez moi. Je me garai le long du trottoir près des marches – il n'était toujours pas question que je me serve du garage. Bishop m'attendait, assis dans l'escalier. Le vendredi précédent, je lui avais dit qu'on ne démarrerait pas avant 10 heures ce mardi-là, il m'y attendait donc et j'en avais tout oublié.

Kendall monta les marches tandis que je sortais notre valise du coffre de la Lincoln.

— Laisse-moi t'aider, me dit Bishop.

— Tu es mon chauffeur, protestai-je, pas mon valet. Tu attends depuis longtemps ?

— Pas trop, non.

— Je suis désolé. Et il va falloir que tu patientes encore une heure, le temps que je bosse un peu. Ensuite, on descend en ville et il se pourrait que tu doives ramener Kendall toute seule ici.

— Mais… et toi ? Je te récupère après ?

— Je ne pense pas, non. Ils me recollent en prison aujourd'hui, Bishop.

— Ils ont le droit ? T'es sous caution.

— Ils peuvent essayer : c'est eux, le pouvoir. La bête. Et la partie est toujours truquée en faveur de la bête.

Je pris la valise, montai les marches à mon tour et franchis la porte d'entrée. Debout dans la salle de séjour, Kendall tenait une enveloppe dans la main.

— Quelqu'un a glissé ça sous la porte, dit-elle.

Je lui pris l'enveloppe et l'examinai en tirant la valise à roulettes jusqu'à la chambre. C'était une enveloppe ordinaire, blanche, et sans rien d'écrit dessus, ni au recto ni au verso. Le rabat n'avait pas été collé.

Je posai la valise sur le lit pour la défaire, puis ouvris l'enveloppe. Elle ne contenait qu'un seul document, plié : la photocopie de la première page du compte rendu d'une arrestation effectuée par le bureau du shérif du comté de Ventura le 1er décembre 2018. Dans ce formulaire, l'individu suspecté de fraude était identifié sous le nom de Sam Scales, le résumé qui suivait mentionnant que ce dernier s'était fait passer pour un certain Walter Lennon afin de monter un site web destiné à lever des fonds pour les familles des victimes du massacre perpétré un mois plus tôt dans un bar d'Agoura Hills. Je n'avais pas besoin de tout le compte rendu pour me rappeler l'affaire du Borderline Bar & Grill où un adjoint du shérif et douze clients avaient été tués. Tout cela ressemblait bien à l'arnaque pour laquelle Scales avait été expédié en prison dans le Nevada.

J'entrai dans mon bureau et gagnai l'endroit où j'avais laissé les dossiers de mes affaires. J'étais sûr que l'arrestation du comté de Ventura ne se trouvait pas dans le casier judiciaire que j'avais reçu du bureau du district attorney lors de l'échange des pièces entre les parties. J'ouvris la chemise de la victime et y trouvai le compte rendu d'arrestation. Rien n'y était indiqué de cette arrestation de décembre 2018.

Kendall m'avait suivi dans mon bureau.

— Qu'est-ce que c'est ? me demanda-t-elle.

— Un compte rendu d'arrestation de Sam Scales.

— Et ça veut dire…

— Qu'il ne figure pas dans le casier judiciaire que l'accusation nous a donné lors de l'échange des pièces.

La première page du document comportait un certain nombre de fenêtres et de cases après le rapport écrit à la main. Sous la case marquée FRAUDE se trouvait une autre liste où la case ENTRE ÉTATS avait été biffée. Et au bas de cette liste, je vis une ligne où l'auteur du rapport avait écrit : FBI, L.A.

— Ils essayaient de te cacher ça ? reprit Kendall.

Je la regardai.

— Quoi ?

— L'accusation a-t-elle essayé de te cacher cette arrestation ?

— Pour moi, elle n'en avait pas connaissance. Je pense que c'est le FBI qui a embarqué Sam.

Elle eut l'air perdue, mais je ne lui fournis pas d'autre explication. Dans ma tête, tout n'était plus que possibilités ouvertes par ce que pouvait signifier ce rapport.

— Il faut que je passe un coup de fil, dis-je.

Je pris mon portable et appelai Harry Bosch. Il répondit tout de suite.

— Harry, lançai-je, c'est moi. Je vais retrouver Jennifer à déjeuner en ville, et après il faut que j'aille au tribunal. Mais j'ai quelque chose à te montrer. Tu peux nous rejoindre ?

— Où ?

— Au Rossoblu à 13 heures.

— Au... Rossoblu ? Où est-ce ?

— City Market South, en retrait de la 11ᵉ Rue.

— J'y serai.

Je raccrochai. Je me sentais plein d'énergie. Ce rapport d'arrestation pouvait confirmer des tas de choses sur Sam Scales et me permettre d'enfoncer un coin dans le mur du FBI, en plus de transformer mon affaire.

— Qui a glissé ça sous la porte ? me demanda Kendall.

Je songeai à l'agent Ruth, mais ne prononçai pas son nom.

— Pour moi, c'est quelqu'un qui veut faire ce qu'il faut, répondis-je.

# Chapitre 30

*Mardi 21 janvier*

Au cas où je devrais retourner en prison, on avait posté trois fois plus d'officiers de police au prétoire que lorsque l'accusé n'est pas incarcéré. Il y en avait près de la porte, dans la galerie réservée au public et de l'autre côté du portillon. Il m'apparut clairement, et dès le début, que personne ne prévoyait de me voir partir comme j'étais venu.

Ma fille n'avait pas pu se libérer pour déjeuner avec nous, mais elle était bien assise au premier rang du public, juste derrière la table de la défense. Elle avait pris place à côté de Lorna, elle-même assise à côté de Cisco. Je la serrai dans mes bras et leur parlai à tous les trois en essayant de me montrer positif alors même que rien ne m'encourageait vraiment.

— Qu'est-ce que c'est injuste ! me lança Hayley.

— Personne n'a jamais dit que le droit était juste, lui rétorquai-je. Ne l'oublie jamais.

Puis je descendis la rangée jusqu'à Cisco. Il n'avait pas assisté au déjeuner et ignorait tout du compte rendu d'arrestation glissé sous ma porte. J'avais préféré que ce soit Bosch qui s'occupe de ça, étant donné son pedigree de membre des forces de l'ordre. Je le trouvais plus à même de prendre contact avec l'enquêteur des services du shérif du comté de Ventura qui avait arrêté Sam Scales.

— Du nouveau ? lui demandai-je.

Il savait que c'était de la surveillance et de l'espoir que j'avais de loger Louis Opparizio que je parlais.

— Toujours rien ce matin, me répondit-il. Ce type est un fantôme.

Déçu, j'acquiesçai d'un hochement de tête, puis franchis le portillon pour gagner la table de la défense, où je m'assis seul et rassemblai mes idées. J'avais battu Jennifer à la course parce qu'elle avait dû trouver une place de parking au trou noir alors que j'avais demandé à Bishop de nous déposer, Kendall et moi, à l'entrée du tribunal. Je jetai un coup d'œil aux notes que j'avais prises lors de notre déjeuner de travail et répétai ce que j'allais dire à Warfield dans ma tête. Jamais encore je ne m'étais senti nerveux ou intimidé dans une salle d'audience. J'y étais toujours comme chez moi et stimulé par toute l'animosité habituellement dirigée contre la défense par l'accusation, le juge et parfois même les jurés, mais là, c'était différent. Je savais que si j'échouais, je me retrouverais escorté jusqu'à la porte en acier de la cellule de détention, et qu'on me la ferait franchir. Avant, lors de ma première arrestation, je n'avais même pas eu la possibilité de plaider ma cause avant d'être incarcéré. Cette fois, j'avais une chance. C'était loin d'être gagné parce que l'État de Californie manœuvrait en pleine conformité avec la loi. Ce qui ne rendait pas la chose moins injuste, et je devais en convaincre Warfield.

Ma concentration vola en éclats lorsque je vis Dana Couloir-de-la-mort et son adjoint à nœud papillon prendre place à la table de l'accusation. Je ne me tournai pas vers eux pour les regarder. Ni non plus ne leur dis bonjour. L'affaire était devenue personnelle avec une Berg qui ne cessait d'essayer de me priver de la liberté de préparer ma défense sans encombre. C'était maintenant mon ennemie, et je devais la traiter comme telle.

Jennifer se glissa sur le siège à côté de moi.

— Désolée, dit-elle, il n'y avait pas de place au trou noir. J'ai dû descendre jusqu'à un parking payant dans Main Street.

Elle avait l'air essoufflée. Ce parking devait être à des lieues de Main Street.

— T'inquiète pas, lui dis-je. Je suis prêt.

Elle se tourna sur son siège pour évaluer notre rangée de supporters, puis me regarda de nouveau.

— Bosch ne vient pas ?

— Je pense qu'il ne voulait pas perdre de temps. Tu sais bien… pour filer à Ventura.

— Ah, oui, exact.

— Écoute, si ça ne tourne pas comme nous voulons et que je doive retourner aux Twin Towers, il faudra que tu gères Bosch dans cette affaire de Ventura. Assure-toi qu'il n'y ait aucune trace papier. Il n'est pas habitué à la manière dont nous travaillons côté défense. Pas de papiers, pas de pièces à échanger, d'accord ?

— Compris. Mais tout ira bien, Mickey. On va les démolir et on a une équipe du tonnerre.

— J'espère. Ta confiance me plaît bien… même si on a tout le droit et le Code pénal contre nous.

Je me retournai et balayai encore la galerie du public des yeux, et eus un bref contact visuel avec les deux journalistes assises à leur place habituelle au deuxième rang.

Quelques minutes plus tard, le public fut rappelé à l'ordre et Warfield franchit la porte de son cabinet pour gagner le banc.

— Reprise de l'audience dans l'affaire « État de Californie contre Michael Haller », lança-t-elle. Nous avons de nouvelles charges qui nous obligent à décider s'il y a lieu d'inculper formellement l'accusé et de l'écrouer après lecture du verdict. Et nous avons aussi une motion 686 émanant de la défense. Commençons donc par l'examen des charges.

Je renonçai à la lecture officielle de l'acte d'accusation.

— Que plaiderez-vous ? me demanda Warfield.

— Non coupable, répondis-je sèchement.

— Très bien. Et maintenant voyons la question de la mise en liberté ou en détention de l'accusé avant le procès. Et comme j'ai l'impression que nous allons avoir des tas d'allers-retours entre les avocats, je vous prierai de rester à vos tables afin de réduire la circulation et le temps perdu. Et je vous en prie également, parlez fort et de manière claire à la cour de façon que les minutes soient précises. Quelle est la position du Peuple, maître Berg ?

Berg se leva à la table de l'accusation.

— Merci, Votre Honneur, commença-t-elle. Ce matin, les charges précédentes retenues dans cette affaire ont été abandonnées lorsque le tribunal des mises en accusation du comté de Los Angeles a décidé d'inculper J. Michael Haller de meurtre volontaire commis pour un des mobiles particuliers délimités par la législature de l'État, à savoir le gain financier. Ce crime interdisant toute mise en liberté sous caution, le Peuple demande l'incarcération du prévenu après cette audience. De par la loi, il est en effet présumé que…

— Je suis tout à fait consciente de ce que dit la loi, maître Berg, lui lança Warfield. Et je suis certaine que maître Haller ne l'est pas moins.

Elle avait certes l'air agacée par les efforts déployés par l'État pour m'incarcérer, mais aussi par le fait qu'elle n'avait pas les mains libres dans ce domaine. Elle parut écrire quelque chose dans un document invisible posé sur son bureau et prit quelques instants pour finir son travail avant de me regarder.

— Maître Haller, me dit-elle, j'imagine que vous voulez être entendu.

Je me levai de mon siège.

— Oui, Votre Honneur, lui répondis-je. Mais j'aimerais d'abord savoir si l'État veut requérir la peine de mort suite à cette nouvelle charge.

— Bonne question, dit Warfield. Voilà qui changerait considérablement les choses, maître Berg. Votre bureau a-t-il décidé de demander la peine de mort contre maître Haller dans cette affaire ?

— Non, Votre Honneur, répondit Berg. Le Peuple renonce à la demander.

— Vous avez votre réponse, maître Haller, conclut Warfield. Autre chose ?

— Oui, madame le juge. La jurisprudence spécifie que lorsque la peine de mort n'est plus requise, le crime n'est plus capital, nonobstant le fait que je risque toujours une condamnation à perpétuité incompressible. Maître Berg devra donc convaincre la cour que ma culpabilité est évidente et que le présumer va de soi. Cette inculpation ne suffisant pas, en soi, à prouver que la culpabilité est évidente, maître Aronson va donc présenter ses arguments à la cour.

Jennifer se leva.

— Jennifer Aronson, Votre Honneur. Dans ce différend, je représente les intérêts de maître Haller, qui plaidera lui-même sa requête en 686 le moment venu. En ce qui concerne l'inculpation présentée à la cour, la position de la défense est que l'accusation outrepasse les limites de l'équitable afin de priver maître Haller de sa liberté au moment même où il se prépare pour son procès en cette matière. Il ne s'agit que d'une manœuvre destinée à restreindre sa capacité à se défendre en le remettant dans une cellule où il ne pourra pas travailler à temps plein, sera constamment sous la menace d'autres prisonniers et sa santé en danger.

Elle consulta ses notes avant de reprendre.

— La défense conteste également l'allégation de crime à mobile particulier soutenue par l'accusation. Bien que nous n'ayons toujours pas les éléments de preuve qui, selon elle, mettront en évidence le gain financier obtenu avec le meurtre de Sam Scales, il nous apparaît déjà ridicule de penser, et encore plus de vouloir prouver, que la mort de ce dernier pourrait en quelque manière que ce soit avoir eu pour résultat espéré un gain financier pour maître Haller.

Warfield s'était remise à écrire lorsque Jennifer se rassit, Berg en profitant pour réagir. Elle se leva et s'adressa au juge alors même que Warfield jouait toujours du stylo.

— Votre Honneur, l'inculpation par un jury d'accusation interdisant toute audience préliminaire sur les charges retenues, l'État s'élèverait fortement contre toute tentative de transformer cette audience en examen du motif raisonnable. La loi est des plus claires sur ce point.

— Oui, maître, je connais le règlement, lui rétorqua Warfield. Cela dit, la loi donne aussi aux juges des cours supérieures toute discrétion en la matière et je rejoins maître Aronson dans son trouble devant cette démarche de l'accusation. Acceptez-vous que cette cour use de la discrétion qui lui est acquise d'arrêter sa décision sur la caution sans devoir encore prouver le motif raisonnable ?

— Un instant, Votre Honneur, lui répondit Berg.

Pour la première fois de la journée, je regardai la table de l'accusation. Berg y conférait avec son adjoint. Il était clair qu'en tant qu'ancienne avocate de la défense, Warfield n'approuvait pas le petit jeu d'une Berg qui voulait me renvoyer en prison. Le moment était venu de fournir ou de passer, quels qu'aient pu être les arguments qu'elle avait développés devant le jury de mise en accusation. Je vis son adjoint ouvrir un dossier devant lui et sortir un document. Il le passa à Berg, qui se redressa pour s'adresser à la cour.

— S'il plaît à la cour, commença-t-elle, le Peuple souhaite appeler un témoin en cette matière.

— Qui est ce témoin ? demanda Warfield.

— L'inspecteur Kent Drucker. Il va vous présenter une pièce qui, j'en suis certaine, prouvera à la cour qu'il y avait bien un motif raisonnable pour étayer cette allégation de meurtre pour mobile particulier.

— Appelez votre témoin.

Je n'avais pas vu Drucker, mais il était là, au premier rang de la galerie réservée au public. Il se leva, franchit le portillon, prêta serment et gagna le lutrin, Berg lui demandant aussitôt de détailler les fouilles effectuées chez moi, à l'entrepôt et chez Lorna Taylor.

— Parlons plus précisément des documents que vous avez trouvés à l'entrepôt, lui dit-elle. Que cherchiez-vous exactement ?

— Des pièces hors du secret avocat-client et ayant trait aux affaires du cabinet de Michael Haller.

— En d'autres termes, ses notes d'honoraires.

— Voilà.

— Avez-vous découvert un dossier Sam Scales ?

— Il y en avait plusieurs, Haller l'ayant représenté dans pas mal d'affaires au fil des ans.

— Et en les examinant, avez-vous trouvé des documents pertinents dans votre enquête sur l'assassinat de Sam Scales ?

— Oui.

Berg s'acquitta des formalités nécessaires pour que le juge l'autorise à montrer au témoin une pièce trouvée dans mes dossiers. Ce ne fut qu'après qu'elle en eut fourni une copie à la table de la défense et tendu celle du juge à son greffier que j'eus une idée de sa nature. Jennifer et moi nous rapprochâmes pour la lire ensemble.

Il s'agissait d'une lettre apparemment envoyée à Sam Scales en 2016 alors qu'il attendait sa condamnation pour fraude.

*Cher Sam,*

*Cette lettre sera la dernière que je vous envoie et vous allez devoir vous trouver un autre avocat pour s'occuper de votre condamnation le mois prochain – si vous ne me réglez pas les honoraires sur lesquels nous nous sommes mis d'accord lors de notre réunion du 11 octobre. Le montant en avait été fixé à 100 000 dollars, plus les frais, avec un acompte de 25 000. Cet accord avait été conclu que votre affaire passe devant une cour ou soit traitée par disposition. Ce qui a été le cas et la date de l'énoncé de la sentence étant aujourd'hui fixée, le reste de mes honoraires, soit 75 000 dollars, m'est maintenant dû en entier.*
*Je vous ai déjà défendu dans plusieurs affaires et sais que vous disposez d'un fonds d'aide juridique pour pouvoir payer les avocats qui travaillent si bien pour vous. Je vous prie donc d'honorer cette facture ou de voir dans ce courrier la fin de nos relations professionnelles, en attendant des suites plus sérieuses.*

*Bien à vous,*
*p. p. Michael Haller*

— C'est Lorna qui a écrit ça, murmurai-je à Jennifer. C'est la première fois que je vois ce truc. Sans compter que ça ne veut rien dire.

Elle se leva pour formuler son objection.

— Votre Honneur, dit-elle, puis-je procéder à un voir-dire[1] ?

Ce n'était qu'une façon sophistiquée de lui demander le droit de questionner le témoin sur l'origine et la pertinence du document avant inclusion au dossier de l'accusation.

— Vous pouvez.

— Inspecteur Drucker, commença Jennifer. Cette lettre n'est pas signée, n'est-ce pas ?

— C'est exact, mais elle se trouvait dans les dossiers de maître Haller.

— Savez-vous ce que signifie ce « p. p. » avant le nom de maître Haller écrit à la machine ?

— C'est du latin pour faire quelque chose par *pro per*.

— *Per procurationem*... Savez-vous ce que cela veut dire ?

— Que la lettre a été envoyée en son nom, mais que de fait il ne l'a pas signée.

— Et vous dites l'avoir trouvée dans ses dossiers. Elle n'a donc jamais été envoyée ?

— Nous pensons qu'il s'agit d'une copie et que l'original l'a été.

---

1. Expression d'ancien français qui signifie « dire la vérité » et désigne un examen approfondi des assertions d'un témoin au vu de ses antécédents.

— Et sur quoi vous fondez-vous pour l'affirmer ?

— Sur le fait que cette lettre a été trouvée dans une chemise intitulée « Correspondance ». Pourquoi aurait-il gardé une chemise pleine de lettres qu'il n'aurait pas envoyées ? Ça n'aurait aucun sens.

— Quelle preuve avez-vous que celle-là ait jamais été envoyée ou donnée en mains propres à M. Scales ?

— Je pense qu'elle a été ou envoyée, ou donnée en mains propres. Comment maître Haller aurait-il pu espérer être payé sans ça ?

— Avez-vous la preuve que M. Scales l'ait reçue ?

— Encore une fois non. Mais ce n'est pas ça qui est important.

— Et qu'est-ce qui le serait ?

— Que maître Haller y dit savoir que Sam Scales disposait d'un fonds pour payer son avocat, et qu'il voulait 75 000 dollars de plus. D'où mobile de crime.

— Pensez-vous que maître Haller avait connaissance de ce fonds parce que Sam Scales lui en aurait parlé ?

— Ça se comprendrait.

— Sam Scales a-t-il révélé à maître Haller où il gardait ce fonds et comment y accéder ?

— Je n'en ai aucune idée, mais comme cela tomberait sous le secret des relations avocat-client…

— Sauf que si vous ne pouvez pas prouver que maître Haller savait où Sam Scales gardait son argent, comment pouvez-vous affirmer qu'il l'a tué pour s'en emparer ?

Berg en avait assez et se leva.

— Objection, Votre Honneur, lança-t-elle. Ce n'est pas de voir-dire qu'il s'agit ici. En fait, maître Aronson s'attaque au contenu même de la pièce à échanger.

— Je vois bien ce qu'elle fait, maître Berg, répliqua Warfield. Et elle a dit ce qu'elle avait à dire. Autre chose, maître Aronson ?

Jennifer se tourna vers moi et je lui fis très légèrement non de la tête pour lui rappeler que tout avocat doit savoir se taire quand il a marqué un point.

— Non, Votre Honneur, plus d'autres questions pour l'instant, dit-elle. Aussi bien le témoignage de l'inspecteur que le contenu de cette pièce prouvent clairement qu'elle n'a été ni signée ni écrite par maître Haller et n'a donc aucun rapport avec ce qui nous occupe dans cette audience.

— Madame le juge, la pertinence de ce témoignage est on ne peut plus claire, la contra Berg. Qu'elle ait été signée ou non par l'accusé, cette lettre a été envoyée par son cabinet et fait référence à une réunion à laquelle l'accusé a assisté. Il y a pertinence parce qu'elle mentionne des questions et des mobiles ayant à voir avec ce crime… à savoir que la victime, Sam Scales, devait de l'argent à l'avocat et que celui-ci savait qu'il l'avait, mais refusait de s'en séparer. Nous avons aussi d'autres documents que nous sommes prêts à présenter à la cour et qui montreront que l'accusé avait décidé d'établir un privilège sur les biens de la victime afin d'être payé. Et que ce privilège est aujourd'hui effectif et porte sur l'héritage de Sam Scales. Si l'argent est trouvé, l'accusé le recevra, avec intérêts. Il n'avait pas réussi à se faire payer par Sam Scales du vivant de ce dernier… il espère récupérer son argent avec sa mort.

— Objection ! hurla Jennifer.

— Oh, allons, pas ça, maître Berg. Gardez vos formules pour la presse, pas pour cette cour.

— Oui, Votre Honneur, dit Berg d'un ton faussement contrit.

Warfield mit fin au témoignage de Drucker. Je savais que tout cela ne servait à rien. Ou bien Warfield se montrerait astucieuse en élevant une objection contre ce que fabriquait l'accusation, ou bien elle laisserait filer. Elle demanda à Berg si elle voulait ajouter autre chose et Berg lui répondit que non, Jennifer exigeant aussitôt de s'adresser à nouveau à la cour.

— Merci, Votre Honneur, dit-elle quand elle en eut la permission. La cour a fait remarquer tout à l'heure qu'elle avait toute discrétion sur la question de la caution. Celle-ci a pour fonction de protéger la communauté en même temps qu'elle l'assure que quiconque est accusé de crime devra en répondre. À ces deux titres, il est pour moi tout à fait clair que maître Haller ne représente aucun danger pour la société et qu'il n'y a pas non plus le moindre danger de fuite. Cela fait maintenant six semaines qu'il est libéré sous caution et il n'a toujours pas tenté de fuir. Ni non plus n'a menacé la société, ou quiconque ayant à voir avec son affaire. En fait, il a même demandé à la cour la permission de quitter et le comté et l'État, l'a obtenue et est revenu chez lui le soir même. Vous avez, Votre Honneur, toute latitude en cette matière et c'est pour avoir droit à un procès équitable que je vous demande de conserver la caution accordée suite aux premières charges et qu'ainsi maître Haller soit autorisé à rester libre de se défendre.

Le retour de Berg ne fut que pour rappeler à Warfield que le règlement, c'était le règlement. Elle répéta que cette discrétion ne s'étendait pas aux arrêts d'un jury d'accusation ou à la décision d'une législature de faire du meurtre pour gain financier une charge interdisant tout octroi de caution.

Puis elle se rassit.

Je ne pensais pas que nous pouvions l'emporter, mais Warfield fit monter la tension dans la salle en continuant d'écrire avant de parler.

— Nous entendrons l'autre requête avant que j'arrête ma décision sur ce point, dit-elle. Nous allons marquer une pause de dix minutes, après quoi nous écouterons maître Haller développer sa requête en 686. Merci.

Sur quoi, elle quitta rapidement le banc et il ne me resta plus que dix minutes pour trouver un moyen de renverser la situation.

# Chapitre 31

C'était peut-être la dernière chance que j'avais d'arpenter les couloirs du tribunal, voire de prendre l'ascenseur pour descendre sur le parvis et y goûter encore quelques instants d'air frais et de liberté, mais je restai assis à la table de la défense pour y passer les dix minutes de pause, qui finirent par en durer vingt. Je voulais être seul avec mes pensées. J'allai même jusqu'à dire à Jennifer que je ne la voulais pas près de moi jusqu'à la reprise de l'audience. Elle en fut peut-être blessée, mais comprit pourquoi. C'était moi contre l'État et, si je n'allais pas m'adresser à des jurés, je voulais quand même rappeler au juge que je n'étais qu'un homme, et un homme seul, pour affronter la puissance et la force de la bête.

Je me repris pour être prêt lorsque les dix minutes seraient écoulées, et gérai l'anxiété de devoir attendre dix minutes de plus. Enfin, Warfield reparut et reprit sa place à son siège au-dessus de tout le monde.

— Très bien, dit-elle, l'audience est rouverte. Nous avons une requête en obligation de procès sans délai présentée par la défense. Maître Haller, je vois que vous êtes maintenant seul à la table de la défense. C'est donc vous qui allez argumenter ?

— Oui, Votre Honneur, lui répondis-je en me levant.

— Très bien. J'espère que vous saurez vous montrer succinct. Je vous écoute.

— S'il plaît à la cour, oui, je serai succinct. Ce que fait maître Berg avec son inculpation par jury d'accusation se résume à une tentative de subversion de la loi et du droit à un procès sans délai qui m'est garanti par la Constitution. Ce n'est qu'un jeu de dupes, Votre Honneur, et, si l'accusation s'y prête, ce n'est pas pour le bien de la justice. Il y a deux constantes dans ma conduite depuis les premières minutes de cette affaire. La première est que je n'ai varié ni dans la contestation de ces charges ni dans l'affirmation de mon innocence. La seconde est le refus que j'oppose à tout report de ce procès et ce, quelles que soient les circonstances.

Je marquai une pause et regardai les notes que j'avais griffonnées. Je n'en avais pas besoin, déjà j'avais de l'élan, mais je voulais laisser le temps au juge d'assimiler mon argumentation un élément après l'autre.

— C'est depuis le premier jour que j'exige ce droit à un procès sans délai, repris-je. Que je dis à l'État de fournir ou de se taire. Je n'ai pas commis ce crime et j'exige d'être jugé. Et voilà que ce jour est presque arrivé, l'accusation le sait, et elle hésite. Le dossier de l'État est faible, et elle le sait. Elle sait qu'il est plein de trous. Elle sait que l'innocence et le doute raisonnable sont de mon côté et c'est pour cela qu'elle essaie, et sans arrêt, d'enrayer ma défense.

Je marquai à nouveau une pause, mais cette fois en me tournant vers ma fille pour la regarder et lui faire un triste sourire. Aucun enfant ne devrait voir son père dans une telle position.

Puis je me retournai.

— Madame le juge, repris-je, tout avocat, de l'accusation ou de la défense, peu importe, a un sac plein d'astuces. Il n'y a rien de pur dans la loi dès qu'on entre dans un prétoire. C'est un combat à mains nues qu'il s'agit de mener et de chaque côté on se sert de tout ce qu'on peut pour assommer l'autre. La Constitution me garantit un procès sans délai, mais, en laissant tomber les charges originales et en convainquant un jury d'accusation d'en trouver une nouvelle, l'accusation essaie de m'assommer de deux façons : la première en me recollant dans une cellule de prison pour que je sois handicapé dans la préparation de ma défense et la seconde en remettant le chrono à zéro pour que l'État ait plus de temps pour user de sa puissance et de sa force afin d'étayer un dossier perdu d'avance.

Cette fois, je gardai les yeux rivés sur Warfield en marquant ma dernière pause avant ma conclusion.

— Est-ce légal ? Est-ce bien dans le code ? Peut-être, et je l'accorde à l'accusation. Mais est-ce juste ? Est-ce pour que vraie justice soit faite ? Absolument pas. Oui, me remettre en prison et repousser à plus tard la recherche de la vérité que doit être tout procès est possible, mais jamais ce ne sera équitable ni ce qu'il est juste de faire. La cour a toute discrétion en cette matière et la défense vous prie instamment de ne pas remettre le chrono à zéro. Lançons-nous à la recherche de la vérité dès maintenant au lieu de plus tard, au lieu du moment qui conviendra à l'accusation. Merci, Votre Honneur.

Si ces paroles eurent un impact quelconque sur elle, Warfield n'en montra aucun signe. Elle n'écrivit rien comme elle l'avait fait lors de notre requête précédente. Elle ne fit que se tourner de quinze centimètres dans son fauteuil en cuir à haut dossier, son regard me quittant alors pour passer à la table de l'accusation.

— Maître Berg ? dit-elle. L'État désire-t-il répondre ?

— Oui, Votre Honneur, et je vous promets d'être plus succincte que la défense, dit Berg. En fait, c'est maître Haller qui m'a offert mes arguments. Ce que nous avons fait en requalifiant l'affaire et en obtenant une nouvelle inculpation par arrêt d'un jury d'accusation s'inscrit parfaitement dans les limites de la loi et, pure routine, n'a rien d'inconnu dans l'enceinte de cette cour et de toutes les autres dans tout le pays. Il ne s'agit ni d'un replâtrage ni d'une manœuvre de report du procès. J'ai pour devoir de chercher la juste vérité pour la victime de ce meurtre de sang-froid. Arrêt de ce jury d'accusation et présentation des éléments de preuve trouvés grâce à notre enquête, c'est dans l'intérêt même de la justice que nous avons choisi de remettre ses charges à leur juste niveau.

Du coin dc l'œil, je vis Berg me regarder en me renvoyant mes propres paroles. Je ne lui donnai pas le plaisir de me tourner vers elle.

— Votre Honneur, reprit-elle, les charges retenues contre l'accusé sont solides et le sont de plus en plus au fur et à mesure que se poursuit l'enquête sur ce meurtre. L'accusé le sait et c'est cela même qu'il tente, lui, de subvertir : une recherche de la vérité où toutes les preuves sont sur la table. L'espoir qu'il nourrit est d'aller au plus vite au procès pour empêcher ces preuves de plus en plus fortes de l'écraser. Mais cela ne sera pas parce que la vérité ne saurait être évitée. Je vous remercie.

Warfield marqua une pause avant de parler, peut-être en attendant de me voir élever une objection et reprendre Berg. Elle alla même jusqu'à faire pivoter son fauteuil vers moi comme si elle l'espérait. Mais je restai sur mes positions. J'avais dit ce que j'avais à dire et il n'était nul besoin de le répéter.

— La situation est originale, dit enfin Warfield. Mon expérience de juge, et d'avocate de la défense dans une vie antérieure, est que c'est le plus souvent l'accusé qui cherche des délais, pour tenter de repousser l'inévitable, me semble-t-il. Mais pas dans cette affaire. Voilà pourquoi vos argumentations me font hésiter. Il est clair que maître Haller désire que tout ceci soit au plus vite derrière lui et ce, quelle que soit l'issue. Et il veut aussi être libre pour étayer son dossier.

Elle se tourna vers Berg et reprit :

— D'un autre côté, l'État n'a qu'une occasion de l'emporter. Et comme il ne peut pas rejouer le procès, avoir le temps de s'y préparer est essentiel. Et comme de nouvelles charges ont été retenues dans cette affaire, c'est à lui que revient la responsabilité de les porter à un niveau bien supérieur à celui du motif raisonnable trouvé par le jury d'accusation. La charge de la preuve, à savoir celle de prouver ce qu'il avance au-delà de tout doute raisonnable, est tout aussi lourde que le poids de ce qui accable la défense.

Elle redressa son fauteuil, puis se pencha en avant et serra les mains devant elle.

— En ces matières, la cour est encline à couper la poire en deux, et je vais laisser la défense décider la manière dont il faudra trancher. Maître Haller, c'est à vous de choisir : ou bien je ne reviens pas sur la caution que je vous ai accordée avec toutes les restrictions retenues, mais vous renoncez à votre droit à un procès sans délai, ou bien j'annule votre caution et refuse alors de modifier la date du procès, celui-ci débutant comme convenu le 18 février. Comment désirez-vous procéder ?

Avant que j'aie pu me lever pour répondre, Berg l'avait déjà fait.

— Votre Honneur, lança-t-elle d'un ton plein d'urgence, puis-je être entendue ?

— Non, maître Berg, vous ne le pouvez pas. La cour a entendu tout ce qu'elle avait besoin d'entendre. Maître Haller, voulez-vous décider vous-même, ou préférez-vous que j'autorise maître Berg à le faire à votre place ?

Je me levai lentement.

— Puis-je avoir un instant, Votre Honneur ?

— Oui, mais faites vite, maître Haller. Je suis dans une position inconfortable et ne la tiendrai pas longtemps.

Je me tournai vers la barrière derrière la table de la défense, regardai ma fille et lui fis signe d'approcher. Elle glissa sur son siège et posa les mains sur la barrière. Je me penchai vers elle et plaçai mes mains sur les siennes.

— Hayley, je veux en finir, lui murmurai-je. Ce n'est pas moi qui ai fait le coup, je pense pouvoir le prouver et je veux être jugé en février. Tu vas tenir le coup ?

— Ç'a été tellement dur quand tu étais en prison avant que…, dit-elle. Tu es sûr ?

— C'est exactement ce dont nous avons discuté, ta mère, toi et moi. Maintenant, je suis libre, mais tout au fond de moi j'ai l'impression d'être toujours prisonnier et de devoir le rester tant que j'aurai ce truc au-dessus de la tête. J'ai besoin que ça se termine.

— Je sais. Mais ça m'inquiète.

— Maître Haller, nous attendons, entendis-je Warfield lancer dans mon dos.

— Tout ira bien, dis-je à ma fille sans la lâcher des yeux.

Puis je me penchai vite par-dessus la barrière et l'embrassai sur le front. Et coulai un regard à Kendall en hochant la tête. Et à la surprise qui se marqua sur son visage, je compris qu'elle s'attendait à plus – qu'elle s'attendait à être consultée. Que j'aie cherché l'approbation de ma fille plutôt que la sienne dans ce choix risquait de condamner notre relation, mais j'avais fait ce que je sentais devoir faire.

Je me retournai vers Warfield et lui annonçai ma décision.

— Votre Honneur, je me rends à la cour, lui lançai-je. Et je serai prêt à me défendre contre ces charges le 18 février comme prévu. Je suis innocent, et plus vite je pourrai me présenter devant des jurés, mieux cela vaudra.

Warfield acquiesça, apparemment pas surprise, mais inquiète de ma décision.

— Très bien, maître Haller, dit-elle.

Elle rendit la chose officielle en énonçant une série d'arrêts en audience, mais ne put éviter une dernière objection de l'accusation.

— Votre Honneur, lança Berg. Le Peuple demande que votre arrêté sur la date du procès soit suspendu jusqu'à ce que la cour d'appel du Deuxième District ait statué.

Warfield la regarda longuement avant de répondre. Il est toujours risqué de dire à un juge qu'on fait appel d'un arrêt énoncé depuis le banc lorsqu'on a encore tout un procès à mener devant lui. Les juges sont censés être impartiaux, mais, lorsqu'on leur annonce qu'on va aller se plaindre d'eux devant une cour supérieure, eh bien… ils ont de nombreuses manières de régler leurs comptes plus tard. Le parfait exemple en était ce que m'avait infligé le juge Hagan lors de ma première apparition dans cette affaire. Aussi bien avais-je cassé par deux fois sa décision en cour d'appel. Il me l'avait alors fait payer en me collant une caution de 5 millions de dollars. Et m'avait presque souri et adressé un clin d'œil en le faisant. Berg jouant un coup similaire avec Warfield, celle-ci parut lui laisser quelques secondes pour se reprendre.

Mais Berg ne bougea pas.

— Maître Berg, dit enfin Warfield, je vais vous laisser le choix. Il n'est pas question que je suspende mon arrêt sur la motion 686 de maître Haller sans que je suspende aussi ma décision sur la révocation de sa caution.

Si vous désirez une suspension de mon arrêt le temps de votre appel, maître Haller restera libre sous caution selon les termes convenus jusqu'à ce que vous obteniez la décision de votre cour d'appel.

Les deux femmes se regardèrent droit dans les yeux pendant cinq secondes des plus tendues avant que Berg ne reprenne la parole.

— Merci, Votre Honneur, dit-elle d'un ton glacial. Le Peuple retire sa demande de suspension.

— Très bien, répliqua Warfield d'un ton tout aussi glacial. Je pense donc que nous en avons terminé.

Et elle se leva, les policiers venant aussitôt vers moi. Je retournais aux Twin Towers.

# Chapitre 32

*Vendredi 24 janvier*

Je fus remis au K-10, le pavillon de haute sécurité des Twin Towers où étaient enfermés les prisonniers à tenir à l'écart. Mon seul problème avec ça était que je voulais être tenu bien plus à l'écart des geôliers que de mes codétenus. L'enquête qui avait suivi le scandale des écoutes m'avait fait repérer et je savais que la possibilité de voir les gardiens s'en prendre à moi physiquement avait augmenté de manière exponentielle.

Bishop n'était plus là et j'avais besoin d'une nouvelle protection. On pourrait dire que je fis passer des auditions. Je parlai à plusieurs individus dès le lendemain matin de mon arrivée pour trouver quelqu'un en qui non seulement je pourrais avoir confiance, mais qui en voudrait au moins autant que moi aux gardes. J'arrêtai mon choix sur un certain Carew, un type au physique impressionnant accusé de meurtre. Je ne connaissais pas tous les détails de son affaire et ne cherchai pas à en savoir plus. Cela dit, j'appris qu'il avait un avocat et n'ignorais pas qu'une défense pour meurtre coûte bonbon. Je lui offris 400 dollars par semaine pour surveiller mes arrières et conclus la négociation à 500 à verser chaque semaine à son avocat.

Mes journées suivirent à nouveau la même routine que lors de mon séjour précédent – avec arrivée de mon équipe presque tous les jours à 15 heures pour une réunion de travail. Il semblait bien que, nos filets ayant été déjà lancés, nous étions arrivés au stade où l'on examine les prises et met en place une stratégie. Énergie et perspectives, j'étais au plus haut. Ma cause m'inspirait confiance. Il fallait juste qu'on arrive au procès.

La seule rupture qui affecta cette routine se produisit trois jours après ma nouvelle arrestation, lorsque je fus conduit au parloir et m'assis en face de mon ex-première épouse, Maggie McPherson. Qu'elle vienne me voir me gêna, en même temps qu'elle me fit battre le cœur.

— Quelque chose qui ne va pas ? lui demandai-je. Hayley va bien ?

— Tout va bien, Mickey, me répondit-elle. Je voulais juste te voir. Comment te sens-tu ?

J'avais honte de ma situation et de ma tenue de prisonnier. Je n'avais aucun mal à imaginer l'apparence que je devais avoir à ses yeux, surtout après qu'elle m'avait reproché mon allure à l'extérieur de la prison.

— Tout bien considéré, ça va, lui répondis-je. Le procès approche et tout ça va se terminer bientôt.

— Es-tu prêt ?

— Prêt, et plus que prêt. Et je pense pouvoir l'emporter.

— C'est bien. Je n'ai aucune envie que notre fille perde son père.

— Elle ne le perdra pas. C'est elle qui me fait tenir.

Elle acquiesça d'un signe de tête et n'en reparla plus. Alors, je compris qu'elle me rendait visite pour s'enquérir de ma santé et de mon état d'esprit.

— Ça me touche beaucoup que tu sois venue, lui dis-je.

— Évidemment que je suis venue ! Et si tu as besoin de quoi que ce soit, appelle-moi… en PCV.

— Je le ferai, merci.

Ce parloir n'avait duré qu'un quart d'heure, mais je me sentis plus fort en en ressortant. Avec ma famille derrière moi – fût-elle en morceaux –, j'avais l'impression de ne pas pouvoir perdre.

# Chapitre 33

*Mercredi 5 février*

Le costume en soie était bien agréable sur ma peau. Il atténuait les démangeaisons de l'éruption cutanée qui me couvrait pratiquement tout le corps. Je m'assis vite à côté de Jennifer à la table de l'accusation et goûtai cet instant de pseudo-soulagement et de liberté. J'avais été amené au tribunal pour une audience exigée par l'accusation, qui cherchait à sanctionner la défense pour de prétendues manœuvres délictueuses. Cela étant, quelle qu'en fût la cause, j'étais heureux qu'on m'ait sorti des Twin Towers pour n'importe quelle raison et pour aussi longtemps qu'on voudrait.

Au fil des ans, j'avais vu nombre de mes clients emprisonnés être victimes d'éruptions cutanées et s'en plaindre. Se rendre à la clinique ne les soignait pas de ce mal, ni non plus n'en expliquait l'apparition. Son origine était inconnue. Certains mettaient en cause les détergents industriels utilisés pour nettoyer la literie et les vêtements des détenus, ou affirmaient qu'il y avait quelque chose dans l'enveloppe en tissu des maigres matelas utilisés dans les cellules. D'autres pensaient qu'il s'agissait d'une réaction allergique au confinement. D'autres encore évoquaient une manifestation de culpabilité. Tout ce que je savais, moi, c'était que je n'y avais pas eu droit lors de mon premier passage aux Twin Towers et que, là, je l'avais attrapée, et sérieusement. La différence ? Entre ces deux séjours, j'avais été la cause d'une autre enquête interne infamante et cela me donnait à penser que les gardiens étaient dans le coup – que les démangeaisons qui m'empêchaient de dormir la nuit étaient une forme de vengeance. Ils avaient dû saupoudrer ma nourriture, mes draps ou ma cellule avec quelque chose.

Je gardai cette opinion pour moi afin d'éviter qu'on me prenne pour un parano. Mon délabrement physique et ma perte de poids se poursuivaient et je n'avais pas envie qu'on ajoute des inquiétudes sur ma santé mentale à la question de savoir si je pouvais me défendre de façon adéquate. Peut-être était-ce mon costume ou la salle d'audience. Tout ce que je sais, c'est que je cessai d'être préoccupé par ce problème dès que je quittai la prison et montai dans le car.

Chemin faisant, nous avions longé deux peintures murales représentant Kobe Bryant. L'illustre joueur de basket des Lakers avait perdu la vie avec sa fille et d'autres personnes dans le crash d'un hélicoptère seulement dix jours plus tôt, mais la rue célébrait déjà solennellement sa maîtrise transcendante d'un sport dont il était devenu l'icône, et ce, dans une ville où il y a foule pour atteindre à ce genre de gloire.

J'entendis le coup sourd de la porte du prétoire qui se fermait, me retournai et vis que Kendall Roberts venait d'entrer. Elle me fit un petit signe discret de la main en descendant l'allée centrale et je souris. Elle parcourut toute la première rangée et s'assit juste derrière la table de la défense.

— Bonjour, Mickey.

— Kendall, il ne fallait pas venir jusqu'ici. L'audience risque d'être vraiment courte.

— Ça vaut toujours mieux que le quart d'heure de prétoire qu'ils t'accordent à la prison.

— Ça ! Merci, Kendall.

— Je voulais aussi…

Elle s'arrêta net en voyant l'officier Chan venir vers nous pour m'ordonner de ne plus communiquer avec quiconque dans la galerie réservée au public. Je levai la main pour lui indiquer que je mettais fin à cette violation du règlement, me retournai et me penchai vers Jennifer.

— Ça t'ennuierait de dire à Kendall que je l'appellerai plus tard, dès que j'aurai accès au téléphone de mon pavillon ?

— Pas du tout.

Elle se leva pour le chuchoter à Kendall pendant que je me remettais à regarder droit devant moi et que je sentais la tension quitter mes muscles et ma colonne vertébrale. Pas question de ne pas regarder tout le temps par-dessus son épaule aux Twin Towers. Ce n'était que lorsque je n'avais à m'inquiéter de rien que je savourais ce genre d'instants.

Jennifer regagna sa place. Je sortis enfin de ma rêverie et me mis au travail.

— Bon, alors, lançai-je, on en est où avec Opparizio ?

Pendant une réunion de l'équipe le lundi précédent, j'avais appris que les Indiens de Cisco l'avaient enfin localisé en suivant Jeannie Ferrigno jusqu'à un rendez-vous avec lui dans un hôtel de Beverly Hills. Ils l'avaient laissée tomber et ne s'étaient plus occupés que d'Opparizio, qu'ils avaient suivi jusqu'à une maison de Brentwood, propriété absolument impénétrable d'une fiducie aveugle.

— Rien n'a changé. Ils sont prêts à lui balancer sa citation à comparaître dès que tu le diras.

— OK, attendons la semaine prochaine. Mais si jamais on a l'impression qu'il est prêt à décamper, il faut la lui coller. Il ne faut absolument pas qu'il disparaisse.

— On le sait, mais je le rappellerai à Cisco.

— Et on n'oublie pas la petite amie et deux de ses associés qui détiennent des actions de la BioGreen. Et tout ça doit être filmé de façon à pouvoir le montrer au juge s'ils ne se pointent pas au tribunal.

— C'est compris.

Je jetai un coup d'œil à la table de l'accusation. Ce jour-là, Berg y était seule. Pas de renfort à nœud papillon. Elle regardait un document écrit à la main, je devinai qu'elle répétait sa prestation. Elle sentit mon regard.

— Hypocrite ! me lança-t-elle.

— Je vous demande pardon ?

— Vous m'avez bien entendue. Vous nous reprochez tout le temps de faire pencher la balance et de ne pas jouer fair-play et, après, vous nous sortez un truc comme ça ?

— Comme ça quoi ?

— Je suis certaine que vous savez de quoi il s'agit. Comme je vous l'ai dit et comme vous l'avez entendu, vous êtes un hypocrite, Haller. Et un assassin.

Je la regardai longuement et le vis dans ses yeux : c'était une vraie croyante. Pour elle, j'étais un assassin. Que les flics le croient était une chose – les trois quarts d'entre eux ne voient pas la différence entre un accusé et un avocat de la défense. Mais dans l'univers des avocats qui plaident, c'était essentiellement du respect qu'on avait pour le représentant de la partie adverse. Que Berg me croie capable de coller un type dans un coffre de voiture et de lui tirer trois fois dessus me rappelait ce que j'allais devoir affronter lors du procès : une vraie croyante qui voulait me mettre en prison à jamais.

— Ce que vous pouvez vous tromper ! prostestai-je. Vous êtes tellement aveuglée par les mensonges qu'on vous a racontés que…

— Gardez ça pour les jurés, Haller.

Cette confrontation verbale prit fin lorsque Chan annonça que la cour était prête. Le juge Warfield franchit la porte du fond, gagna le banc et se mit vite au boulot dans l'affaire « État de Californie contre Haller » en invitant Berg à lui expliquer sa demande de sanctions à l'encontre de la défense. Celle-ci s'empara du document qu'elle avait étudié et l'emporta au lutrin.

— Votre Honneur, commença-t-elle, la défense ne cesse d'accuser le Peuple de ne pas jouer fair-play dans l'échange des pièces entre les parties et c'est pourtant bien la défense qui joue la duperie d'un bout à l'autre.

— Maître Berg, l'interrompit Warfield. Épargnez-moi le préambule et allez droit au but. S'il y a effectivement violation du processus d'échange des pièces entre les parties, s'il vous plaît, montrez-le-moi.

— Oui, Votre Honneur. Les dernières listes de témoins devaient être rendues par les deux parties lundi. Et, à notre grande surprise, nous avons découvert qu'en fait, la défense avait ajouté de nouveaux noms à la sienne. Parmi eux, c'est celui de Rose Marie Dietrich qui a retenu notre attention, la défense faisant d'elle la propriétaire de la victime, à savoir Sam Scales.

— Était-ce un témoin inconnu de l'accusation ?

— Oui, Votre Honneur, ce nom ne nous disant rien, nous avons dépêché des enquêteurs pour localiser cette femme et lui parler, et avons alors appris que, si elle ne nous était pas connue, c'est parce que Sam Scales s'était servi d'une fausse identité pour lui louer son appartement.

— Pour ce qui est de la défense, je ne vois pas où est le problème, maître Berg.

— Votre Honneur, le problème est dans ce que nous a dit Rose Marie Dietrich. Elle nous a expliqué que maître Haller et deux de ses enquêteurs lui ont parlé de Sam Scales il y a trois semaines, et que ce dernier lui avait loué son appartement sous le nom de Walter Lennon. En plus de quoi, elle a permis à maître Haller et à son équipe de fouiller dans les affaires de la victime dans le garage de la propriété. Sans savoir que M. Scales avait été assassiné en octobre, Dietrich et son mari les avaient rangées dans des cartons quand il leur avait donné l'impression de disparaître sans régler son loyer de décembre. Ils avaient alors entreposé ses biens dans le garage.

— Tout cela est des plus intéressants, maître Berg, mais où est l'infraction que le Peuple voudrait sanctionner ?

— Juge Warfield, l'important, c'est que la défense a eu accès à plusieurs cartons pleins de ses affaires, dont des documents et du courrier, et que, trois semaines plus tard, rien n'est toujours arrivé au Peuple dans l'échange des pièces entre les parties. La défense n'a inclus Rose Marie Dietrich dans sa liste de témoins que cette semaine afin de s'assurer qu'au moment où elle atteindrait Mme Dietrich, l'accusation n'aurait plus accès à ces biens.

— Et pourquoi donc, maître Berg ?

— Parce qu'ils ont été donnés à l'Armée du Salut après que l'accusé et son équipe ont rendu visite à Mme Dietrich. Il est tout à fait manifeste que la défense avait donc pour stratégie d'interdire au Peuple tout accès aux informations retrouvées dans les effets de la victime, Votre Honneur.

— Cela nous fait beaucoup de suppositions, maître Berg. Avez-vous quoi que ce soit pour étayer ce que vous affirmez ?

— Nous avons une déclaration sous serment de Rose Marie Dietrich, sans équivoque, que l'accusé lui a dit qu'elle pouvait faire don de tous ces biens.

— Laissez-moi donc voir ça.

Berg me laissa une copie de cette déclaration après en avoir tendu une à la greffière pour le juge. Le silence dura environ une minute tandis que Jennifer et moi nous rapprochions pour lire la pièce en même temps que le juge.

emporté mais, mécontente de la réponse obtenue, maître Berg a préféré ne pas en faire état dans ce document qui, selon elle, serait la pure et simple vérité factuelle. Il y a bien quelques faits dans sa liste, mais pas tous.

— Madame le juge ? lança Berg en se levant.

— Je n'en ai pas terminé, Votre Honneur, dis-je aussitôt.

— Maître Berg, vous avez eu votre tour, dit Warfield. Laissez finir maître Haller et vous pourrez répondre après.

Berg se rassit et se mit à écrire furieusement dans son bloc-notes grand format.

— Pour conclure, Votre Honneur, repris-je, il n'y a aucun subterfuge dans tout cela. La cour se rappelle sans doute qu'au cours d'une audience en téléconférence à laquelle a participé maître Berg, j'ai demandé l'autorisation de quitter le comté et l'État. J'imagine que le greffe a un compte rendu de cette audience et qu'elle fera apparaître que l'accusation a alors exigé de savoir qui j'allais voir au pénitencier d'État de High Desert, dans le Nevada. Si maître Berg ou l'un quelconque des nombreux enquêteurs à sa disposition s'était donné la peine d'aller parler à cet homme, elle aurait obtenu les mêmes faux noms et adresse de Sam Scales que j'ai obtenus, et aurait même pu arriver à cette prison avant moi. Encore une fois, Votre Honneur, je tiens à déclarer qu'il ne s'agit là que de dépit de la part de l'accusation. Il est bien stipulé dans les règles à observer dans l'échange des pièces entre les parties qu'en tant que défenseur je dois donner à maître Berg la liste de mes témoins et des copies de tout ce dont je compte me servir lors du procès,

— Bien, reprit Warfield, la cour ayant pris connaissance de cette déclaration, j'aimerais entendre ce que maître Haller a à dire sur le sujet.

Je me levai et gagnai le lutrin tandis que Berg le quittait. Dans le car, j'avais décidé d'y aller à fond dans le sarcasme plutôt que de jouer les grands outragés.

— Bonjour, juge Warfield, lançai-je d'un ton affable. J'aimerais commencer par dire que, normalement, j'accueillerais avec grand plaisir toute occasion de quitter le logement plus que réduit qui, merci, maître Berg, m'est aujourd'hui consenti aux Twin Towers afin de me trouver dans cette enceinte, mais, cette fois, j'avoue être perdu quant à la raison de ma présence en ces lieux, sans parler de la logique inhérente à l'argumentation de la partie adverse. Il me semble en effet, Votre Honneur, que c'est à l'encontre de sa propre équipe d'enquêteurs, et pas de la nôtre, qu'elle devrait demander des sanctions.

— Maître Haller, me lança Warfield d'un ton las comme je l'ai demandé à maître Berg, ne nous écarton pas du sujet. Veuillez, s'il vous plaît, nous donner votr réaction au problème d'échange des pièces entre les pa ties soulevé par l'accusation.

— Merci, madame le juge. Ma réponse sera do d'affirmer qu'il n'y a pas eu violation des règles l'échange. Je n'ai aucun document à inclure et n'ai ri caché à l'accusation. Oui, nous nous sommes effecti ment rendus à l'adresse en question et oui, nous av bien fouillé dans les cartons entreposés dans ce gara Mais je n'y ai rien pris. Les enquêteurs de maître B ont demandé à Rose Marie Dietrich ce que nous avi et c'est ce que j'ai fait. Mais je ne suis nullement tenu de partager avec elle mes interrogatoires, mes observations ou tout autre fruit de mon travail. Et maître Berg le sait. En fait, c'est depuis le premier jour que l'enquête de l'accusation est paresseuse, miteuse et manque de rigueur. Si je suis convaincu de pouvoir le prouver lors de mon procès, ce qu'il y a de triste dans cette affaire, c'est bien qu'il ne devrait même pas y avoir de procès. Que l'accusation a…

— OK, maître Haller, permettez que je vous arrête, me lança Warfield. Vous vous êtes plus que fait comprendre et pouvez regagner votre place.

— Merci, Votre Honneur.

D'habitude, quand un juge vous dit d'aller vous rasseoir, c'est que tout ce qui devait être dit l'a été, et qu'une décision a été prise.

Warfield pivota dans son fauteuil et se concentra sur Berg.

— Maître Berg, dit-elle, vous rappelez-vous la téléconférence à laquelle se réfère la défense ?

— Oui, Votre Honneur.

Aucune émotion dans sa voix : elle avait senti la même chose que moi quand Warfield m'avait dit d'aller me rasseoir.

— Il m'apparaît que l'État avait tout loisir de trouver ce lieu et les effets de la victime. La cour penche vers maître Haller pour dire qu'il est ici question de fruit du travail et d'une occasion ratée, et non pas d'une manœuvre de la défense. En tout cas, de rien que je pourrais prendre pour une violation des règles de l'échange des pièces entre les parties.

Berg se leva, mais ne gagna pas le lutrin, signe que sa protestation manquerait de flamme, quoi qu'elle ait pu griffonner dans son bloc-notes.

— Il a attendu trois semaines pour inclure cette femme dans sa liste, dit-elle. Il en cachait l'importance. J'aurais dû avoir un compte rendu de cette entrevue et de la fouille de la propriété. Car ce sont là exactement et le but et l'esprit de l'échange des pièces entre les parties.

Je me mettais déjà debout pour élever une objection lorsque Warfield me fit un signe de la main pour m'intimer l'ordre de me rasseoir.

— Maître Berg, déclara-t-elle d'un ton pour la première fois clairement agacé. Si vous laissez entendre que maître Haller serait obligé d'étayer son enquête à l'aide de rapports sur ses faits et gestes à la manière d'une agence des forces de l'ordre et d'aussitôt décider si oui ou non il va faire venir Mme Dietrich pour témoigner à la barre, c'est très certainement que vous me prenez pour une idiote.

— Non, Votre Honneur, s'écria vite Berg. Pas du tout.

— Alors, c'est parfait et nous en avons terminé. La requête en sanction contre la défense est rejetée.

Sur quoi, elle regarda son rôle des causes accroché au mur du poste du greffier.

— Nous sommes à treize jours de la sélection des jurés, reprit-elle. L'audience aura lieu mardi prochain à 10 heures et nous y examinerons les dernières requêtes, et je veux avoir tout fini ce jour-là. Cela signifie que je veux en avoir la version papier assez tôt pour pouvoir les examiner. Et, s'il vous plaît, pas de surprises ! À bientôt, mesdames et messieurs.

Elle leva la séance et à nouveau l'angoisse à l'idée de retourner aux Twin Towers me vint avant même que Chan et ses collègues ne me rejoignent.

## Chapitre 34

À la suite de ma deuxième arrestation, j'avais été réincarcéré dans une cellule à un lit, avec, signe de montée en grade, un mur donnant sur l'extérieur de la prison, et une fenêtre, certes de seulement dix centimètres de large et interdisant toute évasion, mais me permettant de voir une partie du Criminal Court Building à quelques rues de là à vol d'oiseau. Restreinte, cette vue, mais suffisante pour que je préfère me concentrer sur mon objectif plutôt que d'aller m'agglutiner aux autres détenus et personnes sous surveillance spéciale dans la salle commune. Et cela, même après avoir remplacé Bishop par Carew.

Enfin, je me sentais en sécurité et à l'abri. Le problème était qu'il n'y a aucune protection de ce genre dans les cars qui tous les jours emmènent des centaines de détenus au tribunal et les en ramènent. Avec qui on voyage et se retrouve enchaîné dépend essentiellement de la chance. En tout cas, ça en donne l'impression. Quelles que soient les mesures que je prenne pour me protéger aux Twin Towers, dans le car, je ne pouvais qu'être le plus vulnérable des prisonniers. Je le savais parce que des clients à moi y avaient déjà été agressés. Et j'avais moi-même vu se déclencher des bagarres et des attaques préparées à l'avance.

L'audience en demande de sanction présentée par l'accusation une fois terminée, je dus attendre deux heures dans la cellule de détention du tribunal avant d'être ramené aux Twin Towers. Je fus alors le quatrième prisonnier à être enchaîné et poussé à bord du car. Notre groupe étant placé dans l'avant-dernier compartiment, je me retrouvai assis contre la fenêtre grillagée, en face du banc tourné vers l'avant. Le gardien nous compta, referma la portière à clé et se mit en devoir de remplir le compartiment suivant. Je me penchai par-dessus l'épaule de mon voisin pour voir le détenu assis dans la même rangée que moi de l'autre côté de la fenêtre. Je le reconnus, mais pas de mon pavillon. Pas moyen de savoir où je l'avais croisé. J'aurais pu le voir au prétoire ou avoir fait sa connaissance lors d'un entretien avec un client potentiel, dont j'aurais fini par refuser l'affaire. Lui aussi me scruta pendant que je le regardais. Aussitôt, ma paranoïa monta en flèche et je sus que je ne devais pas le lâcher des yeux.

Le car sortit du garage sous le tribunal et monta lourdement la pente raide conduisant à Spring Street. City Hall se trouvant à droite, il tournait à gauche lorsque plusieurs prisonniers sacrifièrent à la tradition qui veut qu'on fasse un doigt d'honneur au siège du pouvoir, ce geste ne pouvant évidemment pas être vu du parvis ou des fenêtres du célèbre bâtiment : celles du car se réduisaient à des lattes de métal peu espacées entre lesquelles on avait une vue rétrécie de ce qu'il y avait dehors, et interdisaient toute vision de l'intérieur du véhicule.

Le détenu qui avait retenu mon attention leva la main en l'air et y alla de son doigt d'honneur. Il avait fait ça d'un geste si routinier, et sans même regarder dehors, que je sus alors que c'était un grand habitué du système judiciaire. Et je le reconnus enfin. C'était le client d'un collègue que j'avais remplacé au tribunal. Rien de plus que du baby-sitting lors d'une audience sans grande importance à laquelle, parce qu'il ne pouvait y assister, Dan Daly m'avait demandé de lui donner un coup de main.

Satisfait d'avoir répondu à la question que je m'étais posée et de constater que ce détenu ne me menaçait en rien, je me détendis, me renversai en arrière et, contemplant le plafond, commençai à compter les jours qui me séparaient d'un procès où je pouvais très raisonnablement l'emporter et sortir libre du prétoire après qu'on m'aurait déclaré non coupable.

Ce fut la dernière chose dont je me souvins.

## Chapitre 35

*Jeudi 6 février*

Je ne pouvais ouvrir les yeux que sur d'étroites bandes de lumière. Et ce n'était pas leur violence qui m'empêchait de les ouvrir plus grand. L'empêchement était physique. Je ne pouvais tout simplement pas soulever les paupières.

Je commençai par me sentir désorienté, par ne plus être certain de l'endroit où je me trouvais.

— Mickey ?

Je me tournai vers la voix, la reconnus.

— Jennifer ?

Ce seul mot m'enflamma la gorge et la douleur fut si forte que je grimaçai.

— Oui, c'est moi. Comment te sens-tu ?

— Je ne vois rien. Qu'est-ce qui…

— Tu as les yeux gonflés. Tu t'es explosé des tonnes de vaisseaux sanguins.

*Je me suis explosé des vaisseaux sanguins ?* Ça n'avait pas dc sens.

— Que veux-tu dire ? Comment est-ce que… ah ! ça fait mal de parler.

— Ne dis rien. Écoute, juste ça. On en a déjà parlé il y a une heure et après, les sédatifs sont entrés en action et tu as sombré à nouveau. Tu as été agressé, Mickey. Dans le car, après l'audience d'hier.

— Hier ?

— Arrête de parler. Oui, tu as perdu une journée. Mais si tu peux rester conscient, je peux faire venir des médecins pour les tests. Il faut qu'ils vérifient le fonctionnement de ton cerveau pour voir s'il y a… comme ça, on saura s'il y a quoi que ce soit… quoi que ce soit de permanent.

— Qu'est-ce qui s'est passé dans le car ?

La douleur…

— Je ne connais pas tous les détails et l'enquêteur du shérif veut en parler avec toi… Il attend dehors, mais je lui ai dit que je voulais te parler d'abord. En gros, un type du car a libéré sa chaîne et s'en est servi pour t'étrangler. Il était derrière toi et te l'a enroulée autour du cou. On a cru que tu étais mort, mais les secouristes t'ont ramené à la vie, Mickey. Ils disent que c'est un miracle que tu ne sois pas mort.

— Ça ne me fait pas cette impression ! Où est-ce que je suis ?

Je commençais à pouvoir gérer la douleur. Parler d'un ton monocorde et tourner légèrement la tête vers la gauche semblait la diminuer.

— County-USC… à la prison de l'hôpital. Hayley, Lorna, tout le monde voulait venir te voir, mais tu es à l'isolement et il n'y a que moi qu'ils ont laissée entrer. Et je ne pense pas non plus que tu aies envie qu'on te voie dans cet état. Mieux vaut attendre que tout ça dégonfle.

Je la sentis me serrer l'épaule de la main.

— On est seuls ici ?

— Oui. Cette réunion est sous le secret avocat-client. Il y a un flic à la porte, mais elle est fermée. Il y a aussi l'enquêteur qui veut te parler.

— Bon, écoute, interdis-leur de se servir de ça pour repousser le procès.

— Mais… On verra, Mickey. Il faut que tu sois examiné pour s'assurer que tu…

— Non, ça va, je le sens. Je me suis déjà remis à penser à mon affaire et je ne veux pas prendre de retard. On a amené l'accusation où on voulait et je n'ai aucune envie de lui laisser le temps de nous rattraper.

— OK, j'élèverai une objection s'ils essaient.

— Qui c'est ?

— Qui c'est quoi ?

— Le type qui m'a étranglé avec sa chaîne.

— Je ne sais pas, je n'ai que son nom : Mason Maddox. Lorna l'a fait passer à l'appli conflits d'intérêts et ça n'a rien donné. Tu n'as jamais traité avec lui. Il a été condamné pour trois meurtres l'année dernière… mais je n'ai pas encore les détails. Il était allé au tribunal pour une requête.

— Qui est son avocat ? Commis d'office ?

— Je ne le sais pas encore.

— Pourquoi m'a-t-il agressé ? Qui le lui a demandé ?

— Si les types du shérif le savent, ils ne m'en ont rien dit. J'ai mis Cisco sur le coup et j'ai téléphoné à Harry.

— Je ne veux pas retirer Cisco de la préparation du procès. Ça pourrait très bien être tout le pourquoi de cette attaque.

— Non : ce type a essayé de te tuer et pense probablement l'avoir fait. Et on ne tue pas quelqu'un pour détourner l'attention de ses enquêteurs. J'ai déposé une requête auprès de Warfield aujourd'hui même pour lui demander de réinitialiser ta caution et d'ordonner au shérif de te faire emmener au tribunal et de t'en ramener en voiture. Fini le car. Trop dangereux.

— Bien vu, ça.

— J'espère avoir droit à une audience là-dessus dès cet après-midi. Nous verrons.

— Il n'y aurait pas une petite glace ou un truc comme ça dans le coin ?

— Pour quoi faire ?

— Je veux voir la tête que j'ai.

— Mickey, je ne crois vraiment pas que…

— T'inquiète pas. Je veux juste voir une seconde et ça ira.

— Je ne vois pas de glace, mais attends, j'ai quelque chose.

Je l'entendis ouvrir la fermeture Éclair de son sac, puis elle me posa un petit objet carré dans la main. Un miroir de trousse de maquillage. Je le tins devant mon visage et réussis à entrevoir quelque chose. J'avais une gueule de boxeur le lendemain d'un match… d'un match qu'il a perdu, s'entend. Mes yeux étaient gonflés et une véritable explosion de vaisseaux sanguins partait de leur commissure et couvrait mes joues.

— Putain !

— Ouais, c'est pas beau à voir. Et je crois vraiment que tu devrais laisser les médecins t'examiner.

— Ça va aller.

— Mickey, il pourrait y avoir quelque chose de grave et tu devrais le savoir.

— Sauf que l'accusation pourrait l'apprendre et s'en servir pour demander un report du procès.

S'ensuivit un bref instant de silence que Jennifer mit à profit pour réfléchir, avant de comprendre que j'avais raison.

— Bon, repris-je, je commence à fatiguer. Envoie-moi l'enquêteur, histoire d'entendre ce qu'il a à me dire.

— Tu es sûr ?

— Oui. Et n'ôte pas Cisco de la préparation du procès. Dès que tu auras des nouvelles de Bosch, mets-le sur Mason Maddox. Je veux tout savoir. Il y a forcément un lien quelque part.

— Un lien avec quoi, Mickey ?

— Avec l'affaire. Ou avec les écoutes du shérif. Quelque chose. Il ne faut oublier personne. Ni les shérifs, ni Opparizio, ni le FBI, personne.

— D'accord, je le dis à l'équipe.

— Tu penses que je suis parano, c'est ça ?

— Je pense seulement que c'est un peu tiré par les cheveux.

Je hochai la tête. C'était peut-être vrai.

— Ils t'ont laissé garder ton téléphone avant d'entrer ?

— Oui.

— OK, prends-moi en photo. Tu pourrais avoir besoin de la montrer à Warfield quand tu plaideras ma demande de protection.

— Bonne idée.

Je l'entendis sortir son téléphone de son sac.

— Je suis sûre que Berg s'y opposera, dit-elle. Mais ça vaut le coup d'essayer.

— Si Warfield sait qu'il y a une photo, elle voudra la voir. Simple curiosité humaine.

Elle prit le cliché.

— OK, Mickey, dit-elle. Repose-toi.

— J'y compte bien.

Elle se dirigea vers la porte.

— Jennifer ?

— Oui, je suis là.

— Écoute, je ne peux pas te voir, mais je t'entends.

— Bien.

— Et j'ai perçu du doute dans ta voix.

— Non, tu te trompes.

— Écoute, c'est parfaitement naturel. On se pose des questions et… Je crois que tu…

— C'est pas ça, Mickey.

— C'est quoi, alors ?

— Bon, d'accord, c'est mon père. Il est tombé malade et ça m'inquiète.

— Il est à l'hosto ? Qu'est-ce qu'il a ?

— Ben, justement. On n'arrive pas à avoir de réponses claires. Il est dans une maison de soins à Seattle et ni ma sœur ni moi n'arrivons à avoir de réponses.

— Ta sœur est là-bas ?

— Oui, et elle pense que je devrais y aller moi aussi. Si je veux le voir avant qu'il… tu sais.

— Elle a raison, il faut que tu y ailles.

— Mais il y a ton affaire… le procès. L'audience en requêtes spéciales est la semaine prochaine et maintenant, avec cette agression…

Je savais que la perdre pouvait avoir un effet dévastateur dans mon affaire, mais je n'avais pas le choix.

— Écoute, lui dis-je, faut que tu y ailles. Emporte ton ordinateur et tu pourras faire des tas de choses de là-bas quand tu ne seras pas avec ton père. Tu pourras rédiger les requêtes et Cisco les apportera au greffe.

— C'est pas pareil.

— Je sais, mais c'est ce qu'il est possible de faire et il faut que tu y ailles.

— J'ai l'impression de t'abandonner.

— Je trouverai quelque chose. Va le voir et, qui sait, peut-être qu'il ira mieux et que tu pourras revenir pour le procès.

Elle commença par garder le silence. J'avais dit ce que j'avais à dire et pensais déjà à d'autres moyens de procéder.

— Je vois ça ce soir, répondit-elle enfin. Et je te fais savoir ma décision demain, ça te va ?

— Ça me va, mais je ne pense pas qu'il y ait grand-chose à voir. C'est ta famille. Ton père. Tu dois y aller.

— Merci, Mickey.

J'acquiesçai d'un hochement de tête.

J'entendis à nouveau ses pas tandis qu'elle regagnait la porte. J'essayai de détendre ma gorge et d'apaiser ma douleur. Parler me donnait l'impression d'avaler du verre.

Puis j'entendis Jennifer dire à l'enquêteur qui attendait dehors qu'il pouvait entrer.

# QUATRIÈME PARTIE

## Saigner la bête

# Chapitre 36

*Mercredi 19 février*

Le monde semblait être au bord du chaos. Plus de mille personnes étaient déjà mortes du mystérieux virus en provenance de Chine. Presque un milliard d'individus s'y trouvaient confinés et des citoyens américains en avaient été évacués. Il y avait dans le Pacifique des bateaux de croisière qui tenaient de l'incubateur flottant et aucun vaccin n'était en vue. Le président affirmait que la crise se tasserait alors même que son propre expert virologue conseillait de se préparer à une pandémie. Plus près de moi, à Seattle, le père de Jennifer Aronson venait de succomber à un mal inconnu, et elle n'avait toujours droit à aucune réponse à ses questions.

Ici, à Los Angeles, on en était au deuxième jour de la sélection des jurés dans le procès de ma vie.

Nous avions avancé vite. Les quatre jours prévus pour le voir-dire avaient été divisés en deux par une Warfield qui, elle aussi, pressentait l'arrivée d'une vague d'importance. Elle voulait que le procès soit terminé avant que celle-ci ne frappe et, s'il ne me plaisait guère de sélectionner des jurés à la hâte, je la suivais sur ce point. Moi aussi, je voulais qu'on en finisse. Aux Twin Towers, un certain nombre de gardiens s'étaient mis à porter des masques et j'y voyais un signe. Je ne voulais pas être confiné lorsque la vague qui inquiétait Warfield s'abattrait sur nous.

Il n'empêche : choisir les douze inconnus qui délibéreraient sur mon affaire impliquait de prendre les décisions les plus importantes du procès. Ces douze personnes tiendraient ma vie entre leurs mains et le temps alloué à leur sélection avait été réduit de moitié. Cela m'avait poussé à prendre des mesures extraordinaires afin de trouver, et le plus vite possible, qui étaient ces personnes.

Sélectionner un jury est une forme d'art. Cela nécessite de la recherche, la compréhension de certaines données socioculturelles, et enfin de l'intuition. Ce qu'on veut obtenir au bout du compte ? Un groupe de personnes attentives et qui seront là pour chercher la vérité. Ce à quoi on espère échapper ? À des individus qui ne la voient que par le prisme de leurs préjugés – raciaux, politiques, culturels, etc. Et, bien sûr, à ceux qui assistent au procès avec des idées derrière la tête.

Le processus démarre quand le juge élimine les jurés qui ont des conflits d'emploi du temps, refusent de juger ou ne comprennent pas le sens d'expressions telles que « doute raisonnable ». Après, c'est au tour des avocats de poser des questions aux candidats afin de déterminer si tel ou tel doit être récusé pour motif grave : préjugés ou antécédents. L'accusation et la défense disposent aussi, et également, d'un certain nombre de possibilités de refuser celui-ci ou celui-là pour des motifs qu'il n'y a pas à spécifier. Et c'est là que l'instinct entre le plus souvent en jeu.

Tout cela doit alors être synthétisé dans des décisions sur la recevabilité ou la récusation de chacune de ces personnes. Et c'est un art – le but étant d'arriver à un panel de douze individus qui, vous l'espérez, se montreront sensibles à votre cause. Je reconnais pleinement que la défense a un avantage en ce qu'elle n'a à gagner que la voix d'un seul juré pour l'emporter... que d'un seul juré qui doute de la validité des thèses de l'État. Un seul partisan de la défense peut en effet bloquer complètement un jury et obliger l'État à revoir son affaire, quand ce n'est pas à se demander s'il vaut même la peine de se lancer dans un second procès. Parce que c'est à lui de gagner douze esprits et douze cœurs pour obtenir une condamnation. Il n'empêche – en dehors de celui-là, les avantages de l'État sont si énormes qu'ils rendent quasiment négligeable celui de la défense. Cela dit, on fait avec ce qu'on a et pour moi la sélection des jurés a toujours été sacrée, et cette fois l'était encore plus étant donné que l'accusé, c'était moi.

Il était 14 heures et Warfield espérait – non, exigeait – qu'un jury soit en place à la fin de l'audience, seulement trois heures plus tard. Je pouvais repousser au lendemain dans la mesure où, pour finir, elle ne voudrait pas exiger quelque chose qui puisse être infirmé par une cour d'appel. Mais si moi, j'y allais trop fort, je risquais d'avoir droit à des arrêts désagréables de sa part.

En plus de quoi, j'en étais à mon dernier droit de récusation péremptoire et savais n'avoir aucun moyen de faire durer la plaisanterie trois heures de plus. Le box des jurés serait plein avant qu'on éteigne les lumières du prétoire et les débats concernant le meurtre de Sam Scales démarreraient dès le lendemain matin.

La bonne nouvelle était que ce jury se composait assez largement d'individus qui, sur mon compteur personnel, allaient, je le pensais, de l'orange du juste milieu au vert profond des prodéfense. À cause d'une défiance envers la police aussi légitime que profondément ancrée dans les minorités, les jurés de couleur sont toujours prisés par la défense parce qu'ils ont tendance à se méfier des témoignages des flics. J'avais réussi à me garder quatre Afro-Américains et deux Latinas en repoussant les efforts d'une Dana Berg bien décidée à s'en débarrasser, surtout des Noirs. Lorsque l'un de ces derniers, une femme, avait révélé avoir fait un don à la branche locale de Black Lives Matter, elle avait commencé par demander sa récusation pour motif grave. Formuler cette requête auprès d'un juge noir exigeait une bonne dose de courage, mais mettait aussi en lumière le but singulier recherché par une Berg qui voulait ma condamnation. Lorsque Warfield avait rejeté sa requête, elle avait tenté la récusation péremptoire. C'est alors que j'étais entré dans la danse en faisant valoir que sa tentative avait à voir avec la couleur de peau de la dame, ce qui constitue une exception formelle à la possibilité d'obtenir une récusation péremptoire. Warfield avait été d'accord avec moi et la femme avait été acceptée. Cet arrêt avait mis Berg en garde contre toute autre tentative de modeler le jury selon la couleur de peau, et m'avait donc, moi, permis de sélectionner les jurés très exactement de la même façon.

La défense avait ainsi remporté une belle victoire, mais la dernière série de questionnements avait laissé trois personnes à placer dans le box et il ne me restait plus qu'une récusation péremptoire. Toutes les trois étaient blanches – deux femmes et un homme. Et c'est là que mon extraordinaire qualité de profilage des jurés entra en jeu. Tôt la veille au matin, Cisco s'était posté dans le parking de la 1re Rue, où les jurés potentiels avaient l'obligation de se garer. À ce moment-là, plusieurs centaines d'entre eux avaient été appelés à faire partie d'un jury. Cisco n'avait aucun moyen de savoir qui allait atterrir dans mon panel, mais notait certains traits caractérisant ceux qui arrivaient : du genre marque et modèle de la voiture qu'ils conduisaient, plaques minéralogiques, autocollants et autres objets visibles à l'intérieur du véhicule. Quelqu'un qui conduit une Mercedes a toutes les chances de voir le monde autrement que celui qui roule en Toyota Prius.

Parfois, c'est le conducteur de Mercedes qu'on veut dans son jury. Et d'autres, celui qui roule en Prius.

Après la première séance du matin qui avait vu arriver la centaine de candidats appelés pour admission dans mon jury, Cisco était retourné au parking à l'heure du déjeuner, et encore à la fin de la journée. À son quatrième retour au parking le mercredi matin, il reconnaissait déjà des gens affectés à mon affaire et s'était mis à recueillir des renseignements sur leur compte.

La séance ouverte, il revenait du parking, s'asseyait dans la galerie réservée au public et faisait part de ce qu'il avait découvert sur tel ou tel juré potentiel à ma co-avocate. Je n'étais en effet pas seul à la table de la défense, mais plus non plus avec Jennifer Aronson. Ma nouvelle co-conseillère était Maggie McPherson. Elle s'était mise en congé exceptionnel du bureau du district attorney et avait répondu à mon appel de détresse. Je n'aurais pu trouver mieux qu'elle à mes côtés alors que j'affrontais le plus important défi de mon existence.

Personne n'a envie de se servir de sa dernière récusation péremptoire parce qu'on ne sait jamais qui va prendre la place du dernier juré potentiel qu'on vient d'écarter. On pourrait avoir ouvert la voie au plus beau rêve de l'accusation et se retrouver sans rien pour l'empêcher. C'est pour cela qu'on garde précieusement sa dernière récusation péremptoire par-devers soi et n'en use que pour les urgences et circonstances exceptionnelles. Je l'avais appris à mes dépens lorsque, frais émoulu de la fac de droit, je défendais un type accusé d'avoir agressé un flic et résisté à son arrestation. J'étais certain que l'accusation était bidon, et que le policier l'avait ajoutée parce qu'il avait une dent contre le défendeur. Il était blanc et mon client noir. La sélection des jurés m'avait vu jouer ma dernière récusation péremptoire pour virer un juré orange sur mon compteur. Et il y avait encore plusieurs Afro-Américains dans le pool, que le hasard avait appelés à servir. Je m'étais dit qu'il y avait quasiment cinquante pour cent de chances que l'un d'entre eux doive être interrogé pour le poste. J'avais bien joué. Une Noire avait été appelée, mais, l'examen se prolongeant, elle avait révélé être la fille d'un membre des forces de l'ordre qui avait donné trente-deux ans de sa vie au service du shérif. Je l'avais cuisinée longtemps en essayant de lui soutirer une réponse qui l'éjecterait pour motif grave, mais elle avait maintenu être parfaitement capable d'évaluer mon affaire en toute impartialité. Le juge avait rejeté ma demande de disqualification et je m'étais retrouvé avec la fille d'un flic dans une histoire d'agression sur la personne d'un policier sans plus de récusation péremptoire pour changer la donne. Mon client était tombé pour toutes les charges retenues contre lui et avait passé un an dans un centre de détention pour un crime qu'à mon avis il n'avait pas commis.

Je suivis ma petite routine destinée à évaluer les jurés et à les mettre dans des cases après leur interrogatoire. Il y avait, ouverte à plat sur la table devant moi, une chemise en papier ordinaire. J'y avais dessiné ce que j'appelais mes « bacs à glaçons » sur les deux rabats, à savoir deux longs rectangles divisés en quatorze carrés pour les douze jurés et leurs deux remplaçants – chaque carré de la taille d'un petit Post-it. Je portais mes idées et détails saillants sur chaque juré potentiel dans le cube numéroté correspondant à la place du box qu'il allait occuper. Au fur et à mesure que des candidats étaient rejetés et que d'autres prenaient leur place, je me servais d'un Post-it pour recouvrir les détails dont je n'avais plus besoin et recommencer. Organiser ainsi tout sur cette chemise me permettait de la fermer d'un coup si des regards curieux de l'accusation venaient à traîner sur ma table.

C'est l'accusation qui eut la première le droit d'interroger les derniers ajouts au panel. Pendant que Berg posait ses questions habituelles, nous regardâmes les SMS que Cisco envoyait sur l'ordinateur de Maggie, lequel Cisco, lui, n'avait pas à cacher ce qu'il fabriquait dans la mesure où seuls les avocats concernés par l'affaire avaient le droit de se servir d'appareils électroniques dans la salle. Cisco cachait son portable aux flics de la salle en le gardant posé sur son banc juste à côté de ses énormes cuisses.

Afin de protéger leur anonymat dans une affaire au pénal, les jurés potentiels ne répondent qu'aux numéros qui leur sont attribués lorsqu'ils s'enregistrent au centre de coordination des jurés du deuxième étage. Et les SMS de Cisco ne dérogeaient pas à la règle.

*17 garé place handicapé... sans macaron*

Cette remarque s'appliquait au mâle du nouveau trio. L'info était intéressante, mais pas de celles que je pourrais utiliser directement sans risquer de devoir révéler comment je l'avais obtenue. Devoir avouer que j'avais un enquêteur qui étudiait les jurés potentiels dans le parking n'aurait pas beaucoup plu au juge, ni non plus au barreau de Californie. Et cela ne plaisait guère non plus à Maggie McFierce. Elle se formait vite vite sur le tas en droit de la défense au pénal et n'appréciait pas toujours ce qu'elle apprenait. Mais cela ne m'inquiétait pas. Elle était maintenant sous le secret de la relation client-avocat.

J'avais regardé le 17 se lever dans la galerie du public lorsque son numéro avait été appelé. Il s'était faufilé devant tout le monde et rendu au box des jurés pour y être interrogé sans montrer le moindre handicap ou difficulté d'ordre physique. Il pouvait évidemment souffrir d'autres problèmes invisibles qui lui avaient permis d'obtenir ce qu'il fallait. Mais cela me tracassait. Si c'était un tricheur, je n'en voulais pas dans le jury.

Cisco fit aussitôt suivre son premier message par un texto sur une des deux femmes.

*68 à virer. Autocollant Trump 2020*

Le renseignement était intéressant. Les préférences politiques de tel ou tel sont de bons indicateurs de ce qu'il pense. Si la 68 soutenait le président, il y avait de fortes chances qu'elle soit une dure du respect de l'ordre public – et pas des meilleures pour un type accusé de meurtre. Qu'elle continue de soutenir le président après que les médias avaient démontré nombre de ses mensonges constituait lui aussi un facteur. Cela disait une loyauté aveugle envers une cause et indiquait que le respect de la vérité n'était pas des plus importants pour elle.

Je tombai d'accord avec Cisco : il fallait la virer.

Sur le troisième juré potentiel, la 21, Cisco n'avait pas grand-chose.

*21 conduit une Prius. Autocollant Extinction Rebellion*[1] *sur vitre arrière*

Je ne savais pas ce qu'était cet « Extinction Rebellion », mais songeai que je comprenais le message. Ces deux renseignements étaient quasiment inutiles, l'un et l'autre pouvant désigner une personne prompte à juger, particulièrement dans des questions d'environnement et de criminalité. Je pilotais une Lincoln dévoreuse d'essence,

1. Mouvement socio-écologique qui prône la désobéissance civile non violente.

info qui avait toutes les chances de sortir au cours du procès. Et j'étais accusé d'un crime extrêmement violent en plus d'être un individu qui de par sa profession traînait avec d'autres individus accusés d'actes violents.

D'une oreille, j'écoutai Berg questionner les nouveaux candidats, mais me rapprochai de Maggie qui venait de sortir les questionnaires que le trio avait remplis quand il s'était présenté à la réception.

Dans l'instant, je changeai d'opinion sur la 21 : ce que j'y lus me plaisait. Elle avait trente-six ans, était célibataire, habitait à Studio City et gagnait sa vie comme cheffe préparatrice dans un des restaurants haut de gamme du Hollywood Bowl. Cela me fit comprendre qu'elle aimait la musique et la culture et avait choisi de travailler dans un endroit où il y avait les deux. Elle avait aussi mis la lecture en premier dans la liste de ses passe-temps favoris. Et je ne pensais pas qu'à lire, on puisse éviter de tomber sur des histoires – de fiction ou de non-fiction – soulignant les fragilités du système juridique américain et, en premier lieu, que les flics comprennent souvent de travers et que des innocents sont alors parfois accusés et condamnés pour des crimes qu'ils n'ont pas commis. Pour moi, cela devait faire de la 21 une femme à l'esprit ouvert qui écouterait très attentivement mon histoire.

— Je la veux, murmurai-je à Maggie.

— Oui, elle a l'air bien, me souffla-t-elle en retour.

Puis je passai aux deux autres questionnaires. Je vis alors que la 68 avait mon âge et s'était mariée l'année même où elle avait obtenu sa licence de Pepperdine, une université chrétienne conservatrice sise à Malibu. Tout ça, en plus de son autocollant Trump, pour moi, il fallait qu'elle disparaisse.

Maggie fut de mon avis.

— Tu veux utiliser ta dernière récusation péremptoire ? me demanda-t-elle.

— Non, je vais lui poser des questions. Essayer de la virer pour motif grave.

— Et le type ? On n'a rien sur lui.

C'était du 17 qu'elle parlait. Je parcourus son questionnaire et dus reconnaître qu'elle avait raison. Rien dans cette seule et unique page ne signalait un danger quelconque. Il avait quarante-six ans et, marié, était principal adjoint dans une école privée d'Encino. Je connaissais cet établissement parce que Maggie et moi avions flirté avec l'idée d'y envoyer notre fille en section élémentaire bien des années auparavant. Nous l'avions visitée et avions assisté à une présentation destinée aux parents, mais avions fini par ne plus trop aimer. Les trois quarts des élèves sortaient de familles aisées. Nous n'étions nullement pauvres, mais Maggie était fonctionnaire et j'étais toujours à courir après des affaires qui rapportent. D'où vaches grasses un an, puis vaches maigres un autre, et nous avions pensé que la pression de ses pairs ne serait pas bonne pour Hayley. Nous l'avions inscrite ailleurs.

— Tu te rappelles le type ? demandai-je à Maggie. Il devait être là quand nous avons visité l'école.

— Je ne le reconnais pas.

— Je vais voir ce que je peux apprendre en l'interrogeant. Ça te va si je prends le trio ?

— Bien sûr. C'est ton affaire et je ne veux pas que tu t'en remettes à moi.

Pendant que Berg terminait son examen, je notai des choses sur eux trois sur des Post-it que je collai sur les cases correspondantes de mon bac à glaçons. Le 21 eut droit à de l'encre verte, le 68 à de la rouge, le 17 se voyant attribuer un point d'interrogation en orange. Puis je refermai le dossier.

## Chapitre 37

Lorsque ce fut mon tour de questionner les personnes qui allaient décider de mon avenir, Warfield me faucha aux genoux avant même que j'arrive au lutrin.

— Vous avez un quart d'heure, maître Haller, me lança-t-elle.

— Mais Votre Honneur, techniquement parlant, nous avons trois sièges à pourvoir, plus deux remplaçants, protestai-je. Et l'accusation a pris nettement plus d'un quart d'heure pour questionner ces trois candidats.

— Non, vous vous trompez. J'ai chronométré. Elle a mis quatorze minutes. Je vous en donne quinze. Qui démarrent tout de suite. Vous pouvez vous en servir pour argumenter contre moi ou poser vos questions à ces jurés.

— Merci, Votre Honneur.

Je gagnai le lutrin et commençai par la 68.

— Jurée 68, j'ai regardé votre questionnaire et n'y ai pas vu comment votre époux gagne sa vie, lui lançai-je.

— Mon mari a été tué en Irak il y a dix-sept ans de cela, me répondit-elle.

S'ensuivit un instant de silence, chacun retenant son souffle pendant que je remodelais mon approche. Je ne pouvais pas laisser les jurés déjà sélectionnés me voir traiter cette femme autrement qu'avec considération.

— Je vous présente mes condoléances, lui dis-je. Et m'excuse de vous avoir rappelé ce souvenir.

— Ne vous inquiétez pas. Ce souvenir ne me quitte jamais.

J'acquiesçai d'un hochement de tête. J'avais fait un faux pas, il fallait que je trouve un moyen d'en sortir en finesse.

— Euh, dans votre questionnaire, vous n'avez pas déclaré avoir été victime d'un crime. Ne pensez-vous pas que la perte de votre mari en est un d'une certaine façon ?

— C'était la guerre et cela n'a rien à voir avec un crime. Il a donné sa vie pour le pays.

« Pour Dieu et la patrie » – le juré cauchemar pour un avocat de la défense.

— C'était donc un héros.

— Il l'est toujours.

— Exactement. Il l'est toujours.

— Merci.

— Avez-vous déjà été jurée, ma'ame[1] ?

— C'était une des questions du formulaire. Non, jamais. Et s'il vous plaît, ne m'appelez pas « ma'ame ». Ça me donne l'impression d'être ma mère.

---

1. Façon populaire de dire « madame » à une femme d'un certain âge très utilisée dans le sud des États-Unis.

Léger rire dans l'assistance. Je souris et passai à autre chose.

— Je m'en abstiendrai. Permettez que je vous pose une autre question : qui croiriez-vous si un policier témoignait dans un sens et un citoyen lambda dans un autre tout à l'opposé ?

— Eh bien, il faudrait peser ce que chacun raconte et essayer de voir qui dit la vérité. Ça pourrait être l'officier. Ou l'autre.

— Mais donneriez-vous le bénéfice du doute au policier ?

— Pas nécessairement. Il faudrait que j'en sache plus sur lui. Vous savez bien… qui c'est, quelle impression il donne… Ce genre de choses.

J'acquiesçai à nouveau. Il commençait à être clair que nous avions affaire à une Jury Judy[1]… quelqu'un qui veut être juré et donne les bonnes réponses à toutes les questions, que cela reflète ou non vraiment ses sentiments. Je me méfie depuis toujours des gens qui veulent être jurés – qui veulent juger autrui.

— D'accord, et comme le juge vous l'a expliqué hier, vous savez que je suis et le défendeur et l'avocat de la défense dans cette affaire. Si à la fin de ce procès vous pensez que j'ai très probablement commis ce meurtre, comment voterez-vous dans la salle des jurés ?

— Il faudra que je fasse confiance à mon instinct après avoir évalué les éléments de preuve.

— Ce qui signifie ? Comment voteriez-vous ?

---

1. En référence à l'émission de télé-réalité américaine Judge Judy.

— Si je suis convaincue au-delà de tout doute raisonnable, je voterai coupable.

— Penser que je suis probablement coupable est suffisant ? Est-ce bien cela que vous voulez dire ?

— Non, comme je vous l'ai dit, il faudrait que je sois convaincue de votre culpabilité au-delà de tout doute raisonnable.

— Que signifie pour vous cette expression de « doute raisonnable[1] », ma'ame ?

Avant qu'elle puisse répondre, Warfield s'interposa.

— Maître Haller, essayez-vous de provoquer le juré ? Elle vous a demandé de ne pas l'appeler comme ça.

— Non, madame le juge. J'ai seulement oublié. Mes manières de Sudiste. Je m'excuse.

— Tout cela est bel et bon, mais je sais que vous êtes né ici, à Los Angeles, parce que je connaissais votre père.

— Façon de parler, rien de plus, Votre Honneur. Je ne redirai pas ce mot qui blesse.

— Très bien, poursuivez. Vous utilisez tout votre temps pour ce seul juré. Je ne vous en accorderai pas plus.

Un quart d'heure pour interroger les gens qui pourraient décider de votre destin. Je pensai avoir déjà mon premier motif d'appel si jamais le procès ne tournait

1. Contrairement à la France où l'on décide de la culpabilité « selon son intime conviction », aux États-Unis, c'est à l'exclusion de tout doute raisonnable qu'il convient de le faire.

pas comme je voulais. Je me concentrai à nouveau sur la femme assise dans le box des jurés.

— Pourriez-vous nous dire ce que signifie pour vous la formule de « doute raisonnable » ?

— Qu'il n'y a tout simplement pas d'autre explication possible. Qu'à se fonder sur les éléments de preuve et l'évaluation qu'on en fait, il ne pourrait s'agir de personne d'autre.

Je me rendis compte que je n'arriverais à rien avec elle. Elle avait répété ses réponses. Avait-elle suivi l'affaire dans les médias, je ne pouvais pas ne pas me poser la question.

— Hier matin, le juge a demandé de répondre à main levée à la question de savoir si quelqu'un avait lu des choses sur cette affaire dans les médias. Vous ne l'avez pas levée, c'est bien ça ?

— C'est exact. Je n'ai jamais entendu parler de cette histoire avant aujourd'hui.

Je ne la crus pas. Elle était au courant et, pour une raison ou pour une autre, elle voulait faire partie du jury. Je consultai ma montre et passai au 17. Je n'avais pas le choix.

— Monsieur, vous êtes principal adjoint dans une école élémentaire, n'est-ce pas ?

— Oui, c'est exact.

— Je vois dans le formulaire que vous avez un master en sciences de l'éducation et que vous travaillez à un doctorat.

— Oui, à temps partiel.

— Y aurait-il une raison qui vous a poussé à choisir de ne pas enseigner dans le supérieur ?

— Pas vraiment. J'aime travailler avec des enfants. Cela m'épanouit.

— Dans le formulaire, on lit aussi que vous entraînez l'équipe de basket de l'école. Cela exige-t-il beaucoup d'activité physique de votre part ?

— Pour moi, les garçons devraient voir en leur entraîneur quelqu'un à leur niveau. Quelqu'un d'en forme.

— Soulevez-vous de la fonte avec eux ?

— Euh, oui, parfois.

— Et vous courez avec eux ?

— Je fais des tours de piste avec eux au gymnase.

— Quelle est votre philosophie du sport ? Tout se résume-t-il à gagner ?

— Oui, j'aime la compétition, mais je ne pense pas que gagner soit l'alpha et l'oméga de l'affaire.

— Ce qui veut dire… ?

— Qu'il vaut mieux gagner que perdre.

Sa réponse suscita des rires polis et je changeai de direction.

— Votre épouse. D'après la fiche de renseignements, elle enseigne, elle aussi.

— Oui, dans le même établissement. C'est là que nous nous sommes rencontrés.

— J'imagine donc que vous vous rendez à l'école en covoiturage.

— Non, j'ai l'entraînement après les cours et elle travaille à temps partiel dans un magasin d'artisanat. D'où emplois du temps différents et voitures différentes.

— Pensez-vous qu'il y a des crimes graves et d'autres qui ne le sont pas ?

— Je vous demande pardon ?

— Pensez-vous qu'il y a des crimes qui ne devraient pas être des crimes ?

— Je ne vous suis pas vraiment.

— Je vous parle grands et petits crimes. L'assassinat est bien un crime, n'est-ce pas ?

— Naturellement.

— Et ceux qui assassinent doivent payer pour leurs crimes, c'est ça ?

— Bien sûr.

— Et les crimes moins importants ? Les crimes où il n'y a pas de victimes… Vaut-il la peine de s'en occuper ?

— Un crime est un crime.

Warfield intervint à nouveau.

— Maître Haller, avez-vous l'intention d'interroger le juré 21 dans le temps qui vous reste ?

Cela m'agaça. J'étais en train d'arriver à une décision pour le 17 et elle n'aurait pas dû m'interrompre.

— Dès que j'en aurai fini avec ce juré, Votre Honneur, lui répondis-je, ma frustration parfaitement claire dans ma voix. Puis-je poursuivre ?

— Allez-y.

— Merci.

— Je vous en prie, maître Haller.

Je me retournai vers le 17 et tentai de retrouver mon élan.

— Monsieur, un crime est-il un crime, qu'il soit grand ou petit ?

— Oui, évidemment.

— Comme de traverser en dehors des clous ? C'est une violation de la loi, mais pensez-vous qu'il s'agisse d'un crime ?

— Eh bien, si c'est ce que dit la loi, alors oui, c'en est un. Mais mineur.

— Et se garer sur une place handicapé quand on n'a aucun handicap ?

Je jouais gros. Tout ce que je savais sur lui se réduisait à ce que j'avais trouvé dans le questionnaire et au texto de Cisco me signalant qu'il s'était garé sur une place handicapé. Il fallait que je décide, mais je ne pouvais que danser autour de la question essentielle : était-ce un tricheur ?

Nous nous dévisageâmes en silence avant qu'enfin il ne parle.

— Il pourrait y avoir des explications raisonnables pour quelqu'un qui le ferait.

On y était. Pour lui, il n'y avait pas besoin de respecter les règles. C'était un tricheur et il ne devait pas siéger.

— Et donc, vous me dites bien que…

Warfield m'interrompit à nouveau.

— Votre temps est écoulé, maître Heller, me lança-t-elle. Si vous voulez bien approcher…

Je jurai dans ma barbe et me détournai du 17.

Nous avions géré les révocations au banc de façon que, certaines pouvant les blesser, les objections élevées contre tel ou tel juré ne soient pas formulées en séance plénière. Mais j'étais tellement en colère quand j'arrivai devant Warfield que je ne pris même pas garde à baisser le ton.

— Votre Honneur, m'exclamai-je, j'ai besoin de temps pour interroger le dernier témoin ! Vous ne pouvez pas m'en accorder de manière arbitraire en vous fondant sur celui dont l'accusation a eu besoin ! C'est manifestement injuste pour la défense.

Maggie m'avait rejoint. Signe que je devais y aller doucement, elle me tapota légèrement le bras.

— Maître Haller, ce que vous faites de votre temps n'est pas mon problème, riposta Warfield. C'est dès le début de l'audience d'hier matin, dès le début de celle d'aujourd'hui et dès le début de cette dernière séance de questionnement des jurés que je vous ai fait savoir ceci : « Nous terminerons la sélection des jurés aujourd'hui même et entamerons le procès dès demain. » Il est presque 15 heures et nous avons encore deux sièges de remplaçants à pourvoir et sans doute encore au minimum un ou deux jurés à voir. Vous avez épuisé le temps qui vous était imparti, voulez-vous, l'un ou l'autre, me donner votre décision ?

Avant même que Berg puisse intervenir, je répondis :

— J'aimerais commencer par conférer avec ma collègue. Pourrions-nous prendre la pause de l'après-midi avant de le faire ?

— Très bien, dit-elle. Vous avez dix minutes. Disposez, s'il vous plaît.

Les avocats regagnèrent leurs tables tandis que Warfield informait le public de la pause. Puis elle précisa sèchement que l'audience reprendrait très précisément dix minutes plus tard. Je me glissai sur son siège et discutai avec Maggie.

— C'est dingue, dis-je. Un quart d'heure pour questionner trois jurés ? Elle est cinglée et ça, ça peut être cassé en appel.

— Écoute, Mick. Il faut que tu te calmes, me conseilla Maggie. On ne croise pas l'épée avec un juge avant même que le procès ne commence. C'est du suicide.

— Je sais, je sais. Je resterai calme.

— Bon et maintenant, on fait quoi ? On n'a plus qu'une récusation.

Avant de répondre, je regardai par-dessus son épaule et vis que Berg parlait, elle aussi, avec son collègue – le mec à nœud pap. Cela me donna une idée. Je me retournai vers Maggie.

— Combien de récusations leur reste-t-il, à eux ? lui demandai-je.

Elle regarda son tableau.

— Trois.

— Je ne veux pas renoncer à la nôtre. Je vais tenter quelque chose et, pour ça, je voudrais que tu ailles dans le couloir pendant la pause. Ne reviens pas ici avant la fin des dix minutes.

— Quoi ?!

— Ne t'inquiète pas des récusations pour l'instant. Passe dans le couloir, juste ça.

Elle se leva d'un air hésitant, puis elle franchit le portillon pour gagner la grande porte. Je jetai un coup d'œil à la table de l'accusation avant de me tourner vers l'officier Chan, et lui fis signe d'approcher. J'ouvris ma chemise avec mes bacs à glaçons bien en évidence et échangeai vite les Post-it des jurés 21 et 17, le maître d'école se retrouvant en vert.

Chan s'approcha.

— Il faut que j'aille aux chiottes, lui dis-je. Quelqu'un pourra me ramener ?

— Levez-vous, me lança-t-il.

Je m'exécutai. Il me passa les menottes et me conduisit à la porte de la salle de détention.

— Vous avez cinq minutes.

— Deux suffiront.

Il me fit passer dans la salle de sécurité, puis dans une cellule équipée d'un siège de W-C sans couvercle. Assis sur un banc, deux hommes attendaient, très vraisemblablement qu'on les ramène aux Twin Towers après leur passage devant un juge. Je me postai dans un coin pour les empêcher de me voir et urinai tandis que Chan attendait dans le couloir.

Je pris ensuite tout mon temps pour me laver les mains au lavabo. Je voulais en laisser assez au mec à nœud pap pour qu'il s'aperçoive que, grosse erreur, je n'avais pas refermé ma chemise sur la table de la défense.

— Faut y aller, Haller ! me lança Chan de l'autre côté de la porte.

— J'arrive.

Dès mon retour à la table de la défense, je fermai la chemise et regardai du côté de l'accusation. Berg et son associé avaient cessé de parler et regardaient droit devant eux en attendant la reprise des débats.

Bientôt, plusieurs membres du pool de jurés revinrent dans la salle et Maggie me rejoignit à la table de défense.

— Et donc, qu'est-ce qu'on fait ? me demanda-t-elle.

— Je vais essayer de virer la 68 pour motif grave et j'espère que l'État me foutra le prof dehors.

— Pourquoi le ferait-il ? Pour eux, il est parfait. Je sais bien, moi, que je voudrais l'avoir si c'était mon affaire qu'on jugeait.

Je rouvris la chemise et lui montrai les Post-it. Maggie les fixait du regard et commençait à comprendre ma ruse lorsque Warfield revint au banc et rappela les parties.

Ce fut l'accusation qui attaqua.

— Votre Honneur, le Peuple usera donc de sa récusation péremptoire pour éliminer le juré 17, déclara Berg.

Je rejetai violemment la tête en arrière comme si je venais de recevoir une gifle, puis la hochai de déception. En espérant ne pas trop en faire.

— Vous êtes sûre ? s'enquit Warfield.

— Oui, Votre Honneur, lui confirma Berg.

Warfield nota sa décision.

— Et… une décision côté défense, maître Haller ?

— Oui, Votre Honneur. La défense demande l'élimination de la 68 pour motif grave.

— Ce motif grave étant… ?

— Une animosité manifeste envers la défense.

— Parce qu'elle n'aime pas qu'on l'appelle « ma'ame » ? Moi non plus, je ne veux pas qu'on m'appelle comme ça.

— Oui ça, en plus d'un ton généralement agressif, Votre Honneur. Il est clair qu'elle ne m'aime pas et cela constitue un motif suffisant.

— Puis-je être entendue sur ce point, Votre Honneur ? demanda Berg.

— Vous n'avez pas besoin de l'être. Je refuse l'élimination pour motif grave. Maître Haller, mon décompte me dit qu'il vous reste une récusation péremptoire. Voulez-vous vous en servir ?

Je marquai une pause pour réfléchir. Si je m'en servais, je n'aurais plus rien pour les remplaçants du 68 et du 17. Je ne voulais pas de trumpiste dans le box des jurés, mais ne rien pouvoir contrôler pour les deux derniers jurés du panel était risqué. Ils allaient être examinés séparément, avec d'autres récusations péremptoires possibles.

— Maître Haller ? me lança Warfield. J'attends.

Je pressai la détente.

— Oui, Votre Honneur. Nous excusons et remercions le 68.

— En usant de votre dernière récusation ?

— Oui, Votre Honneur.

— Très bien, vous pouvez disposer.

Je savais qu'il serait inutile de demander d'autres examens. Berg s'y opposerait et Warfield, qui s'en tenait fermement à sa décision de respecter son emploi du temps, ne serait pas encline à se montrer généreuse. Je regagnai ma place à la table de la défense et décidai de penser à la seule bonne chose qui venait de se produire. J'avais réussi à me débarrasser de deux jurés potentiellement problématiques pour moi en n'usant que d'une récusation péremptoire. Je ne saurais jamais si laisser ma chemise ouverte aux regards indiscrets de l'accusation avait joué un rôle dans le renvoi du principal adjoint de Pepperdine, mais force m'était de penser que c'était le cas. J'écoutai Warfield l'éliminer et le remercier avec la veuve du héros.

Pour l'instant, la cheffe cuisinière du Hollywood Bowl était à l'abri.

Warfield consulta vite une liste de numéros choisis au hasard par un ordinateur et appela les deux jurés potentiels suivants dans le box.

Nous n'avions qu'un peu plus d'une heure pour en finir.

## Chapitre 38

*Jeudi 20 février*

C'était le moment. Jeudi matin, 10 heures, fini les préparatifs, le procès allait démarrer avec les déclarations préliminaires des avocats. Les jurés et leurs remplaçants avaient été choisis la veille sans plus d'angoisse de ma part. Le pari que j'avais pris en jouant ma dernière récusation péremptoire avait payé dans la mesure où les derniers candidats n'avaient pas déclenché de grandes inquiétudes du côté de la défense. Reconnus jurés, ils avaient prêté serment et nous étions enfin prêts à y aller.

En gros, ce jury me mettait à l'aise. Il ne s'y trouvait pas de bêtes noires reconnues de l'accusation et, pour moi, trois de ses membres faisaient pencher fortement les plateaux de la balance en notre faveur. Et dans la plupart des procès, on a de la chance d'en avoir un seul.

Il n'empêche : le plaisir que j'éprouvais devant ce résultat était plus que neutralisé par ce qui me nouait l'estomac. J'étais complètement remis de l'agression que j'avais subie dans le car, mais la tension d'avoir passé une nuit sans sommeil n'avait pas baissé et j'étais nerveux. Pour avoir plaidé bien des affaires, je savais que dans un procès tout peut arriver et cela n'avait rien de réconfortant. J'étais prêt pour la bataille, mais n'ignorais pas qu'il y aurait des victimes et ne pouvais pas garantir que la vérité ne compte pas à leur nombre. Des innocents sont parfois reconnus coupables et je ne voulais pas en faire partie.

La déclaration préliminaire n'est qu'une manière d'avant-goût de ce qui va suivre et j'avais choisi la culpabilité au tiers comme stratégie de défense. Ce qui en termes juridiques signifie que le coupable est quelqu'un d'autre et que j'avais, moi, ou bien été piégé de propos délibéré, ou alors que les flics étaient tellement incompétents qu'ils avaient bousillé leur dossier – et m'avaient piégé du même coup. J'étais tout à fait conscient qu'il serait gênant, voire dérangeant, que je me tienne devant ces jurés et épouse ce genre de défense. C'est pour cela que j'avais préféré laisser Maggie McPherson se charger de la déclaration préliminaire. Je voulais qu'elle ne cesse de me montrer du doigt et use de toute sa férocité pour affirmer que j'étais innocent et que l'État n'avait pas un dossier tel qu'il puisse prouver ma culpabilité au-delà de tout doute raisonnable.

Mais je ne voulais pas non plus qu'elle aille beaucoup plus loin que ça. Pour ce qui est des déclarations préliminaires, j'étais de l'école Legal Siegel. Il disait toujours : « Moins vaut mieux que plus » ; ne montre pas ta main et ce qu'elle cache de surprises avant d'avancer tes preuves. Parce que c'est à ce moment-là que ça compte. Il affirmait aussi que les déclarations préliminaires ne valent pas qu'on leur consacre beaucoup de temps parce qu'elles sont vite oubliées dès que l'accusation présente ses arguments – avant la défense.

On pouvait aussi attendre l'ouverture des débats pour prononcer sa déclaration préliminaire. J'avais de temps en temps déjà exercé cette option dans plusieurs procès, mais cela ne m'avait jamais satisfait. Je pense depuis toujours qu'il n'est pas sage de rater l'occasion de s'adresser tout de suite aux jurés, même brièvement. Étant donné que nous entamions ce procès un jeudi, je savais qu'il s'écoulerait cinq ou six jours avant le début de la phase défense, et cela me paraissait trop long pour ne pas contrer l'État en évoquant la manière dont, moi, je voyais l'affaire.

J'avais fait part de tous ces conseils de sagesse à Maggie alors même qu'elle n'en avait rigoureusement aucun besoin. Elle avait prononcé et supporté d'entendre plus que sa part de déclarations préliminaires et savait déjà que moins vaut toujours mieux que plus.

Cela étant, il semblait bien que cette sagesse n'ait jamais fait partie de ce qu'avait appris Berg. Elle se présenta aux jurés la première et lui assena un discours de quasiment une heure et demie. J'aurais préféré dormir d'un bout à l'autre, mais dus le suivre avec attention pour prendre des notes. Une déclaration préliminaire étant la promesse de ce qu'on va servir aux jurés dans le corps des débats, il n'est pas sage d'y promettre des choses qu'on ne pourra pas tenir. C'est pour ça que je prenais des notes. J'allais tenir un tableau d'évaluation et, au fur et à mesure de l'évolution du procès, je ne manquerais certainement pas de montrer aux jurés où l'État n'avait pas fourni ce qu'il avait promis de leur donner.

Berg commença par détailler mon arrestation et la découverte du corps de Sam Scales dans le coffre de ma voiture. Et c'est là qu'elle a commis sa première erreur en annonçant aux jurés qu'ils allaient entendre l'officier de police Roy Milton leur dire comment un contrôle routier de pure routine – effectué lorsqu'il s'était aperçu que je n'avais pas de plaque d'immatriculation – avait conduit à la découverte de la victime du meurtre.

Je transcrivis ses mots verbatim parce que j'allais les renvoyer à la face de Milton lorsqu'il serait appelé à témoigner. Il n'y avait absolument rien de routinier dans ce contrôle routier ni non plus dans tout ce qui s'était passé ce soir-là.

Tôt dans sa déclaration, Berg fit aussi remarquer que Sam Scales n'était qu'un petit aigrefin qui n'avait jamais suivi le droit chemin.

En fait même, M. Scales connaissait maître Haller parce que celui-ci était l'avocat qui le défendait le plus souvent, dit-elle ainsi. Mais, quels que fussent les crimes qu'il commettait ou envisageait de commettre, jamais M. Scales n'aurait mérité d'être assassiné dans le coffre de la voiture de son avocat. N'oubliez jamais que, quoi qu'on vous raconte sur Sam Scales, dans cette affaire, c'est lui, la victime.

Si elle fit durer son discours, elle se montra aussi des plus directes et s'en tint au plus près de ce que, à la suivre, montreraient les preuves. Cela faisait beaucoup, mais n'était que vitrine mettant en valeur les points clés de l'affaire : à savoir que la victime avait été retrouvée dans mon coffre et que la balistique prouverait que c'était dans mon garage que l'assassinat avait été perpétré.

Il y avait bien eu des moments où j'aurais pu élever une objection en faisant observer qu'elle était passée de la déclaration à l'argumentation, mais je devais prêter attention à ce qui aurait pu être ressenti. Je ne voulais pas que les jurés voient en moi une espèce d'arbitre mesquin qui ne cessait de l'interrompre, et la laissai donc présenter les faits à sa guise. Au bout de quatre-vingt-huit minutes, elle boucla sa tirade en résumant les grands points de sa démonstration à venir, et donna l'impression d'en être déjà à sa déclaration finale.

— Mesdames et messieurs, lança-t-elle, les preuves que nous allons vous présenter dans les jours qui suivent montreront que maître Haller se disputait, et depuis longtemps, avec Sam Scales pour des histoires d'argent. Elles montreront que sa meilleure et seule chance de rentrer dans ses fonds était de tuer Sam Scales et de les prélever sur l'héritage. Elles montreront aussi, et au-delà de tout doute raisonnable, qu'il a effectivement suivi ce plan, celui d'assassiner M. Scales dans son garage. Ç'aurait alors été un meurtre parfait, n'avait été le regard averti d'un officier de police remarquant une absence de plaque d'immatriculation dans une rue sombre. Je vous demande donc de prêter attention aux éléments de preuve qui vont vous être présentés et de ne laisser aucun effort de la partie adverse vous distraire de votre travail de première importance. Je vous remercie.

Warfield ordonna une pause d'un quart d'heure avant qu'on passe à la défense. Ce n'était évidemment pas moi qui allais sortir de la salle. Je me retournai pour regarder la galerie réservée au public tandis que des gens se levaient pour gagner les toilettes ou seulement se dégourdir les jambes. Je constatai alors que le prétoire s'était bien rempli depuis le début de l'audience – il y avait là plus de représentants des médias et d'observateurs, du tribunal même et d'ailleurs. Je repérai plusieurs avocats que je connaissais et des employés de la cour. La rangée de devant était occupée par mon équipe et ma famille. Cisco et Lorna. Bosch était là, lui aussi, et avait même amené sa fille, Maddie. Celle-ci s'était assise à côté de la mienne. Je leur souris à toutes les deux.

Kendall Roberts, elle, n'était pas là. Après que j'avais été ramené aux Twin Towers, elle avait évalué la situation et décidé d'en rester là une deuxième fois. Elle était partie de chez moi sans laisser d'adresse. Je ne peux pas dire que j'en avais le cœur brisé. La tension que mon affaire faisait peser sur notre relation était claire depuis bien avant ma réincarcération. En fait, je ne pouvais pas lui en vouloir de s'être dégagée de tout cela. Elle avait essayé de me le dire en personne en venant assister à une de mes audiences, mais les circonstances l'en avaient empêchée. Elle m'avait alors écrit un mot, qu'elle avait envoyé à la prison. Et je n'avais plus jamais entendu parler d'elle.

La pause touchait à sa fin lorsque Hayley se leva et se faufila dans la rangée pour gagner la barrière, juste devant Cisco et derrière la table de la défense. Mon statut de prisonnier m'interdisait de la toucher ou de m'approcher d'elle. Mais Maggie fit glisser sa chaise jusqu'à la barrière.

— Merci d'être venue, Hay, lui dis-je.

— Bien sûr que je suis venue ! Je ne raterais pas ça pour tout l'or du monde. Tu vas gagner, papa. Et maman aussi. Vous allez me prouver ce que je sais depuis toujours.

— Merci, ma chérie. Comment va Maddie ?

— Elle va bien et je suis contente qu'elle ait réussi à venir. Ça fait aussi vraiment plaisir de voir oncle Harry.

— Jusqu'à quand peux-tu rester ? lui demanda Maggie.

— Je me suis dégagé toute la journée et je ne vais pas bouger d'ici. Non parce que… mon père et ma mère dans la même équipe, qu'est-ce qu'il pourrait y avoir de mieux ?

— J'espère que ça ne te mettra pas en retard dans tes cours, lança Maggie.

— T'inquiète, lui rétorqua notre future avocate de fille. Ne t'occupe que de ça.

Et elle lui montra le prétoire, à savoir ce qui allait se passer.

— Le fusil est chargé et prêt à tirer, lui répondis-je. J'ai confiance.

— C'est bien.

— Tu veux me rendre un service et ne pas lâcher les jurés des yeux ? Et si tu vois des trucs, tu me le fais savoir pendant les pauses ?

— Des trucs comme quoi ?

— Comme tout et rien, lui répondis-je. Un sourire, un hochement de tête. Quelqu'un qui s'endort. Moi aussi, je vais surveiller, mais avoir une paire d'yeux supplémentaire ne nous fera pas de mal.

— Compris.

— Merci d'être là, conclus-je, l'air sombre. Je t'aime fort.

— Moi aussi. Tous les deux.

Elle regagna son siège et Cisco et Bosch se penchèrent vers la barrière pour me parler tout bas, même si je devais me tenir à la même distance d'eux.

— On est parés ? demandai-je.

— On est bons, oui, me répondit Cisco.

Puis il se tourna vers Bosch pour avoir son accord et Bosch acquiesça d'un signe de tête.

— Bien, reprit Maggie. Pour moi, Berg va essayer de faire traîner l'audience jusqu'à la semaine prochaine. On devrait avoir nos citations à comparaître et tout le reste en ordre de bataille lundi.

— Déjà fait, dit Cisco.

— Parfait.

Des gens regagnaient leurs sièges, la pause était presque terminée.

— Eh bien, on y est, dis-je. Ici, dans cette salle, et je veux vous remercier tous les deux, pour tout.

Ils s'inclinèrent.

— C'est notre boulot, dit Cisco.

Je me retournai vers la table et me penchai vers Maggie, qui s'était déjà remise à étudier les remarques qu'elle avait griffonnées dans un bloc-notes grand format posé devant elle.

— Prête ? lui demandai-je.

— Bien sûr, me répondit-elle. Ce sera court et méchant.

La salle se calma et Warfield regagna le banc.

— Maître Haller, votre déclaration préliminaire, s'il vous plaît, me lança-t-elle.

J'acquiesçai, mais ce fut Maggie qui se leva et se rendit au lutrin. Elle avait pris son bloc-notes et un verre d'eau. Nous n'avions précisé ni à Warfield ni à l'accusation qui allait ouvrir le feu pour la défense. Je remarquai un rien de surprise sur le visage de Berg lorsqu'elle se tourna vers le lutrin en s'attendant à m'y voir. J'espérai que ce serait la première fois d'une longue série où elle serait prise au dépourvu.

— Mesdames et messieurs du jury, bonjour, lança Maggie. Je m'appelle Maggie McPherson et serai co-conseil pour la défense dans cette affaire. Comme vous en a informés la cour, Michael Haller se représente aussi lui-même dans ce procès. Ce sera donc plus souvent lui que moi qui se lèvera pour interroger les témoins et parler au juge. Mais pour ce qui est de cette déclaration préliminaire, c'est d'un commun accord que nous avons décidé qu'il vaudrait mieux que ce soit moi qui parle à sa place.

J'avais une vue complètement dégagée sur le box des jurés et laissai courir mon regard de l'un à l'autre. D'abord la rangée de devant, puis celle de derrière. J'y décelai un intérêt et une attention véritables, mais savais aussi que c'était leur première exposition aux thèses de la défense. Et je n'ignorais pas non plus qu'ils seraient peut-être aussi déçus de ne pas avoir droit à tous les détails dans ce que Maggie se préparait à dire.

— Je serai brève, entonna-t-elle. Mais d'abord, permettez-moi de vous dire : « Félicitations ! » Vous faites maintenant tous partie de quelque chose de sacré, d'une des pierres angulaires de notre démocratie. De fait, il n'est dans nos sociétés modernes rien de plus démocratique que le jury. Que ces douze inconnus rassemblés au hasard dans un seul but. Après avoir élu un chef, chacun de vous aura droit à un vote égal. Si votre devoir est de la première importance, c'est parce que vous avez maintenant le pouvoir d'ôter la vie, la liberté et les moyens de vivre à un citoyen. C'est là une responsabilité aussi formidable qu'urgente. Et lorsque vous vous serez acquittés de cette charge, vous vous séparerez et retournerez à vos existences. Il n'est rien de plus important que ce devoir que vous avez accepté d'accomplir dans cette enceinte.

Lorsque nous étions mariés, j'avais vu Maggie plaider dans des dizaines de procès et toujours, dans sa déclaration préliminaire, elle commençait par un rappel de la nature démocratique du jury. Rien de nouveau là-dedans, sauf que, pour la première fois, c'était pour la défense qu'elle se battait. Puis, son préambule achevé, elle passa à l'affaire en cours.

— C'est donc maintenant que commence votre travail, reprit-elle. Ce faisant, n'oubliez jamais que les déclarations préliminaires ne sont, au fond, que parlotte. Et ne prouvent rien. Maître Berg vous a parlé une heure et demie durant, mais ne vous a rien donné en termes de preuve. Ce n'était que de la parlotte. La défense, elle, veut en venir aux preuves ou, plutôt, à leur absence. Nous voulons, nous, vous prouver que l'État a commis une terrible erreur et accusé le mauvais homme… un innocent, oui !… de ce crime.

Elle me désigna de la main.

— Car cet homme est innocent, reprit-elle. Et il n'y a, en fait, rien d'autre à dire. Nous n'avons pas à prouver son innocence pour que vous, vous rendiez un verdict non coupable. Mais je vous promets que nous le ferons.

Elle marqua une pause pour souligner cette déclaration catégorique, puis consulta ses notes.

— Dans ce procès, enchaîna-t-elle, vous allez entendre deux histoires. Celle de l'accusation et la nôtre. L'accusation ne cessera de montrer l'accusé du doigt. Nous montrerons, nous, qu'un homme que l'État ne mentionnera jamais, et qu'il ne veut même pas que vous connaissiez, est responsable de la mort de Sam Scales. Seule une de ces deux histoires est vraie. Nous vous demandons votre patience et votre diligence et espérons que vous saurez garder l'esprit ouvert en attendant les arguments de la défense. Encore une fois, une seule histoire est vraie, et c'est celle que vous choisirez. Prêtez une attention pleine et entière aux faits. Mais soyez conscients que les faits peuvent être manipulés et ça, nous vous le démontrerons au fil des débats. Vous avez tous reçu un cahier. Surveillez qui arrange les faits et qui ne les arrange pas et notez-le de manière à bien les connaître et à savoir qui a dit et n'a pas dit la vérité lorsque vous entamerez vos délibérations.

Maggie marqua une autre pause pour prendre une gorgée d'eau. Astuce de plaideur. Toujours avoir un accessoire tel qu'un verre d'eau au lutrin lorsqu'on prononce sa déclaration préliminaire ou finale. Boire un peu d'eau permet de souligner une affirmation importante, ou de rassembler ses pensées avant de poursuivre.

Elle reposa son verre et en vint à la conclusion.

— Tout procès est une recherche de la vérité, lança-t-elle. Et dans celui-ci, ce sera à vous de la trouver.

N'ayez ni peurs ni préjugés. Vous devez tout mettre en doute. Tout ce que pourra dire tel ou tel témoin à la barre. Ses paroles et ses mobiles. L'accusation et la défense. Les preuves. C'est en le faisant que vous découvrirez la vérité. Et la vérité est que c'est le mauvais coupable qui est présentement assis à la table de la défense tandis que le vrai meurtrier, lui, est toujours dans la nature. Je vous remercie.

Sur quoi, elle reprit son verre et son bloc-notes et regagna sa place à côté de moi. Je me tournai vers elle et lui adressai un petit hochement de tête.

— Superbe ouverture ! lui murmurai-je.

— Merci, me souffla-t-elle en retour.

— Bien meilleure que tout ce que j'aurais pu faire.

Elle cligna des yeux comme si elle n'était pas sûre de la véracité de ce qu'elle venait d'entendre.

Mais je ne plaisantais pas. C'était la vérité.

# Chapitre 39

C'est toujours à l'accusation que revient la tâche d'établir la chronologie des faits et de présenter les éléments de preuve avec début et fin évidents. L'histoire à raconter est linéaire et cela peut prendre du temps et être laborieux, mais c'est obligatoire. Pour pouvoir en arriver au corps découvert dans le coffre de ma Lincoln, Dana Berg allait devoir expliquer aux jurés pourquoi on avait arrêté ma voiture et en avait ouvert le coffre. D'où la nécessité de commencer par interroger l'officier de police Roy Milton.

Il fut appelé à la barre aussitôt après la pause déjeuner et, grâce à son témoignage, Berg établit rapidement où il se trouvait et ce qu'il faisait lorsqu'il avait remarqué que je n'avais pas de plaque arrière et m'avait arrêté. Elle se servit encore de lui pour présenter les vidéos prises de sa voiture de patrouille, puis par sa caméra corporelle, les jurés ayant alors droit à une expérience viscéralement « comme-si-vous-y-étiez » de la découverte de Sam Scales dans mon coffre.

Je les regardai très attentivement pendant qu'on leur passait la vidéo. Certains furent clairement révulsés lorsque le cadavre apparut. D'autres se penchèrent en avant, apparemment fascinés par la découverte.

Au fur et à mesure qu'il témoignait, Maggie comparait ce que racontait Milton à ce qu'il avait dit lors de l'audience en échange des pièces entre les parties au mois de décembre précédent. Toute contradiction relevée pouvait faire l'objet d'une mise en cause lors du contre-interrogatoire. Mais il resta au plus près de son histoire, parfois même en répétant exactement les mêmes formulations – signe qu'avant le procès, Berg l'avait fait répéter afin de ne pas dévier de ce qui figurait aux minutes.

En fait, le seul but de son témoignage était de présenter les vidéos et de bien les mettre sous le nez des jurés. Pour l'État, c'était là une manière forte d'ouvrir son argumentation. Sauf que ce fut ensuite à mon tour d'interroger Milton. J'attendais ça depuis deux mois et... fini la mesure et les politesses dont j'avais fait montre en décembre. J'ajustai le micro sur le lutrin et m'en pris directement à lui avec ma première question. Mon but était de l'agacer de toutes les façons possibles et aussi longtemps qu'il le faudrait. Je savais que si j'y parvenais, j'agacerais aussi Dana Berg.

— Bonjour, officier Milton, lançai-je. Pouvez-vous dire aux jurés qui vous a ordonné de suivre et de contrôler la Lincoln Town Car que je conduisais le soir du 28 octobre dernier ?

— Euh, non, je ne peux pas, répondit-il. Parce que ce n'est pas ce qui s'est produit.

— Vous êtes donc en train de dire aux jurés que vous n'aviez reçu aucun ordre de m'arrêter au moyen d'un contrôle routier après que j'eus quitté le Redwood Bar ?

— C'est exact. J'ai vu votre voiture et remarqué qu'elle n'avait pas de plaque et que...

— Oui, oui, nous avons bien entendu ce que vous avez déclaré à maître Berg. Mais ce que vous nous dites maintenant, à ces jurés et à moi, c'est que vous n'aviez reçu aucun ordre de m'arrêter. C'est bien ça ?

— C'est exact.

— Avez-vous reçu un appel radio vous demandant de m'interpeller ?

— Non.

— Avez-vous reçu un message sur votre ordinateur de bord ?

— Non.

— Avez-vous reçu un appel ou un SMS sur votre téléphone portable personnel ?

— Non.

Berg éleva une objection au motif que je ne faisais que répéter la même question.

— La question a été posée et a reçu sa réponse, Votre Honneur, fit-elle remarquer.

Warfield fut d'accord.

— Le moment est venu de passer à autre chose, maître Haller, m'ordonna-t-elle.

— Oui, Votre Honneur. Et donc, officier Milton, si, au cours de ce procès, je présentais un témoin affirmant vous avoir alerté sur le fait que je quittais ce bar, cet individu mentirait, c'est bien ça ?

— Oui, ce serait un mensonge.

Je regardai le juge et lui demandai si les avocats pouvaient approcher du banc. Warfield nous fit signe de nous lever. J'arrivai le premier et attendis que Berg et Maggie me rejoignent.

— Juge Warfield, lançai-je, j'aimerais faire passer ces vidéos prises de la voiture de patrouille et par la caméra de corps de l'officier Milton.

Berg leva les mains paumes en l'air, comme pour dire : « C'est quoi, cette histoire ? »

— Nous venons de les regarder, dit-elle. On essaierait de faire mourir d'ennui les jurés ?

— Vos explications, maître Haller ? me lança Warfield.

— Mon technicien a mis et synchronisé ces deux vidéos sur le même écran. Les jurés les verront donc en simultané et seront alors en mesure de voir ce qui se passe dans la voiture au moment même où d'autres événements se produisent dans la rue.

— Votre Honneur, le Peuple élève une objection. Nous n'avons aucun moyen de savoir si ces vidéos ont été corrigées ou altérées par ce prétendu technicien. Vous ne pouvez pas autoriser cette projection.

— Madame le juge, nous ne savons pas, nous, si l'accusation n'a pas corrigé ou altéré ce qu'elle vient de montrer aux jurés, la contrai-je. Je vais donc fournir ce montage à l'accusation afin qu'elle puisse l'examiner à loisir. Si elle s'aperçoit qu'il y a eu altération, je rends mon tablier au barreau de Californie. À ceci près que ce qui se passe vraiment ici, c'est que l'accusation sait exactement où je vais avec ça, que c'est tout ce qu'il y a de plus probant et qu'elle ne veut tout simplement pas que les jurés en prennent connaissance. Or c'est de chercher la vérité qu'il s'agit ici, madame le juge, et la défense a tout à fait le droit de montrer cela aux jurés.

— Je n'ai aucune idée de ce qu'il raconte, madame le juge, dit Berg. Mais il n'empêche : le Peuple s'y oppose pour absence de fondement. Si maître Haller veut passer ça pendant la phase défense, qu'il amène son technicien et tente de prouver en quoi tout cela est fondé. Mais pour l'instant il s'agit de la partie de l'État et il ne devrait pas avoir le droit de la détourner.

— Votre Honneur, intervint Maggie, l'accusation a déjà établi ce fondement en projetant ces vidéos pour les jurés. Permettre à l'accusation de leur montrer ce qu'elle veut et interdire à la défense de faire la même chose constituerait un préjudice tout à fait inacceptable pour la défense.

S'ensuivit une pause pendant laquelle Warfield prit en compte l'intensité avec laquelle Maggie avait formulé cet argument inattendu. Et qui, moi aussi, me fit réfléchir.

— Nous allons prendre la pause de l'après-midi un peu en avance et je rendrai ma décision à notre retour, dit enfin Warfield. Maître Haller ? Préparez donc votre matériel au cas où mon arrêt vous serait favorable. Et maintenant, retournez à vos places.

Je rejoignis la table de la défense très satisfait de notre argumentation, et surtout du sous-entendu appuyé selon lequel toute décision de Warfield visant à interdire à la défense de projeter ces vidéos pourrait être cassée en appel.

Warfield ajourna les débats pour une durée de quinze minutes, Maggie et moi ne bougeant pas de la table de la défense. J'y restai parce que ma seule alternative aurait été d'aller refaire un tour à la salle de détention du tribunal. Maggie parce qu'elle pouvait connecter son ordinateur au système audiovisuel du prétoire. Que nous obtenions l'accord de Warfield et nous pourrions immédiatement projeter ces vidéos sur le grand écran accroché au mur, au-dessus du box de l'huissier et bien en face de celui des jurés.

Pendant que Maggie travaillait, je jetai un coup d'œil dans la salle et vis que Hayley et Maddie Bosch tenaient bon et n'avaient pas, elles non plus, déserté leurs sièges. Je leur adressai un sourire et un petit signe de tête, qu'elles me renvoyèrent.

À peine revenue au banc, Warfield annonça que je pouvais projeter mes vidéos simultanées. Et pendant que Berg y allait d'une nouvelle objection, je me tournai vers Maggie.

— On est prêts ?

— Parés !

— OK. Où sont les marqueurs temporels ?

— Un instant.

Elle ouvrit sa mallette, chercha dans une pile de documents et sortit une page avec les indications dont j'avais besoin pour interroger Milton en contre. Je me levai, gagnai le lutrin avec la feuille et une télécommande pour lancer la vidéo. Warfield ayant refusé l'objection de Berg, j'attaquai.

J'expliquai à Milton que j'allais lui montrer les images prises de sa voiture et par sa caméra de corps en même temps, et tout cela synchronisé. Et je lançai la projection un peu avant qu'il ne se mette à me suivre, à savoir au moment où moi, j'étais encore au Redwood. L'enregistrement avait été effectué à travers le pare-brise de la voiture de patrouille, soit vers l'ouest en descendant la 2e Rue jusqu'au croisement avec Broadway et deux rues au-delà du tunnel. Sur le trottoir sud de la 2e Rue, l'enseigne au néon rouge indiquant que le Redwood était ouvert était parfaitement visible. Ce que la caméra de corps de Milton permettait de voir était assez bas, sans doute par ce qu'il s'était tassé sur son siège. On voyait son volant et son tableau de bord. Son bras et sa main gauches étaient eux aussi visibles, son bras reposant sur le rebord de la fenêtre côté conducteur et sa main sur le haut du volant.

Je demandai à Milton d'expliquer au jury ce qu'il voyait à l'écran, il accepta à contrecœur.

— Pas grand-chose si vous voulez savoir, me répondit-il. À gauche, on a la caméra de la voiture, tournée vers l'ouest en descendant la 2e Rue. Et à droite, il y a ma caméra de corps, et moi, je suis juste assis dans la voiture.

La caméra de corps avait enregistré des bruits de conversation radio. Je continuai la projection, vérifiai ma liste de marqueurs temporels, relevai la tête et regardai l'écran.

— Bon, et maintenant, est-ce que vous voyez l'entrée du Redwood sur le côté gauche de la 2e Rue ? demandai-je à Milton.

— Oui, je la vois.

La porte du bar qui s'ouvre, deux silhouettes qui passent dehors. Il fait trop sombre pour pouvoir les identifier dans le rougeoiement du néon. Elles bavardent quelques secondes sur le trottoir, puis l'une d'elles prend vers l'ouest et le tunnel, l'autre partant dans la direction opposée, soit : celle de la caméra. Tout cela suivi d'un bruit de vibration émanant, c'est clair, d'un téléphone portable.

— Officier Milton, repris-je en figeant l'image avec ma télécommande, est-ce vous qui recevez un e-mail ou un texto sur votre portable ?

— Ça y ressemble, répondit-il, l'air de rien.

— Vous rappelez-vous la teneur de ce message ?

— Non. Dans une nuit, je peux en recevoir jusqu'à cinquante. Je ne me souviens plus de tout le lendemain, et encore moins trois mois plus tard.

J'appuyai sur la touche « play », les vidéos repartirent. Bientôt, la silhouette marchant vers l'est dans la 2e Rue apparaît dans la lumière d'un lampadaire. C'est très clairement moi.

Au moment même où je deviens reconnaissable, l'angle de visée de la caméra de corps de Milton change, comme si ce dernier se redressait sur son siège.

— Officier Milton, lui lançai-je, on dirait bien que vous passez en état d'alerte. Pouvez-vous expliquer aux jurés ce que vous êtes en train de faire ?

— Pas vraiment grand-chose. J'avais vu quelqu'un sur le trottoir et je le regardais. Et il s'est trouvé que c'était vous. Vous pouvez y voir tout ce que vous voudrez, mais, pour moi, ça ne voulait rien dire de particulier.

— Mais à ce moment-là, votre moteur est bien en train de tourner, correct ?

— Oui, c'est réglementaire.

— Ce message que vous avez reçu sur votre téléphone vous avertissait-il que je quittais le Redwood ?

Il ricana.

— Mais non ! s'exclama-t-il. Je n'avais aucune idée de qui vous étiez, ni de ce que vous faisiez et encore moins de l'endroit où vous alliez.

— Vraiment ? m'étonnai-je. Alors peut-être pourrez-vous nous expliquer la séquence suivante.

J'appuyai à nouveau sur le bouton « play » et nous regardâmes. Je jetai un coup d'œil aux jurés et vis que tout le monde avait les yeux fixés sur le grand écran. Je n'avais même pas fini d'interroger mon premier témoin que tous me suivaient, je le sentais.

À l'écran : je tourne au coin de la rue et disparais de l'enregistrement au moment où je me dirige vers le parking pour monter dans ma Lincoln. Les secondes s'égrènent sans que rien se produise, mais je n'ai aucune intention de passer en avance rapide. Je veux que les jurés sachent très exactement ce qui est en train de se jouer.

Puis la Lincoln apparaît dans l'enregistrement effectué par la caméra de la voiture de patrouille au moment où j'enfile la voie de gauche pour tourner dans Broadway au croisement de la 2e Rue. La Lincoln ne bouge pas jusqu'à ce que le feu vire au vert.

Sur la vidéo de Milton, on voit monter son bras lorsqu'il passe de la position parking à celle de drive. La manœuvre est signalée à son compteur par l'affichage d'un D majuscule.

Je figeai le plan et regardai Milton. Il n'avait toujours pas l'air inquiet.

— Officier Milton, lors de votre récent témoignage, vous avez dit aux jurés que vous n'avez décidé de suivre ma voiture qu'au moment où vous vous êtes aperçu que ma Lincoln n'avait pas de plaque à l'arrière. Peut-on voir le pare-chocs arrière sous cet angle ?

Il leva les yeux vers le grand écran et fit comme si tout cela l'assommait.

— Non, on ne peut pas.

— Mais il est clair qu'à s'en tenir aux images de votre caméra de corps, vous venez de mettre votre levier de vitesse en drive. Pourquoi l'avez-vous fait alors que vous n'aviez pas vu le pare-chocs arrière de ma voiture ?

Il garda le silence un long moment avant de formuler sa réponse.

— Je, euh… pur instinct de flic sans doute. Pour être prêt à agir s'il le fallait.

— Officier Milton, voulez-vous changer tout ou partie de votre témoignage afin qu'il reflète mieux les faits tels qu'on les voit et les entend dans cette vidéo ?

Berg bondit pour élever une objection au motif que je harcelais le témoin. Warfield la refusa et déclara :

— Moi aussi, je veux entendre sa réponse.

Milton déclina l'offre qui lui était faite de changer son témoignage.

— Bien, dis-je. Vous jurez donc sous serment que vous n'étiez pas là dans le but précis de m'attendre et de me cibler. Ai-je bien compris ?

— Oui, vous avez bien compris, me répondit-il sur un ton maintenant empreint de défi.

C'était exactement cela que je voulais faire entendre aux jurés : le ton « mais-comment-osez-vous ? » que certains d'entre eux au moins devaient bien connaître.

Celui qui, je le pensais, les amènerait à se dire qu'il y avait quelque chose de louche dans tout ça.

— Et vous ne désirez toujours pas modifier ou corriger votre premier témoignage ? insistai-je.

— Non, répondit-il avec emphase, je ne le veux pas.

Je marquai une pause pour souligner sa réponse et coulai un regard aux jurés avant de consulter mes notes. J'étais certain que pour Berg et Milton, je bluffais... que je faisais du cinéma en laissant entendre que j'avais un autre témoin dans les coulisses prêt à torpiller Milton et son témoignage. Mais ce n'était pas cela qui m'occupait. Je m'intéressais bien plus à ce que pensaient les jurés. En ne faisant que laisser entendre tout cela, j'avais conclu un pacte tacite avec eux, et leur avais promis quelque chose. Que j'allais devoir honorer si je ne voulais pas leur être redevable.

— Allons plus loin, enchaînai-je.

J'avançai la vidéo jusqu'au moment où Milton ouvrait le coffre et découvrait le corps. Je savais qu'il était risqué de remontrer cette scène aux jurés. Toute victime de meurtre filmée après une mort violente suscite la sympathie des jurés et peut déclencher un désir de justice et de vengeance immédiat – tout cela pouvant se retourner contre moi, l'accusé. Mais je pensai que, dans la balance, la récompense l'emportait sur le risque.

Lorsqu'elle avait passé ces vidéos, Berg avait veillé à ce que le son soit au plus bas. Pas moi. Je l'avais monté jusqu'à ce que tout soit clairement audible. Et lorsque le coffre s'ouvrit et que le cadavre apparut, tout le monde entendit nettement le « Ah, merde ! » de Milton, aussitôt suivi par un rire réprimé où l'on ne pouvait manquer une espèce de jubilation caractérisée.

J'arrêtai la vidéo.

— Officier Milton, pourquoi avez-vous ri en découvrant ce cadavre ?

— Je n'ai pas ri.

— Alors, c'était quoi, ce bruit ? Un gloussement ?

— Je ne m'attendais pas à voir ce qu'il y avait dans le coffre. Simple expression de surprise.

Je savais qu'il s'était préparé à ces questions avec Berg.

— « Simple expression de surprise » ? répétai-je. Êtes-vous certain que vous n'étiez pas plutôt en train de glousser en découvrant les ennuis que j'allais avoir ?

— Non, ce n'était pas du tout ça. Je sentais plutôt qu'une nuit qui s'annonçait à moitié assommante allait enfin devenir intéressante. Après vingt-deux ans de service, j'allais pouvoir effectuer ma première arrestation pour meurtre.

— À effacer des minutes pour non-réponse à la question, lançai-je à l'adresse de Warfield.

— Vous avez posé votre question et il y a répondu, répliqua-t-elle. Requête refusée. Poursuivez, maître Haller.

— Réécoutons ce passage, dis-je.

Je repassai la vidéo en montant encore le son. De quelque façon qu'il tente de le qualifier, son gloussement était indéniable.

— Officier Milton, êtes-vous vraiment en train de dire aux membres du jury que vous n'avez pas ri en ouvrant le coffre et en découvrant ce cadavre ?

— Ce que je dis, c'est que j'étais peut-être un rien abasourdi, mais certainement pas que je gloussais.

— Saviez-vous qui j'étais ?

— Oui, j'avais votre pièce d'identité. Et vous m'aviez dit que vous étiez avocat.

— Mais aviez-vous entendu parler de moi avant de m'arrêter ?

— Non, pas du tout. Je ne m'intéresse pas beaucoup aux avocats et à ce genre de trucs.

Je sentis que j'avais tiré tout ce que je pouvais de cet instant. Au moins avais-je semé des doutes sur le premier témoin de l'accusation et je décidai d'en rester là. Quoi qu'il puisse se produire plus tard, j'avais le sentiment d'avoir ouvert le procès sur une belle contestation des preuves avancées par l'État.

— Je n'ai plus de questions, dis-je. Mais je me réserve le droit de rappeler l'officier Milton à la barre pendant la phase défense du procès.

Et je regagnai la table de la défense, Berg reprenant aussitôt la barre pour tenter de réduire les dégâts, bien qu'il n'y ait pas grand-chose à faire des éléments de preuve vidéo que je venais de présenter. Elle reprit toute l'histoire un moment après l'autre, mais Milton fut incapable de trouver une explication convaincante au fait qu'il était bel et bien passé en drive sans avoir pu voir le pare-chocs arrière de ma voiture. Sans parler des vibrations de son portable qui juste avant ça avaient fermement ancré la possibilité qu'on lui ait ordonné de m'arrêter.

Je me penchai vers Maggie.

— On a la demande de saisie de son portable ? lui demandai-je en murmurant.

— Elle est prête. Je l'apporte à Warfield dès qu'elle lève la séance.

Nous allions lui demander l'autorisation d'avoir l'appel et les textos reçus par Milton sur son portable personnel. Nous avions prévu de faire suivre son témoignage et le visionnage des vidéos par cette demande de saisie de façon à ne montrer nos cartes ni à Berg ni à Milton. Je me disais que si nous obtenions gain de cause, nous n'aurions aucune trace d'appel ou de SMS qui corresponde aux vibrations que nous venions de faire entendre aux jurés. Parce que, et j'en étais assez sûr, Milton se serait servi d'un jetable pour effectuer ce genre de boulot. Et quoi qu'il en soit, je l'emporterais en l'obligeant à revenir à la barre pour répondre à mes questions pendant la phase défense. Et s'il n'y avait rien dans son portable personnel, il devrait expliquer aux jurés d'où pouvait bien venir le bruit qu'ils avaient entendu. Et lorsque je lui demanderais s'il avait un jetable sur lui ce soir-là, ses dénégations sonneraient faux aux oreilles de ceux-là mêmes qui avaient entendu ces vibrations inexpliquées.

Dans l'ensemble, je trouvais que la défense avait marqué un point en contre, et Berg semblait avoir besoin de se ressaisir. Alors qu'il restait encore une demi-heure avant la fin de cette journée d'audience, elle demanda à Warfield de l'écourter pour pouvoir étudier les éléments de preuve de son témoin suivant, l'inspecteur Kent Drucker. Elle s'attendait à ce que notre déclaration préliminaire et mon contre-interrogatoire durent plus longtemps.

Warfield acquiesça à contrecœur, mais avertit les deux parties qu'elles devaient compter sur des journées d'audience pleines et qu'en conséquence il valait mieux qu'elles planifient leurs témoignages dans ce but.

Immédiatement après cet ajournement, Maggie alla voir l'huissier avec sa demande de saisie. Je fis un geste d'au revoir à mon équipe et à ma famille, fus conduit dans la cellule de détention du tribunal et y échangeai mon costume contre une tenue de prisonnier pour être ramené aux Twin Towers en voiture. J'attendais qu'on m'escorte jusqu'à l'ascenseur sécurisé pour descendre au quai de départ des prisonniers lorsque Berg se pointa et me regarda entre les barreaux de ma cellule.

— Joli démarrage, Haller ! Le premier point va à la défense.

— Le premier de quantité d'autres, lui lançai-je.

— Ça, on verra.

— Qu'est-ce que vous voulez, Dana ? Vous passez me voir pour me dire que vous avez enfin vu la lumière et que vous laissez tomber les charges ?

— Vous rêvez ! Non, je venais juste vous dire : « Bien joué ! » C'est tout.

— Ouais, sauf que ce n'est pas un jeu. C'en est peut-être un pour vous, mais pour moi, c'est une question de vie ou de mort.

— C'est pour ça que vous devriez savourer cette victoire d'aujourd'hui. Vous n'en aurez plus d'autres.

M'ayant fait passer son message, elle s'éloigna des barreaux, pivota sur elle-même et disparut dans la direction de la salle d'audience.

— Hé ! Dana ! lui criai-je.

J'attendis, deux ou trois secondes plus tard, elle était de nouveau devant les barreaux.

— Quoi ?

— La cheffe cuisinière du Hollywood Bowl.

— Oui, quoi ?

— Je la voulais dans le jury. J'ai donc changé mes Post-it dans mon dossier pendant la pause parce que je savais que vous enverriez votre mec à nœud pap y jeter un coup d'œil.

Je vis la surprise se marquer un instant sur son visage. Puis disparaître. Et je hochai la tête.

— Ça, c'est jouer, lui lançai-je. Mais, aujourd'hui, on ne joue plus.

# Chapitre 40

*Vendredi 21 février*

Peut-être était-ce en réaction au témoignage de Milton la veille, mais ce matin-là Dana Berg arriva au prétoire avec un plan destiné non seulement à égaliser le score auprès des jurés, mais à faire carrément pencher la balance du côté de l'État. Elle avait organisé une véritable chorégraphie selon laquelle la journée verrait s'empiler si haut les éléments de preuve et mes vilains mobiles que les jurés ne pourraient plus rien voir d'autre et partiraient en week-end persuadés de ma culpabilité. La stratégie était bonne et il fallait que je réagisse.

Kent Drucker était l'inspecteur responsable du dossier. Cela faisant aussi de lui le grand narrateur de l'histoire, Berg se servit de lui pour décrire, pas à pas et sans se presser, toute l'enquête aux jurés. J'aurais pu élever des objections, et le fis de temps en temps, mais tout cela n'équivalait quand même qu'à un bourdonnement de moucheron. Je ne pourrais détourner ce flot d'informations à sens unique dont elle abreuvait le jury que lorsque enfin on arriverait à mes questions en contre et elle s'était donné pour but de m'en empêcher jusqu'après le week-end.

La séance du matin ne fut, en gros, que serrage de boulons. Elle lui fit raconter la première phase de l'investigation, de l'appel qu'il avait reçu chez lui à Diamond Bar à l'enquête en règle sur les lieux du crime. Elle fut assez maligne pour reconnaître toutes les erreurs qui avaient été commises, révélant ainsi par son intermédiaire que Dieu sait comment le portefeuille de la victime avait disparu soit de la scène de crime, soit du bureau du coroner.

— Et avez-vous retrouvé ce portefeuille ? lui demanda-t-elle.

— Toujours pas, non, répondit Drucker. Il a… tout simplement disparu.

— Une enquête a-t-elle été menée sur ce vol ?

— Il y en a une en cours.

— Et perdre ce portefeuille a-t-il gêné votre travail ?

— Jusqu'à un certain point, oui.

— Comment cela ?

— Eh bien, nous avons pu identifier la victime assez rapidement grâce à ses empreintes et cela n'a donc pas été un problème. Mais le passé criminel de cette même victime indiquait qu'il changeait fréquemment d'identité, à savoir de nom, d'adresse, de compte bancaire, etc., pour perpétrer de nouvelles arnaques. Pour moi, ce portefeuille contenait les papiers d'identité dont il se servait au moment du meurtre. Ils avaient disparu et ç'aurait été utile de les avoir dès le début.

— Avez-vous fini par retrouver cette identité ?

— Oui.

— Comment ?

— Nous l'avons apprise lors de l'échange des pièces entre les parties. C'était la défense qui l'avait et nous avons fini par la deviner lorsqu'elle nous a donné le nom de la propriétaire de la victime dans sa liste de témoins.

— La défense ? Pourquoi donc aurait-elle eu ce nom avant la police ?

J'élevai une objection au motif que la question ne pouvait susciter que des hypothèses, mais Warfield voulait entendre la réponse et rejeta ma demande. Cela poussa Drucker, qui avait une longue pratique du témoignage dans des affaires de meurtre, à faire un pas de trop.

— Je ne vois pas trop comment la défense a pu aller plus vite que nous, précisa-t-il. L'accusé s'est servi de ses droits pour refuser de nous parler après son arrestation.

— *Objection !* hurlai-je. Le témoin vient de décrier le droit de garder le silence et de ne pas être forcé de témoigner contre soi-même qui m'est garanti par le Cinquième amendement à la Constitution !

— Approchez-vous ! s'écria Warfield en colère, et elle fusilla Berg du regard tandis que celle-ci s'exécutait.

Maggie m'y rejoignit. Je vis qu'elle était tout aussi remontée que moi après le coup bas de Drucker.

— Maître Haller, vous avez formulé votre objection, commença Warfield. Souhaitez-vous un non-lieu ?

Berg me devança.

— Votre Honneur, je ne pense quand même pas…

— Silence, maître Berg ! lui ordonna sèchement Warfield. Vous êtes procureur depuis assez longtemps pour savoir que vous devez exiger de vos témoins qu'ils ne s'en prennent rigoureusement jamais au droit de l'accusé de garder le silence après son arrestation. Je prends donc en compte votre manquement et verrai à m'en occuper plus tard. Pour l'instant, je veux pouvoir entendre maître Haller.

— Je veux une instruction aux jurés, lui dis-je. Et dans les termes les plus appuyés. J'ai…

— Je suis tout à fait capable d'en formuler une qui convienne. Mais je veux surtout m'assurer que vous renoncez bien à toute demande de réparation ultérieure.

— Je ne demande pas un non-lieu, votre Honneur. Je suis jugé pour un crime que je n'ai pas commis. Je suis ici pour être disculpé, et pas simplement acquitté. Même si la cour devait accepter une requête en non-lieu et le prononcer avec dommages et intérêts suite à ce manquement grave de l'accusation, un nuage de soupçons n'en resterait pas moins suspendu au-dessus de ma tête. J'exige d'être jugé et me satisferai d'une instruction des plus fermes à l'adresse des jurés.

— Très bien, répondit Warfield. Votre requête est acceptée et je vais m'adresser aux jurés. Vous pouvez disposer, tous.

Dès que nous fûmes revenus à nos tables, Warfield se tourna vers les jurés.

— Mesdames et messieurs les jurés, entonna-t-elle, l'inspecteur Drucker vient de prononcer un commentaire inacceptable sur le droit de garder le silence que la Constitution garantit à maître Haller. La cloche qui a sonné ne peut pas ne pas avoir été entendue, mais je vous ordonne de ne tenir aucun compte de ce commentaire et plus précisément de n'en tirer aucune conclusion quant à la culpabilité de l'accusé. Le Cinquième amendement à la Constitution des États-Unis accorde à tout individu accusé de crime le droit de garder le silence et de ne pas être forcé de s'incriminer. Ce droit est né avec notre pays. Il y a de bonnes raisons à cela, mais elles sont trop nombreuses pour que je les passe en revue avec vous maintenant. Qu'il suffise de dire que dans cette affaire, et vous le savez déjà, maître Haller est avocat de la défense et qu'il connaît parfaitement la raison pour laquelle un accusé a le droit de refuser de se soumettre à un interrogatoire mené par ceux qui l'accusent. Maître Haller était tout à fait dans son droit lorsqu'il a refusé de parler après avoir été arrêté. L'inspecteur Drucker, lui, par contre, devrait savoir qu'il ne faut jamais ne serait-ce que mentionner ce droit de garder le silence explicitement reconnu par la Constitution. Et donc, parce qu'il est si important et fondamental dans notre système judiciaire, je le répète : ne tenez rigoureusement aucun compte de ce commentaire sur l'invocation de ce droit à garder le silence opérée par maître Haller après son arrestation et n'en inférez aucune preuve de sa culpabilité.

Puis elle se tourna légèrement vers Drucker pour se concentrer sur lui. Il était déjà rouge d'humiliation.

— Et vous, inspecteur Drucker ! lança-t-elle. Avez-vous besoin de temps pour revoir avec maître Berg la manière de témoigner sans y aller de commentaires de nature inconstitutionnelle, injuste et contraire à l'éthique de la profession ?

— Non, madame le juge, répondit-il en marmonnant et en fixant un point droit devant lui.

— Regardez-moi lorsque je vous adresse la parole.

Drucker pivota entièrement pour lui faire face. Le regard pénétrant de Warfield ne le lâcha pas pendant ce qu'il dut vivre comme une éternité. Après quoi, elle en braqua les rayons lasers sur Berg.

— Vous pouvez terminer votre interrogatoire, maître Berg, dit-elle.

— Inspecteur, dit celle-ci en reprenant sa place au lutrin, savez-vous si l'accusé connaissait Sam Scales ?

— Au fil des ans, Michael Haller a été son avocat dans tous ses procès au pénal. Il a eu une relation de longue durée avec la victime et il est plus que vraisemblable qu'il ait connu ses routines et ses pratiques.

— Objection ! m'écriai-je d'un ton indigné. Pures hypothèses encore une fois, Votre Honneur !

Warfield cloua le témoin sur place.

— Inspecteur Drucker, veuillez vous contenter de limiter votre témoignage à ce que vous savez en fonction de vos observations et expériences personnelles. Suis-je assez claire ?

— Oui, madame le juge, répondit l'inspecteur, pour la deuxième fois dûment châtié.

— Poursuivez, maître Berg.

Dana essayait de transformer un fiasco de l'enquête de police en soupçons sur la défense et l'accusé. Peut-être, et je le savais, me concentrais-je trop sur les soupçons dont l'accusation ne cessait de me couvrir, mais ces quelques avertissements proférés par le juge à l'attention de Berg et de Drucker n'en constituaient pas moins une victoire inattendue et se fondaient on ne peut mieux dans ma stratégie de dénonciation d'une enquête et d'accusations aussi injustes que bâclées.

Il était agréable d'obtenir ces petites victoires au milieu de cet interminable témoignage de l'accusation. Tout étant bon à prendre, je me remis vite à porter des remarques dans mon bloc-notes afin de bien me souvenir d'appuyer sur les bons boutons stratégiques lors de mon contre-interrogatoire… lorsque enfin, mais Dieu seul savait quand, cela se produirait.

Berg continua d'interroger Drucker jusqu'à la pause du déjeuner, tout ce travail ne couvrant que la première nuit de l'enquête. Il y aurait d'autres choses à voir dans l'après-midi et il devint rapidement de plus en plus clair que je ne pourrais pas dégainer avant la fin du week-end. Je jetai un coup d'œil aux jurés lorsqu'ils quittèrent leur box en rang d'oignons pour aller déjeuner. Je vis beaucoup de bras qu'on étirait et autres signes de léthargie. Jusqu'à la cheffe de cuisine qui bâilla. Qu'ils aient leur claque de la présentation de l'accusation m'arrangeait bien, mais il n'aurait pas fallu qu'ils aient déjà arrêté leur opinion sur moi.

Je déjeunai dans la cellule de détention du tribunal avec Maggie et Cisco. Warfield les avait autorisés à m'apporter de la nourriture durant les pauses travail du déjeuner. Mon repas provenant de chez Little Jewel ce vendredi-là, je dévorai mon po'boy aux crevettes comme un type qu'on vient juste de sortir d'un radeau de sauvetage à la dérive au milieu du Pacifique. Nous parlâmes de l'affaire alors même que j'avais la bouche pleine les trois quarts du temps.

— Il faut faire dérailler le train, lançai-je. Elle va jouer la montre tout l'après-midi et renvoyer les jurés chez eux pour le week-end avec la tête farcie de ma culpabilité.

— Elle fait de l'obstruction, confirma Maggie. C'est ce qu'on recommande au bureau du district attorney : tenir le témoin aussi longtemps que possible loin de la défense.

Je savais que la séance de l'après-midi verrait très probablement Berg se concentrer sur les points de l'enquête étayant les charges retenues contre moi. Elle commencerait aussi à parler mobiles, son affaire arrivant pratiquement à sa conclusion à la fin de la journée. S'écouleraient alors plus de quarante-huit heures avant que j'aie la possibilité de me battre en contre.

Il était assez réaliste de penser que la séance de l'après-midi durerait trois heures. La pause déjeuner prenant fin à 13 h 30, je ne voyais pas un seul juge garder prisonnier un jury au-delà de 16 h 30 un vendredi après-midi. Il fallait que je me taille un bon morceau de ces trois heures et Dieu sait comment obliger Berg à finir sa démonstration la semaine suivante. Peu importerait le temps qu'elle monopoliserait lundi parce qu'alors je pourrais passer au contre-interrogatoire dès l'instant où elle en aurait fini. C'était le week-end que je ne pouvais pas lui donner – deux jours pendant lesquels il n'y aurait qu'une seule version de l'histoire dans la tête des jurés était une véritable éternité.

Je jetai un coup d'œil à ce qu'il restait de mon sandwich. Les crevettes grillées y baignaient, et avec quelle délicatesse, dans une rémoulade maison.

— Non, Mickey, dit Maggie.

Je la regardai.

— Quoi ?

— Je sais à quoi tu penses, mais Warfield ne marchera jamais. Elle a été avocate de la défense et connaît toutes les astuces.

— Sauf qu'il faudra bien si je vomis sur la table de la défense.

— Oh, allons ! Une intoxication alimentaire ? C'est vraiment petit bras.

— Bon, d'accord, alors trouve-moi un moyen de retarder Dana Couloir-de-la-mort et de la faire dérailler.

— Écoute, presque toutes ses questions sont orientées. Commence par élever des objections. Et, chaque fois que Drucker émet une opinion, tu l'arrêtes.

— J'aurai l'air d'un pinailleur aux yeux des jurés.

— Alors, c'est moi qui le ferai.

— Ça ne change rien… On fait équipe.

— Mieux vaut avoir l'air d'un pinailleur que d'un assassin.

J'acquiesçai. Je savais que ces objections retarderaient les choses, mais ne suffiraient pas. Elles ralentiraient Berg, mais ne l'arrêteraient pas. Il me fallait plus. Je regardai Cisco.

— Bon, écoute, ta mission sera de surveiller les jurés dès que nous serons de retour au prétoire. Tu ne les lâches pas des yeux. Ils avaient déjà l'air fatigués ce matin et, maintenant, ils viennent de déjeuner. Le premier qui pique du nez, tu envoies un texto à Maggie et on met ça sous les yeux du juge. Ça nous donnera du temps.

— Je m'en occupe.

— En attendant, est-ce que tu as vérifié leurs réseaux sociaux depuis hier ?

— Faudra que je voie avec Lorna, me répondit-il. C'est elle qui surveillait tout ça pour que je sois libre pour tout ce que tu voulais me faire faire.

Une partie de son travail consistait à continuer de se renseigner sur les jurés. Grâce à sa surveillance dans le parking, il avait réussi à obtenir des noms de jurés par leurs plaques d'immatriculation, entre autres moyens. Il s'en était alors servi pour suivre leurs réseaux sociaux chaque fois que c'était possible et y repérer des références au procès.

— D'accord, repris-je, appelle-la avant qu'on reprenne la séance. Dis-lui de vérifier. Qu'elle voie si quelqu'un ne se vante pas d'être au jury, ou dit des trucs que la cour devrait savoir. S'il y a quoi que ce soit, on s'en saisit pour obtenir une audition en manquement aux règles de conduite des jurés. Ça foutrait en l'air le plan de Berg au moins jusqu'à lundi.

— Et si ce juré, c'est quelqu'un qu'on voulait, nous ? demanda Maggie.

Elle parlait des sept que j'avais notés en vert dans ma grille. Devoir peut-être en sacrifier un pour prolonger l'audience de deux heures était un sacré compromis.

— On verra quand on y sera, dis-je. Si même seulement on y arrive.

La discussion prit fin lorsque Chan se présenta à la porte de la cellule et nous informa que l'heure était venue de retourner au prétoire pour la séance de l'après-midi.

L'audience ayant repris, j'attaquai en m'élevant contre le fait que Berg ne cessait de poser des questions orientées à l'inspecteur Drucker. Comme je l'avais prévu, cela suscita une réaction féroce de sa part – mon grief étant même qualifié d'infondé. Et Warfield trouva l'argument justifié.

— Le défenseur sait bien qu'élever des objections après les faits n'est pas soutenable, dit-elle.

— S'il plaît à la cour, protestai-je, si j'élève cette objection, c'est pour montrer que cela se produit de manière systématique. Pour moi, cette objection est fondée et je pensais qu'une instruction du banc pourrait mettre fin à cette pratique. Cela dit, la défense n'aura aucun problème à élever ses objections au fur et à mesure des débats.

— Comme il vous plaira, maître Haller.

— Merci, Votre Honneur.

La discussion avait pris dix minutes et dérangé un peu Berg dans ses petits jeux lorsqu'elle rappela Drucker à la barre et reprit son interrogatoire. N'ayant aucune envie de me donner le plaisir de m'élever, et de manière justifiée, contre la façon dont elle formulait ses questions, elle prit grand soin, et beaucoup de temps, pour les poser. C'était ce que je voulais et j'espérais que ce rythme moins soutenu ait pour bonus d'épuiser des jurés fraîchement nourris. Qu'un seul d'entre eux sombre dans le sommeil et je pourrais grignoter encore du temps en exigeant que Warfield lance une directive à tout le jury.

Mais tous ces efforts s'avérèrent inutiles lorsque, une heure plus tard, Berg me fit cadeau de tout ce dont j'avais besoin pour jouer la pendule à mon tour. Elle avait poussé le témoignage de Drucker dans un domaine où il était question de savoir qui était Sam Scales et à quoi il jouait au moment de son assassinat. Drucker raconta comment il avait appris que Scales se servait de l'alias Walter Lennon pour faire des demandes de cartes de crédit et émettre des factures à l'en-tête de ces nom et adresse, Berg demandant que ces documents soient présentés à la cour comme éléments de preuve.

Je me penchai vers Maggie.

— On a eu ces trucs ? lui demandai-je en murmurant.

— Je ne sais pas, me répondit-elle. Mais je ne pense pas, non.

Berg nous en apporta des exemplaires après en avoir confié les originaux au greffier. Je posai ces pages sur la table entre Maggie et moi, et nous les examinâmes rapidement. Une affaire de meurtre génère de telles quantités de pièces qu'en conserver la trace est parfois un travail à plein temps, et la mienne ne dérogeait pas à la règle. En plus de quoi, Maggie n'avait remplacé Jennifer que quinze jours plus tôt. Ni l'un ni l'autre, nous ne maîtrisions à fond toute cette paperasse. Y parvenir avait été bien plus le travail de Jennifer que le mien dans la mesure où je tenais à garder le moins possible de documents à la prison.

Mais j'étais assez sûr de ne les avoir jamais vus.

— Tu as le rapport d'échange des pièces ? repris-je à l'adresse de Maggie.

Elle fouilla dans sa mallette, en sortit un dossier et y repéra un tirage papier énumérant toutes les pièces reçues du bureau du district attorney, chacune ayant droit à une description d'une ligne. Elle fit descendre son doigt jusqu'en bas de la colonne, et vérifia à nouveau.

— Non, ça n'y est pas, dit-elle.

Je me levai aussitôt.

— *Objection !* m'écriai-je avec une ferveur dont je faisais rarement montre dans un prétoire.

Berg s'arrêta en plein milieu de la question qu'elle posait à Drucker, Warfield sursautant comme si une porte en acier de cellule de détention venait de claquer violemment.

— Quelle est votre objection, maître Haller ?

— Encore une fois, madame le juge, l'accusation a violé, et de propos délibéré, les règles de l'échange des pièces entre les parties. Les efforts qu'elle déploie pour tenir la défense à l'écart d'éléments de preuve auxquels elle devrait avoir légalement accès sont proprement vertigineux et…

— Permettez que je vous arrête tout de suite, s'empressa de me rétorquer Warfield. N'argumentons pas sur ce point devant les jurés.

Elle informa ces derniers que l'audience était suspendue pour une pause de courte durée et leur demanda d'être de retour dans la salle dix minutes plus tard.

Nous attendîmes qu'ils sortent lentement de leur box et gagnent la sortie, ma colère ne cessant de grandir avec chaque minute supplémentaire de silence. Warfield attendit que la porte se referme derrière le dernier juré avant d'enfin s'attaquer à la situation.

— Bien, maître Haller, dit-elle. C'est à vous.

Je gagnai le lutrin. J'avais espéré monter une tactique de délai capable de repousser la partie du témoignage de Drucker la plus dommageable pour la défense jusqu'au lundi suivant, où j'aurais été en mesure de m'y opposer et d'en réduire les effets au moment opportun. Je me moquais bien de savoir si ce délai était légitime et voilà qu'on me servait sur un plateau une violation des règles de l'échange des pièces entre les parties qui le serait encore plus que tout ce que j'avais imaginé. J'ajustai mon coup et frappai fort.

— Madame le juge, m'exclamai-je, tout cela est proprement incroyable. Après tous les problèmes que nous avons déjà eus dans l'échange des pièces entre les parties, voilà qu'ils recommencent ! Je n'ai jamais vu ces pièces, elles ne figurent dans aucune liste supplémentaire et constituent une véritable surprise. Et maintenant, on voudrait les faire accepter par la cour ? On voudrait les faire voir aux jurés, mais jamais à moi alors qu'ici, c'est moi qui suis jugé pour meurtre ? Allons, madame le juge ! Comment cela peut-il se reproduire encore et encore ? Et sans la moindre sanction, sans aucune mise en garde ?

— Maître Berg, lança Warfield, maître Haller nous dit n'avoir pas reçu cette pièce dans l'échange. Que lui répondez-vous ?

J'avais remarqué que pendant tout le temps que je parlais, Berg feuilletait un épais classeur blanc marqué du mot ÉCHANGE au dos. Elle le feuilletait à nouveau en sens inverse lorsque Warfield lui ordonna de répondre. Berg se leva et s'adressa à la cour de sa table.

— Je ne me l'explique pas, Votre Honneur, dit-elle. Elle était bien censée figurer dans le paquet de pièces livré à la défense il y a quinze jours. J'ai quelqu'un qui vérifie les e-mails envoyés à la défense, mais j'ai sous les yeux la liste maître et je n'y vois pas le document en question. Tout ce que je puis dire, c'est qu'il s'agit d'un oubli. D'une erreur. Et je puis assurer la cour qu'elle n'était pas intentionnelle.

Je hochai la tête comme si, en guise de marché, on m'offrait une usine de glaçons en Sibérie. Je n'étais vraiment pas impressionné.

— Madame le juge, « oups » ne constitue pas une excuse légale, repris-je. Je suis dans l'impossibilité d'estimer l'authenticité, la pertinence et la matérialité de ces pièces, et ne suis pas davantage prêt à confronter et à contre-interroger le témoin là-dessus. Je suis déjà très sévèrement pénalisé dans ma capacité à préparer et à présenter ma défense. Ce manque de respect de l'État envers mes droits doit être corrigé. Qu'on respecte enfin le système judiciaire, la cour et les règles que tous nous devons apprendre et appliquer ici !

Warfield fit la moue en comprenant que cette violation des règles de l'échange était confirmée et qu'elle allait devoir trancher.

— Bien, maître Haller, dit-elle, à prendre aux mots les paroles de maître Berg, cette violation semble bien être une erreur. Mais le problème est maintenant de savoir comment procéder et cela dépend de l'importance que revêt cette pièce aux yeux du Peuple et de la capacité de l'accusé à faire face à ce témoignage et à ces nouvelles preuves contre lui. Maître Berg, quelles sont donc la pertinence et la matérialité de ces preuves et témoignage ? Quelle question concernent-elles ?

— Ces documents ont à voir avec l'alias Walter Lennon dont s'est servi Sam Scales dans ses finances et ses comptes bancaires. Ils sont pertinents quant aux mobiles que pouvait avoir l'accusé de le tuer. Ils sont cruciaux pour l'argumentation du Peuple en faveur de mobiles particuliers.

— Maître Haller, pourriez-vous, s'il vous plaît, consulter ces documents qu'on vient de vous fournir et nous dire combien de temps il vous faudra pour les analyser et les soumettre à enquête ?

— Madame le juge, je peux vous dire tout de suite qu'il me faudra au minimum tout le week-end, peut-être même plus, étant donné que les banques seront fermées jusqu'à lundi et que ma capacité à enquêter en sera limitée d'autant. Et cela ne couvre qu'une seule question. Ces documents et le témoignage afférent devraient être exclus des pièces à conviction. L'accusation, dans son zèle à…

— Nous perdons la journée, maître Haller, m'interrompit Warfield. Je vous en prie, allez au but.

— Exactement, renchérit Berg. Votre Honneur, il est clair que l'avocat de la défense a pour tactique de repousser à plus tard le témoignage de l'inspecteur Drucker. Il n'aimerait rien tant que de…

— Votre Honneur ! m'écriai-je fortement. Je rate quelque chose ? La victime, ici, c'est moi, et voilà que l'accusation tente maintenant de me reprocher sa malfaisance, intentionnelle ou autre ?

— C'était une erreur ! hurla Berg. Une erreur, madame le juge, et il essaie de faire croire que c'est la fin du monde ! Il…

— D'accord, d'accord ! hurla Warfield à son tour. On se calme et on se tait ! Tout le monde !

En Californie, les juges ne se servent pas de marteau – le système judiciaire est censé y être plus doux et plus aimable –, sinon il se serait abattu avec force. Dans le silence qui suivit l'éclat de Warfield, je la vis lever les yeux au-dessus de nos têtes et regarder la pendule accrochée au mur du fond de la salle.

— Il est déjà 15 heures passées et l'on commence à beaucoup s'échauffer, dit-elle. En fait même, vous apportez bien plus de chaleur que de lumière au débat. Je vais donc rappeler les jurés et les renvoyer chez eux pour le week-end.

Vaincue, Berg baissa la tête tandis que Warfield poursuivait en ces termes :

— Nous reprendrons cette affaire lundi matin, dit-elle. Maître Haller, je veux votre suggestion de remède sur le bureau du greffe lundi matin 8 heures au plus tard. Et vous en aurez alors envoyé une copie par e-mail à maître Berg au plus tard dimanche soir. Et vous, maître Berg, vous me préparerez un rapport sur la raison pour laquelle cet élément de preuve ne saurait être exclu du dossier, ou pourquoi d'autres propositions de sanctions seraient inappropriées. Comme je ne cesse de le répéter dans cette enceinte, je prends les règles qui gouvernent l'échange des pièces entre les parties très au sérieux. Il n'y a pas d'erreurs honnêtes dans cet échange. C'est l'ossature même de la préparation de chacune des parties et ces règles doivent être observées rigoureusement et jalousement embrassées. Toute infraction, qu'elle soit intentionnelle ou pas, doit être traitée comme une violation essentielle du droit fondamental de l'accusé à un procès où les procédures établies sont respectées. Bien, et maintenant ramenons les jurés de façon qu'ils puissent partir tôt en week-end.

Je regagnai la table de la défense et m'y rassis. Et murmurai à Maggie :

— Tu parles de tomber dans la merde et d'en ressortir en sentant la rose !

— Et moi, qu'est-ce que je suis contente de ne pas t'avoir laissé jouer le coup de l'intoxication alimentaire ! me lança-t-elle.

— Euh, oui, mais ça, ça tombe sous le secret des relations avocat-client, et ne devra plus jamais être évoqué !

— Motus et bouche cousue. Je rédige la requête et la présente. Qu'est-ce qu'on veut comme sanctions ?

— J'ai l'impression qu'on les a déjà eues. Que Warfield ait repoussé tout ça à lundi est un vrai petit triomphe pour nous.

— Et donc, pas de sanctions ?

— Je n'ai pas dit ça. Ne jamais rater une occasion de sanctionner l'État ! C'est trop rare pour en laisser passer une seule. Mais je ne veux pas d'un non-lieu et, si ce qu'Ice Berg dit sur le caractère crucial de la pièce pour établir que j'ai tué Sam Scales pour le gain est vrai, Warfield ne l'exclura pas. Réfléchissons un peu… On a tout le week-end. Je vais prendre les sorties d'imprimante et je lirai tout ça demain. Peut-être que ça me donnera des idées. Tu pourrais passer me voir aux Twin Towers dimanche ?

— J'y serai. Et peut-être que je déjeunerai avec Hayley juste avant.

— Parfait. Le plan me paraît bon.

La porte du prétoire se rouvrant, les jurés commencèrent à regagner leurs places dans les deux rangées de sièges du box. On était arrivé à la fin du deuxième jour d'interrogatoire de l'accusation et, d'après mes calculs, j'étais toujours en tête.

# Chapitre 41

*Dimanche 23 février*

Il était presque 15 heures quand on me transféra enfin dans une des salles de conférences réservées aux avocats. Le garde qui m'y amena portait un masque de la même couleur verte que son uniforme. J'en déduisis qu'il lui avait été très officiellement fourni par les services du shérif, signe que la vague qui s'annonçait était vraiment menaçante.

Il me fit franchir la porte de la pièce, où Maggie m'attendait déjà. Et elle aussi portait un masque.

— Tu rigoles ! m'exclamai-je. Non parce que… c'est vrai ? Ce truc est en train d'arriver ?

Elle garda le silence tandis que le garde me conduisait à un siège et ôtait mes menottes.

— On ne se touche pas, dit-il. Aucun appareil électronique n'est autorisé. La caméra de surveillance est allumée. Il n'y a pas le son, mais on vous verra. Si vous vous levez de cette chaise, on débarque. C'est compris ?

— Oui, répondis-je.

— Oui, répéta Maggie.

Il quitta la pièce et ferma à clé derrière lui. Je regardai la caméra montée dans un coin du plafond. Malgré le scandale et l'enquête interne que j'avais déclenchés, elle était toujours en place et nous étions censés croire que personne n'écouterait notre conversation.

— Comment vas-tu, Mickey ? me demanda Maggie.

— Je suis inquiet. Tout le monde porte un masque, sauf moi.

— Tu n'as pas la télé dans ton pavillon ? CNN ? En Chine, il y a des gens qui meurent de ce virus. Et on pense qu'il est probablement déjà ici.

— Ils ont changé les roulements et les nouveaux gardes avec les télécommandes ne nous donnent qu'ESPN et Fox News.

— Fox s'est mis la tête dans le sable. Ils ne font que protéger le président qui dit toujours que ça va aller.

— Eh bien, mais, s'il le dit, ça doit être vrai.

— Ben voyons !

Je vis qu'elle avait étalé des documents sur la table devant elle.

— Ça fait combien de temps que tu es là ? lui demandai-je.

— T'inquiète pas pour ça. J'ai travaillé.

— As-tu vu Hayley aujourd'hui ?

— Oui, on a déjeuné au Moreton Fig. C'était sympa.

— J'adore cet endroit. Il me manque. Et ça me manque de ne pas être avec elle.

— Tu vas sortir d'ici, Mickey. On a un dossier solide.

Je me contentai de hocher la tête. J'aurais bien aimé voir son visage pour y lire ce qu'elle pensait vraiment. Se contentait-elle de me remonter le moral, ou croyait-elle réellement ce qu'elle disait ?

— Tu sais, je n'ai pas ce truc… quel qu'il soit. Ce virus. Tu n'as pas besoin de porter ce masque.

— Tu pourrais très bien ne pas savoir que tu l'as. Et de toute façon, ce n'est pas toi qui m'inquiètes. C'est l'air qui circule ici. Ils disent que les prisons vont être des endroits vulnérables. Au moins ne montes-tu plus dans les cars qui font l'aller-retour entre la prison et le tribunal.

Je hochai à nouveau la tête et l'étudiai. Le masque accentuait le noir et l'intensité de ses yeux. C'étaient eux qui m'avaient attiré vingt-cinq ans plus tôt.

— De quel côté penses-tu que Hayley va aller. Accusation ou défense ?

— Difficile à dire, me répondit-elle. En fait, je n'en sais rien. Et c'est elle qui décidera. Elle a dit qu'elle n'irait pas aux cours cette semaine. Elle veut assister au procès d'un bout à l'autre.

— Elle ne devrait pas faire ça. Elle va prendre trop de retard.

— Je sais. Mais il y a beaucoup de choses en jeu pour elle. Je n'ai pas réussi à la convaincre.

— Tête de mule, la demoiselle. Et je sais de qui elle tient.

— Et moi donc !

J'eus l'impression de déceler un sourire derrière son masque.

— Peut-être qu'elle pourrait faire du droit pénal. Et comme ça, on pourrait monter un cabinet familial, dis-je. Haller, Haller et McFierce.

— Amusant. Mais… peut-être.

— Tu crois vraiment qu'ils vont te reprendre après ça ? lui demandai-je. Tu as trahi la tribu, tu es passée du mauvais côté, tout ça. Je ne sais pas s'ils vont accepter ça, même si c'est temporaire.

— Qui sait ? Et qui dit que j'aurais envie d'y retourner ? Quand je vois Dana dans cette salle, je ne peux pas ne pas me demander : « Et tu veux continuer à faire ce boulot-là ? » Je ne sais pas. Dès qu'ils m'ont flanquée à la porte de la Major Crimes pour faire de la place aux jeunes tueurs dans son genre, j'ai compris que ma carrière… qu'elle n'était pas exactement terminée, mais qu'elle… avait atteint un plateau. Et que ça n'avait plus d'importance.

— Oh, allons ! La protection de l'environnement ? Ce que tu fais est toujours important.

— S'il faut que je m'en prenne à un énième pressing parce que le type balance des produits chimiques dans les égouts, je me flingue.

— Non, non, ne te flingue pas. Passe dans mon cabinet.

— Amusant, répéta-t-elle.

— Je suis sérieux.

— Bien sûr.

Je pris ça pour un refus. Son non immédiat me rappela ce qui s'était mis entre nous et nous avait séparés alors même que notre fille nous maintenait inextricablement ensemble pour la vie.

— Tu as toujours pensé que j'étais mauvais à cause de ce que je faisais. Comme si, Dieu sait comment, ça déteignait sur moi. Je ne suis pas mauvais, Mags.

— C'est que… Tu connais le proverbe : « Caresse de chien donne des… »

— Mais qu'est-ce que tu fais ici, alors ?

— Je te l'ai dit. Quoi que je pense de ton boulot, je te connais et je sais que tu n'as pas fait ça. Tu n'aurais jamais pu. Et en plus, Hayley est venue me voir et m'a demandé de t'aider. Non, elle me l'a ordonné. Elle m'a dit que tu avais besoin de moi.

Je ne savais rien de tout cela. Toutes ces révélations concernant Hayley étaient nouvelles et me cisaillèrent.

— Waouh ! dis-je. Hayley ne m'en a jamais rien dit.

— À vrai dire, elle n'a pas eu besoin de le faire. Je le voulais déjà, Mickey. Et je ne plaisante pas.

S'ensuivit un grand silence. Je la remerciai d'un hochement de tête. Et, quand je la regardai, elle ôtait les élastiques de ses oreilles pour enlever son masque.

— On se met au boulot ? reprit-elle. Ils ne nous ont donné qu'une heure.

— Bien sûr. Des retours sur la demande de saisie du portable de Milton ?

— Ils font traîner, mais j'irai voir Warfield s'il le faut.

— Qu'est-ce que j'ai envie de lui griller les fesses, à ce type !

— On le fera.

— Et côté sanctions ?

Elle n'avait pas mis de rouge à lèvres et je me dis qu'elle ne voulait pas de maquillage sous son masque. Voir à nouveau son visage me flanqua un coup au cœur. Elle était la seule femme à m'avoir jamais fait ça.

Masque ou pas masque, maquillage ou pas maquillage, à mes yeux, Maggie était la beauté même.

— Pour moi, ou on joue gros ou on plie bagage, lança-t-elle. On dit à Warfield de remettre la caution sur la table.

Je sortis d'un bond de ma rêverie.

— En guise de sanction ? Je doute qu'elle marche. Le procès sera terminé à la fin de la semaine. Elle ne voudra jamais me faire sortir d'ici si c'est pour m'y recoller suite à un verdict coupable. Et moi, je n'ai pas non plus vraiment envie de dépenser du fric pour ce qui pourrait se réduire à quatre ou cinq jours de liberté.

— Oui, je sais, dit-elle. Warfield ne marchera pas et ce serait une bataille perdue d'avance, mais justement. Il faudra en débattre et, si on attaque avec ça, Dana devra y donner toute son énergie du lundi matin.

— On lui affale un peu la voilure, tu veux dire ?

— Exactement. Ça l'écartera sacrément de son plan.

J'acquiesçai d'un signe de tête. L'idée me plaisait.

— C'est malin, dis-je. On y va.

— OK. Je rédige la demande et je la fais passer à toutes les parties avant 18 heures. Et demain, je m'occupe de l'argumentation.

Pas moyen de ne pas sourire. J'admirais comment elle justifiait sa réputation de férocité dans les deux camps, et pour moi, en plus.

— Parfait, repris-je. Et qu'est-ce qu'on demande quand Warfield nous fusillera ?

— Rien. On met ça de côté.

— D'accord.

Elle avait l'air heureuse que je n'aie pas repoussé son idée.

— Bon, alors, et pour le reste, on en est où ?

— Opparizio, répondit-elle. Il sait qu'il se prépare des trucs et a quitté la ville hier. En voiture. Cisco avait mis ses mecs sur lui.

— Ne me dis pas qu'il a quitté l'État. Il est à Vegas ?

— Non, il s'est probablement dit qu'on pourrait l'y suivre sans difficulté. Il est en Arizona. À Scottsdale. Il est descendu au Phoenician, un complexe touristique. Cisco y passera demain pour lui coller sa citation à comparaître.

— Et s'il sait qu'il n'est pas obligé d'obéir à une citation émise dans un autre État ? C'est sans doute pour ça qu'il est parti.

— Quelque chose me dit qu'il ne le sait pas et qu'il a quitté la ville parce qu'il sentait quelque chose. Il sait sûrement qu'il y a un procès et que ce procès concerne l'assassinat dont il est responsable, d'où… on vide les lieux jusqu'à ce que ce soit fini. Mais, quoi qu'il en soit, Cisco m'a dit qu'ils mettraient tout ça sur vidéo et que ç'aurait l'air parfaitement réglo. La seule question est de savoir quand tu le veux ici.

Il fallait réfléchir. Nous avions la liste des témoins de Berg et pouvions en déduire combien de temps il lui faudrait pour présenter son affaire aux jurés. Nous avions déjà repoussé le témoignage de Drucker à lundi, mais, avant cela, l'accusation avait fait traîner les choses pour essayer d'arriver jusqu'au week-end. Berg allait donc très probablement changer de stratégie, vouloir en finir vite avec lui et essayer de prendre de l'élan. Et sur sa liste de témoins il y avait encore le coroner adjoint, l'enquêteur principal chargé des premières constatations et deux ou trois témoins supplémentaires.

— Pour moi, il lui reste deux jours max, dis-je.

— C'est ce que je pense aussi. Et donc… on dit mercredi ?

— Oui, mercredi. Génial. Ça signifie que je vais donner ma version de toute cette histoire dans moins de soixante-douze heures. J'en meurs d'envie.

— Même chose pour moi.

— Et nos autres témoins sont prêts ?

— Tous prêts à y aller. J'ai le retraité de l'EPA… Art Schultz… qui arrivera ici en avion mercredi matin. Tous les autres sont du coin. On devrait donc avoir tout le monde sur le pont et tu pourras les faire passer dans l'ordre qui te semblera le meilleur.

— Parfait.

— Selon ce qu'on trouvera dans les relevés téléphoniques, tu pourras glisser Milton où tu voudras, voire t'en servir pour le bouquet final. Commence par Moira, la fille du bar, et après c'est lui, genre la droite-gauche au foie qui met fin aux débats.

J'acquiesçai. Il était bon d'aligner ses témoins de façon à pouvoir réagir à toute surprise ou absence de celui-ci ou celui-là à la barre. Rien ne pouvait plus agacer Warfield ou n'importe quel autre juge que d'avoir un jury prêt, et pas de témoins à lui présenter. Il fallait éviter ça à tout prix.

— Et on fait quoi si Opparizio ne revient pas ou nous envoie un avocat pour annuler la citation ?

— J'y ai pensé, répondit Maggie. On pourrait aller voir Warfield et lui demander d'en émettre une du banc parce que ça, c'est valable dans tous les États. Il faudra juste envoyer nos gars le cueillir là-bas.

— Ça pourrait retarder les choses de plusieurs jours.

— C'est pour ça qu'on joue la carte Warfield. Personne n'a plus envie d'en finir avec ce procès que toi, mais elle est numéro 2 sur la liste et on lui fera comprendre qu'elle devra se servir de toute sa force pour le faire venir. C'est la pièce maîtresse de la défense. Et tout pourrait être cassé suite à appel si nous ne sommes pas capables de le coller à la barre.

— Espérons qu'on n'en arrive pas là.

S'ensuivit une pause dans la conversation, puis je passai à une autre difficulté.

— Et le FBI ? demandai-je. On y a renoncé ?

— Non, pas encore. J'ai parlé à des gens là-bas… en me faufilant dans mon bureau pour passer des coups de fil. Ça aide bien d'avoir le bureau du district attorney qui s'affiche à l'écran quand on les appelle… et du coup, ils répondent. J'essaie d'avoir un petit entretien en privé avec l'agent Ruth.

— C'est pas gagné.

— Je sais, mais, si je réussis à lui parler, j'arriverai à quelque chose. Elle n'aura jamais la permission de témoigner, mais, si elle était d'accord pour être au tribunal quand ce sera à nous de raconter l'histoire, on pourra peut-être la convaincre.

— La convaincre de quoi ? De témoigner sans l'autorisation du Bureau ?

— Peut-être. Je ne sais pas.

— Ce serait fantastique. Mais impossible.

— On ne sait jamais. Elle t'a déjà aidé une fois. Peut-être le refera-t-elle. On n'a juste qu'à trouver un moyen de l'amener à la barre. De toute façon, je pense qu'elle pourrait bien venir au procès, ne serait-ce que pour savoir ce que fabriquent Opparizio et la BioGreen.

— Bon, alors envoie-lui un bristol avec caractères en relief. On lui garde une place au premier rang. Sauf que, pour moi, jamais cette place ne sera occupée.

Il semblait bien que nous ayons tout couvert. La semaine qui s'annonçait était celle où se jouerait mon avenir. J'avais confiance en Maggie, en moi et en notre dossier. Mais il n'empêche : la crainte était toujours là. Elle ne me quittait jamais. Tout pouvait arriver au prétoire.

Maggie reprit son masque et se mit en devoir de passer les élastiques derrière ses oreilles. Même avec eux, les boucles étaient trop serrées et lui tiraient un rien les oreilles en avant. À cet instant précis, je revis notre fille quand elle était plus jeune et que ses oreilles étaient son trait le plus prononcé.

— Quoi ? me demanda Maggie.

— Quoi ?

— Qu'est-ce qui te fait sourire ?

— Oh, rien. Ton masque fait ressortir tes oreilles. Ça m'a rappelé Hay. Tu te souviens quand on lui disait qu'il fallait qu'elle soit plus grande que ses oreilles ?

— Oui. Et elle l'a fait.

Je hochai la tête à ce souvenir et regardai Maggie masquer son sourire.

— Bon, alors, avec qui sors-tu en ce moment ?

— Euh, ça ne te regarde pas.

— C'est vrai. Mais moi, j'ai envie de t'inviter. Et je ne voudrais pas que ce soit un problème.

— Non, vraiment ? Pourquoi ? Et... pour aller où ?

— Dimanche prochain... Dans une semaine exactement. On sort et on fête mon grand « non coupable ». Je t'emmène chez Mozza.

— Tu as vraiment confiance, toi.

— Il le faut. C'est la seule façon de faire. Alors, c'est oui ou c'est non ?

— Et Hayley ?

— Hayley aussi. Tout le cabinet... Haller, Haller et McFierce, pour donner un sens nouveau à la notion de droit de la famille.

Elle rit.

— OK, ça marche, dit-elle.

Elle rassembla la paperasse et se leva. Frappa à la porte en acier, puis se retourna vers moi.

— Prends grand soin de toi, Mickey.

— C'est bien l'idée. Et toi aussi.

La porte fut ouverte par un garde, sans masque celui-là, et je regardai Maggie s'éloigner. Et compris après que la porte se fut refermée que j'étais en train de retomber amoureux d'elle.

## Chapitre 42

*Lundi 24 février*

J'étais déjà assis à la table de la défense lorsque Maggie arriva. Elle laissa tomber un cahier Metro du *Times* plié devant moi en même temps qu'elle tirait son fauteuil.

— J'imagine que tu n'as pas vu le journal, dit-elle.

— Non. Je n'arrête pas de demander qu'on me l'apporte tous les matins avec mon petit déjeuner, mais rien à faire.

Elle tapota du doigt un article en bas de page. Le titre disait tout : *Agression contre « L'avocat à la Lincoln », le détenu a agi seul, dit le shérif.*

Je commençai à lire le papier, mais Maggie me le résuma alors même que je le faisais :

— Ils disent que Mason Maddox a agi complètement seul quand il a essayé de te tuer. Personne ne l'y a poussé et le service du shérif sort de l'affaire impeccablement propre, même si c'est justement ce service qui a mené l'enquête.

J'arrêtai de lire et jetai le journal sur la table.

— Des conneries, oui ! dis-je. Alors pourquoi m'a-t-il agressé ?

— D'après l'article, il aurait dit aux enquêteurs s'être trompé sur la personne contre qui il avait des griefs.

— Eh bien, comme je viens de le dire…

— C'est que des conneries.

— Je vais quand même leur coller un procès aux fesses dès que je sors d'ici.

— Bien vu !

Si elle n'avait rien de surprenant, la conclusion de l'enquête me fit sentir que j'étais encore plus vulnérable. Si l'agression de Maddox avait été orchestrée par les gardes de la prison qui voulaient se venger, rien ne pouvait les empêcher de recommencer. Leur première tentative avait été blanchie, la seconde le serait aussi.

Je n'eus guère le temps de m'éterniser sur la question. Le juge Warfield gagna le banc, les jurés restant dans leur salle tandis que l'audience consacrée au problème de l'échange entre les parties révélé le vendredi précédent était rouverte. Maggie argumenta très puissamment la nécessité de me rendre ma liberté sous caution en guise de sanction contre l'accusation, mais cela me fut refusé sans même que Dana Berg ait à se battre, Warfield se contentant de rejeter ma demande avec un simple : « Pas question de faire ça. »

Puis elle demanda si la défense voulait proposer d'autres sanctions. Maggie déclina l'offre, la question restant alors ouverte, ce qui voulait dire que, pouvant être reprise, elle donnait un avantage à la défense si jamais nous avions à faire face à la possibilité d'un arrêt discrétionnaire. Ce qu'on espérait ? Que Warfield se rappelle la violation toujours pas sanctionnée des règles de l'échange entre les parties et que son arrêt discrétionnaire penche alors de notre côté.

L'inspecteur Kent Drucker ayant été rappelé à la barre, l'accusation reprit ses questions à l'endroit même où elle les avait laissées le vendredi précédent. Comme je m'y attendais, Berg les raccourcit et modula l'allure en se servant de cette séance du matin pour amener Drucker à se concentrer sur ses constatations, à savoir la fouille de mon domicile le lendemain matin de mon arrestation, fouille qui avait conduit à la découverte du sang et de la douille sur le sol de mon garage.

Pour moi, c'était la preuve la plus compromettante, mais aussi la plus déconcertante. Pour me croire innocent, il fallait penser que je dormais pendant qu'un meurtre était perpétré sous mon propre toit et qu'ensuite j'avais passé une journée entière à rouler sans savoir qu'il y avait un cadavre dans mon coffre. Pour croire à ma culpabilité, au contraire, il fallait accepter que je sois allé droguer et enlever Sam Scales, ou que quelqu'un l'ait fait à ma place et qu'ensuite je l'aie déposé dans le coffre de ma Lincoln et tué d'une balle avant de passer toute la journée du lendemain avec son cadavre toujours dans ma voiture pour aller au tribunal et en revenir. De quelque côté qu'on sc placc, prouvcr l'unc ou l'autrc dc ces versions n'était pas des plus faciles. Et aussi bien l'accusation que la défense le savaient.

À un moment donné, Berg posa plusieurs agrandissements de ma maison sur des chevalets juste en face du box des jurés pour étayer le scénario de ma culpabilité. Ma maison est sur une pente qui descend de l'arrière du bâtiment jusqu'à la rue sur laquelle elle donne, là où s'étend mon garage à deux voitures. Un escalier à droite permet de monter jusqu'à la partie résidentielle au-dessus, celle-ci comprenant la terrasse où j'avais eu affaire aux agents Aiello et Ruth. La porte d'entrée s'ouvre sur le salon et la salle à manger, pile au-dessus du garage, ma chambre et mon bureau se trouvant tout au fond.

Berg fit témoigner Drucker sur des tests de tir avec et sans divers systèmes de réduction du son, aussi appelés « silencieux », et encore avec la porte du garage ouverte ou fermée, tout cela afin de déterminer si quelqu'un aurait pu entrer dans le garage, déposer un Sam Scales complètement drogué dans mon coffre et l'abattre de plusieurs balles sans que j'entende quoi que ce soit à l'étage au-dessus.

Avant même que Berg puisse interroger l'inspecteur sur les conclusions qu'il en tirait, j'élevai une objection et demandai un aparté[1] à Warfield. Elle nous fit signe d'approcher.

— Madame le juge, commençai-je, je sais parfaitement ce qu'est en train de faire l'accusation. Elle va demander à l'inspecteur si tous ces tirs pouvaient être entendus à l'étage, mais ce témoin n'est expert ni en balistique ni en acoustique. Il n'est donc pas en mesure de donner une opinion fondée sur ce point. Et en plus, il y a là trop de facteurs qui ne sont pas pris en compte. La télé était-elle allumée ? Et la stéréo ? Et le lave-vaisselle et le lave-linge ?

---

1. Courte conférence qui voit les deux parties exposer leurs thèses au juge hors de portée d'oreille des jurés.

Où me trouvais-je dans la maison quand tout cela était censément en train de se produire ? Sous la douche ? Endormi dans mon lit avec des bouchons d'oreille ? En fait, maître Berg est en train de contrer une position de la défense avant même que nous l'ayons formulée.

— Maître Haller n'a pas tort, maître Berg, dit Warfield. Je suis encline à mettre fin à ce type de questions.

— Votre Honneur, cela fait maintenant vingt minutes que nous avons pris ce chemin. Si je me vois interdire d'aller jusqu'au bout, l'État sera montré aux jurés sous un mauvais jour. Le témoin nous décrit les efforts déployés par la police pour voir si le suspect pourrait être innocent. Que se passera-t-il lorsque maître Haller nous sortira la défense éculée de l'accusation qui ne voit que ce qu'elle veut voir ? Il accusera l'inspecteur Drucker de ne se concentrer que sur sa culpabilité à l'exclusion de toute autre hypothèse pouvant le disculper. Maître Haller ne doit pas pouvoir jouer sur les deux tableaux.

— Vos remarques sont justes, elles aussi, maître Berg, répondit Warfield. Nous allons donc prendre la pause déjeuner et j'aurai pris une décision sur l'objection de maître Haller quand nous en reviendrons ici à 13 heures pile.

La séance étant ajournée, je fus reconduit à la salle de détention du tribunal pour une heure. Maggie ne m'y rejoignit qu'après quasiment une demi-heure et m'y apporta un sandwich que Lorna avait acheté chez Cole – et des nouvelles de l'Arizona.

— Ils l'ont eu ! s'écria-t-elle. Il était dans sa suite où il s'était fait monter de la nourriture et ils se disaient qu'ils allaient devoir taper à sa porte pour lui servir sa citation à comparaître quand il est allé faire un tour à la piscine. Ils l'ont coincé en maillot et peignoir de bain.

— Tony Soprano, dis-je en me rappelant que, tout mafieux de la télé qu'il était, celui-ci adorait traîner autour de sa piscine dans cette tenue.

— Exactement ce que je me disais.

— Et ils l'ont en vidéo ?

— Oui, toute la scène. Et je l'ai sur mon portable. Je pourrai te la montrer au prétoire parce qu'ils n'ont pas voulu que je l'apporte ici.

Je déballai mon sandwich. Du rôti de bœuf entre deux petits pains. Je mordis dedans et parlai la bouche pleine.

— Parfait. Et donc, on aura Opparizio ici mercredi... s'il se pointe.

J'avalai une autre bouchée. Délicieux, ce sandwich, mais je remarquai que Maggie ne mangeait pas.

— Tu en veux un bout ? lui demandai-je. Il est génial.

— Non, je suis trop inquiète pour manger.

— Inquiète de quoi ? Pour le procès ?

— Quoi d'autre ?

— Je ne sais pas. Je n'ai jamais pensé que Maggie McFierce puisse être inquiète.

— Tu n'imagines même pas.

— Bon, alors, de qui Opparizio se sert-il maintenant ? Dans l'affaire Lisa Trammel, il avait pris Zimmer et Cross pour essayer de nous bousiller notre citation à comparaître. Ils ont échoué. J'ai même entendu dire qu'il les avait virés juste après.

— D'après ce que j'ai tiré des documents de la BioGreen qu'on a obtenus, il emploierait le cabinet

Dempsey et Geraldo pour des tas de trucs. Mais je ne sais pas s'ils travaillent au pénal.

— Intéressant, ça.

— Pourquoi ?

— Parce que je me suis déjà battu contre eux. Ils représentent des tas de flics. Surtout Dempsey. On dirait bien qu'avec Opparizio ils sont à l'autre bout du spectre.

Maggie pinçant les lèvres, je compris qu'elle envisageait quelque chose.

— Quoi ? lui demandai-je.

— Je réfléchis, c'est tout. J'aimerais bien avoir la liste de leurs clients flics. Histoire de voir s'il n'y aurait pas un lien avec Drucker.

— On peut l'avoir.

— Oui, mais on ne va pas me la donner juste comme ça.

— Non, mais tu as accès à la base de données des tribunaux du comté. Entre leurs noms et tu auras toutes les affaires dans lesquelles ils sont impliqués.

— J'ai pris un congé, tu te rappelles, Mickey ? Ça pourrait me valoir la porte.

— Hier, tu m'as dit te faufiler dans ton bureau pour passer des coups de fil de ton fixe.

— Ce n'est pas pareil.

— Comment…

L'officier Chan ouvrit la porte de la cellule et nous informa que c'était l'heure de retourner au prétoire. Maggie et moi laissâmes tomber cette conversation.

Dès que nous fûmes de nouveau à la table de la défense, Maggie sortit son portable et me passa la vidéo qu'elle avait reçue de Cisco à Scottsdale. Elle avait beaucoup baissé le son, mais j'en entendis assez. Et pus voir à la grimace et au visage écarlate d'Opparizio qu'il était furieux d'avoir reçu, et officiellement, cette citation à comparaître. Et qu'avoir été filmé ne l'avait pas ravi non plus. Il s'était jeté en avant, son peignoir de bain s'ouvrant sur la bedaine d'un blanc de lavabo qui pendait par-dessus son maillot de bain. Le type derrière la caméra – un des Indiens de Cisco – ayant été plus rapide, l'appareil photo avait échappé à la main d'Opparizio sans que celui-ci soit jamais hors cadre.

Ma référence à Tony Soprano était parfaite et je me demandai si Opparizio n'adorait pas cette ressemblance.

Après avoir raté l'appareil photo, il avait été emporté par son élan, s'était tourné vers Cisco et avait fait deux pas dans sa direction, Cisco l'attendant calmement de pied ferme. Je vis se tendre les épaules et les bras de mon enquêteur. Et n'en ratant rien, lui non plus, Opparizio avait préféré lui faire un doigt d'honneur, de loin, et lui hurler des menaces creuses plutôt que de se battre avec lui. À aucun moment il ne s'était écrié que la citation ne valait rien parce qu'émanant d'un autre État. Il était clair qu'il ignorait ce point de droit.

Maggie arrêta la vidéo au moment où Chan demandait le silence dans la salle.

— Il n'y a plus rien après ça, me chuchota-t-elle. Il est remonté dans sa chambre en courant après avoir injurié Cisco.

Elle laissait tomber son portable dans sa mallette lorsque Warfield se rassit au banc.

Avant de demander qu'on ramène les jurés dans la salle, celle-ci donna sa décision sur l'objection que j'avais formulée.

— Maître Berg, dit-elle, vous avez obtenu le résultat que vous vous proposiez d'atteindre. L'inspecteur Drucker a pu témoigner sur les tests pratiqués au domicile de l'accusé, mais ses opinions sur le sens de ces expériences sont hors sujet. Vous voudrez bien passer à un autre domaine de questions.

Encore une petite victoire pour la défense.

Le jury fut rappelé et l'inspecteur Drucker reprit sa place à la barre. Berg termina son interrogatoire au bout d'une heure, sa dernière série de questions ayant pour but de souligner le mobile qui m'aurait poussé à tuer Sam Scales, à savoir : l'argent.

Au milieu du témoignage de Drucker sur la fouille qu'il avait menée dans mon entrepôt, elle présenta la lettre que j'avais fini par envoyer à Scales pour récupérer l'argent qu'il me devait. Elle fut acceptée comme pièce à conviction sans que je m'y oppose. Je ne voulais pas la cacher aux jurés. Pour moi, elle pouvait fonctionner dans les deux sens, ce que je montrerais très clairement quand je passerais à la phase défense.

Dans toutes ses questions, Berg tenta de faire croire aux jurés que cette lettre était l'élément de preuve clé que j'avais essayé de celer en l'enfouissant au plus profond des documents que je conservais dans un énorme hangar plein d'autres cochonneries.

— Où exactement avez-vous trouvé cette lettre dans l'entrepôt de maître Haller ? demanda-t-elle.

— Il y avait une minuscule penderie vers le fond. La porte en était comme cachée derrière un porte-vêtements. Mais nous l'avons trouvée et à l'intérieur il y avait plusieurs meubles classeurs. Les tiroirs étaient bourrés de dossiers qui ne semblaient pas y avoir été rangés en ordre. Nous en avons découvert un sur Sam Scales et c'est là qu'il y avait cette lettre.

— Et quand vous l'avez lue, y avez-vous vu un élément de preuve possible dans cette affaire ?

— Oui, tout de suite. Il s'agissait d'une demande… d'une dernière demande pour récupérer l'argent que, d'après Haller, Sam Scales lui devait.

— Avez-vous senti une menace à l'encontre de Sam Scales dans ce document ?

Maggie me donna une tape sur le bras et me montra la barre d'un signe de tête. Elle voulait que j'élève une objection avant que Drucker ait le temps de répondre à la question – de donner une opinion sur ce que devraient décider les jurés. Mais je fis non de la tête. Je voulais entendre sa réponse de façon à pouvoir la retourner contre lui lorsque mon heure serait venue.

— Oui, une menace, absolument, répondit-il. Il y est écrit que c'est sa dernière demande avant qu'on passe à des choses nettement plus sérieuses.

— Merci, inspecteur, dit Berg. La dernière chose que je vous demande, c'est de montrer une vidéo dans laquelle vous parlez à l'accusé, mais en sa capacité de défenseur à ce moment-là. Vous rappelez-vous cette conversation ?

— Oui.

— Et elle a été filmée ?

— Oui.

— Montrons-la aux jurés.

Maggie se pencha vers moi.

— C'est quoi, ce truc ? me souffla-t-elle.

— Sa dernière tentative pour me faire avouer, lui soufflai-je en retour. Je lui ai dit d'aller se faire foutre.

La vidéo fut projetée sur le grand écran mural au-dessus du poste du greffe. Elle avait été prise dans une salle d'interrogatoire des Twin Towers. J'avais en gros une semaine de prison derrière moi lorsque Drucker et son coéquipier Lopes étaient venus me voir pour me dire ce qu'ils avaient et me demander de coopérer.

« Nous voyons que vous allez vous défendre vous-même dans ce dossier, lançait Drucker. C'est pourquoi nous sommes ici aujourd'hui et voulons parler à l'avocat et pas à l'accusé que vous êtes.

— Comme vous voudrez, lui répondais-je. Sauf que, si vous parlez à l'avocat, c'est un procureur que vous devriez avoir avec vous. Mais c'est vrai aussi que dans cette affaire, vous avez la tête dans le cul depuis le début, Drucker. Pourquoi faut-il donc que je récolte les deux inspecteurs les plus nuls de la brigade et qu'ils soient incapables de voir ce dont il s'agit ?

— Désolés d'être aussi nuls. Et qu'est-ce que nous ne voyons pas ?

— Que c'est un coup monté. Quelqu'un m'a piégé et vous, vous avez mordu à l'hameçon et avalé toute la ligne. Vous êtes lamentables.

— Eh bien, c'est justement pour ça que nous sommes ici. Je sais que vous avez déjà dit que vous ne nous parleriez pas et c'est votre droit. Et donc, c'est à l'avocat que vous êtes officiellement dans ce dossier que nous disons ce que nous avons et ce que nous montrent les éléments de preuve. Peut-être que ça changera le point de vue de votre "client", mais peut-être pas. En tout cas, c'est maintenant le moment où, si vous le voulez, vous pouvez nous parler.

— Allez-y donc ! Dites-moi ce que vous avez.

— Eh bien, nous avons le cadavre de Sam Scales dans le coffre de votre voiture. Et grâce à la balistique et autres, nous pouvons prouver qu'il a été tué dans votre garage pendant que censément vous étiez à vous tourner les pouces à l'étage au-dessus.

— Des conneries, oui ! Vous essayez de m'enfumer. Vous me croyez si bête que ça ?

— Nous avons du sang sur le sol et la balistique… Nous avons trouvé la douille par terre dans votre garage, Haller. C'est vous qui avez fait le coup et on peut le prouver. Et que je vous dise… on dirait bien que ce meurtre a été planifié. Et ça, c'est de l'assassinat prémédité et ça coûte perpète sans possibilité de conditionnelle. Vous avez… non, votre client a… une fille. Si jamais il veut la revoir ailleurs qu'au parloir, c'est le moment de nous dire exactement ce qui s'est passé. Cela s'est-il produit dans le feu de l'action, y a-t-il eu bagarre, quoi ? Vous voyez ce que je veux dire, maître ? Votre client est baisé. Et juste là, il y a une petite fenêtre de tir pour aller voir le district attorney, lui expliquer tout ça et essayer de vous, enfin… de lui trouver le meilleur arrangement possible. »

S'ensuivait un long moment de silence tandis que je dévisageais Drucker. Je me rendis compte que c'était ça que Dana Berg voulait montrer aux jurés. L'hésitation qui faisait croire que j'étudiais l'offre de Drucker – car qui, sinon un coupable, aurait marqué une pause pour peser le pour et le contre ? Sauf que, bien sûr, ce n'était pas ça que je faisais. J'essayais de trouver un moyen de lui soutirer plus d'infos sur mon affaire. Il venait de mentionner deux éléments de preuve clés qui, à l'époque, m'étaient inconnus. Le sang et la balistique – une douille retrouvée dans mon garage. Je voulais le blouser pour qu'il m'en donne plus, et c'était autour de ça que tournait ce silence. Mais les jurés, eux, y verraient tout autre chose.

« Et vous voulez que j'accepte un arrangement ? enchaînais-je dans la vidéo. Eh bien, allez vous faire foutre avec votre arrangement. Qu'est-ce que vous avez d'autre ? »

Et là, Drucker souriait visiblement. Il savait ce que je faisais. Il m'avait donné tout ce qu'il avait l'intention de me donner.

« OK, répondait-il alors. Mais n'oubliez pas ce moment, celui où on vous a donné une chance. »

Et Drucker commençait à se lever de la table. Berg mit fin à la projection.

— Votre Honneur, dit-elle, pour le moment je n'ai plus de questions à poser à l'inspecteur Drucker, mais je demande l'autorisation de le rappeler pour témoigner à nouveau plus tard dans le cours du procès.

— Très bien, dit Warfield. Il est un peu trop tôt pour prendre la pause de l'après-midi. Maître Haller ? Maître McPherson ? Des questions à poser à ce témoin ?

Je me levai et gagnai le lutrin.

— Votre Honneur, entonnai-je. L'inspecteur Drucker sera un témoin clé dans la phase défense et je vais garder l'essentiel de mes questions pour ce moment-là. Mais, si vous m'y autorisez, je vais en poser quelques-unes tout de suite sur le témoignage que l'inspecteur nous a donné depuis la pause déjeuner. Il y a dans ce qu'il a dit des choses incomplètes et inexcusables et je n'ai aucune envie qu'elles languissent dans l'esprit des jurés même seulement vingt-quatre heures.

Berg se leva aussitôt.

— Madame le juge, je m'élève contre la façon dont viennent d'être caractérisés et l'inspecteur et son témoignage. L'avocat de la défense essaie de…

— Accepté, dit Warfield. On pose des questions, maître Haller. On n'argumente pas. Gardez votre ton et vos opinions pour vous.

— Merci, Votre Honneur, répondis-je comme s'il n'y avait pas eu réprimande.

Je vérifiai les notes que j'avais griffonnées dans un grand bloc-notes à peine quelques minutes plus tôt.

— Bien, inspecteur Drucker, repris-je. Parlons donc de cette lettre qui, à vous entendre, contiendrait des menaces de violences.

— J'ai parlé de menaces, dit-il. Pas de menaces de violences.

— Mais ne serait-ce pas cela que vous dites vraiment, inspecteur ? Nous sommes bien ici parce que ceci est un procès pour meurtre, non ?

— Si, c'est bien un procès pour meurtre, mais non, je n'ai pas dit que cette lettre constituait une menace de violences.

— Vous ne l'avez pas dit, mais vous voulez que les jurés arrivent à cette conclusion à votre place, n'est-ce pas ?

Berg éleva une objection au motif que j'étais déjà en train de harceler le témoin au bout d'à peine trois questions. Warfield m'avertit de faire attention au ton que je prenais, mais lui opposa que le témoin pouvait répondre à la question.

— Je ne fais qu'énoncer des faits, répondit Drucker. Aux jurés d'en tirer les conclusions et d'y voir tous les liens qu'ils voudront.

— Vous avez déclaré que cette mystérieuse penderie où vous avez trouvé cette lettre était cachée derrière un porte-vêtements, c'est bien ça ?

— Oui, il y avait un porte-vêtements qui obscurcissait la porte et nous avons dû le déplacer.

— Donc maintenant cette porte était « obscurcie » et non plus « cachée ».

— Il s'agit d'une question ?

— Ce porte-vêtements qui cachait ou « obscurcissait » la porte de cette penderie… était-il monté sur roulettes, inspecteur Drucker ?

— Euh, oui… je crois.

— Ce qui fait que lorsque vous dites que vous et vos coéquipiers dans cette fouille avez dû le déplacer, vous voulez seulement dire que vous l'avez poussé de côté, c'est bien ça ?

— Oui.

— Et à propos… étais-je présent lors de cette fouille ?

— Vous l'étiez.

— Mais vous ne l'avez pas mentionné plus tôt dans votre témoignage, si ?

— Non, l'occasion ne s'en est pas présentée.

— Et ne suis-je pas celui-là même qui vous ai dit de déplacer ce porte-vêtements afin d'atteindre cette penderie où je gardais mes archives financières ?

— Je ne m'en souviens pas.

— Vraiment ? Vous ne vous rappelez pas être venu chez moi avec votre mandat de perquisition et qu'alors, je vous ai volontairement proposé de vous emmener à l'entrepôt où je conservais les documents que vous vouliez voir ?

— Vous avez accepté de nous retrouver à l'entrepôt et de nous l'ouvrir afin que nous n'ayons pas à briser le cadenas.

— D'accord, et une fois que vous y avez été et avez découvert cette penderie prétendument cachée, ne vous ai-je pas indiqué dans quel meuble classeur chercher les documents échangés entre moi et Sam Scales ?

— Ce n'est pas comme ça que je m'en souviens, non.

— Bien, combien de classeurs y avait-il dans cette salle, inspecteur ?

— Je ne m'en souviens plus.

— Plus d'un ?

— Oui.

— Plus de deux ?

— Je ne me rappelle plus combien il y en avait.

Je lâchai Drucker et regardai Warfield.

— Objection, Votre Honneur. Le témoin ne répond pas à la question posée.

— Répondez à la question, inspecteur, lui lança Warfield.

— Il y en avait plus de deux. Il y en avait peut-être même cinq.

— Merci, inspecteur. Et les avez-vous tous fouillés ?

— Non, vous m'aviez dit que les trois quarts d'entre eux contenaient des documents protégés par le secret avocat-client et vous avez refusé de les ouvrir.

— Mais je vous ai bien ouvert celui qui contenait mes archives financières, n'est-ce pas, inspecteur ?

— Je ne me rappelle pas s'il était fermé à clé.

— Mais vous vous rappelez vous être entendu interdire de fouiller dans certains classeurs, sauf celui que vous avez fouillé, c'est bien ça ?

— J'imagine que oui.

— Et donc, vous commencez par ne pas vous rappeler que je vous ai indiqué le classeur contenant mes documents financiers, mais maintenant vous reconnaissez qu'en fait je vous ai bien montré où chercher mes papiers financiers. Vous ai-je bien compris, inspecteur ?

— Objection ! hurla Berg.

Warfield leva la main pour mettre fin à tout ce qui pouvait suivre.

— Nous sommes dans l'interrogatoire en contre, maître Berg. Mettre en cause la crédibilité du témoin est un élément légitime du questionnement. Répondez à la question, inspecteur.

— Vous nous avez effectivement indiqué le bon classeur, reconnut Drucker. Je m'excuse de cette inexactitude. Je ne visualisais pas ces événements comme je les ai vécus.

— OK, passons à autre chose, repris-je. Vous dites avoir fouillé ce classeur, y avoir trouvé le dossier Sam Scales et avoir emporté celui maintenant présenté par l'État sous la lettre L. Ai-je bien compris tout cela ?

— Oui.

— Avez-vous cherché ou pris d'autres documents au cours de cette fouille ?

— Oui. Il y avait deux autres lettres de même nature adressées à Sam Scales... où vous lui demandiez de l'argent.

— Vous voulez dire où je lui demandais de régler mes honoraires ?

— Oui.

— S'y trouvait-il des menaces de violence s'il ne s'exécutait pas ?

— Pas que je me souvienne.

— Est-ce la raison pour laquelle elles n'ont pas été présentées à la cour aujourd'hui ?

Berg éleva une objection et demanda un aparté. J'avais pris de l'élan avec Drucker et ne voulais pas le perdre. Je retirai ma question, ce qui invalida et l'objection et le besoin d'un aparté, et passai à autre chose.

— Avez-vous pris autre chose dans mes dossiers, inspecteur Drucker ?

— Non, le mandat ne concernait que les échanges à caractère financier entre vous et la victime.

— Et donc, vous n'avez pas demandé au juge qui vous a signé ce mandat la permission d'examiner mes déclarations d'impôts afin de voir si j'y avais fait passer la dette de Sam Scales en perte commerciale ?

Il dut réfléchir un instant avant de répondre. C'était là une info complètement nouvelle à analyser.

— La question est simple, inspecteur, le pressai-je. Avez-vous…

— Non, nous n'avons pas demandé à voir vos déclarations d'impôts, répondit-il.

— Pensez-vous que si vous aviez su que cette dette passerait en déduction d'impôts, vous auriez été moins enclin à croire que l'argent était le mobile de ce meurtre ?

— Je ne sais pas.

— Pensez-vous que ç'aurait été une bonne info à avoir lorsque vous enquêtiez ?

— Toutes les infos sont bonnes à avoir. Nous aimons jeter un vaste filet.

— Mais pas assez vaste dans cette affaire, n'est-ce pas ?

Berg s'opposa à la question au motif qu'elle prêtait à spéculations. Warfield accepta l'objection, ce qui était très précisément ce que je voulais. Je ne voulais pas que Drucker réponde à ma question. Je ne l'avais posée que pour les jurés.

— Votre Honneur, enchaînai-je, je n'ai plus d'autres questions à poser pour l'instant, mais je rappellerai l'inspecteur Drucker à la barre comme témoin de la défense.

Je regagnai ma place tandis que Berg appelait son témoin suivant. Maggie me félicita d'un petit signe de tête pour les premiers coups que j'avais assenés à Drucker.

— C'est bon, tout ça. Veux-tu que je demande à Lorna de passer à l'entrepôt pour y prendre la déclaration ? On pourrait s'en servir comme élément de preuve à décharge.

— Non, répondis-je. Je n'ai rien déduit de mes impôts.

— Comment ça ?

— Tu ignores tout de ces astuces parce que tu as passé ton existence dans le service public. Même chose pour Berg et pour Drucker. Warfield elle-même a été avocate commise d'office avant d'être élue juge. Sache qu'un avocat privé ne peut pas faire passer les honoraires qu'on ne lui a pas réglés en pertes commerciales. L'IRS ne le permet pas. Ta perte, tu te la bouffes.

— Alors, c'était du bluff ?

— Plutôt oui ! À peu près aussi foutaise que lorsqu'ils disent sans vraiment le dire que cette lettre que j'ai envoyée à Sam était une menace de mort.

Maggie se renversa dans son fauteuil et regarda droit devant elle en intégrant tout ça.

— Bienvenue à la défense au pénal ! lui chuchotai-je.

## Chapitre 43

Linéaire, méthodique et routinière, Dana Berg nous servait une prestation parfaitement dans la norme. L'accusation a en général un tel avantage en termes de ressources et d'entregent qu'il n'en faut habituellement pas plus. C'est avec sa puissance et sa force que l'État l'emporte. Les procureurs peuvent se payer le luxe de manquer d'imagination, voire de se montrer indigestes. Ils baladent leurs théories sous le nez des jurés comme on ferait des plans de construction d'un meuble chez Ikea. On y va pas à pas avec de gros schémas, et tous les outils nécessaires sont inclus dans le colis. Nul besoin d'aller chercher ailleurs. Nul besoin de s'inquiéter. Au bout du compte, vous avez une table solide et aussi élégante que fonctionnelle.

Berg épuisa l'après-midi avec des témoignages et des vidéos du criminologue chargé de l'analyse de la scène de crime, avant de passer à l'adjoint au coroner qui avait dirigé l'autopsie de la victime. Ces deux témoins comptaient au nombre des gros cubes du jeu de construction de l'accusation, même si, en fait, ils n'offrirent aux jurés aucun élément de preuve m'incriminant formellement.

Côté criminologue, je ne profitai pas de l'occasion que j'avais de lui poser des questions. Il n'y avait rien à y gagner. Côté coroner, Berg mena son interrogatoire au-delà de l'arrêt habituel de 16 h 30. Le juge Warfield aimait bien consacrer la dernière demi-heure de la journée à remercier les jurés et à les avertir de ne rien lire sur l'affaire dans les médias et de ne pas en parler sur les réseaux sociaux, avant de demander aux avocats s'il y avait des faits nouveaux à prendre en compte.

Mais je me levai pour parler avant qu'elle ne puisse le faire.

— Votre Honneur, je n'ai que quelques questions à poser au témoin, lui lançai-je. Si je peux le faire aujourd'hui, l'accusation pourra commencer la journée de demain avec un nouveau témoin, le Dr Jackson pouvant, lui, reprendre tout de suite ses travaux d'importance au bureau du coroner.

— Si vous en êtes certain, maître Haller, me répondit Warfield, un rien de soupçon dans la voix.

— Cinq minutes, madame le juge. Peut-être même moins.

— Très bien.

Je gagnai le lutrin avec ma copie du rapport d'autopsie et fis un signe de tête au témoin, le Dr Philip Jackson.

— Bonjour, docteur ! entonnai-je. Pouvez-vous dire aux jurés si, pour vous, la victime, Sam Scales, était obèse ?

— Il était en surpoids, oui, répondit-il. Je ne suis pas certain qu'on aurait pu le qualifier d'obèse.

— Combien pesait-il à l'autopsie ?

Il se référa à son exemplaire du rapport avant de répondre.

— Il pesait quatre-vingt-quatorze kilos.
— Et pour sa taille ?
— Il mesurait un mètre cinquante-huit.
— Êtes-vous au courant que d'après la grille de recommandation des National Institutes of Health, le poids maximum d'un individu mesurant un mètre cinquante-huit est de soixante et onze kilogrammes ?
— Non, comme ça au débotté…
— Voulez-vous consulter cette grille, docteur ?
— Non, ça me semble juste et je ne le contesterai pas.
— OK. Et quelle taille faites-vous, docteur Jackson ?
— Euh, pile un mètre quatre-vingt-trois.
— Et vous pesez ?
Comme je m'y attendais, Berg éleva une objection de pertinence.
— Madame le juge, où allons-nous avec ces questions ? s'écria-t-elle.
— Maître Haller, intervint Warfield, nous allons ajourner la séance et reprendrons ces…
— Votre Honneur, l'interrompis-je. Encore trois questions et nous y sommes. Et pour ce qui est de la pertinence, tout sera clair.
— Dépêchez-vous, maître Haller. Vous pouvez répondre à la question, docteur Jackson.
— Quatre-vingt-six kilos. La dernière fois que j'ai vérifié.
Un léger rire parcourut l'assistance et le box des jurés.
— Bien, vous êtes donc plutôt costaud, repris-je. Lorsque, au cours de l'autopsie, le moment est venu de retourner la victime pour examiner les blessures dans son dos, l'avez-vous fait seul ?

— Non, répondit-il. Je me suis fait aider.

— Et pourquoi donc ?

— Parce qu'il est difficile de déplacer un corps plus lourd que soi.

— Je peux imaginer, docteur Jackson. Et qui vous a aidé ?

— Si je me souviens bien, l'inspecteur Drucker étant présent à l'autopsie, j'ai fait appel à lui pour retourner le corps.

— Madame le juge, je n'ai plus d'autres questions.

Berg n'ayant rien à y redire, Warfield ajourna la séance jusqu'au lendemain et dispensait ses avertissements habituels aux jurés lorsque Maggie s'approcha de moi et me tapota la main.

— Excellent, ça ! dit-elle.

J'acquiesçai d'un hochement de tête, ravi de la façon dont elle m'avait touché. J'espérais que ces cinq minutes de contre-interrogatoire de Jackson donneraient aux jurés quelque chose à penser en rentrant chez eux.

Jusqu'alors, Berg n'avait offert au tribunal aucun témoignage ou élément de preuve expliquant comment j'aurais pu déposer Sam Scales, bâti comme une armoire à glace, dans le coffre de ma voiture pour le flinguer. Les deux seules possibilités étaient qu'un complice m'ait aidé à le déposer sans réaction dans mon coffre ou bien que je l'aie drogué moi-même et ordonné de monter dedans sous la menace d'une arme, et ce, avant que la drogue ne commence à faire de l'effet. Je ne savais pas si Berg avait prévu d'éviter complètement le problème ou si un élément nouveau n'apparaîtrait pas plus tard dans sa présentation.

Pour le moment, en tout cas, c'était moi qui contrôlais la question. Un vrai bonus que ma perte de poids depuis ma première arrestation ait maintenant presque atteint les quatorze kilos, c'est-à-dire vingt-trois kilos de moins que Scales au moment de sa mort. J'avais jeté des coups d'œil aux jurés en posant mes dernières questions au témoin et en avais vu plusieurs me regarder moi, au lieu de Jackson, et très probablement me jauger en se demandant si j'aurais pu, à moi tout seul, caser mon armoire à glace de quatre-vingt-quatorze kilos dans le coffre de ma voiture.

Aller au procès est toujours un pari et, dans la partie, l'accusation est toujours le casino. C'est elle qui tient la banque et distribue les cartes. D'où toujours prendre tout ce qu'on peut gagner. Lorsque Chan vint me chercher pour me ramener à la cellule de détention du tribunal, ma journée me semblait bonne. J'avais mis moins d'un quart d'heure pour interroger en contre les témoins de l'État et sentais que j'avais marqué des points et fait flancher le casino. Et parfois, c'est tout ce qu'on peut demander de mieux. On sème des graines qui vont faire réfléchir les jurés et qui, on l'espère, germeront et fleuriront pendant la phase défense du procès. Pour la troisième journée d'affilée, je me sentais plus optimiste.

Je repassai ma tenue de prisonnier et attendis qu'un garde vienne me chercher pour rejoindre le quai de chargement. Assis sur le banc, je réfléchis à la manière dont Dana Berg allait jouer la suite. Il me semblait que l'essentiel de son affaire avait été présenté aux jurés dans le témoignage de Drucker.

Les débats de la journée du lendemain tourneraient certainement autour de mon garage. La liste des témoins de l'État incluait un autre criminologue qui y avait dirigé les recherches le lendemain matin du meurtre, un expert en ADN qui témoignerait que le sang collecté sur le sol du garage provenait bien de Sam Scales, et un autre en balistique qui, lui, parlerait des éléments de preuve donnés par l'analyse du projectile.

Mais je ne pouvais pas m'empêcher de craindre un coup fourré. Quelque chose qui ne figurerait pas dans la liste. Une « surprise d'octobre[1] », comme certains membres de la défense aiment appeler les tricheries de l'accusation.

Et il y avait bien un indice que quelque chose se préparait. J'avais remarqué que Kent Drucker avait quitté le prétoire dès la fin de son témoignage. Et qu'il n'avait pas été remplacé par son coéquipier, Lopes, ce qui voulait dire que Berg y était allée à l'aveugle pendant tout le reste de l'après-midi – pas d'inspecteur disponible au cas où elle aurait eu besoin de documents ou qu'on lui rafraîchisse la mémoire sur certains aspects du dossier. Cela ne se produit que très rarement dans un procès pour meurtre et me prouvait qu'il se tramait quelque chose. Que Drucker et Lopes manigançaient une arnaque. Quelque chose qui devait avoir un rapport avec l'affaire parce qu'ils auraient été sortis de la rotation homicides

---

1. Référence à des négociations secrètes qui auraient eu lieu entre Ronald Reagan et Khomeini afin de repousser la libération d'otages américains détenus à l'ambassade de Téhéran depuis novembre 1979 à après les élections présidentielles américaines d'octobre 1980, et empêcher ainsi la réélection de Jimmy Carter.

dès le début du procès. J'étais sûr qu'une surprise d'octobre se préparait.

C'est ainsi que les règles de l'équité sont subverties dans une procédure. En retardant le travail d'enquête sur un témoin ou un élément de preuve jusqu'à ce que le procès ait commencé, le procureur peut prétendre que c'est un nouveau témoin ou élément de preuve qu'il vient de découvrir et que de ce fait il n'a pas été possible d'en avertir la partie adverse à l'avance. Cela, la défense le fait aussi – petite surprise d'octobre bien à moi, mon équipe avait servi une citation à comparaître à Louis Opparizio au dernier moment. Mais cela a quelque chose d'injuste et d'inapproprié lorsque c'est l'accusation qui s'y livre alors qu'elle a toute la puissance de l'État et toutes les cartes en main. Comme les New York Yankees qui ont toujours les meilleurs joueurs dans leur équipe parce qu'ils ont plus d'argent que tout le monde. C'est aussi pour ça que mon équipe de base-ball préférée est toujours celle qui joue contre eux.

Ces pensées furent interrompues lorsque le garde entra dans la cellule pour m'escorter jusqu'au quai de transport des prisonniers au sous-sol du tribunal. Vingt minutes plus tard, à la suite des injonctions du juge Warfield, je me retrouvais à l'arrière d'un véhicule de patrouille du shérif me ramenant seul aux Twin Towers. Je remarquai que le chauffeur n'était pas celui qui m'avait conduit au tribunal ce matin-là et toute la semaine précédente. Il me disait quelque chose, mais pas moyen de me rappeler qui c'était. J'avais vu tellement de gardes et de policiers entre la prison et le tribunal les quatre mois précédents que jamais je n'aurais pu me souvenir de tous.

Nous avions quitté le complexe des tribunaux et emprunté Spring Street lorsque je me penchai jusqu'à la grille en métal qui me maintenait à l'arrière, assis sur un siège en plastique moulé.

— Il est arrivé quelque chose à Bennet ? demandai-je.

J'avais noté le nom porté sur la tenue du nouveau gars lorsqu'il m'avait fait monter dans sa voiture : Pressley. Son nom aussi me disait quelque chose, mais pas assez pour que je l'identifie.

— Nouvelle affectation, me répondit Pressley. C'est moi qui vais vous conduire tout le reste de cette semaine.

— C'est très bien, dis-je. Vous avez déjà travaillé au pavillon des prisonniers spéciaux ?

— Non, moi, je suis aux transports.

— Je croyais vous avoir déjà vu.

— C'est parce que je me suis assis derrière vous plusieurs fois au tribunal.

— Vraiment ? Dans ce procès ?

— Non, autrefois. Alvin Pressley est mon neveu et vous l'avez eu comme client pendant un certain temps.

Alvin Pressley. Le nom, puis le visage me revinrent. Dealer de vingt et un ans vivant dans un quartier chaud et pris avec assez de dope dans les poches pour avoir droit à une grosse peine de pénitencier. J'avais réussi à lui trouver un arrangement nettement meilleur : un an à la prison du comté.

— Ah, oui, Alvin ! dis-je. Vous l'avez soutenu à l'énoncé de la peine, non ? Je me souviens que son oncle était flic.

— Oui, c'est bien ça.

Vint alors la question délicate.

— Bon, alors, comment Alvin se débrouille-t-il aujourd'hui ?

— Bien. Sa condamnation l'a ramené à la réalité. Il a arrêté de déconner et a emménagé à Riverside pour s'éloigner de toutes ces merdes. C'est là qu'il vit avec mon frère. Ils ont monté un restaurant.

— Ça fait plaisir de l'apprendre.

— Toujours est-il que vous m'avez rendu service avec Alvin et que je vais vous rendre service à mon tour. À la prison là-bas, y a des gens qui vous aiment pas trop.

— Vous m'en direz tant ! Oui, je sais.

— Je ne rigole pas : va falloir surveiller ses arrières, mec.

— Croyez-moi, je le sais. Si vous me pilotez aujourd'hui, c'est parce qu'un type a essayé de m'étrangler avec sa chaîne dans le car. Vous en avez entendu parler ?

— Tout le monde est au courant.

— Et avant ? Il y avait des types qui savaient que ça allait m'arriver ?

— Ça, je sais pas, mec. Pas moi en tout cas.

— L'histoire qu'ils ont fait passer dans le journal d'aujourd'hui, c'est que des conneries.

— Ouais, mais les merdes de ce genre, ça arrive quand on fait des vagues. Faut pas l'oublier.

— Je l'ai toujours su, Pressley. Il y a autre chose que vous voudriez me dire et que je devrais savoir ?

J'attendis. Il garda le silence, j'essayai de le presser.

— On dirait que vous avez pris un risque en demandant à me servir de chauffeur, repris-je. Vous feriez aussi bien de me le dire.

Nous lâchâmes Bauchet Street, arrivâmes dans le garage des Twin Towers et nous présentâmes à la réception des prisonniers. Deux gardes vinrent me chercher et me ramener à l'aile des prisonniers spéciaux.

— Faites bien gaffe à vous, me lança Pressley.

Cela faisait longtemps que j'imaginais être une cible pour un certain nombre des quelque quatre mille cinq cents prisonniers enfermés dans l'octogone de la prison. Tout pouvait déclencher des violences – une coupe de cheveux, la couleur de peau, l'air qu'on avait. Mais être averti des dangers que représentaient les gardiens chargés de me protéger était tout autre chose.

— Je le fais toujours, lui répondis-je.

Ma portière s'ouvrit et un gardien tendit la main à l'intérieur de la voiture pour débloquer les menottes de mon siège et m'en faire sortir.

— *Home, sweet home*, connard ! me lança-t-il.

## Chapitre 44

*Mardi 25 février*

La séance du matin au tribunal n'avait pas tourné à l'avantage de la défense. Analyse de la scène de crime, ADN et balistique, les témoins de l'accusation avaient offert des preuves convaincantes que Sam Scales avait bien été tué par balle dans le coffre de ma Lincoln stationnée dans mon garage. Si l'arme du meurtre manquait toujours à l'appel et que rien dans ces éléments de preuve ne suffisait à me montrer en train de presser la détente, on avait quand même affaire à ce que les avocats de la défense appellent des « preuves de bon sens ». La victime avait été abattue dans la voiture de l'accusé garée dans le garage dudit même accusé. Et le sens commun dictait que l'accusé était responsable. Il y avait, bien sûr, de la place pour le doute dans le déroulement des faits, mais il arrive parfois que le bon sens soit un facteur primordial dans la décision d'un juré. Et jamais, lorsque j'avais jeté un coup d'œil aux visages des jurés, je n'y avais vu la moindre trace de scepticisme. Ils offraient une attention absolument ravie aux témoins qui défilaient et voulaient m'enterrer.

Au point que je ne me donnai même pas la peine d'interroger en contre deux d'entre eux. Il n'y avait rien dans leurs témoignages que j'aurais pu attaquer, aucun fil qui traîne sur lequel j'aurais pu tirer pour dévider leurs déclarations. Avec l'expert en balistique, je pensais avoir marqué un point en lui demandant si l'une des douilles présentait des marques de silencieux. Comme je m'y attendais, il me répondit que, ces dispositifs n'entrant pas en contact avec la balle tirée, il était impossible de dire si l'arme du crime en était équipée.

Mais Dana Berg me reprit ce point et en marqua un en se servant de ma question pour faire sortir à son expert que ces réducteurs de bruit ne suppriment jamais assez celui d'un coup de feu pour qu'on ne l'entende plus du tout.

Je comparais le fait de rejoindre la cellule de détention du tribunal pendant la pause du déjeuner à celui de regagner les vestiaires à la mi-temps. Mon équipe était au plus bas et je sentis tout le poids de l'inquiétude lorsque Chan m'ouvrit la porte. Après m'avoir enchaîné, il ferait entrer Maggie McPherson avec la nourriture et j'étais certain que nous disséquerions l'audience du matin afin de voir s'il n'y avait pas moyen de réparer les dégâts lorsque nous passerions à la phase défense du procès.

Mais ces pensées s'envolèrent comme de la fumée après que j'eus franchi la porte en acier du prétoire et que Chan m'eut fait descendre le couloir jusqu'à la salle d'interrogatoire couverte par le secret avocat-client.

Dans l'instant, j'entendis une voix qui rebondissait en écho sur l'acier et le béton des murs. Une voix de femme. Nous longions les cellules alignées de part et d'autre du couloir et je regardais entre les barreaux de celles de droite lorsque je découvris Dana assise dans l'une d'elles. Je me rappelai alors qu'elle avait disparu de la table de l'accusation dès que Warfield avait quitté le banc. Et maintenant, elle se trouvait dans cette cellule, mais ce n'était pas sa voix que j'entendais. C'était celle d'une autre femme, que je ne pouvais pas voir parce que la cellule s'étendait sur la droite, le long d'un mur en béton au-delà de la porte fermée.

Cette voix, je la connaissais, mais pas moyen de la situer.

Chan me fit entrer dans la salle d'interrogatoire.

— Hé, dites, qui est avec Berg ? lui demandai-je comme si de rien n'était.

— Votre vieille copine, me répondit-il d'un ton cavalier.

— Quelle copine ?

— Vous le saurez bien assez tôt.

— Oh, allons, Chan. Vous feriez aussi bien de me le dire maintenant puisque je vais le découvrir.

— En fait, je ne sais pas. Tout ça, c'est de l'incognito. Tout ce que j'ai entendu dire, c'est qu'on l'a fait venir de Chowchilla.

Il referma la solide porte derrière moi, et je me retrouvai seul avec cet unique indice sur l'identité de la femme assise dans la cellule avec Berg. Sise dans la Central Valley de Californie, Chowchilla est l'une des plus grosses prisons pour femmes de l'État. Si la liste de mes clients était à quatre-vingts pour cent masculine, j'avais aussi quelques prisonnières. Je ne suivais en général plus personne une fois que la prison réglait leur sort, mais j'avais entendu parler de l'une d'entre elles qui purgeait une peine de quinze ans pour meurtre à Chowchilla. C'était sa voix, déformée par l'écho sur le béton et l'acier, qu'enfin je reconnus.

Lisa Trammel. C'était elle, ma surprise d'octobre.

La porte de ma cellule de détention coulissa pour laisser entrer Maggie avec le sac contenant notre déjeuner. Mais je venais de perdre l'appétit. Dès que la porte se fut refermée en claquant, je lui expliquai pourquoi.

— Ils ont un témoin qu'ils vont présenter et faut se battre contre ça, dis-je.

— Un témoin qui est… ?

— Tu entends les voix dans l'autre cellule ? C'est elle. Lisa Trammel.

— Lisa Trammel. Pourquoi est-ce que je connais ce nom ?

— Elle a été une de mes clientes. Elle était accusée de meurtre et je l'ai fait libérer.

Aussitôt, je vis la réaction du procureur.

— Mais oui, maintenant je m'en souviens !

— Ils l'ont amenée de Chowchilla pour la faire témoigner.

— Sur quoi ?

— Je ne sais pas. Mais cette voix, je la connais, et je sais qu'elle est à côté, avec Berg. C'est son affaire que j'avais collée sur le dos d'Opparizio au prétoire.

C'était l'homme de paille. Je l'ai poussé à invoquer le Cinquième amendement.

— Bon, réfléchissons.

Elle ouvrit le sac et en sortit les sandwichs emballés que Lorna avait commandés au Nickel Diner. Elle savait que j'aimais leur BLT[1], c'est ce à quoi j'eus droit.

Maggie leva son sandwich pour mordre dedans, mais commença par dire :

— Allons, Mickey. Ils ne ramènent pas quelqu'un de Chowchilla sur un coup de tête. Il y a forcément quelque chose. Réfléchis.

— Écoute, ce qu'il faut comprendre, c'est qu'elle ment. Il y a neuf ans de ça, elle m'avait convaincue quand on est allés au procès. Complètement convaincu.

— Bon alors, sur quoi pourrait-elle mentir pour aider l'accusation ?

Je hochai la tête. Je ne voyais pas.

— Ça pourrait être n'importe quoi. C'était une cliente de longue date. Je l'ai défendue dans une histoire de saisie hypothécaire, et après pour meurtre. Elle ressemblait beaucoup à Sam Scales, c'était une menteuse habile qui a fini par me rouler et ne…

Je claquai des doigts : j'avais trouvé.

— L'argent ! Comme Sam Scales, elle ne me payait pas. Berg va se servir d'elle pour étayer son crime pour mobile particulier. Trammel va mentir sur le fric, dire que je l'ai menacée ou autre.

— Bon, au prétoire, c'est moi qui parle. D'abord l'objection, et après en contre-interrogatoire si elle est

1. Sandwich au bacon, laitue et tomate.

autorisée à témoigner. Ça ferait mauvais effet que ce soit toi qui l'attaques.

— D'accord.

— Bien, et maintenant, tu me dis tout ce que j'ai besoin de savoir.

Une demi-heure plus tard, le déjeuner prit fin et je fus ramené au prétoire. De retour de l'Arizona, Cisco se tenait debout à la barrière. Il donnait l'impression d'avoir quelque chose d'urgent à me dire. Je m'adressai à Chan au moment où il m'ôtait mes menottes.

— C'est OK si je dis un mot à mon enquêteur ?

— Faites vite. Le juge arrive.

Je m'approchai de la barrière de façon à pouvoir parler de manière confidentielle.

— Deux choses, me lança Cisco. Un, on a perdu Opparizio à Scottsdale.

— Comment ça ? Je pensais que tes gars n'allaient pas le lâcher.

— Ils ne l'ont pas lâché. Ils surveillaient sa chambre et étaient prêts à foncer dès qu'il bougerait, mais il ne l'a jamais fait. Je viens juste de recevoir un appel. La femme de ménage a nettoyé sa chambre ce matin. Il est parti. Sa voiture est toujours là, mais il a filé.

— Ah, merde !

— Désolé, Mick.

— Il se passe des trucs. Dis à tes gars de continuer à le chercher. Il pourrait passer reprendre sa voiture.

— Ils la surveillent. Ils essaient aussi de comprendre comment il a pu sortir de sa chambre. Ils avaient mis des caméras dans le couloir.

— Bon, et c'est quoi, l'autre truc ?

— Eh bien, tu te rappelles Herb Dahl, l'espèce de producteur de cinéma véreux qui s'était collé avec Lisa Trammel y a des années de ça ?

— Oui, et alors ?

— Il est assis dans le couloir juste à côté de la porte du prétoire. Je pense qu'il pourrait être là pour témoigner.

J'acquiesçai d'un signe de tête. Le tableau commençait à être plus clair.

— Ils ont aussi ramené Lisa de Chowchilla, l'informai-je. Elle est dans une cellule et prête à témoigner.

— Ils n'étaient pas dans la liste des témoins.

— Je sais, c'est la surprise d'octobre. Écoute, je viens juste de penser à quelque chose. Sors, appelle Lorna et dis-lui d'ouvrir le dossier Lisa Trammel et d'apporter les lettres qu'elle m'a envoyées au fil des ans. Ça veut dire que tu pourrais avoir à l'attendre dans Spring Street.

— Pas de problème.

— Et tu me mets au courant dès que tu as des nouvelles d'Opparizio.

— Compte sur moi.

Il se dirigea vers la sortie. Je retrouvai ma place juste au moment où, Chan annonçant la reprise de l'audience, Warfield sortait de son cabinet. Maggie se leva alors que je m'asseyais, signal adressé au juge qu'il y avait une affaire à régler avant de faire entrer les jurés. Je n'avais pas eu le temps de lui parler de Herb Dahl, ni non plus des lettres pleines de haine que Lisa Trammel m'avait envoyées de prison. Je jetai un coup d'œil à la table de l'accusation et vis Berg se lever, elle aussi, juste après Maggie.

— Maître McPherson, lança Warfield, je vous ai vue vous lever la première. Souhaitez-vous vous adresser à la cour ?

— Oui, Votre Honneur. Il est venu à l'attention de la défense que l'État s'apprête à faire témoigner une personne qui ne figure dans aucune des listes données à la défense. Meurtrière condamnée, elle a déjà menti sous serment par le passé et recommencera aujourd'hui si elle est autorisée à témoigner.

— Eh bien, première nouvelle, répondit Warfield. Maître Berg, je vois que vous aussi vous êtes levée. Souhaitez-vous aborder le problème ?

— Oui, Votre Honneur.

Pendant que Berg identifiait le témoin Lisa Trammel et expliquait pourquoi elle voulait la faire venir à la barre, je tirai sur la manche de Maggie, celle-ci se penchant aussitôt pour m'entendre murmurer.

— Elle a un témoin en renfort dans le couloir. Un producteur de films dénommé Herb Dahl. Lisa et lui se sont ligués contre moi pendant le procès.

Maggie se contenta d'acquiescer, puis se redressa et se concentra de nouveau sur ce que Berg disait à Warfield.

— Preuve par répétition de schéma, Votre Honneur. Preuve de méfait dans la manière dont l'accusé traite ses clients en exigeant de l'argent avant de passer aux menaces et de les exécuter quand il n'y a pas de transaction monétaire. En outre, j'ai un deuxième témoin du nom de Herb Dahl qui, lui, a une connaissance de première main de ces actes et a été lui aussi menacé par maître Haller pour des questions d'argent.

— Vous n'avez toujours pas expliqué pourquoi ces témoins apparaissent tout d'un coup dans mon prétoire sans que ni la cour ni la défense en aient été averties. J'entends déjà l'argument suivant de maître McPherson… qu'il y a eu tricherie et, pour moi, c'est parfaitement pertinent.

Berg ne fut pas du même avis et déclara qu'il n'y avait pas tricherie dans la mesure où Trammel et Dahl ne lui étaient même pas connus jusqu'au samedi précédent, jour où elle avait ouvert une lettre que Trammel lui avait envoyée de la prison après avoir vu une émission sur l'affaire Sam Scales à la télé. Elle lui tendit le document avec l'enveloppe et le cachet de la poste pour examen, et donna une copie à Maggie.

— Madame le juge, reprit Berg, ce courrier est arrivé sur mon bureau mercredi dernier. Vous verrez que le cachet de la poste indique qu'elle a été expédiée la veille. Comme vous le savez, il y avait procès la semaine dernière et je n'ai pas eu le temps d'ouvrir mon courrier. Je l'ai fait samedi et c'est là que j'ai découvert cette lettre. J'ai aussitôt contacté l'inspecteur Drucker et nous sommes allés à Chowchilla pour nous entretenir avec Mme Trammel et évaluer son potentiel en tant que témoin. Nous avons écouté son histoire et pensé que c'était quelque chose que le jury devait entendre… si nous arrivions à l'étayer. Et pendant que Mme Trammel était amenée ici hier, l'inspecteur Drucker a terminé son témoignage et est tout de suite allé interroger M. Dahl. Il n'y a ici aucun subterfuge, aucune tricherie. Nous avons décidé de présenter ces témoins à l'attention de la cour dès après avoir déterminé qu'ils disaient la vérité et qu'il était important que les jurés les entendent.

Pendant que Maggie argumentait, j'étudiai le document. Vu sous un seul angle, il disait comment j'avais prétendument maltraité Lisa Trammel. Elle m'accusait de l'avoir jetée en prison et de l'avoir laissée sans le sou. Elle déclarait aussi que je ne travaillais que par appât du gain et que j'avais constamment besoin de l'adoration des médias – deux traits de caractère qui, pour moi, la décrivaient, elle, mieux que tout.

Pour finir, Maggie ne put faire pencher le juge de notre côté. Warfield décida que Trammel et Dahl pouvaient témoigner et que ce serait aux jurés de décider s'ils disaient la vérité et si ce qu'ils racontaient avait la moindre valeur.

— Cela étant, précisa-t-elle, je vais donner à la défense amplement le temps de se préparer si elle le juge nécessaire. Maître McPherson, combien de temps vous faudrait-il ?

— Puis-je en discuter avec mon confrère ?

— Bien sûr.

Maggie se rassit et se serra contre moi.

— Je suis désolée, dit-elle. J'aurais dû arriver à arrêter ça.

— Pas de souci. Tu as fait de ton mieux, ne t'inquiète pas. L'accusation vient de commettre une énorme erreur.

— Vraiment ? J'ai quand même l'impression qu'elle a eu ce qu'elle voulait.

— Oui, mais on va pouvoir se servir de Trammel pour ouvrir la porte à Opparizio. Après quoi, on la rétame à la barre.

— Bon, alors, combien de temps pour se préparer ?

— Aucun. Attaquons-la tout de suite.

— Tu es sûr ?

— Je viens de dire à Cisco de demander à Lorna de me sortir le dossier Lisa Trammel. Je crois qu'on pourra leur casser leur surprise d'octobre avec une autre de notre cru.

— Parfait. Dis-m'en plus.

## Chapitre 45

J'avais bien entendu sa voix, mais n'avais pas vu Lisa Trammel dans la cellule. C'est alors que Chan l'amena dans le prétoire. Je découvris une femme quasiment méconnaissable. Elle avait maintenant les cheveux gris et coupés comme ceux d'un homme. Mince comme du papier, sa peau donnait l'impression d'avoir été étirée sur ses os et elle semblait avoir perdu la moitié du poids qu'elle avait lorsque je l'avais défendue une décennie plus tôt. Elle portait une combinaison orange dix fois trop grande et arborait un tatouage de prison déjà flou – une ligne d'étoiles en arc au-dessus du sourcil gauche. Tous les jurés se tournèrent vers cette curiosité à laquelle on faisait prêter serment.

Dès que Trammel fut installée dans le box des témoins, Dana gagna le lutrin pour dévider son histoire.

— Madame Trammel, lança-t-elle, où résidez-vous actuellement ?

— À Chowchilla, la centrale pour femmes de Californie.

— Et depuis combien de temps y êtes-vous ?

— Euh… six ans. Avant ça, j'en ai passé trois à Corona.

— C'est aussi une prison ?
— Oui.
— Pourquoi êtes-vous incarcérée ?
— J'ai été condamnée à quinze ans pour homicide.
— Pouvez-vous être plus précise ?
— J'ai tué mon mari. La relation était violente et j'y ai mis fin.

Je regardais plus les jurés que Trammel. La façon dont ils réagiraient influencerait la manière dont Maggie allait l'interroger en contre. Pour l'instant, ils se montraient attentifs, même après avoir à peine fini de déjeuner. Trammel représentait un tel changement d'allure qu'ils étaient encore vifs et intéressés. Je remarquai que la cheffe de l'Hollywood Bowl s'était penchée en avant, tout au bord de son siège.

— Connaissez-vous l'accusé Michael Haller dans cette affaire ?
— Oui, ç'a été mon avocat.
— Pouvez-vous le montrer du doigt aux jurés ?
— Oui.

Elle me montra du doigt et, pour la première fois, nos regards se croisèrent. Je vis toute la haine qui brûlait dans le sien.

— Pouvez-vous nous parler de vos relations avec lui ?

Trammel mit du temps à me lâcher des yeux.

— Oui, répondit-elle. Je l'ai engagé il y a environ onze ans de ça pour essayer de garder ma maison. J'étais mère célibataire avec un fils de neuf ans et, comme j'avais pris du retard dans mes traites, la banque voulait saisir ma maison. Je l'ai embauché pour qu'il m'aide après avoir reçu un prospectus au courrier.

Trammel m'était arrivée lors de la vague de saisies hypothécaires qui avait déferlé sur le pays à la suite de la crise financière de 2008. Défendre les gens menacés de saisie était alors le secteur en vogue chez les avocats et je prenais des tas de clients, comme bon nombre de mes collègues. Je gagnai beaucoup d'argent, réussis à garder la maison de certains clients, mais eus le malheur de rencontrer et de défendre Lisa Trammel.

— Aviez-vous du travail à ce moment-là ? reprit Berg.

— J'enseignais, répondit Trammel.

— OK, et maître Haller a-t-il pu vous aider ?

— Oui et non. Il a repoussé l'inévitable. Il a déposé des recours, s'est opposé à la banque et a repoussé l'issue pendant plus d'un an.

— Et que s'est-il passé après ?

— J'ai été arrêtée. J'ai été accusée d'avoir tué le type de la banque qui essayait de me prendre ma maison.

— Comment s'appelait-il ?

— Mitchell Bondurant[1].

— Êtes-vous passée au tribunal pour l'assassinat de Mitchell Bondurant ?

— Oui.

— Et qui était votre avocat ?

— Lui. Haller. L'affaire a suscité beaucoup d'attention. Dans la presse, vous voyez ? Et lui, genre, il m'a suppliée de la défendre.

— Savez-vous pourquoi ?

---

1. Voir *Le Cinquième Témoin*, Calmann-Lévy, 2013.

— C'est comme j'ai dit : l'affaire a été très suivie dans les médias. C'était de la publicité gratuite pour lui, et c'était ça, l'arrangement. Je n'avais pas de quoi me payer un avocat, alors j'ai dit oui.

— Et l'affaire est passée au tribunal ?

— Oui, et j'ai été reconnue innocente.

— Vous voulez dire : non coupable ?

— C'est ça : non coupable. Par le jury.

Elle se tourna vers les jurés alors qu'elle prononçait cette dernière phrase – comme pour dire : « Un jury m'a crue avant et vous, vous devez me croire maintenant. » Je passai en revue les deux rangées de jurés – tous les yeux étaient sur elle –, puis la galerie où il y avait foule. Je vis que ma fille regardait Trammel, elle aussi, avec grand intérêt.

— Est-il arrivé un moment où vous avez eu une querelle d'argent avec maître Haller ?

— Ouais.

— Et autour de quoi cela tournait-il ?

— Il y avait un producteur de cinéma qui suivait le procès et que ça intéressait de faire un film sur l'affaire. À cause de l'aspect saisie hypothécaire, c'était une histoire typique de l'époque et ça allait intéresser les gens, surtout à cause du fait que j'étais innocente, vous voyez ?

— Comment s'appelait ce producteur de cinéma ?

— Herb Dahl. Il avait un contrat avec Archway Pictures et il leur apportait des projets de films. Et il a dit que ça les intéressait.

— Et comment cela s'est-il transformé en une querelle avec maître Haller ?

— Eh bien, il m'a dit qu'il voulait être payé. À la moitié du procès, il a dit qu'il voulait une part de l'argent du film.

Je hochai lentement la tête à l'énoncé de ce mensonge. Ma réaction était involontaire et nullement destinée aux jurés, mais Berg la remarqua et passa de Trammel à Warfield.

— Votre Honneur, lança-t-elle, pouvez-vous enjoindre à maître Haller de s'abstenir de toute démonstration à l'adresse des jurés ?

— Allons, maître Haller, comme si vous ne le saviez pas ! Je vous prie donc de vous interdire toute réaction à ce témoignage.

— Oui, Votre Honneur, répondis-je. Mais il est difficile de ne pas réagir à des mensonges sur mon…

— Maître Haller ! aboya-t-elle. Vous savez mieux que quiconque qu'il ne faut pas non plus faire ce genre de commentaires !

Elle serra fort les lèvres en envisageant, c'était probable, de me coller un outrage à magistrat. Mais elle se ravisa.

— Vous avez été averti, dit-elle seulement. Poursuivez, maître Berg.

— Merci, Votre Honneur. Madame Trammel, maître Haller vous a-t-il dit la somme qu'il désirait ?

— Oui, répondit-elle. Deux cent cinquante mille dollars.

— Et avez-vous accepté de lui payer ça ?

— Non. Je ne les avais pas et Herb Dahl m'avait fait savoir que j'aurais de la chance de toucher la moitié de ça comme à-valoir des studios pour mon histoire.

— Comment maître Haller a-t-il réagi à la nouvelle ?

— Il m'a menacée. Il m'a dit qu'il y aurait des suites si je ne lui payais pas ce qu'il méritait.

— Que s'est-il passé ensuite ?

— J'ai été reconnue non coupable et je lui ai dit qu'un deal était un deal. Ça lui avait fait de la bonne publicité, surtout quand j'ai été déclarée innocente. Je lui ai dit qu'il toucherait probablement de l'argent quand ils feraient un film parce qu'il faudrait qu'ils se servent de son nom, de ce qu'il avait fait au tribunal, et tout et tout.

— A-t-il accepté ?

— Il m'a dit qu'il y aurait des suites et que ça n'allait pas me plaire.

— Et que s'est-il passé ?

— La police est venue chez moi avec un mandat de perquise et a trouvé mon mari. Il était enterré dans le jardin de derrière. C'est là que je l'avais mis après sa mort. J'avais peur que, personne ne croyant qu'il me battait, je perde mon fils.

Et Trammel se mit à pleurnicher. Ça s'entendait dans sa voix plus que ça se voyait sur sa figure. Pour moi, tout ça n'était que comédie. Et bonne. Berg souligna l'instant en y allant d'une pause stratégique et je vis les jurés regarder le témoin de très près, avec de la sympathie pour certains, dont la cheffe du Hollywood Bowl.

Désastre total.

Je me penchai vers Maggie.

— Toutes ces conneries ! lui chuchotai-je. Elle est encore meilleure aujourd'hui qu'autrefois.

Et à cet instant, je crus même voir de la sympathie sur le visage de Maggie. Je préférais ne pas me tourner vers ma fille.

— Maître Haller vous a-t-il représentée dans l'affaire suivante, celle de la mort de votre mari ? reprit Berg.

— Ah, non alors ! s'écria Trammel. C'est lui qui leur avait dit où j'avais enterré Jeffrey. J'avais besoin de quelqu'un qui…

— Objection ! lança Maggie. On-dit.

— Acceptée, répondit Warfield. La réponse est non. Le jury ne tiendra pas compte du reste de la réponse.

Berg réajusta le tir et chercha manifestement une façon d'obtenir la réponse qu'elle désirait – à savoir que j'avais dénoncé Trammel lorsqu'elle avait refusé de me payer. Il n'en faudrait alors guère plus pour croire que j'avais tué Sam Scales pour la même raison.

— Est-il arrivé un moment où vous avez commencé à vous dire que vous ne pouviez plus avoir confiance en maître Haller ? demanda-t-elle.

— Oui.

— Et c'était quand ?

— Quand ils ont trouvé le corps de mon mari et m'ont arrêtée pour meurtre. À ce moment-là, j'ai compris qu'il le leur avait dit.

— Nouvelle objection ! lança Maggie. On suppose des faits que rien ne prouve. Maître Berg essaie de présenter aux jurés des choses qui ne sont que pure spéculation. Il n'y a rien qui prouve que maître Haller ou l'un des membres de son cabinet ait contrevenu au secret avocat-client, mais cela n'empêche pas l'accusation de persister dans…

— Tu le leur avais dit ! hurla Trammel en me montrant du doigt. T'étais le seul qui savait ! C'était la vengeance d'un…

— Silence ! hurla Warfield à son tour. Une objection a été élevée devant la cour et le témoin doit se taire.

Le cri de Warfield avait coupé Trammel comme une hache. Le juge s'arrêta et regarda tout le monde avant de reprendre.

— Maître Berg, vous êtes tenue de contrôler votre témoin et de la former à faire la différence entre ce qui relève du on-dit et ce qui n'en est pas. Encore une explosion inconvenante et vous ne couperez pas à un outrage à magistrat. Toutes les deux !

Puis elle se tourna vers le jury et ajouta :

— Les jurés ne tiendront pas compte des déclarations du témoin. Elles ne sont que on-dit et ne prouvent rien.

Puis elle se retourna vers les avocats.

— Vous pouvez continuer, maître Berg, dit-elle. Mais prenez garde.

Tandis que l'attention du public revenait sur Berg, j'entendis un chuchotement dans mon dos et me retournai pour voir Cisco me tendre un dossier par-dessus la rambarde. Je tapotai le bras de Maggie et lui fis signe de s'en emparer. Elle l'ouvrit aussitôt sur la table entre nous.

En attendant, Berg, elle, n'était que trop heureuse de mettre fin à son interrogatoire de Trammel. Elle avait bien fait passer le message aux jurés que je devenais vindicatif quand il y avait des problèmes d'argent.

— Votre Honneur, je n'ai plus de questions à poser à ce témoin, dit-elle.

Warfield passant à la défense, Maggie demanda une légère suspension de séance avant de reprendre le témoin. Warfield nous donna un quart d'heure, que nous passâmes à lire toutes les lettres qui nous étaient arrivées de Trammel au fil des ans.

Lorsque l'audience reprit, Maggie était prête. Elle se leva, s'empara de son bloc-notes et gagna le lutrin. Et attaqua, en force.

— Madame Trammel, lança-t-elle, avez-vous jamais menti à la police ?

— Non, répondit Trammel.

— Vous n'avez jamais menti à la police ?

— J'ai dit non.

— Et sous serment ? Avez-vous déjà menti sous serment ?

— Non.

— Êtes-vous en ce moment même en train de mentir sous serment ?

— Non, je…

Berg élevant une objection au motif que McPherson harcelait le témoin, Warfield l'accepta et ordonna à Maggie de passer à autre chose. Ce qu'elle fit.

— N'est-il pas vrai, madame Trammel, que tout au début, vous avez été d'accord pour partager avec maître Haller toutes les sommes qui pourraient vous revenir d'un film ?

— Non, lui, il voulait de la pub, pas du fric. C'était ça, l'accord.

— Avez-vous tué Mitchell Bondurant ?

Trammel recula involontairement du micro du box des témoins lorsque la question lui tomba dessus. Berg éleva une nouvelle objection et rappela au juge que Trammel n'avait pas été reconnue coupable dans l'affaire Bondurant.

— Tout le monde sait qu'un verdict de non coupable ne signifie pas qu'on est innocent, argua Maggie.

Warfield arrêta que Trammel pouvait répondre à la question.

— Non, je n'ai pas tué Mitchell Bondurant, dit-elle sèchement.

— Et donc, le procès a-t-il permis d'établir qui l'avait fait ?

— Un suspect a été évoqué, oui.

— Qui était-ce ?

— Un type appelé Louis Opparizio. Un mafieux de Las Vegas. Il a été convoqué pour témoigner, mais a joué le Cinquième amendement parce qu'il ne voulait pas parler.

— Pourquoi M. Opparizio était-il suspect dans l'assassinat de M. Bondurant ?

— Parce qu'ils faisaient des coups douteux ensemble et que M. Bondurant avait fini par en parler au FBI. Il y a eu un début d'enquête et c'est là que M. Bondurant a été tué.

— Après que vous avez été déclarée non coupable, M. Opparizio a-t-il été accusé du crime ?

— Non, jamais.

Nous avions enfin Opparizio aux minutes du procès et connu du jury. Si rien ne sortait du contre-interrogatoire de Maggie, c'était là quelque chose que nous pourrions reprendre et travailler dans la phase défense.

Mais Maggie n'en avait pas terminé. Elle demanda une seconde au juge et gagna la table de la défense pour y récupérer les documents contenus dans le dossier Trammel. C'est ainsi qu'elle avait prévu de procéder. Elle voulait que Trammel la suive des yeux tandis qu'elle irait prendre ses lettres. Elle voulait qu'elle comprenne ce qui allait lui arriver.

— Et maintenant, madame Trammel, vous reprochez très clairement à maître Haller votre situation actuelle de détenue, c'est bien ça ?

— J'ai reconnu ce que j'avais fait. Je ne suis pas allée au procès. J'ai plaidé coupable et reconnu toutes mes responsabilités.

— Mais vous reprochez à maître Haller le fait que la police a retrouvé le cadavre de votre mari enterré dans votre jardin, n'est-ce pas ?

— Je crois que le juge a dit que je pouvais pas répondre à cette question.

— Vous pouvez parler en votre nom. Vous ne pouvez pas parler pour lui.

— Alors, oui, je le lui reproche.

— Mais n'est-il pas vrai que vous êtes bien la personne qui a menacé maître Haller et lui a maintes fois répété qu'il y aurait des suites à ce qu'il avait fait ?

— Non, ça, c'est pas vrai.

— Vous rappelez-vous avoir écrit une série de lettres à maître Haller de la prison ?

Trammel marqua une pause avant de répondre :

— C'était y a longtemps, finit-elle par dire. Je m'en souviens pas.

— Et plus récemment ? la pressa Maggie. Disons… il y a un an de ça ? Avez-vous envoyé une lettre de votre prison à maître Haller ?

— Je m'en souviens pas.

— Quel est votre numéro de détenue à la prison de Chowchilla ?

— A-V-un-huit-un-sept-quatre.

Maggie se tourna vers Warfield.

— Madame le juge, puis-je m'approcher du témoin ? lui demanda-t-elle.

Après en avoir reçu l'autorisation, Maggie tendit une enveloppe à Trammel et lui demanda de l'ouvrir et d'en sortir la lettre qui se trouvait à l'intérieur.

— Reconnaissez-vous dans ce document une lettre que vous avez envoyée à maître Haller en avril dernier ?

Berg se redressa pour élever une objection. Elle ne pouvait pas savoir ce qu'il y avait dans le document, mais se doutait que ce n'était pas bon.

— Votre Honneur, lança-t-elle, ce document ne m'a pas été montré. Il pourrait avoir été écrit par n'importe qui.

— Objection refusée. Vous aurez votre chance lorsque maître McPherson aura fini de faire identifier ce document par ce témoin inattendu, maître Berg. Vous pouvez continuer, maître McPherson.

— Est-ce votre numéro de prisonnière qu'on voit sur l'enveloppe, madame Trammel ? reprit Maggie.

— Oui, mais c'est pas là que je l'ai écrit.

— Mais c'est bien votre signature au bas de cette lettre, n'est-ce pas, madame Trammel ?

— Ça y ressemble, mais je peux pas en être sûre. Elle aurait pu être falsifiée.

— Je vous prie d'examiner ces quatre autres lettres et de me confirmer qu'elles aussi portent votre signature et votre numéro de détenue.

Trammel regarda les lettres posées devant elle.

— Oui, dit-elle enfin. On dirait bien ma signature, mais je peux pas en être certaine. À la prison, y a des tas de femmes condamnées pour falsification de signature de chèques.

— Et vous nous dites que ces détenues auraient falsifié ces lettres à votre avocat pendant neuf ans ?

— Je ne sais pas. Tout est possible.

Sauf que ça ne l'était pas et que Maggie était en train de la démolir.

— Votre Honneur, dit-elle, la défense présente ces documents à la cour et demande qu'ils soient authentifiés comme éléments de preuve A, B, C, D, E de la défense.

Maggie tendit les lettres à l'employé du greffe.

— Si d'autres moyens d'identification sont nécessaires, le cabinet de maître Haller peut jurer avoir reçu ces lettres et les avoir gardées dans un dossier au fil des ans, ajouta-t-elle.

— Jetons donc un coup d'œil à tout cela, conclut Warfield.

Je suivis Maggie pour cet aparté au banc. Le juge consulta rapidement les originaux tandis que Berg en recevait des copies.

— En tant qu'officier de la cour et procureur depuis plus de vingt ans, je puis vous certifier que les prisons d'État interdisent aux détenus d'envoyer des lettres de manière anonyme, lança Maggie. C'est pour cela que le numéro de détenue de Mme Trammel figure sur chacune de ces enveloppes dans la case adresse de l'expéditeur.

— Même si ces lettres sont bien d'elle, fit remarquer Berg, le problème de la pertinence se pose.

— Oh, ça, elles sont plus que pertinentes, maître Berg ! s'écria Warfield. Elle a accusé maître Haller droit dans les yeux de l'avoir menacée pour des questions d'argent. Ces documents sont acceptés par la cour. Maître McPherson, vous pouvez poursuivre.

Nous regagnâmes nos places, puis Maggie s'approcha du box des témoins et posa une autre lettre devant Trammel.

— Madame Trammel, dit-elle, avez-vous écrit ceci et l'avez-vous envoyé à maître Haller de la prison de Chowchilla ?

Trammel regarda la lettre et mit longtemps à la lire.

— Le truc, dit-elle, c'est que j'ai été diagnostiquée bipolaire en prison y a neuf ans et que des fois, je… genre… pars dans des délires et fais des trucs dont je me souviens pas toujours.

— Est-ce bien votre numéro de détenue qui figure sur cette enveloppe ?

— Oui. Mais je ne sais pas qui l'y a mis.

— Est-ce bien votre nom là, dans la lettre ?

— Oui, mais n'importe qui aurait pu l'écrire.

— Pourriez-vous lire cette lettre aux jurés, s'il vous plaît ?

Trammel regarda Berg, puis le juge, en espérant que l'une ou l'autre lui dise qu'elle pouvait s'en dispenser.

— Allez-y, madame Trammel, lui enjoignit Warfield. Lisez cette lettre.

Trammel la regarda un bon moment avant de commencer.

— « Cher connard d'avocat, juste pour que tu saches que je t'ai pas oublié. T'as tout gâché et t'en répondras un jour. J'ai pas revu mon fils depuis six ans. À cause de toi ! T'es qu'une merde d'un bout à l'autre. Tu te dis avocat, mais t'es rien. J'espère que t'as trouvé Dieu parce que tu vas en avoir besoin. »

Je regardai les jurés pendant qu'elle lisait et vis que sa crédibilité se désintégrait un peu plus à chaque mot qu'elle prononçait. Et que cela déteignait sur Berg. Elle ne bougeait plus et découvrait que la rapacité l'avait aveuglée. Avoir un élément de preuve de plus contre moi ! Elle avait entendu parler de Trammel par Drucker et pensé que son histoire serait ce qui refermerait à jamais la porte de la prison sur moi.

Sauf que sa surprise d'octobre avait tourné au raté de décembre. Elle ne se donna même pas la peine d'appeler Herb Dahl à la barre. Il fut prié de rentrer chez lui.

Il n'était néanmoins pas évident que cette fausse manœuvre avec Lisa Trammel aurait beaucoup d'impact sur les jurés, surtout après les éléments de preuve concluants apparus dans la matinée, tous démontrant bel et bien que Sam Scales avait été tué dans mon garage alors que prétendument je me trouvais chez moi. Toujours est-il que, la journée touchant à sa fin, Berg se sentit assez confiante pour conclure. Quels que fussent les témoins potentiels qu'elle avait encore dans les coulisses, elle décida de les garder pour sa réfutation et son bouquet final.

— Votre Honneur, dit-elle, l'État en restera là.

# Chapitre 46

*Mercredi 26 février*

Je passai une nuit sans sommeil enfermé dans ma cellule, à écouter les échos d'hommes désespérés appelant dans le noir. J'entendis claquer des portes en acier et des rires incongrus de gardiens en service. Réaction physique à la gravité du moment, de temps à autre mon corps tremblait. Comment aurais-je pu dormir quand je savais que les deux jours à venir allaient décider du reste de ma vie ? Quand tout au fond de moi-même je savais que si jamais les choses tournaient mal, je choisirais de ne pas vivre bien longtemps comme cela ? Que d'une manière ou d'une autre, je m'échapperais et serais libre.

Car c'est cela que fait l'incarcération. Elle fait penser à ce qui est de l'autre côté du dernier mur. On peut bien vous prendre votre ceinture et vos lacets, on ne peut pas vous empêcher de passer par-dessus. Trois de mes clients l'avaient fait dans les semaines qui avaient suivi leur condamnation. Maintenant que je vivais moi-même la perspective d'une longue incarcération, je comprenais leur choix et le respectais. Je savais que ce serait aussi le mien.

Le gardien Pressley m'ayant conduit au palais tôt, j'étais dans la cellule de détention du tribunal et attendais que l'audience démarre lorsque Maggie et Cisco eurent l'autorisation de me rejoindre pour une courte conférence. Rien qu'à leurs visages, je compris que les nouvelles n'étaient pas bonnes.

— Toujours aucun signe d'Opparizio, devinai-je.

— Non, répondit Maggie, c'est pire.

— Il est mort, dit Cisco.

— Il faut qu'on reprenne tout du début, enchaîna Maggie. Il faut qu'on change l'ordre des témoins à inter…

— Minute, minute ! m'exclamai-je. Revenons en arrière. Que s'est-il passé ? Comment ça : « Il est mort » ?

— Il s'est fait buter, répondit Cisco. Son corps a été retrouvé hier soir. Jeté au bord de la route près de Kingman.

— La route de Las Vegas ? Comment cela a-t-il pu se produire alors qu'il y a vingt-quatre heures de ça, tes mecs étaient censés l'avoir complètement cadenassé ?

— Ils avaient une caméra braquée sur sa porte, tu te rappelles ? Ce matin, ils ont visionné l'enregistrement et découvert qu'Opparizio s'était fait monter de la bouffe lundi soir. Rien de surprenant, il prenait tous ses repas dans sa chambre. Mais cette fois-là on lui avait monté ses plats sur un chariot recouvert d'une nappe.

— C'est comme ça qu'ils l'ont fait sortir ?

— Oui, caché dans le chariot. Je pense que c'est un type déguisé en groom qui l'a buté dans la chambre, l'a mis dans le chariot et l'a fait sortir. Il avait intercepté le type de la livraison juste à l'entrée de l'ascenseur de service. Mes gars ont retrouvé le vrai mec du room-service chez lui et il a reconnu avoir été payé pour prêter sa veste rouge et rentrer chez lui. Il était rond comme une bille.

— Mais comment ce… ce tueur savait-il où se trouvait Opparizio ?

— Opparizio avait dû appeler quelqu'un et lui révéler qu'il avait eu droit à une citation à comparaître. Ils lui ont raconté qu'ils allaient le sortir de là et ont monté le coup du room-service. Ce n'est qu'à ce moment-là qu'ils l'ont buté.

— Pourquoi ?

— Qui sait ? Ils ne voulaient sans doute pas prendre le risque qu'il témoigne. Ils savaient qu'il était compromis.

Je me tournai vers Maggie pour voir si elle avait une autre idée.

— Il pourrait y avoir des tas de raisons, dit-elle. On ne se tromperait certainement pas en disant qu'il était devenu encombrant. Mais on ne peut pas s'éterniser là-dessus, Mickey. Ça change tout. Ça va être quoi, notre défense, maintenant ? Comment va-t-on pouvoir montrer Opparizio du doigt alors qu'il est mort ?

— Et Bosch ? demandai-je. Il est au courant ?

— Je le lui ai dit, répondit Cisco. Il a des contacts dans l'Arizona et au Nevada du temps où il était au LAPD. Il va passer des coups de fil, voir un peu ce qu'on pourrait trouver.

Je restai silencieux un long moment. Je ressassais, essayais de trouver un moyen de remonter une défense à la culpabilité au tiers sans tiers. Je savais que la mort d'Opparizio ne changeait rien à la théorie de la défense, mais, comme Maggie venait de le faire remarquer, cela devenait plus compliqué de le montrer du doigt.

— Bien, finis-je par lancer. D'abord survivre à aujourd'hui et, après, se regrouper pour voir où on en est ce soir. Qui avons-nous de prêt à y aller ?

— Eh bien, on a Schultz, le mec de l'EPA, répondit Maggie. Il est arrivé hier soir. Je lui ai annoncé qu'on allait probablement le garder pour demain, mais on peut l'avoir prêt pour aujourd'hui. Il est à côté, au Biltmore.

— On fait ça, dis-je. Et on a aussi Drucker. On pourrait même commencer par lui. Et après, on passe au gars de l'EPA.

— On a aussi l'inspecteur du comté de Ventura qui a arrêté Sam Scales pour la dernière fois. Il arrive aujourd'hui, annonça Cisco. Harry a réussi à le convaincre de venir. Mais comme il n'a pas eu de citation à comparaître, je le croirai quand je le verrai. Et on a encore Moira du Redwood et l'expert en rohypnol, lui avec citation. Dès qu'on a fini ici, je vois qui il y a dans le couloir.

— Et la copine d'Opparizio ? demandai-je.

— On lui a collé une citation le même soir qu'Opparizio, répondit Cisco. Elle est censée venir jeudi, mais, maintenant qu'il est mort, il y a des chances qu'elle ait filé et se cache quelque part. On l'avait lâchée pour se concentrer sur Opparizio et…

— Et on ne sait pas où elle est, conclus-je. Ce qui fait qu'on ne l'aura pas à moins qu'elle décide d'obéir à la citation et moi, je dirais que côté chances de la voir, c'est zéro.

— On a aussi toi, dit Maggie.

— Je n'avais pas l'intention de témoigner.

— Sauf que maintenant, tu pourrais avoir à le faire. Sans Opparizio à accuser, tu vas probablement avoir tout à faire toi-même.

— Si je témoigne, Dieu sait ce que Dana Couloir-de-la-mort va faire sortir, dis-je. Tout mon passé va être étalé. Les cachets, ma cure de désintox, tout !

— Ça ne m'inquiète pas, dit-elle. Tu es tout à fait capable de lui tenir tête.

Je gardai le silence quelques instants pour réfléchir.

— Bon, alors, on commence avec Drucker et on fait les autres après, dis-je enfin. Espérons qu'on n'aura pas à décider pour moi avant demain. Et Ruth, l'agent du FBI ?

— Je l'ai appelée et lui ai laissé des messages, répondit Maggie. Je vais continuer.

Chan passa la tête par la porte et nous donna cinq minutes. Je me levais pour y aller lorsque je pensai à quelque chose.

— Et Milton ? On a le contenu de son portable ?

— Oui, j'allais t'en parler plus tard, dit Maggie. Je ne voulais pas empiler les mauvaises nouvelles. On l'a, mais ça ne nous aide pas.

— Pourquoi ?

— Il a bien reçu un texto pile au même moment que dans la vidéo. Mais il provenait d'un autre flic de la Metro de surveillance au palais. Il lui demandait seulement où et quand ils allaient dîner.

— Une chance qu'ils aient falsifié le truc ?

— Ce qu'on a reçu a l'air parfaitement authentique. On peut essayer de voir s'il n'y a pas eu de magouillage, mais on ne pourra rien en faire cette semaine.

— OK, et donc j'imagine qu'on laisse tomber.

— Le problème, c'est que ça passera à Dana dans l'échange des pièces entre les parties, me rappela Maggie. Et qu'elle, elle ne laissera pas tomber. Elle l'inclura dans sa réfutation, ça, tu peux y compter.

Encore de mauvaises nouvelles et je regrettai d'avoir mis ça sur le tapis. Entre perdre Opparizio et filer de solides éléments de preuve à l'accusation, la défense commençait à flancher avant même de se mettre debout. Je savais qu'y aller à fond contre Drucker ne serait pas facile, mais il fallait absolument que je cabosse un peu le casino.

Cinq minutes plus tard, j'étais assis à la table de la défense lorsque le juge Warfield entra dans la salle et gagna le banc. Elle appela les jurés, puis me regarda et demanda que je fasse venir mon premier témoin. Et parut légèrement surprise et déçue lorsque j'appelai Kent Drucker. Pour elle, je pense, rappeler un témoin de l'accusation n'était pas ce qu'il y avait de plus fort pour lancer son affaire.

Drucker, lui aussi, parut surpris. Il s'était installé dans la galerie réservée au public, mais se leva, franchit le portillon et s'installa à la barre après s'être arrêté à la table de l'accusation pour y prendre le livre du meurtre au cas où certains détails de l'affaire ne lui reviendraient pas.

— Inspecteur Drucker, lui lançai-je, combien de fois avez-vous fouillé ma maison ?

— Deux, répondit-il. Le lendemain du meurtre et après, en janvier.

— Et combien de fois avez-vous fouillé mon entrepôt ?

— Une seule, ce jour-là.

— Et mes deux autres Lincoln ?

— Une fois.

— Diriez-vous que vous vous êtes montré exhaustif ?

— Nous essayons de l'être au maximum.

— Vous « essayez » ?

— Non, nous le sommes.

— Si vous vous êtes montré si exhaustif que ça en fouillant ma maison, pourquoi avez-vous eu besoin de la fouiller une deuxième fois ?

— Parce que l'enquête était toujours en cours et que, de nouveaux renseignements nous parvenant, nous nous sommes rendu compte que nous avions besoin de la fouiller une deuxième fois pour y trouver d'autres éléments de preuve.

— Bien. Un des experts de l'État a déclaré hier que les marques balistiques retrouvées sur les balles qui ont tué Sam Scales indiquaient que l'arme du crime était un Beretta calibre 22. Êtes-vous d'accord avec ça ?

— Oui.

— Et après toutes ces fouilles exhaustives de mes biens et voitures, avez-vous trouvé cette arme ?

— Non.

— Avez-vous trouvé les munitions correspondant à ce modèle de Beretta ?

— Non.

— Hier, vos experts ont aussi déclaré qu'il y avait des preuves convaincantes comme quoi l'assassinat de Sam Scales se serait déroulé dans le garage situé sous ma maison. Êtes-vous d'accord ?

— Oui.

— Le coroner déclare, lui, que la victime serait morte entre 22 heures et minuit. Cette estimation a-t-elle votre accord ?

— Oui.

— Avez-vous interrogé les voisins du lieu où le meurtre aurait été perpétré ?

— Pas moi personnellement, mais oui, nous l'avons fait.

— Qui a mené l'opération ?

— D'autres inspecteurs et officiers de la patrouille sous la direction de mon coéquipier.

— Combien de temps cela a-t-il pris ?

— Nous avons mis environ trois jours pour parler à tous les habitants de la rue. Il a fallu que nous revenions plusieurs fois pour interroger tout le monde.

— Parce que vous étiez « exhaustifs », c'est bien ça ?

— Oui, nous avions la liste de toutes les maisons et nous nous sommes assurés de parler à tous les gens répertoriés.

— Combien de ces personnes vous ont-elles dit avoir entendu des coups de feu entre 22 heures et minuit le soir du meurtre ?

— Personne. Personne n'a rien entendu.

— Et d'après votre expérience et ce que vous savez, en avez-vous tiré une conclusion ?

— Pas vraiment. Il aurait pu y avoir des tas de facteurs.

— Mais d'après les éléments de preuve, vous êtes sûr que M. Scales a bien été tué dans mon garage ?

— Oui.

— Pensez-vous que la porte de ce garage était fermée pendant la commission du meurtre pour qu'on n'entende pas les coups de feu ?

— Nous l'avons envisagé, mais ce ne sont que des spéculations.

— Et vous ne voulez pas spéculer dans une affaire de meurtre, c'est ça ?

— C'est ça.

— Bien, et maintenant, sans en révéler les résultats, vous avez dit aux jurés lors de votre précédent témoignage que le LAPD avait mené des tests de bruit dans le garage, c'est ça ?

— Oui, nous l'avons fait.

— Encore une fois, sans en révéler les résultats, avez-vous mesuré des bruits de tir de l'intérieur de ma maison ?

— Je ne suis pas très sûr de bien comprendre.

— Quand vous testiez ces bruits de tir dans mon garage, aviez-vous posté quelqu'un dans ma chambre afin de déterminer si ces coups de feu pouvaient être entendus de cet endroit ?

— Non.

— Pourquoi ?

— Parce qu'à ce moment-là, cela n'entrait pas dans le cadre de notre enquête.

Mon espoir était que ces réponses de Drucker soulignent de manière crédible que j'aurais pu dormir pendant toute la durée du meurtre de Sam Scales dans le garage sous ma maison.

— OK, passons à autre chose, enchaînai-je. Lors de cette enquête de voisinage, avez-vous entendu parler d'autres bruits ou faits inhabituels au moment du meurtre ?

— Une voisine a déclaré avoir entendu les voix de deux hommes en train de se disputer le soir de la fusillade.

— Vraiment ? Mais vous n'en avez rien dit aux jurés lors de votre précédent témoignage, je me trompe ?

— Non, je ne l'ai pas fait.

— Et pourquoi ça ? Que deux types se soient disputés le soir de la tuerie n'avait aucune importance dans cette affaire ?

— Quand nous avons reçu les conclusions du rapport de toxicologie des services du légiste, nous avons déterminé qu'il était peu probable que Sam Scales ait été conscient au moment de son assassinat.

— Et donc, cette voisine qui avait entendu ces deux types se disputer se trompait ou mentait ?

— Nous pensons qu'elle a mal entendu. Ç'aurait pu être une télé, ou alors elle aurait entendu cette dispute à un autre moment. Ce n'était pas clair.

— Et donc, vous avez laissé tomber et ne vous êtes pas donné la peine de le signaler aux jurés.

— Non, ça n'a pas été « laissé tomber ». Ç'a été…

— Parce que c'est ça que vous faites, inspecteur ? Quand quelque chose ne colle pas avec vos théories, vous le cachez aux membres du jury ?

Berg éleva une objection pour des tas de raisons, et Warfield les accepta et m'avertit de laisser le témoin aller au bout de ses réponses.

— Allez-y, inspecteur, repris-je. Terminez votre réponse.

— Nous évaluons tous les témoins possibles, dit-il, et nous avons trouvé que les informations fournies par ce témoin n'étaient pas crédibles. Personne d'autre n'avait entendu cette dispute et un indice nous suggérait qu'elle aurait pu se tromper de jour. Et non, nous n'avons rien caché aux jurés.

Je demandai un instant au juge et gagnai la table de la défense, où je me penchai vers Maggie pour lui parler à voix basse.

— As-tu le compte rendu d'arrestation de Ventura ? lui chuchotai-je.

Elle était prête et me tendit une chemise.

— OK, autre chose que je devrais faire enregistrer tout spécialement avant le bouquet final ?

Elle réfléchit longuement avant de répondre.

— Je ne pense pas, dit-elle enfin. Je pense que c'est le moment de conclure.

J'acquiesçai d'un signe de tête.

— Schultz est arrivé ?

— Cisco vient de lui envoyer un texto. Il est dans le couloir et prêt à témoigner.

Je levai le rapport d'arrestation en l'air.

— Et le dénommé Roundtree ? lui demandai-je.

— Lui aussi est dans le couloir, avec Harry. Mais, jusqu'à présent, la barmaid ne s'est pas pointée.

— Bon, OK. Selon comment tourne la suite, je pourrais appeler l'inspecteur Roundtree.

— Ça me paraît bon. Et à propos… ne réagis pas, mais l'agent Ruth est assise au dernier rang du public.

Je dévisageai Maggie un long moment : je ne savais pas quoi penser de la présence de l'agent du FBI. Était-elle venue pour voir et faire un rapport ? Ou la mort de Louis Opparizio avait-elle tout changé ?

— Maître Haller ? me lança Warfield. Nous attendons.

J'adressai un petit signe de tête à Maggie, regagnai le pupitre et recentrai mon attention sur Drucker.

— Inspecteur, vous avez déclaré lors de votre témoignage que Sam Scales se servait du pseudonyme Walter Lennon au moment de sa mort. Exact ?

— Oui, je l'ai déclaré sous serment, et c'est vrai. Vous n'avez pas à me le redemander.

— Je m'en souviendrai, inspecteur, merci. Qu'avez-vous appris d'autre sur ce Walter Lennon ?

— Où il habitait. Et où censément il travaillait.

— Et où travaillait-il « censément » ?

— Il avait dit à sa propriétaire qu'il travaillait à la BioGreen, une raffinerie proche de l'endroit de San Pedro où il résidait. Nous n'avons pas pu le confirmer.

— Avez-vous essayé ?

— Oui, nous sommes allés à la BioGreen, mais ils n'avaient aucune trace d'un quelconque employé appelé Walter Lennon ou Sam Scales. Et la cheffe du personnel n'a pas reconnu la photo de Sam Scales.

— Et vous en êtes resté là ?

— Oui.

— Savez-vous ce que fabrique la BioGreen ?

— C'est une raffinerie. Elle recycle le pétrole. Pour en faire du carburant propre.

— Ce pétrole qu'elle raffine pourrait-il être considéré comme graisseux ?

Drucker hésita en se rendant compte qu'il venait de tomber dans une chausse-trape.

— Je ne sais pas, finit-il par dire.

— Vous ne savez pas, répétai-je. L'avez-vous demandé ?

— C'était à la cheffe du personnel qu'on parlait. Je doute qu'elle ait eu la réponse à votre question.

J'en souris presque. Drucker donnait l'impression d'être sur la défensive et de transformer une insuffisance manifeste de son enquête en une manière de s'opposer à moi.

— Merci, inspecteur, répondis-je. Pouvez-vous me dire si vous avez déjà entendu l'expression « saigner la bête » ?

Encore une fois, Drucker prit tout son temps pour réfléchir.

— Je ne pourrais pas dire, non.

— Alors, nous allons passer à autre chose, enchaînai-je. Pouvez-vous dire au jury la partie que jouait Louis Opparizio dans cette affaire ?

— Euh… non, je ne peux pas.

— Connaissez-vous ce nom ?

— Oui, je l'ai déjà entendu.

— Dans quelles circonstances ?

— Il a fait surface dans cette affaire. Un témoin l'a mentionné hier et, avant ça, on m'a parlé des méthodes de diversion dont vous useriez et auxquelles je devais me préparer.

— Bien, inspecteur, comme je ne voudrais surtout pas vous distraire, nous allons passer à autre chose. Pouvez-vous dire aux jurés si vous avez consulté le casier judiciaire de Sam Scales après qu'il a été identifié comme la victime du meurtre ?

— Oui, évidemment.

— Et qu'avez-vous découvert ?

— Qu'il avait un sacré casier d'arnaqueur. Mais vous savez tout ça.

Il commençait à devenir hargneux, mais ça ne me dérangeait pas. Cela signifiait que je l'irritais. Et ce n'était pas une mauvaise chose.

— Pouvez-vous donner aux jurés les détails de sa dernière arrestation ?

Il ouvrit le livre du meurtre.

— Il a été arrêté pour avoir organisé frauduleusement sur le Net des levées de fonds destinés aux victimes de la fusillade du festival de musique de Las Vegas, répondit-il. Il a été condamné et…

— Permettez que je vous arrête, inspecteur. Je vous ai demandé de me parler de la dernière fois où Sam Scales a été arrêté, pas condamné.

— C'est la même chose. C'est l'affaire de Las Vegas.

— Et son arrestation dans le comté de Ventura onze mois avant sa mort ?

Il regarda le livre du meurtre ouvert devant lui.

— Je n'ai rien là-dessus, dit-il.

J'ouvris la chemise que m'avait tendue Maggie. Le moment était précieux. Je savais être sur le point de flanquer un coup, et sérieux, au casino et ça, c'est un instant que chérit tout avocat qui plaide.

— Votre Honneur, puis-je m'approcher du témoin ?

Warfield m'y autorisant, je m'avançai vers lui avec le compte rendu d'arrestation qu'un anonyme avait glissé sous ma porte. J'en tendis une copie à l'employé du greffe et une autre à Dana Berg avant de poser la dernière devant Drucker. Et, tandis que je regagnais le pupitre, je décochai un petit hochement de tête à ma fille et jetai un rapide coup d'œil à la dernière rangée du public. Et y vis Dawn Ruth. Nos regards se croisèrent un bref instant avant que je me retourne vers Drucker. Je devais faire vite parce que, dès qu'elle aurait confirmé ne pas avoir reçu une copie de ce document dans l'échange des pièces entre les parties, Berg déclencherait un sacré enfer.

— De quoi s'agit-il, inspecteur ? demandai-je à Drucker.

— On dirait un compte rendu d'arrestation des services du shérif du comté de Ventura.

— Et qui est l'individu arrêté ?

— Sam Scales.

— Et quand et pourquoi est-il arrêté ?

— Le 1er décembre 2018, pour avoir organisé des levées de fonds frauduleuses en ligne au bénéfice des victimes d'une tuerie de masse dans un bar de Thousand Oaks.

— Et c'est bien un formulaire d'arrestation standard, n'est-ce pas ?

— Oui.

— Au bas de ce formulaire, il y a une série de cases qui ont été cochées. Qu'indiquent-elles ?

Je regardai la table de l'accusation. Le lieutenant Nœud Pap de Berg consultait ses dossiers.

— Il y en a une qui indique « fraude inter-États[1] ».

— Que signifie la mention « FBI-LA » ? demandai-je rapidement.

— Que l'antenne du FBI de Los Angeles a été notifiée de cette arrestation.

---

1. Que la fraude soit « inter-États » permet au FBI d'enquêter.

— Pourquoi cette arrestation n'est-elle pas apparue quand vous avez consulté le casier judiciaire de Sam Scales ?

— Sans doute parce qu'il n'a pas été inculpé et que cette arrestation n'a pas été entrée dans l'ordinateur.

— Et pourquoi cela se produirait-il ?

— Ça, il faudra aller le demander au shérif de Ventura.

— Ne serait-ce pas plutôt que c'est ce qui arrive lorsque quelqu'un qui a été arrêté accepte de coopérer avec les autorités d'une manière ou d'une autre ?

— Comme je vous l'ai déjà dit, il faudra aller le demander au shérif de Ventura.

Je vérifiai encore une fois du côté des procureurs. Nœud Pap s'était mis à chuchoter des choses à Berg.

— Ce ne serait pas la procédure standard dans les forces de l'ordre ? On arrête quelqu'un pour un crime de façon à faire pression sur lui et à obtenir sa coopération dans une enquête sur un plus gros poisson ?

— Je ne sais rien de cette arrestation-là, déclara Drucker, clairement agacé. Faudra demander à Ventura. C'était une affaire à eux.

Du coin de l'œil, je vis que Berg s'apprêtait à élever une objection.

— Sam Scales était bien un informateur du FBI, n'est-ce pas, inspecteur Drucker ? demandai-je.

Avant qu'il puisse répondre, Berg y alla de son objection et demanda un aparté avec le juge. Qui regarda l'heure à la pendule du mur du fond et décida de prendre la pause du milieu de matinée. Et ajouta qu'elle entendrait l'objection de Berg dans son cabinet.

Tandis que les jurés quittaient la salle en file indienne, je regagnai la table de la défense et me rassis. Maggie se pencha vers moi.

— Tu as bien enfoncé le clou, me dit-elle. Quoi qu'il arrive maintenant, les jurés savent que Sam Scales était un informateur.

J'acquiesçai d'un hochement de tête. C'était ça, le bouquet final. Le coup porté au casino.

# Chapitre 47

Warfield était contrariée et Dana Berg, livide. Ni l'une ni l'autre n'acceptèrent mes explications pour notre violation des règles de l'échange des pièces entre les parties. C'est là que Maggie se sacrifia pour que la défense – ma défense – puisse se poursuivre sans dommage.

— Madame le juge, dit-elle, c'est ma faute. J'ai laissé la balle m'échapper.

Warfield la regarda d'un œil soupçonneux.

— Dites-nous, maître McPherson, lui ordonna-t-elle.

— Comme vous le savez, maître Haller a perdu son co-conseil et j'ai accepté de la remplacer. La partie était déjà bien engagée et j'essaie de rattraper mon retard, de me familiariser avec les éléments de preuve, la théorie de la défense et la stratégie de l'accusation. Et des choses sont passées entre les mailles du filet. Comme maître Haller vous l'a expliqué, l'origine de ce rapport de police est inconnue. Il a été glissé…

— Je ne le crois même pas une seconde ! s'écria Berg. Et si c'est ça votre excuse, vous devriez ne jamais retourner à votre bureau et eux, jamais vous reprendre.

— Maître Berg, laissez finir maître McPherson. Et ne le prenez pas personnellement alors que vous avez la possibilité de réfuter. Poursuivez, maître McPherson.

— Comme je vous disais, reprit Maggie, l'origine de ce document était inconnue et, à parler franc, douteuse. Il fallait la confirmer et nous avons mis un enquêteur sur l'affaire. Il l'a confirmée et cette pièce a été mise dans le dossier de présentation au début de la semaine. Je passe toutes mes journées au tribunal, organise la présentation de la défense le soir et il y a eu un défaut de communication entre maître Haller et moi-même. Il ne nous aide guère qu'il soit incarcéré et pas joignable à tout moment. J'avais cru comprendre que nous ne présenterions ce rapport d'arrestation à la cour que plus tard dans la semaine, ce qui m'aurait donné le temps d'en donner des copies à l'État et à la cour aujourd'hui même. Tout cela a changé ce matin lorsque notre enquêteur nous a informés que l'inspecteur Roundtree des services du shérif du comté de Ventura était en ville et pouvait témoigner.

S'ensuivit une légère pause, le temps que Warfield réagisse à ces explications. Mais Berg fut la première à le faire.

— Tu parles de conneries ! s'exclama-t-elle. Ils ont planifié ce coup-là dès le début de façon que mon inspecteur se retrouve complètement dans le noir devant les jurés.

— Dans le noir, il ne l'aurait pas été si son enquête avait été aussi exhaustive qu'il le prétend, dis-je.

— On arrête ça tout de suite, s'écria Warfield. Il n'est pas question de transformer cette affaire en un match de boxe. Et maître Berg, à votre place, je surveillerais mon langage, à moins que vous ne désiriez être la seule à quitter ces lieux avec des sanctions.

— Mais vous plaisantez, Votre Honneur ! s'emballa-t-elle. Vous allez leur donner quitus là-dessus ?

L'outrage s'entendait clairement dans sa voix.

— Que voudriez-vous que je fasse, maître Berg ? lui demanda Warfield. Ce document est clairement d'une grande importance dans cette affaire. Quelle est votre solution ? Le soustraire à l'attention des jurés à cause de la faute intentionnelle ou pas commise par la défense ? Cela ne se produira pas. Pas dans mon prétoire. On recherche la vérité ici et il est hors de question que sur cette belle terre de Dieu je soustraie à l'attention des jurés et ce document et l'enquête qu'a menée la défense sur ce point. Regardez-vous donc, maître Berg... c'est un élément de preuve que l'État aurait dû mettre en avant. Et si je découvre que c'est quelque chose que le bureau du district attorney avait en sa possession et a enterré, des sanctions, et des vraies, nous allons en voir.

Berg donna l'impression de rétrécir d'au moins deux tailles dans son fauteuil sous le sévère retour de bâton du juge. Elle laissa aussitôt tomber l'offensive et passa dans l'instant à sa propre défense.

— Mais, madame le juge, dit-elle, je puis vous assurer que ni moi ni le bureau du district attorney n'avions connaissance de cet élément avant qu'il ne soit présenté à la cour par la défense.

— Voilà qui est bon à entendre, lui rétorqua Warfield. Et permettez que la cour vous rappelle qu'il y a déjà eu de multiples manquements aux règles de l'échange des pièces par le Peuple et qu'ils n'ont donné lieu qu'à une seule instruction aux jurés de ma part et à aucune sanction. Je suis prête à prononcer une instruction dans cette affaire, mais m'inquiète qu'elle appuie la cause qui pousse la défense à faire sortir ce document.

Ce qu'elle disait ? Qu'elle avait décidé de dire aux jurés que la défense avait attenté au règlement, mais que cet avertissement pouvait servir à souligner l'importance de ce compte rendu d'arrestation.

— Ce ne sera pas nécessaire, intervint Berg. Mais encore une fois, Votre Honneur, des règles ont été volontairement enfreintes et la défense ne devrait tout simplement pas avoir le droit de s'en tirer sans rien. Il devrait y avoir des suites.

Warfield la regarda un long moment avant de répondre.

— Encore une fois, maître Berg, que voudriez-vous que je fasse ? lui demanda-t-elle. Que je condamne maître McPherson pour outrage à magistrat ? Que les deux avocats de la défense reçoivent une amende ? Et quel serait, pour vous, le niveau financier adéquat de cette amende ?

— Non, Votre Honneur, répondit Berg, je pense que la punition devrait être le témoin. La défense a indiqué que l'inspecteur du comté de Ventura était en ville et prêt à témoigner. Je demande que la cour interdise son témoignage car…

— Objection de la défense ! lança Maggie. Au minimum, nous avons besoin que l'inspecteur Roundtree authentifie ce compte rendu. Il doit aussi expliquer ce qui s'est passé avec le FBI. Il a fait tout le chemin depuis…

— Merci, maître McPherson, l'interrompit Warfield. Je trouve que maître Berg a trouvé une solution équitable à ce manquement aux règles de l'échange des pièces entre les parties. Ce compte rendu d'arrestation est accepté par la cour, mais pas le témoin lui-même.

— Votre Honneur, la pressa Maggie, comment pourrons-nous expliquer au jury toute l'importance de ce qui s'est passé ?

— Vous êtes douée, maître McPherson, répondit Warfield. Je suis sûre que vous trouverez un moyen de le faire.

Cette réponse laissa Maggie sans voix.

— Je pense donc que nous en avons terminé, reprit Warfield. Retournons au prétoire où vous, maître Haller, vous pourrez reprendre votre interrogatoire de l'inspecteur.

— Votre Honneur, dis-je alors, je pense en avoir fini avec cet inspecteur et être prêt à passer à autre chose.

— Très bien. Maître Berg pourra mener un contre-interrogatoire si elle le désire. Reprise de l'audience dans dix minutes.

Nous quittâmes le cabinet de Warfield et retournâmes au prétoire, Berg suivant d'un air maussade Maggie, moi et, ajout obligatoire à la procession puisque j'étais en détention, le gardien Chan.

— J'espère que vous pourrez vous regarder dans la glace après ce coup-là, lança-t-elle dans le dos de Maggie.

Celle-ci se retourna sans même changer d'allure.

— J'espère seulement que *vous*, vous le pourrez, lui rétorqua-t-elle.

Quand la séance reprit, Berg posa quelques questions à Drucker, mais ne toucha pas au compte rendu d'arrestation du comté de Ventura et ne fit guère qu'éclaircir quelques réponses déjà données par l'inspecteur. En attendant, Maggie, elle, se rendit dans le couloir pour annoncer à l'inspecteur Roundtree qu'il avait fait bien des kilomètres pour rien depuis Ventura, et pour préparer Art Schultz à témoigner lorsque Drucker aurait fini.

À la suite d'un accord entre nous, c'était Maggie qui allait interroger Schultz. Je voulais qu'elle joue le coup comme un procureur et se serve de lui pour faire ressortir les détails du crime qui, pour moi, constituait le cœur même de l'affaire.

Schultz était un cheval de Troie. Nous l'avions ajouté à notre liste de témoins en qualité de biologiste retraité de l'Environmental Protection Agency qui devait discuter de ce qui avait été retrouvé sous les ongles de la victime – pour que son témoignage paraisse anodin. Nous espérions que les enquêteurs de Berg avaient été pris par trop d'autres priorités de l'affaire pour se donner la peine de lui parler avant son témoignage. Cela avait marché et voilà qu'il allait se présenter à la barre pour que Maggie l'aide à dresser le pilier central de notre défense devant les jurés.

Schultz donnait l'impression d'être parti tôt à la retraite, peut-être pour se lancer dans une carrière d'expert dans tout ce qui touchait à l'EPA. La petite cinquantaine svelte et en forme, il était bien bronzé, portait des lunettes à fine monture en acier et une alliance.

— Bonjour, monsieur Schultz, lança Maggie. Pourriez-vous commencer par dire aux jurés qui vous êtes et comment vous gagnez votre vie ?

— Je suis maintenant à la retraite, mais j'ai passé trente ans à l'Environmental Protection Agency, répondit-il. J'étais dans la division application des règles et j'ai surtout travaillé dans l'Ouest, ma dernière antenne étant celle de Salt Lake. C'est là que j'ai pris ma retraite il y a trois ans.

— Êtes-vous biologiste de formation ?

— Oui. Je suis diplômé des universités de Las Vegas et de San Francisco.

— Et l'on vous a demandé d'analyser ce qui a été retrouvé sous les ongles de la victime de cette affaire, c'est bien ça ?

— Tout à fait.

— Et avez-vous identifié ce dont il s'agissait ?

— Je suis d'accord avec les conclusions du légiste pour qui il s'agit d'un mélange de matériaux. Il y a de la graisse de poulet et de l'huile végétale. Et un petit pourcentage de sucre de canne. Soit ce que nous appelons de la biomasse. C'est-à-dire, à la base, de la graisse de restaurant.

— Quand vous dites « nous », monsieur Schultz, de qui parlez-vous exactement ?

— De mes collègues de l'EPA.

— Et vous vous occupiez de biomasse… de graisse de restaurant… dans votre division ?

— Oui. J'avais pour tâche de faire respecter la réglementation en vigueur dans le programme de biocarburant de l'EPA. Il tourne autour des carburants à énergie renouvelable… de recyclage de la biomasse en biodiesel. Le but est de réduire notre dépendance nationale au pétrole du Moyen-Orient.

— Pourquoi y a-t-il besoin de veiller à l'application d'un règlement dans ce domaine ?

Berg se dressa pour élever une objection en écartant grand les mains et en montrant sa perplexité devant ce que cette suite de questions pouvait bien avoir de lien avec l'affaire.

— Votre Honneur, répondit Maggie, je demande l'indulgence de la cour. Le lien avec l'assassinat de Sam Scales est essentiel et deviendra très vite clair.

— Poursuivez, maître McPherson, mais arrivez-y vite, lui lança Warfield. Le témoin peut répondre à la question.

Maggie la répéta. Je m'étais placé de façon à pouvoir regarder à peu près tous les jurés. Jusqu'à maintenant, personne ne semblait s'ennuyer, mais nous approchions d'une étape où les sauts à faire entre les arguments de la défense étant de plus en plus grands, nous avions besoin de toute leur attention et de toute leur patience.

— Faire appliquer ces règles est nécessaire parce que, là où il y a de l'argent, il y a toujours de la fraude, répondit Schultz.

— Est-ce d'argent fédéral que vous parlez ?

— Oui, de subsides du gouvernement.

— Comment cela marche-t-il ? Les fraudes, je veux dire ?

— Ce processus de transformation est coûteux. Les déchets, la biomasse, appelez ça comme vous voulez, doivent commencer par être recueillis avant même d'arriver à la raffinerie. On ne pompe pas ça du sol comme du pétrole brut. Tout cela est collecté dans des centres de recyclage, apporté à la raffinerie par camions, puis raffiné à l'usine. Et afin d'encourager la reconversion en biocarburant, l'État fédéral donne deux dollars par baril à la raffinerie.

— Ce qui voudrait dire quoi, disons… pour un camion-citerne plein de biocarburant ?

— Un camion-citerne transportant environ deux cents barils, cela donnerait 400 dollars versés à la raffinerie chaque fois qu'il repart de l'usine à plein.

— Et c'est là que se produit la fraude ?

— Oui. Ma dernière grosse affaire a eu lieu dans une raffinerie à Ely, dans le Nevada. Ils avaient trouvé une combine consistant à faire entrer et sortir le même carburant de l'établissement. Ils avaient toute une flotte de camions qui ne cessaient d'y entrer et d'en sortir avec le même chargement, la différence étant dans l'étiquette. En gros, on y lisait « biomasse » en entrant et « biocarburant » à la sortie, mais c'était la même chose et ça leur rapportait 400 dollars à chaque coup. À raison de vingt-cinq camions, ils piquaient 100 000 dollars à l'État chaque semaine.

— Combien de temps cela a-t-il duré ?

— Environ deux ans avant qu'on s'en aperçoive. Le gouvernement fédéral avait déjà perdu aux environs de 9 millions de dollars.

— Y a-t-il eu des arrestations et des poursuites ?

— Le FBI s'en est mêlé et a tout fermé. Les fraudeurs ont été arrêtés et des gens sont allés en prison, mais le grand manitou n'a jamais été attrapé.

— Et qui était-ce ?

— Je ne sais pas. Le FBI m'a dit que c'était un type de la mafia de Las Vegas. Celle-ci s'est servie d'un homme de paille pour entrer au capital de la raffinerie et c'est là que la fraude a démarré.

— Cette escroquerie avait-elle un nom ?

— Oui, ils appelaient ça « saigner la bête ».

— Savez-vous pourquoi ?

— Pour eux, l'État fédéral était la « bête ». Et elle était si énorme et avait tellement de fric qu'on ne remarquerait jamais ce qui était « saigné » dans l'escroquerie.

Berg se leva de nouveau.

— Objection, Votre Honneur, dit-elle. L'histoire ne manque pas d'intérêt, mais qu'a-t-elle à voir avec le fait que Sam Scales a été abattu par balle dans le garage de l'accusé et retrouvé dans le coffre de la voiture du même accusé ?

Je fus bien obligé d'admirer une Berg qui avait fait état des deux éléments clés de sa thèse dans son objection, et ainsi rappelé à tous de ne pas oublier de quoi il s'agissait.

— C'est effectivement bien la question, maître McPherson, fit remarquer Warfield. Je dois reconnaître que je commence à être fatiguée d'attendre que tout cela se mette en place.

— Encore quelques questions et nous y serons, Votre Honneur.

— Très bien. Poursuivez.

J'entendis le petit bruit de la porte du prétoire qui se fermait et me retournai pour regarder la galerie. L'agent Ruth était partie. Je me dis qu'elle devait savoir ce que serait une des deux questions suivantes posées à Schultz.

— Monsieur Schultz, enchaîna Maggie, vous avez déclaré que cette grosse affaire était la dernière que vous avez traitée. À quand cela remonte-t-il ?

— Eh bien, répondit Schultz après avoir marqué une pause pour se rappeler les détails, pour ce que nous en savons, la fraude a commencé en 2015 et nous nous en sommes aperçus et y avons mis fin deux ans plus tard. Les poursuites engagées contre quelques-uns des escrocs du bas de l'échelle sont survenues après mon départ.

— OK, et vous avez bien dit que, lorsque la fraude a été découverte, vous en avez notifié le FBI, c'est bien ça ?

— Oui, c'est le FBI qui a repris l'affaire.

— Vous rappelez-vous les noms des agents qui ont mené l'enquête ?

— Il y en avait beaucoup, mais les deux qu'ils ont mis aux commandes étaient d'ici, à Los Angeles. Ils s'appelaient Rick Aiello et Dawn Ruth.

— Et vous ont-ils dit que l'affaire sur laquelle vous travailliez était unique ?

— Non, ils m'ont dit que ça se produisait dans des raffineries de tout le pays.

— Merci, monsieur Schultz, je n'ai plus d'autres questions à vous poser.

# Chapitre 48

Le témoignage d'Art Schultz était l'élément clé de notre défense, mais, plus que toute autre chose, ce furent ses dernières réponses qui nous firent décoller. Mentionner ces agents du FBI par leur nom nous donna l'effet de levier dont nous avions toutes les intentions de nous servir. Avec Opparizio mort, c'était peut-être mon seul chemin vers un verdict de non-culpabilité.

Pendant que je regardais Dana Berg mener un contre-interrogatoire superficiel du biologiste de l'EPA à la retraite, Maggie McFierce passa dans le couloir avec son ordinateur afin d'y rédiger une requête que nous allions soumettre à l'appréciation de Warfield. Elle était de retour au prétoire lorsque Berg en finit avec Schultz. Je me levai et déclarai que la défense avait besoin de parler au juge sans la présence des jurés ni celle des médias. Warfield étudia le texte, puis à contrecœur elle demanda aux jurés d'aller déjeuner un peu tôt et invita les avocats dans son cabinet.

Comme d'habitude, à cause de mon statut de détenu, le gardien Chan entra dans la pièce avec nous et se posta devant la porte.

— Madame le juge, lançai-je alors que nous étions en train de choisir nos places, puis-je demander que le garde Chan se tienne dans le couloir ? Je n'ai rien contre lui, mais ce dont nous allons parler est assez sensible.

Warfield me dévisagea un long moment. Je savais qu'il n'était nul besoin de lui rappeler l'enquête lancée par cette cour sur les écoutes illégales et les collectes de données menées par le service de Chan. Mais, avant même qu'elle puisse s'exprimer, Berg s'opposait à ma requête.

— C'est une question de sécurité, Votre Honneur, dit-elle. Maître Haller a peut-être revêtu son plus beau costume, mais il est toujours en détention et accusé de meurtre. Je ne pense pas qu'il devrait y avoir un seul instant où il ne serait pas sous la surveillance et le contrôle des services du shérif. Je ne suis personnellement pas très à l'aise à l'idée que le garde Chan reste à l'extérieur.

Je hochai la tête.

— Elle croit toujours que je veux m'enfuir, dis-je. Je suis à deux jours de remporter un verdict de non-culpabilité dans cette affaire et elle pense encore que je prépare mon évasion. Ça montre on ne peut mieux à quel point elle ne comprend rien à rien.

Warfield leva la main pour m'empêcher de continuer.

— Maître Haller, vous devriez quand même savoir qu'aucune attaque personnelle ne vous fera gagner quoi que ce soit dans cette enceinte. Et mon cabinet en fait partie. Le garde Chan est assigné à mon prétoire depuis quatre ans. Je lui fais entièrement confiance. Il restera ici et rien de tout ce que vous pourrez dire ne fera l'objet de fuites et ne sera divulgué hormis par les canaux officiels.

Elle adressa un hochement de tête à la sténo assise comme d'habitude sur son tabouret dans le coin de la salle avec sa machine devant elle.

— Bien, et maintenant, reprit-elle, que faisons-nous ici ?

Je fis signe à Maggie.

— Madame le juge, lança-t-elle, je viens de rédiger et d'envoyer à votre greffier un ordre à signer par vous. Il s'agit d'une requête en *habeas corpus ad testificandum* pour ordonner à l'un des agents du FBI nommés devant cette cour de témoigner.

— Un instant, répondit-elle.

Elle décrocha son fixe, appela l'employé et lui demanda de télécharger et d'imprimer trois exemplaires du document préparé par Maggie et de les lui apporter en son cabinet. Puis elle raccrocha et pria Maggie de continuer.

— Madame le juge, nous voulons que vous ordonniez à l'agent du FBI Dawn Ruth de venir témoigner devant vous.

— Mais… je n'aurais pas déjà signé une citation à comparaître au FBI il y a un mois ?

— Et le FBI l'a ignorée, comme peut le faire, et en a l'habitude, le gouvernement fédéral, lui répondit Maggie. Rien de plus qu'une façon habituelle de procéder chez les fédéraux. C'est pour cette raison que nous vous demandons de signer cet ordre. Il sera alors difficile à l'US Attorney et à l'agent Ruth de vous ignorer, vous, surtout si cet ordre devait se transformer en mandat d'amener.

Cette dernière appréciation était un clin d'œil. À signer cet ordre, Warfield pourrait lui donner beaucoup de force. Certes, l'US Attorney pourrait l'ignorer et dire à l'agent Ruth de ne pas y répondre, mais si jamais leur refus d'obéir donnait lieu à un mandat d'arrestation, l'agent Ruth et l'US Attorney risquaient d'être conduits en prison dès qu'ils quitteraient le bâtiment fédéral et mettraient ainsi les pieds dans un territoire sous la juridiction de Warfield. Le geste serait audacieux, mais Maggie et moi pensions que Warfield était du genre à le faire.

— Le Peuple élève une objection ! lança Berg. Tout cela fait partie d'une tentative soigneusement orchestrée par la défense de détourner l'attention des jurés des éléments de preuve. C'est la spécialité de maître Haller, Votre Honneur. Il le fait à chaque coup, à chaque procès. Mais ça ne marchera pas ici parce qu'il s'agit d'une arnaque. Qu'on pourrait qualifier de « saigner la bête ». Et qui n'a rien, absolument rien à voir avec les preuves.

— Juge Warfield, il ne s'agit nullement d'une diversion, dis-je en m'interposant avant que quiconque ne puisse parler. Les agents Rick Aiello et Dawn Ruth viennent d'être nommés par un témoin par-devant les jurés. Et, avant cela, l'agent Ruth se trouvait dans la salle et suivait les débats. Et chacun de ces jurés…

— Une seconde, maître Haller. Vous connaissez l'agent Ruth de vue ?

— Oui, répondis-je. Aiello et elle sont venus chez moi dès que mon équipe a commencé à creuser du côté du FBI. Ce sont ces deux agents qui sont allés dans le comté de Ventura pour soustraire Sam Scales à la garde des services du shérif.

Ce n'était qu'une hypothèse au jugé, mais cela semblait logique dans la mesure où, pour moi, ce compte rendu d'arrestation m'était arrivé par Dawn Ruth. Je passai à autre chose.

— Nous avons maintenant les noms de Ruth et d'Aielo aux minutes et, comme ils ont été très clairement cités devant les jurés, ceux-ci s'attendent à entendre reparler d'au moins l'un d'eux. Bref, la défense a droit à ce ou ces témoignages.

— Ils ont aussi entendu parler de Luis Opparizio, fit remarquer Berg. Et lui, on va le voir ?

Je me tournai vers elle. Une petite grimace de dédain se dessinait sur son visage. La langue lui avait fourché. Elle devait manifestement savoir qu'Opparizio était sur notre liste de témoins et que Warfield lui avait signé une citation à comparaître pour la défense. Mais qu'elle soit déjà au courant de la mort d'Opparizio en disait long. Cela signifiait que l'accusation l'avait bien plus suivi que je le pensais. Cela signifiait aussi qu'elle avait attendu son heure et avait été prête à passer à l'acte pour empêcher sa venue, ou le neutraliser s'il obtenait le droit de témoigner. Son dérapage m'avait permis d'entrevoir ce qui se passait derrière le rideau.

Tout cela semblant lui échapper dans le feu de l'action, Maggie reprit son argumentation.

— Votre Honneur, dit-elle, il est de votre devoir de vous assurer que l'accusé ait droit à un procès équitable. Et cela ne sera pas possible sans le témoignage du FBI. Toute la défense en dépend. La seule alternative serait de déclarer un non-lieu.

— Ben voyons ! lança Berg d'un ton sarcastique. Mais ça ne se produira pas. Vous ne pouvez pas faire ça, madame le juge ! Ce n'est rien de plus qu'une gigantesque diversion. Ils veulent juste mettre le FBI sur la sellette pour éloigner les jurés de la vérité. Vous ne pouvez...

— Ne parlez pas à la place de la cour, maître Berg, l'avertit Warfield. Permettez que je pose la question évidente : ces agents sont référencés suite à un témoignage portant sur une fraude vieille de trois ans au Nevada. Où est le lien avec cette affaire ?

— Ils ont dit à Schultz que ces fraudes se produisaient partout dans le pays, lui rappela Maggie.

— La défense montrera par le témoignage de ce ou ces agents, et par d'autres éléments de preuve, que cette affaire du Nevada est plus que pertinente dans l'assassinat de Sam Scales, ajoutai-je. Nous démontrerons que Sam Scales était impliqué dans une arnaque du même type à la BioGreen au port de Los Angeles.

— Mais l'inspecteur Drucker ne vient-il pas de déclarer qu'il ne pouvait pas confirmer que Sam Scales y a jamais travaillé ? fit remarquer Warfield.

— C'est exactement pour cette raison que nous avons besoin du témoignage de l'agent Ruth. Elle pourra, elle, le confirmer, parce que c'est elle qui l'a envoyé à la BioGreen en tant qu'informateur. Sam Scales travaillait pour le FBI et c'est ça qui lui a valu d'être assassiné.

Je remarquai que Maggie s'était retournée sur son siège et me regardait. Je savais que j'étais en train de révéler plus de choses que je n'aurais dû, et promettre plus que je ne pourrais fournir. Mais, d'instinct, je sentais que c'était le moment crucial de l'affaire. Il fallait que je mette l'agent Ruth à la barre et j'étais maintenant prêt à dire tout et n'importe quoi pour qu'elle témoigne.

— Votre Honneur, reprit Maggie, c'est une défense en culpabilité au tiers que nous jouons et c'est le témoignage de l'agent Ruth qui nous permettra d'obtenir gain de cause.

Berg hocha la tête.

— Vous n'envisagez pas ça sérieusement, lâcha-t-elle. Tout ça est aussi solide qu'une toile d'araignée. On y voit au travers. Il n'y a là que des conjectures. Et aucune preuve ni aucun témoignage qui pourrait, même de loin, relier ce qui se passe à la BioGreen à l'assassinat de Sam Scales dans le garage de l'accusé !

Et de ponctuer son objection en me montrant du doigt.

S'ensuivit une pause pendant laquelle Warfield décortiqua tous les arguments, puis arrêta sa décision.

— Merci pour toutes ces opinions, dit-elle. Je vais signer l'arrêt ordonnant à l'agent Ruth d'être ici demain matin à 10 heures. Et cette fois, je le transmettrai aussi à l'US Attorney et lui rappellerai qu'il doit quitter le bâtiment à la fin de la journée et que, lorsqu'il le fera, il sera dans ma juridiction. Je ne manquerai pas non plus de lui faire comprendre que cette affaire suscite un grand intérêt dans les médias et lui garantirai que si jamais il n'obtempérait pas, tous les journalistes présents demain dans cette enceinte m'entendront dire ce que je pense du FBI et de l'US Attorney.

— Merci, Votre Honneur, conclut Maggie.

— Mais, madame le juge, le Peuple objecte toujours à cette mesure ! s'écria Berg.

— Votre objection est rejetée, déclara Warfield. Vous avez autre chose ?

— Oui, une objection générale. Avec tout le respect que je vous dois, depuis le début de ce procès, la cour ne cesse de prendre des décisions préjudiciables au Peuple.

Un silence de stupéfaction s'abattit dans la pièce. Berg accusait Warfield de s'être départie de son impartialité et de favoriser la défense avec ses arrêts. En tant qu'ancienne juriste du barreau de la défense, Warfield ne pouvait être que particulièrement sensible à ce genre d'accusation. Berg essayait de la pousser à une explosion susceptible de prouver la validité de son objection.

Mais Warfield parut avoir retrouvé son calme avant de répondre.

— Votre objection générale est bien notée, dit-elle, mais rejetée. Si cette déclaration de l'accusation avait pour but d'enflammer ou d'intimider la cour, soyez certaine que vos efforts ont échoué et que cette cour continuera de prendre des arrêts impartiaux et fondés et sur le respect de la loi et sur leur pertinence dans cette affaire.

Elle marqua une pause pour voir si Berg avait autre chose à dire, mais celle-ci garda le silence.

— Bon, et maintenant, y a-t-il d'autres sujets à aborder ? reprit Warfield. J'aimerais émettre cet ordre avant de déjeuner.

— Votre Honneur, dit Maggie. Nous avons perdu notre témoin principal de la journée et…

— Et qui était-ce ?

— Louis Opparizio.

— La citation à comparaître lui a-t-elle été remise ?

— Oui, Votre Honneur.

— Alors, pourquoi n'est-il pas là ?

— Parce qu'il vient d'être assassiné. Son corps a été retrouvé hier.

— Quoi ?! glapit Warfield.

— Oui, répondit Maggie. En Arizona.

— Et cela a-t-il quoi que ce soit à voir avec cette affaire ?

— Nous le pensons, Votre Honneur.

— C'est donc pour cela que vous voulez que le FBI vienne témoigner ?

— Oui, Votre Honneur. En dehors d'Opparizio, nous n'avions qu'un témoins prévu pour aujourd'hui… l'inspecteur Roundtree, que vous avez désavoué.

— Êtes-vous en train de me dire que vous n'avez plus de témoins dans votre affaire ?

— Nous n'en avons plus qu'un. Maître Haller lui-même. Et nous ne voulons pas qu'il témoigne avant d'avoir des nouvelles du FBI et de l'agent Ruth. Maître Haller serait alors notre dernier témoin.

Warfield eut l'air chagrinée. Il était clair qu'elle ne voulait pas perdre l'après-midi.

— Je crois me rappeler que votre liste de témoins comprenait d'autres noms.

— C'est exact, mais la tournure qu'a prise ce procès nous a obligés à des changements de stratégie, dis-je. Nous avons renoncé à certains témoins ce matin même. Nous avions un expert en toxicologie prêt à témoigner aujourd'hui, mais l'inspecteur Drucker et l'adjoint du légiste ont déjà couvert ce terrain. Nous avions bien la propriétaire de Sam Scales sous citation à comparaître, mais l'inspecteur Drucker a aussi couvert ses infos.

— Mais il me semble me rappeler que vous aviez aussi une barmaid dans votre liste.

J'hésitai. Dans notre liste, nous avions précisé que Moira Benson déclarerait que je n'avais pas bu lors de la petite fête en l'honneur de mon verdict de non coupable et que j'étais parfaitement sobre lorsque j'avais quitté le bar. Mais, à l'époque, ce n'était que pour mieux cacher la valeur véritable de son témoignage. Ce qu'elle allait vraiment déclarer aux jurés était qu'elle avait bien reçu un coup de téléphone au Redwood le soir de la fête, et qu'un interlocuteur anonyme lui avait alors demandé si j'avais quitté l'établissement. À ce moment-là, j'avais réglé la note et gagnais lentement la porte, ralenti que j'étais par tous ceux qui, me voulant du bien, me serraient la main et me remerciaient d'avoir pu descendre leur comptant de bibine nocturne à mes frais. Elle avait répondu à l'anonyme que je me dirigeais vers la porte. Dans la théorie de la défense, cet appel avait eu pour résultat l'envoi d'un texto à Milton l'avertissant que je partais. Sauf que maintenant, avec le contenu du portable de l'officier, nous ne pouvions plus assener la droite-gauche au foie que nous avions espéré coller à l'accusation. Ce qui ne voulait pas dire que ce n'était pas ce qui était arrivé. Les infos du portable auraient pu être falsifiées ou Milton avoir reçu un texto sur son jetable. Cela étant, nous ne pouvions plus faire passer cette supposition de la simple théorie au fait avéré et je ne pouvais plus, moi, amener la barmaid à la barre.

— Son témoignage n'est lui aussi plus nécessaire au vu de certains enregistrements que nous avons obtenus récemment.

Warfield réfléchit un moment, puis décida de ne plus poser d'autres questions sur Moira.

— Ce qui fait que vous n'avez plus que le FBI, dont nous ne savons toujours rien, et maître Haller, conclut-elle.

— Et cela modifierait vraiment notre stratégie si celui-ci était contraint de témoigner avant que nous ayons des nouvelles de l'agent Ruth, insista Maggie.

— Si même nous entendons jamais parler d'elle, commenta Warfield.

— Mais, madame le juge, tout cela est ridicule ! reprit Berg. Ils n'avaient pas de stratégie. Tout ce truc sur Ruth est sorti aujourd'hui.

— L'avocate se trompe, dit Maggie. Le FBI est sur notre écran radar depuis le début. Et c'est depuis toujours que nous avions prévu de terminer notre présentation sur le rejet catégorique des charges retenues contre maître Haller. Et nous aimerions ne pas avoir à changer de plan.

— Très bien, dit Warfield. Je vais libérer les jurés pour le reste de la journée. Et j'espère que demain nous aurons des nouvelles du FBI et pourrons entendre maître Haller. Quoi qu'il en soit, je vous conseille à tous de profiter de ces instants où nous ne serons pas en séance cet après-midi pour travailler votre plaidoyer final. Il se pourrait que vous ayez à le prononcer dès demain après-midi.

— Madame le juge, nous présenterons des éléments de preuve lors de notre réfutation, dit Berg. Et peut-être même un témoin, selon ce qui sera dit lors du témoignage de demain.

— C'est votre prérogative, dit Warfield.

Je remarquai que Berg ne disait plus « Votre Honneur » à Warfield et me demandai si celle-ci l'avait remarqué aussi.

— Je crois que nous en avons terminé, conclut Warfield. Que tout le monde rejoigne le prétoire à 13 heures afin que je puisse libérer les jurés.

Je repris le couloir en sortant du cabinet du juge et me retrouvai derrière Berg qui, cette fois, avait pris la tête de la procession.

— Vous saviez qu'Opparizio était mort avant que nous venions ici, lui lançai-je. Si tout cela n'était qu'une tentative bien orchestrée d'égarer les jurés, pourquoi ne le lâchiez-vous pas d'une semelle ?

— Parce que, Haller, je vous vois venir à des kilomètres ! Et nous, nous étions prêts pour Opparizio… mort ou vivant. Alors que vous, évidemment que non.

Tandis qu'elle continuait de marcher à pas pressés, je ralentis l'allure afin que Maggie puisse me rattraper.

— Qu'est-ce qu'elle voulait ? me demanda-t-elle.

— Rien. Encore des conneries et donc… Quelles chances crois-tu qu'on ait d'avoir cet ordre de Warfield ?

— Quoi, d'avoir un agent du FBI à la barre ? Disons quelque part entre zéro et zéro. Pour moi, tout prendra fin avec toi en train de gagner les jurés à notre cause. Alors, sois prêt et au mieux de ta forme.

Nous continuâmes de marcher en silence après ça. Je savais que, quels que fussent les dangers à venir, tout reposait sur moi.

# Chapitre 49

Les jurés une fois renvoyés et le prétoire plongé dans le noir, Maggie McPherson et moi eûmes la permission de travailler dans la cellule de détention du tribunal jusqu'au moment où ma navette privée viendrait me ramener aux Twin Towers.

Nous réglâmes beaucoup de choses. Au lieu de nous concentrer sur notre déclaration finale comme nous l'avait suggéré Warfield, nous préparâmes les questions à poser aux deux derniers témoins – l'agent spécial Dawn Ruth et moi. C'était absolument crucial pour l'agent Ruth parce que ces questions étaient celles qui nous donneraient probablement les infos que nous voulions faire connaître aux jurés. Si nous avions la chance de l'avoir à la barre, nous nous attendions à ce qu'elle soit récalcitrante. Nous ne lui demanderions donc certainement pas « Sam Scales était-il un informateur du FBI ? », mais plutôt : « Depuis combien de temps Sam Scales travaillait-il comme informateur du FBI ? » C'était de cette façon que les jurés auraient les infos que nous voulions leur faire connaître, qu'il soit ou ne soit pas répondu aux questions effectives que nous poserions.

Nous nous étions mis d'accord pour que ce soit moi qui interroge Ruth… si jamais elle obéissait à l'ordre de Warfield… et que, bien sûr, ce serait Maggie qui m'interrogerait. Aussi bien m'avait-elle convaincu de témoigner pendant cette séance de travail. Une fois franchi cet obstacle, j'avais embrassé l'idée et m'étais mis à réfléchir aux questions et aux réponses à préparer ensemble.

Parce que je ne voulais pas passer ces instants avec Maggie en tenue de prisonnier, j'avais gardé mon costume. Ce n'était pas grand-chose, et il est même probable qu'elle s'en moquait, mais moi pas. Outre ma fille, Maggie était toujours la personne la plus importante de ma vie et je me souciais de ce qu'elle pouvait penser de moi.

Je savais qu'une caméra était sans arrêt braquée sur nous et que nous n'avions pas le droit de nous toucher, mais à un moment donné je ne pus m'en empêcher. Je tendis la main par-dessus la table et la posai sur la sienne tandis qu'elle essayait de rédiger une des questions qu'elle poserait le lendemain.

— Merci, Maggie, lui dis-je. Quoi qu'il arrive, tu as été là pour moi et c'est plus important que tu ne pourras jamais l'imaginer.

— Eh bien, répondit-elle, arrivons à ce verdict de non coupable, de « NC » comme tu aimes l'appeler, et tout ira bien.

Je retirai ma main, mais trop tard. Une voix sortit du haut-parleur près de la caméra et m'enjoignit de ne plus jamais toucher Maggie. Je fis comme si je ne l'avais même pas entendue.

— Tu penses toujours retourner au bureau du district attorney après ça ? lui demandai-je. Maintenant que tu as vu tout ce qu'il y a derrière les enjeux capitaux du travail de défense ?

Je souriais d'un air bonhomme et voulais marquer une petite pause.

— Je ne sais pas, répondit-elle. Je suis certaine que Dana abreuve tous les jours mes patrons de plaintes contre moi, il se pourrait que le puits soit empoisonné… surtout quand nous l'emporterons. Peut-être même que je pourrais m'habituer à faire suer les autorités !

Elle avait dit ça sur un ton pleinement sarcastique. Mais en souriant, et je lui renvoyai son sourire.

À 16 heures, le gardien Chan m'avertit qu'un quart d'heure plus tard j'allais être ramené à ma navette et devais lâcher le costard. Maggie, elle, m'informa qu'elle allait partir.

— Dès que tu sors d'ici, appelle Cisco, lui dis-je. Prépare une copie de la vidéo où on voit le type du room-service en Arizona et apporte-la au tribunal demain. On pourrait en avoir besoin.

— Bonne idée, dit-elle.

Vingt minutes plus tard, j'étais à l'arrière d'une voiture de patrouille que conduisait le gardien Pressley pour me ramener aux Twin Towers. Une fois hors du tribunal, il prit l'itinéraire normal et traversa la 101 dans Main Street avant d'emprunter Cesar Chavez Avenue pour rejoindre Vignes Street.

Mais arrivé là, au lieu de tourner à gauche vers Bauchet Street et la prison, il prit à droite.

— Qu'est-ce qu'il y a, Pressley ? lui demandai-je. Où on va ?

Il ne répondit pas.

— Pressley, répétai-je. Qu'est-ce qui se passe ?

— Du calme, c'est tout, me répondit-il. Vous le saurez bien assez tôt.

Mais sa réponse ne me calma pas. Au lieu de ça, une grande inquiétude me saisit. Les histoires d'adjoints du shérif commettant ou orchestrant des atrocités dans les prisons couraient dans tout le système judiciaire et il n'y avait plus rien d'inimaginable. Et faits ou fictions, toutes se déroulaient au sein de prisons où les situations étaient contrôlées et jamais vues par des témoins extérieurs. Et Pressley m'éloignait de la prison et déjà nous roulions derrière les bâtiments de la gare d'Union Station, rebondissions sur des rails – et entrions dans une zone d'entrepôts de maintenance où les ouvriers avaient pointé à la sortie du boulot à 17 heures.

— Pressley, allez quoi, mec ! m'exclamai-je. Vous n'avez pas à faire ça. Je croyais qu'on avait un arrangement et vous m'aviez dit de surveiller mes arrières. Pourquoi est-ce que vous faites ça ?

Je m'étais penché en avant aussi loin que le permettaient ma ceinture de sécurité et la chaîne des menottes entre mes jambes. Je vis un léger sourire se dessiner sur son visage et compris qu'il m'avait roulé. Il n'avait aucune sympathie pour moi parce que c'était l'un d'entre eux.

— Qui vous a fait faire ça, Pressley ? Berg ? Qui ?

Encore une fois, je n'eus droit qu'au silence de mon kidnappeur. Il fit entrer la voiture dans un atelier de réparation couvert d'une toiture en tôle ondulée complètement rouillée. Puis il actionna l'ouverture des portières arrière et descendit de voiture.

Je le suivis des yeux tandis qu'il faisait le tour du véhicule par l'avant. Mais il s'immobilisa, se retourna vers moi et me regarda à travers le pare-brise. J'étais perdu. Allait-il me sortir de là, ou pas ?

La portière arrière à l'opposé de la mienne s'ouvrit, je me retournai et vis l'agent spécial Dawn Ruth se glisser sur le siège en plastique à côté de moi.

— Agent Ruth ?! explosai-je. Mais c'est quoi, ce bordel ?

— Du calme, Haller. Je suis venue parler.

Je me retournai et regardai à nouveau Pressley à travers le pare-brise. Et compris que je m'étais totalement trompé sur son compte.

— Et moi aussi, je devrais vous poser la même question, reprit-elle. Qu'est-ce que c'est que ce bordel ?

Je la regardai à nouveau et retrouvai un peu de mon calme et de mon aplomb.

— Vous le savez très bien, lui répondis-je. Qu'est-ce que vous voulez ?

— Avant tout, cette conversation n'a jamais eu lieu, dit-elle. Si jamais vous essayez de dire le contraire, j'aurai quatre agents prêts à me trouver un alibi et vous aurez l'air d'un menteur.

— Parfait. Et de quoi on parle, au juste ?

— Du fait que votre juge a perdu la tête. M'enjoindre de témoigner à la barre ? Ça ne se produira pas.

— Parfait, ne vous montrez pas à l'audience. Et lisez ce qu'il en sera dit dans le *Times*. Mais si vous voulez mon avis, ce n'est pas la meilleure façon de ne pas révéler l'existence d'une enquête.

— Parce que vous pensez que c'est mieux de le claironner en plein tribunal ?

— Écoutez, si vous voulez bien coopérer, on peut vous préparer votre témoignage. Pour protéger ce que vous avez besoin de protéger. Mais moi, j'ai besoin de faire enregistrer aux minutes que Sam Scales était un informateur et que, l'ayant découvert, Opparizio l'a fait buter.

— Même si ce n'est pas ça qui s'est passé ?

Je la regardai longuement avant de répondre.

— Si ce n'est pas ça qui s'est passé, alors c'est quoi ? finis-je par lui demander.

— Réfléchissez. S'il pensait que Sam Scales était un informateur, Opparizio aurait-il continué son arnaque à la BioGreen ? Ou l'aurait-il tué avant de fermer boutique ?

— OK, vous me dites donc que l'escroquerie continue… même après que Sam a été tué. Et donc que l'opération du Bureau continue elle aussi.

J'essayai de voir la situation d'ensemble, mais pas moyen.

— Pourquoi Sam Scales a-t-il été assassiné ?

— Vous le connaissiez probablement mieux que quiconque, me répondit-elle. À votre avis ?

Soudain, cela fit tilt dans ma tête.

— Il avait monté sa propre arnaque. Contre le Bureau et Opparizio. Mais… du genre ?

Ruth hésita. Elle baignait dans une culture où l'on ne trahit pas un secret. Mais c'était le moment de le faire…

dans le cours d'une conversation dont l'existence pourrait être niée, et le serait.

— Écrémage, dit-elle. On l'a découvert après sa mort. Il avait monté sa propre société de distribution de pétrole. Incorporée, enregistrée auprès de l'État. Il amenait des tankers au port et les en faisait ressortir, mais c'est à lui que revenait la moitié des subsides.

J'acquiesçai. À partir de là, la suite était facile à comprendre.

— Opparizio s'en est aperçu et a été forcé de le buter, repris-je. Il ne voulait pas que la BioGreen fasse l'objet d'une enquête et y a vu une bonne occasion de régler ses comptes avec lui.

— Et je ne vous confirme rien de tout cela, dit-elle.

— Il n'y a pas de raison de ne pas le faire. Opparizio est mort, au cas où vous n'auriez pas appris la nouvelle.

— Parce que vous croyez que c'est Opparizio qui commandait ? Que la cible, c'était lui ? Lui, il dirigeait une opération et nous, ce sont six raffineries que nous surveillons dans quatre États. Pour trafics en cours. Ce n'était pas Opparizio qui donnait les ordres. Il ne faisait que leur obéir. C'est même pour ça que ça leur a été aussi facile de décider qu'il devait dégager. Sa petite vendetta avec vous dénotait de mauvais jugements en affaires et ça, ces gens-là ne le tolèrent pas. Pas du tout. Vous croyez qu'il a filé en Arizona pour éviter une citation à comparaître ? Ne soyez pas idiot. C'était d'eux qu'il se cachait, pas de vous.

— Parce que lui aussi, vous le suiviez ?

— Je n'ai rien dit de pareil.

De l'autre côté du pare-brise, je vis que Pressley s'était mis à faire les cent pas devant la voiture et j'eus l'impression que le temps nous était compté. Ce petit arrêt n'avait pas été avalisé.

— Lui aussi travaille pour vous ? demandai-je à Ruth. Pressley ? Ou alors vous le tenez d'une manière ou d'une autre ?

— Ne vous inquiétez pas pour lui.

J'en revins à ma propre situation.

— Et donc, qu'est-ce que je suis censé faire ? repris-je. Me sacrifier ? Me laisser condamner pour que votre surveillance puisse continuer ? C'est cinglé. Et vous l'êtes tout autant si vous croyez que c'est ce que je vais faire.

— Nous espérions que notre enquête en soit à la phase arrestations avant que votre histoire n'arrive au tribunal. Nous aurions tout arrangé. Mais ce n'est pas ça qui s'est passé… Vous avez refusé de demander le moindre délai. Du coup, des tas de choses qui devaient se produire n'ont pas eu lieu.

— Sans déconner ! Permettez que je vous pose une question : vous étiez en train de surveiller Sam quand ils l'ont flingué ? Vos types se seraient contentés de laisser faire… pour protéger l'opération ?

— Non, nous ne laisserions jamais faire une chose pareille. Surtout dans le seul but de protéger une enquête. Ils l'ont attrapé dans la raffinerie. Nous n'avions personne à l'intérieur et nous n'avons su qu'il était mort qu'au moment où le LAPD a analysé ses empreintes digitales après avoir découvert son cadavre dans votre coffre.

De l'autre côté du pare-brise, je vis Pressley faire des signes à Ruth. À lui montrer sa montre et à tourner un doigt en l'air : il lui disait de remballer. Au moment où nous traversions la 101, il s'était servi de la radio de bord pour faire savoir qu'il ramenait son prisonnier aux Twin Towers. Il ne se passerait maintenant guère de temps avant qu'on ne remarque que nous n'étions toujours pas rentrés.

— Alors, pourquoi ne vous êtes-vous pas contentés de passer au LAPD ou au bureau du district attorney pour leur raconter tout ça ? demandai-je. Vous auriez tout simplement pu leur dire de me laisser tranquille et rien de tout cela ne serait arrivé.

— Ç'aurait été un rien compliqué avec Sam retrouvé dans le coffre de votre voiture stationnée dans votre garage. Pensez à la tempête médiatique que ç'aurait déclenchée. Tout ce truc n'est qu'un seul et même cluster de merde depuis le début.

— Et qui a fini par vous donner si mauvaise conscience que vous avez glissé le compte rendu d'arrestation de Ventura sous ma porte.

— Je ne vous ai pas dit l'avoir fait.

— Vous n'avez pas à le faire, mais merci.

Elle rouvrit la portière.

— Et donc, qu'est-ce qui se passe demain ?

Elle se retourna vers moi.

— Aucune idée. Je n'ai plus la main, ça, c'est sûr.

Sur quoi, elle sortit de la voiture, referma la portière derrière elle et s'éloigna. Je ne me donnai pas la peine de me retourner pour la voir disparaître. Pressley se remit vite au volant et ressortit de l'atelier de la même manière que nous y étions entrés.

— Je m'excuse, Pressley, lui lançai-je. J'ai paniqué et vous ai mal jugé.

— Ce n'est pas la première fois que ça arrive, répondit-il.

— Vous êtes du FBI ou vous bossez seulement pour eux ?

— Parce que vous croyez que je vous le dirais ?

— Probablement pas, non.

— Ce qui fait que s'il se passe quoi que ce soit aux Twin Towers parce qu'on est en retard, je dirai qu'on s'est arrêtés parce que vous aviez envie de vomir.

J'acquiesçai d'un signe de tête.

— Et je confirmerai, dis-je.

Nous avions retrouvé Vignes Street. De l'autre côté du pare-brise, je vis les Twin Towers apparaître au loin.

# Chapitre 50

*Jeudi 27 février*

Le lendemain matin, je fus réveillé tôt et mis dans la voiture de patrouille avant 8 heures sans aucune explication.

— Pressley, vous savez pourquoi on m'emmène là-bas aussi tôt ? Le tribunal ne sera même pas ouvert avant une heure.

— Alors là, aucune idée, répondit-il. On m'a juste demandé de le faire.

— Des suites à notre petit détour d'hier soir ?

— Quel détour ?

J'acquiesçai d'un signe de tête et regardai par la vitre. Quoi qu'il s'agisse, j'espérais que Maggie McPherson en avait été alertée.

Dès que nous arrivâmes au tribunal, je fus remis à un gardien qui me colla dans l'ascenseur des détenus et se servit d'une clé pour le faire monter. C'est alors que je commençai à remplir les blancs. D'habitude, on m'emmenait au neuvième, l'étage où officiait Warfield. Le gardien fit basculer la clé sur le dix-huitième, le moindre avocat de la ville sachant que c'était à ce niveau du Criminal Courts Building que se trouvait le bureau du district attorney.

Une fois débarqué de l'ascenseur, je fus introduit dans une salle d'interrogatoire fermée à clé où, je le supposai, devaient être interrogés les suspects qui avaient accepté de coopérer. Il n'était pas génial de laisser pourrir des accords pareils. Les gens changent d'avis – aussi bien les suspects que les avocats. Quand un type qui doit faire face à de graves accusations ou à une lourde peine offre tout doucement par-devant le juge de fournir une assistance substantielle aux autorités, on ne prend pas rendez-vous pour le lendemain. On emmène le bonhomme quelques étages plus haut et lui soutire tous les renseignements qu'il y a à soutirer. Et c'était là, dans cette pièce, que ça se passait.

Menotté à une chaîne de ceinture et toujours en bleu de prison, je restai assis seul dans cette salle un bon quart d'heure avant de me mettre à regarder la caméra installée dans un coin du plafond et à hurler que je voulais voir mon avocat.

Cela ne me valut aucune réponse pendant encore cinq minutes, puis la porte s'ouvrit et je retrouvai le gardien. Qui me fit descendre un couloir et franchir une porte. Et entrer dans ce qui ressemblait à une salle de réunion – très vraisemblablement où l'on arrêtait des stratégies et où procureurs et superviseurs discutaient des grosses affaires. Dix fauteuils à haut dossier entouraient une grande table ovale, et presque tous ces fauteuils étaient occupés. Je fus conduit à un siège vide à côté de Maggie McPherson. Aucun problème pour reconnaître les trois quarts des individus rassemblés autour de la table, ou deviner qui ils étaient. D'un côté, je découvris Dana Berg avec son lieutenant à nœud pap, ainsi que John « Big John » Kelly, le district attorney, et Matthew Scallan qui, je le savais, était le patron de Berg et le directeur de la Major Crimes Unit. En cette capacité, il avait aussi été le patron de Maggie jusqu'à ce qu'il soit décidé de la transférer à l'Environmental Protection Unit.

En face des procureurs de l'État de l'autre côté de la table s'alignaient les fédéraux. L'agent Ruth et son coéquipier Rick Aielo, et encore l'US Attorney du district sud de Californie Wilson Corbett, et un autre type que je ne reconnus pas, mais qui devait être un procureur de niveau inférieur très probablement chargé de superviser l'enquête portant sur la BioGreen.

— Maître Haller, bienvenue à vous ! me lança Kelly. Comment vous portez-vous aujourd'hui ?

Je jetai un petit coup d'œil à Maggie avant de répondre et la vis hocher discrètement la tête. Il ne m'en fallut pas plus pour comprendre qu'elle non plus ne savait pas de quoi il retournait.

— C'est que je viens de passer encore une nuit dans vos magnifiques chambres des Twin Towers, répondis-je. Comment voulez-vous que je me sente, Big John ?

Kelly hocha la tête comme s'il savait déjà quelle réponse je lui servirais.

— C'est que nous pensons avoir de bonnes nouvelles pour vous, déclara-t-il. Si nous arrivons à un accord sur certains sujets, nous allons laisser tomber les charges retenues contre vous. Vous pourriez même dormir dans votre lit ce soir. Qu'en pensez-vous ?

Je regardai vite tous les visages, en commençant par celui de Maggie. Elle avait l'air surprise. Dana Berg, elle, semblait mortifiée, cependant que Rick Aiello tirait la même tête que la dernière fois que je l'avais vu du haut de ma véranda : il était en colère.

— Affaire classée ? demandai-je. Avec un jury assermenté toujours en place ? Avec interdiction de nouveau procès ?

Il acquiesça d'un hochement de tête.

— Tout à fait, dit-il. Vous ne pourrez pas être rejugé. On ne rejoue pas le coup. Tout est fini et terminé.

— Et quelles sont ces choses sur lesquelles nous devrions trouver un accord ? demandai-je.

— Permettez que je laisse M. Corbett répondre à cette question.

Je ne savais pas grand-chose de ce Corbett hormis qu'il n'avait jamais été procureur avant d'être nommé US Attorney par le président actuel.

— Nous avons un problème, commença-t-il. Nous avons lancé une enquête qui va bien plus loin que vous imaginez. Elle ne se termine certainement pas avec Opparizio et en dévoiler ne serait-ce qu'un peu dans un procès la mettrait en péril. Nous avons besoin que vous acceptiez de garder le silence jusqu'à ce que cette enquête soit achevée et l'affaire terminée.

— Et ce sera quand ? demanda Maggie.

— Nous ne savons pas. Nos recherches sont toujours en cours et je ne peux rien vous dire de plus.

— Et ça marcherait comment ? demandai-je. Les charges sont annulées sans aucune explication ?

Kelly reprit la parole et je regardai Berg lorsqu'il attaqua.

— Nous renonçons aux charges parce que contraires à l'intérêt public. Nous déclarons que le bureau du district attorney a reçu des informations et des preuves qui jettent les doutes les plus graves sur la validité et l'équité de votre affaire.

— Et c'est tout ? m'écriai-je. C'est tout ce que vous dites ? Et elle ? Qu'est-ce qu'elle dit, Dana Berg ? Elle qui me traite d'assassin depuis quatre mois !

— Nous voulons attirer le moins possible l'attention sur tout cela, reprit Kelly. Nous ne pouvons pas jouer les grands vertueux et dans le même temps protéger la suite de notre enquête fédérale.

Berg avait baissé le nez sur la table devant elle et je vis bien qu'elle ne marchait pas dans la combine. Vraie croyante qu'elle était, elle irait jusqu'au bout de l'affaire.

— Et donc, c'est ça, le marché ? insistai-je. Vous laissez tomber les charges, mais moi, je ne pourrai jamais dire pourquoi, alors que vous, vous n'aurez jamais à avouer que vous vous êtes trompés ?

Pas la moindre réaction.

— Et vous croyez vous montrer accommodants ? Qu'il s'agit d'un marché où vous laissez filer un assassin pour le plus grand bien de tous ?

— Nous ne vous jugeons pas, me répondit Kelly. Nous savons seulement que vous détenez des informations qui pourraient être préjudiciables au bien public si jamais elles venaient à être connues.

Je montrai Dana Berg du doigt.

— Mais elle me juge, elle ! Elle a commencé à le faire en me collant en prison. Pour elle, c'est moi qui ai tué Sam Scales. Et vous le pensez aussi, tous.

— Vous ne savez pas ce que je pense, Haller, me lança Berg.

— Je passe.

— Quoi ?! s'écria Maggie en posant sa main sur la mienne pour essayer de m'arrêter.

— J'ai dit que je refusais. Ramenez-moi au tribunal. Je tenterai ma chance avec les jurés. Que je leur arrache un verdict de non-culpabilité et je serai blanchi sans discussion possible, et je pourrai dire au monde entier comment j'ai été piégé sous le nez même du FBI et faussement accusé par le district attorney. Et moi, ce marché-là, ça me va.

Je commençai à repousser mon fauteuil avec les jambes et me tournai vers le garde qui m'avait amené dans la salle.

— Qu'est-ce que vous voulez, Haller ? me lança Corbett.

Je le regardai.

— Qu'est-ce que je veux ? répétai-je. Je veux qu'on me rende mon innocence. Et qu'on dise haut et fort que vos nouveaux renseignements et éléments de preuve m'innocentent clairement. Et je veux aussi que ce soit vous, Big John, ou Dana, qui le déclariez. D'abord dans une requête adressée à la cour, et ensuite au juge en séance plénière, et qu'enfin tout cela soit dit lors d'une conférence de presse sur les marches du palais. Si vous ne pouvez pas me donner ça, alors ce sera à moi de l'obtenir des jurés et nous n'avons plus rien à nous dire.

Kelly regarda son homologue fédéral de l'autre côté de la table et je vis le petit signe de tête : on acceptait.

— Je pense pouvoir vous donner ça, dit Kelly.

Berg se renversa brutalement en arrière comme si elle venait de recevoir une gifle en pleine figure.

— Parfait, repris-je, parce que ce n'est pas tout.

— Putain de Dieu ! souffla Aiello.

— Je veux encore deux choses, enchaînai-je en l'ignorant et en regardant Kelly droit dans les yeux. Je ne veux aucun retour de bâton contre mon avocate. Elle retourne travailler pour vous aussitôt après. Et sans baisse de salaire ou changement d'affectation.

— C'était déjà prévu, dit Kelly. Maggie est une de nos meilleures…

— Génial. Ça ne vous posera donc aucun problème de le coucher par écrit.

— Michael, dit Maggie. Je ne…

— Non, je veux que ce soit écrit, dis-je. Je veux tout ça couché par écrit.

Kelly acquiesça en hochant lentement la tête.

— Vous aurez tout ça par écrit, dit-il. Et la deuxième chose ?

— Eh bien, je pense que nous avons démontré devant la cour, et de manière convaincante, qu'il y a quatre mois de ça l'officier Roy Milton m'attendait bien ce soir-là. Et que son histoire de plaque minéralogique qui manquait était du flan. Mais c'est pour ça que j'ai été piégé, puis battu et presque tué tandis que mon nom et ma réputation étaient sans arrêt traînés dans la boue. Le LAPD n'enquêtera jamais sur tout ça, mais vous avez une Public Integrity Unit et je vais déposer plainte auprès d'elle, et entends bien qu'elle ne soit pas mise sous cloche. Je veux qu'il y ait une enquête et qu'elle aille à sa conclusion. Rien de tout cela n'aurait pu se produire sans une aide en interne, et c'est avec Milton que tout s'est mis en marche. Je suis certain qu'il y a un lien avec Opparizio... À votre place, je commencerais par aller voir du côté de ses avocats... et je veux savoir quel est ce lien.

— Nous allons ouvrir un dossier, dit Kelly. Et nous enquêterons de bonne foi.

— Alors, tout va bien.

Berg hocha la tête à l'énoncé de ma liste de demandes. Maggie vit que je me concentrais sur elle et posa de nouveau sa main sur la mienne en espérant me retenir. Mais c'était le moment que j'attendais et il n'était pas question que je le laisse passer.

— Dana, dis-je, je sais que vous ne croirez jamais qu'il s'agissait d'un coup monté. Comme beaucoup d'autres personnes. Mais un jour, quand ils auront mené leur enquête à son terme, les fédéraux prendront peut-être le temps de vous montrer où vous et le LAPD vous êtes trompés.

Pour la première fois, elle se tourna vers moi et me regarda.

— Allez vous faire foutre, Haller ! s'écria-t-elle. Vous n'êtes qu'un tas de merde et aucun arrangement ne pourra jamais changer ça. À tout à l'heure au prétoire. Je veux qu'on en finisse au plus vite.

Sur quoi, elle se leva et quitta la salle. S'ensuivit un grand silence. Dont je profitai surtout pour porter mon attention sur l'agent Ruth. Je voulais l'aider, mais sans la jeter aux chiens pour m'avoir donné un coup de main.

— En avons-nous fini ? demanda Corbett en posant les mains sur les accoudoirs de son fauteuil et en marquant une pause avant de se lever.

— J'ai quelque chose pour les agents, dis-je.

— Nous ne voulons rien de vous ! lança Aiello.

Je fis signe à Maggie.

— Nous avons une vidéo, repris-je. Où votre tueur est filmé. Le type qui a tué Opparizio et a sorti son cadavre de l'hôtel de Scottsdale. Nous allons vous la faire parvenir. Peut-être que cela vous aidera.

— Ne vous donnez pas cette peine, dit Aiello. On ne veut pas de votre aide.

— Si, dit Ruth. On prendra. Merci.

Elle me regarda, hocha la tête, et je vis alors qu'elle était sincère et qu'au moins une personne dans cette salle ne pensait pas laisser filer un assassin.

## Chapitre 51

Une heure plus tard, j'avais retrouvé mon costume et me tenais devant le juge Warfield. Elle avait renvoyé les jurés, mais leur avait permis de rester s'ils le voulaient et tous l'avaient fait. Dana, elle, avait dans une déclaration pleine de réticences, mais soigneusement formulée, annoncé à la cour que de nouvelles preuves de nature confidentielle étaient apparues et me disculpaient de toutes les charges retenues contre moi. Elle avait encore précisé que le bureau du district renonçait à toute possibilité d'appel et détruirait toute mention de mon arrestation portée à mon casier judiciaire.

Maggie McPherson se tenait à côté de moi, ma fille et les membres de mon équipe debout derrière moi. Malgré l'avertissement du juge contre tout déchaînement d'émotion, des gens applaudirent dans la salle quand Berg mit fin à sa déclaration. Je regardai le box des jurés et vis que la cheffe du Hollywood Bowl comptait à leur nombre. Je lui adressai un signe de tête. Je ne m'étais pas trompé dans mon évaluation.

Ce fut alors à Warfield de parler.

— Maître Haller, déclara-t-elle, une injustice grave a été commise à votre encontre et il est de l'espoir sincère de cette cour que vous puissiez vous en remettre et poursuivre votre carrière d'officier de la cour et de défenseur des droits de tous ceux qui sont accusés. Maintenant que vous avez vous-même vécu cette expérience, peut-être même serez-vous encore plus à même de servir en cette capacité. Je vous souhaite tout ce qu'il y a de mieux, monsieur. Vous êtes libre.

— Merci, Votre Honneur, lui répondis-je d'une voix qui se cassa.

La magnitude de ce qui venait de se produire ces deux dernières heures me faisait encore trembler.

Je me retournai, pris Maggie dans mes bras, puis tendis la main vers ma fille. Bientôt, tous les trois, nous ne fûmes plus qu'un seul enlacement avec la barrière du public pour séparer gauchement la fille de ses père et mère. Je souris et serrai les mains de Cisco et de Bosch. Sans rien dire parce que les mots s'étranglaient dans ma gorge. Je savais que tout cela viendrait plus tard.

# Chapitre 52

*Vendredi 28 février*

Nous attendîmes une journée avant de fêter l'événement au Redwood. À ce moment-là, conférence de presse et médias, le mot avait couru que les charges retenues contre moi avaient été abandonnées et que j'étais innocenté. Il m'avait alors semblé approprié de tous nous réunir à l'endroit même où avait démarré la tempête qui avait bouleversé ma vie. Il n'y avait eu ni invitations ni liste d'hôtes. Tout un chacun au tribunal avait été invité, la carte de crédit de la société de Lorna couvrant les frais de bar.

Le Redwood fut vite plein, mais j'avais veillé à ce que l'équipe de la défense ait seule droit à la grande table ronde au fond de l'établissement. Tel le parrain dans un film sur la mafia, je m'y assis au milieu de mes capos afin de recevoir les meilleurs vœux et salutations de tous ceux venus célébrer une rare victoire pour la défense.

L'alcool coulait à flots, mais je restai sobre et ne bus que du jus d'orange *on the rocks* avec deux ou trois cerises au marasquin pour faire classe. Soulagée de ne pas avoir à témoigner, Moira, la barmaid, qualifia ma décoction de « Sticky Mickey[1] », et cette appellation lui resta, bien que l'essentiel des autres buveurs y aient ajouté quelques shots de vodka.

Je m'étais installé entre mes deux ex, Maggie McFierce à ma gauche avec notre fille à côté d'elle, et Lorna à ma droite, flanquée de Cisco. Harry Bosch, lui, s'était assis juste en face de moi. Pour l'essentiel, je gardai le silence, me contentant d'embrasser toute la scène du regard et, à l'occasion, de lever mon verre pour trinquer avec tous les amis qui se penchaient par-dessus l'épaule de Bosch pour me lancer des « Bien joué ! ».

— Ça va ? me chuchota Maggie à un moment donné.

— Oui, génial, lui répondis-je. J'ai encore du mal à me dire que c'est fini.

— Tu devrais partir quelque part pour te vider la tête de tout ça.

— C'est vrai. Je pensais passer quelques jours à Catalina. Ils viennent de rouvrir le Zane Grey et c'est vraiment bien.

— Tu y es déjà retourné ?

— Euh… seulement en ligne.

— Je me demande s'ils ont toujours la chambre qu'on prenait, celle avec la cheminée.

Je réfléchis… Me souvins des jours où nous vivions ensemble et y partions en escapade le week-end. Il y avait de grandes chances que notre fille y ait été conçue. Avais-je détruit ce souvenir en y emmenant Kendall ?

— Tu pourrais venir avec moi, tu sais ?

---

1. Soit « Le Mickey qui colle ».

Elle sourit et je revis la lumière dont je me souvenais si bien au fond de ses yeux noirs.

— Peut-être, dit-elle.

Il ne m'en fallait pas plus. Je regardai la foule et souris. Tous étaient venus pour boire gratis. Mais aussi pour moi. Soudain, je me rendis compte que j'avais oublié Bishop. J'aurais dû l'inviter.

Puis je remarquai que Cisco et Bosch s'étaient rapprochés et parlaient sérieusement.

— Hé ! leur lançai-je. Qu'est-ce qu'il y a ?

— On parlait juste d'Opparizio, me répondit Cisco.

— Et alors ?

— Tu sais bien… pourquoi ils l'ont buté. Harry dit qu'ils ne pouvaient pas faire autrement.

Je regardai Harry et renversai la tête en arrière : je voulais savoir ce qu'il en pensait. Je n'avais révélé à personne la conversation que j'avais eue avec l'agent Ruth à l'arrière de la voiture de Pressley.

Bosch se pencha au-dessus de la table aussi loin qu'il le pouvait. Il y avait beaucoup de bruit dans le bar et ce n'était pas l'endroit rêvé pour hurler des hypothèses sur un meurtre.

— Il a laissé sa petite affaire personnelle prendre le pas sur la vraie, dit-il. Il aurait dû s'occuper de Sam Scales, mais proprement. Il le bute et le colle dans un baril de pétrole qu'il jette dans le chenal. Tout sauf ce qu'il a fait. Il a profité de la situation… et elle était ce qu'elle était… pour régler un vieux compte avec toi. Ç'a été son erreur et ça l'a rendu vulnérable. Il fallait qu'il y passe et le truc, c'est qu'il le savait. Je ne pense pas qu'il soit allé en Arizona pour se cacher de toi et éviter une citation à comparaître. Ce qu'il cherchait à éviter, c'était une balle.

Je hochai la tête. L'ancien inspecteur des homicides était tout près.

— Tu crois qu'ils l'ont retrouvé par nous ? demandai-je. Qu'ils nous ont suivis jusqu'à lui ?

— Tu veux dire : en me suivant moi ? demanda Cisco.

— Ne t'en fais pas, lui lançai-je. C'est moi qui t'ai envoyé là-bas.

— Quoi, moi, m'inquiéter pour Opparizio ? Je ne m'en fais absolument pas pour ce type.

— Il n'est pas impossible que ça se soit bien passé comme ça, fit remarquer Bosch. Il a peut-être dérapé. Dit des trucs à sa copine ou à quelqu'un d'autre. Passé un coup de fil.

Je fis non de la tête.

— Le coup du room-service, lui rappelai-je. Moi, ça me dit que le tueur savait qu'on le surveillait. Oui, je pense qu'ils se sont servis de nous pour arriver jusqu'à lui.

Je songeai à la vidéo qu'avaient filmée les Indiens de Cisco et que j'avais passée à l'agent Ruth. Le tueur du room-service était blanc, avait la quarantaine et des cheveux roux qui se faisaient rares. Rien de menaçant là-dedans. Un type quelconque à qui allait parfaitement la veste rouge du room-service dont il s'était servi pour bluffer tout le monde en gagnant la chambre d'Opparizio.

Puis la conversation se fit échange d'hypothèses sur l'identité de la cible fédérale, l'essentiel d'entre nous tombant d'accord pour dire que c'était probablement un mafieux du style grosse corporation, quelqu'un de l'univers du casino de Las Vegas qui avait investi dans l'escroquerie au biocarburant. Mais tout cela était bien au-dessus de nos émoluments. Tout ce que je pouvais espérer, c'est qu'un jour l'agent Ruth m'appelle et me dise : « On le tient ! » Alors, je connaîtrais l'identité du type finalement responsable de tout ce qui avait presque tout détruit dans ma vie.

Bientôt, j'en revins à simplement apprécier l'instant et observer les gens dans le bar. Puis, mon regard tombant sur une femme debout au comptoir, je m'excusai auprès du groupe et la rejoignis.

— As-tu essayé le Sticky Mickey ? lui demandai-je.

Jennifer Aronson se retourna et vit que c'était moi. Un large sourire s'épanouit en travers de son visage. Elle me serra contre elle et ne me lâcha pas.

— Félicitations ! s'écria-t-elle.

— Merci ! Quand es-tu revenue ?

— Aujourd'hui. Dès que j'ai appris la nouvelle, j'ai su que c'était ici que je devais être.

— Encore une fois, mes condoléances pour ton père.

— Merci, Mickey.

— Comment ça s'est passé après ?

— Pas trop mal. J'ai fini par jouer les infirmières auprès de ma sœur, qui est tombée malade.

— Mais toi, ça va ?

— Oui, ça va. Mais assez parlé de moi. Cisco m'a dit que Maggie était une défenderesse-née. C'est vrai ?

— Oui, elle a été géniale. Mais ça ne durera pas. Elle retourne au bureau du district attorney.

— Elle aura pris perpète, faut croire.

— Et tu sais, c'est toi qui as posé toutes les fondations, Bullocks. Je ne serais pas ici, complètement libre, si tu n'avais pas été là pour moi.

— C'est gentil à toi de dire ça.

— Non, c'est vrai ! Viens t'asseoir à notre table. Toute l'équipe est là.

— D'accord, d'accord. Mais avant, je veux traîner un peu et dire bonjour à quelques personnes. Tous ces gens qui travaillent aux tribunaux !

Je la regardai se frayer un chemin à travers la foule et se mettre à enlacer des connaissances et à en taper cinq à droite et à gauche. Je reculai vers le comptoir afin de m'y appuyer et d'embrasser toute la scène. Je regardai partout et me rendis compte que rares étaient ceux qui fêtaient vraiment le fait que j'étais innocent et venais de défaire toutes les forces liguées contre moi. La plupart des buveurs pensaient seulement que j'avais gagné et n'étais pas légalement coupable, ce qui ne voulait pas du tout dire que j'étais innocent.

Ce fut un instant qui me déchira car je sus alors comment je serais toujours perçu au prétoire, au tribunal, en ville.

Je me tournai vers le comptoir et vis Moira.

— Je peux t'offrir quelque chose, Mickey ? me demanda-t-elle.

J'hésitai. Je regardai toutes les bouteilles alignées devant la glace du mur.

— Non, dis-je, je crois que ça ira.

# *Épilogue*

*Lundi 9 mars*

Il n'y avait ni essuie-tout ni papier-toilette. Ni eau en bouteille ni la moindre boîte d'œufs. Je décrivis la situation à Maggie avec mon portable en consultant la liste qu'elle m'avait préparée – avec quelques ajouts de Hayley. Tous ces articles avaient déjà disparu ! Et depuis longtemps. Je commençai à attraper tout ce que je pouvais.

— Et des haricots pinto ? demandai-je. Je viens d'en prendre quatre boîtes.

Mon oreillette bluetooth me laissait les mains libres pour piocher des trucs dans les rayons.

— Haller, mais qu'est-ce qu'on va faire de tous ces haricots pinto ? me demanda Maggie.

— Je ne sais pas, répondis-je. Tu veux des nachos ? Y a rien, ici. Il faut juste que je prenne ce qu'il reste et faudra faire avec. Et j'ai encore des tas de choses à la maison. Tu as vérifié ce qu'il y a dans le cellier ?

Je repérai une seule et unique bouteille de sauce spaghetti Newman's Own au rayon pâtes, mais un autre client se rua et s'en empara avant moi.

— Merde ! lâchai-je.

— Quoi ? me demanda Maggie.

— Rien. Je viens de rater une bouteille de Newman's Own.

— File aux légumes et vois ce qu'il reste. Prends des trucs pour la salade. Et reviens. C'est insensé !

« Insensé » tenait de la litote. Un vrai chaos s'était abattu sur tout. Mais, au cœur même de ce chaos, j'avais au moins un lieu calme : pour la première fois depuis trop d'années pour les compter, ma famille était réunie. Nous avions décidé de nous mettre tous les trois à l'abri jusqu'à ce que la menace du virus soit passée. Même avec mon bureau reconverti en chambre à coucher pour ma fille, ma maison avait plus d'espace et de zones tampons que les appartements de Hayley ou de Maggie. Notre famille allait surmonter le fléau ensemble et maintenant était venu le temps des préparatifs. C'était mon deuxième arrêt dans un supermarché, le premier ayant été également décevant. Il n'empêche, j'avais des provisions pour survivre à un tremblement de terre et un cellier aux trois quarts plein. Seules les gourmandises dont elles avaient dressé la liste manquaient à l'appel : du vin rouge, de bons fromages et quelques-uns des ingrédients pour les recettes de Maggie.

Je réussis à bourrer mon chariot de trucs dont j'étais sûr que jamais nous ne nous servirions, et de rien de ce qui nous serait utile. De tout ce temps, Maggie était restée avec moi. Elle était revenue à la maison après la fête au Redwood et nous avions échangé les soirées pyjama chez l'un et chez l'autre jusqu'au moment où nous avions décidé de nous installer chez moi. Notre relation semblait nouvelle et bonne, et je me disais souvent que, même s'il fallait vivre quatre mois de craintes et de tourmente pour avoir Maggie de retour dans ma vie, c'était là un marché que j'étais plus que prêt à accepter sept jours sur sept.

— OK, repris-je, j'ai fini. Je commence à faire la queue à la caisse.

— Attends, tu as pris du jus d'orange ?

— Oui. En fait, ils en avaient ! J'en ai pris deux briques.

— Sans pulpe ?

Je jetai un coup d'œil à ce que j'avais embarqué.

— Faute de grives, on mange des merles, lui répondis-je.

— Génial, rétorqua-t-elle. On fera avec la pulpe. Dépêche-toi de rentrer.

— Je passe juste au distributeur.

— Pourquoi ? On n'a pas besoin d'argent. Tout est en train de fermer.

— Oui, sauf que le liquide sera roi si jamais les institutions financières s'écroulent et que les cartes de crédit ne marchent plus.

— Toujours plein d'optimisme, le monsieur. Tu crois vraiment que ça pourrait se produire ?

— Cette année nous prouve que tout est possible.

— C'est vrai. Prends du liquide.

Ainsi en fut-il. J'attendis presque une heure avant de régler mes achats. Une quasi-hystérie s'était très clairement abattue sur nous. Je fus content d'avoir ma famille tout près, mais me demandai ce qui nous arriverait si la situation devenait vraiment désespérée.

Il y avait tellement de monde au parking qu'une voiture s'arrêta près de la mienne pendant que je vidais mon chariot. On attendait de prendre ma place.

— C'est un vrai bordel, lançai-je à Maggie. Ça va dégénérer.

Le type qui attendait ma place bloquait les voitures derrière lui. Quelqu'un klaxonna, mais il ne bougea pas. J'essayai d'aller plus vite pour rentrer mes sacs dans le coffre de ma Lincoln.

— Qu'est-ce qui se passe ?

— Y a un type qui veut ma place… et il bloque tout le monde.

Je tournai la tête en entendant un autre coup de Klaxon et remarquai un individu qui, cheveux noirs et épaules affaissées, poussait un chariot dans ma direction. Un masque noir lui couvrait le bas du visage. Il n'avait qu'un sac posé dans le siège bébé du chariot. Je sursautai : le sac portait l'inscription « Vons » et on était devant un supermarché « Gelson's ». Je le regardai à nouveau et songeai qu'il me disait quelque chose : la façon dont il avait écarté les mains sur la barre du chariot, dont il se courbait, dont tombaient ses épaules.

Alors je le reconnus. C'était le type de la vidéo, celui qui poussait le chariot de room-service dans la chambre d'hôtel de Louis Opparizio à Scottsdale. Il avait changé de coiffure, mais ses épaules, elles, étaient les mêmes.

C'était lui.

Je m'écartai du coffre et cherchai par où m'échapper. J'allais devoir courir.

Je lançai mon chariot dans le sien, puis longeai ma voiture et me précipitai dans la voie de circulation voisine. Je regardai par-dessus mon épaule en virant à droite, et vis qu'il avait sorti une arme de son sac et courait derrière moi.

Je coupai entre deux autres voitures et arrivai dans la voie de circulation suivante. Deux coups de feu claquèrent, je me baissai et me laissai porter par mes pieds. Puis j'entendis du verre qui se brisait et l'impact d'une balle sur du métal, mais n'en sentis aucun sur mon corps.

Stridente, la voix de Maggie retentit dans mon oreille.

— Mickey ! Qu'est-ce qui se passe ? C'est quoi ce…

Puis des cris montèrent dans mon dos, ponctués par un autre coup de klaxon.

— FBI ! Ne bougez plus !

Je ne savais pas qui criait après qui, mais je bougeai. Je baissai la tête encore plus bas et continuai de courir. Et de nouveaux coups de feu retentirent – cette fois, une volée tirée avec des armes de grande puissance. Je regardai à nouveau derrière moi et ne vis aucun signe du type. Je changeai d'angle de vue et le découvris allongé sur le sol avec quatre hommes et une femme armés qui convergeaient vers lui. Et la femme n'était autre que l'agent spécial Dawn Ruth.

Je cessai de courir et tentai de reprendre mon souffle. Alors seulement, je me souvins que Maggie me parlait dans l'oreillette.

— Mickey !

— Je vais bien, je vais bien !

— Qu'cst-ce qui s'est passé ? J'ai entendu des coups de fcu !

— Tout va bien. Le type de la vidéo, celui qui a tué Opparizio, il était là.

— Ah, mon Dieu !

— Mais le FBI aussi. Je vois l'agent Ruth un peu plus loin. Ils l'ont eu. Il est par terre, mort. C'est fini.

— Le FBI ? Ils te suivaient ?

— Euh… moi ou lui.

— Et tu le savais, Mick ?

— Mais non ! Bien sûr que non !

— Il y a intérêt !

— Je viens de te le dire… Je ne savais pas. Écoute, tout va bien, mais il faut que j'y aille. Ils me font signe de venir. Il va sans doute falloir que je fasse une déposition ou autre.

— Rentre vite à la maison, je t'en prie. Je n'arrive pas à y croire.

Il fallait que j'y aille, mais je ne voulais pas raccrocher sans la réconforter.

— Écoute, ça veut dire que c'est fini. Tout. Fi-ni.

— Contente-toi de revenir.

— J'arrive dès que je peux.

Je mis fin à l'appel et retournai à l'endroit où l'on se regroupait autour du type à terre. Il ne bougeait plus et personne ne se donnait la peine de le réanimer. L'agent Ruth me vit, s'écarta du groupe et fit la moitié du chemin pour me parler.

— Il est mort ? lui demandai-je.

— Oui.

— Dieu merci.

Je me retournai pour regarder le corps. L'arme que je lui avais vue était sur le sol à côté de lui. Le lieu de la fusillade commençait à être sécurisé.

— Comment vous avez su ? repris-je. Vous m'aviez dit que c'était terminé. Que plus personne ne s'en prendrait à moi.

— On prenait nos précautions. Ces types-là aiment bien régler les derniers détails.

— Et j'en étais un ?

— Eh bien… disons que vous savez des choses. Et en avez fait d'autres. Peut-être qu'il n'appréciait pas l'idée.

— Et donc… il n'y avait que lui ? Il a fait ça tout seul ?

— On ne le sait pas vraiment.

— Qu'est-ce que vous savez ? Est-ce que je suis toujours en danger ? Et ma famille aussi ?

— Pas de problème ni pour vous ni pour votre famille. Il est probable qu'il ait attendu que vous soyez loin de chez vous parce que votre famille y est. Calmez-vous. Donnez-moi un jour ou deux pour me renseigner et je vous rappelle.

— Et maintenant… Je fais une déposition ? Autre chose ?

— Non, vous filez. Disparaissez avant qu'on commence à vous reconnaître. Parce que ça, on n'en veut pas.

Je la regardai. Toujours à protéger son affaire.

— Comment se passe l'enquête ? lui demandai-je.

— Ça avance. Lentement, mais sûrement.

Je lui montrai le cadavre d'un hochement de tête.

— Dommage que vous ne puissiez plus l'amener à causer.

— Les types comme lui ne parlent pas, répondit-elle.

J'acquiesçai, elle s'éloigna. La scène de crime commençait à attirer du monde. Des gens qui portaient des masques. Des gens qui portaient des gants en caoutchouc et des visières. Je regagnai ma voiture, vis que le coffre était toujours ouvert – et mes provisions intactes dans leurs sacs.

Je refermai le coffre et, habitude qui m'était venue à la suite de mes dernières expériences, vérifiai le pare-chocs. La plaque d'immatriculation s'y trouvait bien comme il fallait, ses six lettres clamant mon sort et mon statut à la face du monde.

NT GLTY[1].

Je montai dans ma voiture et rentrai me mettre à l'abri chez moi.

---

1. « *Not guilty* », soit non coupable.

## REMERCIEMENTS

L'auteur reconnaît volontiers sa dette envers tous ceux, et ils sont nombreux, qui l'ont aidé dans son travail de recherches, de rédaction et de correction de ce roman. À leur nombre se trouvent Asya Muchnick, Bill Massey, Emad Akhtar, Pamela Marshall, Betsy Uhrig, Terrill Lee Lankford, Rick Jackson, Linda Connelly, Jane Davis, Heather Rizzo, Dennis Wojciechowski et John Houghton. Je dois en outre bien des remerciements à l'aigle du droit Dan Daly, ainsi qu'à Roger Mills, Rachel Bowers et Greg Hoegee.

Du même auteur :

*Les Égouts de Los Angeles*
Prix Calibre 38, 1993
1re publication, 1993
Calmann-Lévy, l'intégrale MC, 2012
Le Livre de Poche, 2014

*La Glace noire*
1re publication, 1995
Calmann-Lévy, l'intégrale MC, 2015
Le Livre de Poche, 2016

*La Blonde en béton*
Prix Calibre 38, 1996
1re publication, 1996
Calmann-Lévy, l'intégrale MC, 2014
Le Livre de Poche, 2015

*Le Poète*
Prix Mystère, 1998
1re publication, 1997
Calmann-Lévy, l'intégrale MC, 2015 ; 2021
Le Livre de Poche, 2017

*Le Cadavre dans la Rolls*
1re publication, 1998
Calmann-Lévy, l'intégrale MC, 2017
Le Livre de Poche, 2018

*Créance de sang*
Grand Prix de littérature policière, 1999
1re publication, 1999
Calmann-Lévy, l'intégrale MC, 2017
Le Livre de Poche, 2020

*Le Dernier Coyote*
1re publication, 1999
Calmann-Lévy, l'intégrale MC, 2017
Le Livre de Poche, 2019

*La lune était noire*
1re publication, 2000
Calmann-Lévy, l'intégrale
MC, 2012
Le Livre de Poche, 2012

*L'Envol des anges*
1re publication, 2000
Calmann-Lévy, l'intégrale
MC, 2012
Le Livre de Poche, 2012

*L'Oiseau des ténèbres*
1re publication, 2001
Calmann-Lévy, l'intégrale
MC, 2012
Le Livre de Poche, 2011

*Wonderland Avenue*
1re publication, 2002
Calmann-Lévy, l'intégrale
MC, 2013

*Darling Lilly*
1re publication, 2003
Calmann-Lévy, l'intégrale
MC, 2014

*Lumière morte*
1re publication, 2003
Calmann-Lévy, l'intégrale
MC, 2014

*Los Angeles River*
1re publication, 2004
Calmann-Lévy, l'intégrale
MC, 2015

*Deuil interdit*
1re publication, 2005
Calmann-Lévy, l'intégrale
MC, 2016
Le Livre de Poche, 2021

*La Défense Lincoln*
1re publication, 2006
Calmann-Lévy, l'intégrale
MC, 2018
Le Livre de Poche, 2022

*Chroniques du crime*
Seuil, 2006
Points, n° P1761

*Echo Park*
1re publication, 2007
Calmann-Lévy, l'intégrale
MC, 2018

*À genoux*
1re publication, 2009
Calmann-Lévy, l'intégrale
MC, 2019

*Le Verdict du plomb*
1re publication, 2009
Calmann-Lévy, l'intégrale
MC, 2020

*L'Épouvantail*
1re publication, 2010
Calmann-Lévy, l'intégrale
MC, 2021

*Les Neuf Dragons*
Seuil, 2011
Points n° P2798 ; Point Deux

*Volte-Face*
Calmann-Lévy, 2012
Le Livre de Poche, 2013

*Angle d'attaque*
Ouvrage numérique
Calmann-Lévy, 2013

*Le Cinquième Témoin*
Calmann-Lévy, 2013
Le Livre de Poche, 2014

*Intervention suicide*
Ouvrage numérique
Calmann-Lévy, 2014

*Ceux qui tombent*
Calmann-Lévy, 2014
Le Livre de Poche, 2015

*Le Coffre oublié*
Ouvrage numérique
Calmann-Lévy, 2015

*Dans la ville en feu*
Calmann-Lévy, 2015
Le Livre de Poche, 2016

*Mulholland, vue plongeante*
Ouvrage numérique
Calmann-Lévy, 2015

*Les Dieux du verdict*
Calmann-Lévy, 2015
Le Livre de Poche, 2016

*Billy Ratliff, dix-neuf ans*
Ouvrage numérique
Calmann-Lévy, 2016

*Mariachi Plaza*
Calmann-Lévy, 2016
Le Livre de Poche, 2017

*Jusqu'à l'impensable*
Calmann-Lévy, 2017
Le Livre de Poche, 2018

*Sur un mauvais adieu*
Calmann-Lévy, 2018
Le Livre de Poche, 2019

*En attendant le jour*
Calmann-Lévy, 2019
Le Livre de Poche, 2020

*Une vérité à deux visages*
Calmann-Lévy, 2019
Le Livre de Poche, 2020

*Nuit sombre et sacrée*
Calmann-Lévy, 2020
Le Livre de Poche, 2021

*Incendie nocturne*
Calmann-Lévy, 2020
Le Livre de Poche, 2021

*Séquences mortelles*
Calmann-Lévy, 2021
Le Livre de Poche, 2022

*Les Ténèbres et la Nuit*
Calmann-Lévy, 2022

PAPIER À BASE DE FIBRES CERTIFIÉES

Le Livre de Poche s'engage pour l'environnement en réduisant l'empreinte carbone de ses livres. Celle de cet exemplaire est de :
400 g éq. $CO_2$
Rendez-vous sur www.livredepoche-durable.fr

Composition réalisée par Belle Page

Achevé d'imprimer en France par
CPI BRODARD & TAUPIN (72200 La Flèche)
en août 2022
N° d'impression : 3049343
Dépôt légal 1re publication : septembre 2022
LIBRAIRIE GÉNÉRALE FRANÇAISE
21, rue du Montparnasse – 75298 Paris Cedex 06

39/6909/5